CB128086

POPOL VUH

ubu

INTRODUÇÃO E NOTAS
ADRIÁN RECINOS

TEXTO E PESQUISA
ICONOGRÁFICA
DANIEL GRECCO PACHECO

ILUSTRAÇÕES
FRANCISCO FRANÇA

TRADUÇÃO CRÍTICA E NOTAS
JOSELY VIANNA BAPTISTA

POPOL VUH

O ESPLENDOR DA PALAVRA ANTIGA DOS MAIAS-QUICHÉ DE QUAUHTLEMALLAN: AURORA SANGRENTA, HISTÓRIA E MITO

JOGO DE ESPELHOS DE OBSIDIANA

JOSELY VIANNA BAPTISTA

Todo ato de tradução é também um ato de interpretação; os tradutores interpretam um texto já interpretado a fim de interpretá-lo ainda mais.
Dennis Tedlock

Tente marcar com uma lasca de giz, de creta, de greda – ou barro branco – o caminho de retorno de um labirinto que nunca para de mudar seu traçado.
"Fábula"[1]

A epígrafe que abre esta minha "oficina" de tradução foi encontrada em "The Translator *or* Why the Crocodile Was Not Disillusioned",[2] a peça em um ato em que Dennis Tedlock, autor de uma das mais celebradas versões do *Popol Vuh*, põe em cena o fulgurante quebra-cabeça com que se deparam seus tradutores.

O mais importante documento poético-político da antiguidade das Américas, o *Popol Vuh* – Livro do Conselho, ou Livro da Comu-

1 "Fábula", in *Na tela rútila das pálpebras*. Josely Vianna Baptista. Disponível em natelarutiladaspalpebras.telarutila.com.

2 Publicada pela primeira vez na *Translation Review*, 20. Center for Translation Studies, Universidade do Texas, 1986.

nidade – guarda a cosmogonia, o amanhecer da natureza e da humanidade, a mitologia heroica, a história e a genealogia dos Maias-Quiché da Guatemala. Seu legado milenar estava vivo na tradição oral e em livros hieroglíficos até o final do século XV, início do XVI – quando um anônimo Mestre da Palavra, na tentativa de preservá-lo (cercado que estava pelas fogueiras reais e simbólicas dos invasores espanhóis), registrou-o em um manuscrito – em língua quiché, mas no recém-aprendido alfabeto latino.[3] Antes de (ele também) desaparecer (não se sabe em que circunstâncias), esse original, conhecido como Manuscrito do Quiché, foi copiado e traduzido pelo frei dominicano Francisco Ximénez, já no início do século XVIII, e esse documento bilíngue quiché-espanhol – o Manuscrito de Chichicastenango – é a versão mais antiga do *Popol Vuh* que temos disponível.

Pois esse Manuscrito de Chichicastenango é justamente um dos personagens daquela peça de Tedlock, que evoco aqui por encenar, com engenhosa graça, a tarefa cornucópica que se apresenta aos tradutores do *Popol Vuh*. No centro do cenário, um *scriptorium* apinhado de livros, está o Tradutor em plena lida, roendo as unhas e cercado pelos demais personagens: o Paleógrafo, o Dicionário, o Etimologista, o Epigrafista, o Literalista e o Nativo. O Paleógrafo, na cena inicial, examina o verso do fólio 9 do manuscrito e conjectura que, em virtude das diferentes grafias possíveis para a partícula *cha* em *uchacatajic*, essa palavra poderia ter oito significados diferentes. Pergunta ao Dicionário o que ele pode dizer sobre isso, e, quando o Dicionário passa a propor suas leituras – que vão de "seu ser cozido" a "seu ser desiludido", entre outras –, é sumariamente cortado por

3 O autor ou autores do *Popol Vuh* alfabético podem ter sido três Nim-Chocoh (os Mestres da Palavra, nobres quichés destros na linguagem oral e também na escrita hieroglífica), que, após a invasão do Quiché, em 1524, por Pedro de Alvarado, aprenderam com sacerdotes espanhóis o alfabeto latino, o que possibilitou que o escrevessem em quiché alfabético. São os últimos a ser designados na relação das linhagens, poucas palavras antes do final do *Popol Vuh:* "Eles eram os engendradores, as Mães da Palavra, os Pais da Palavra". No início do *Popol Vuh*, o autor alude, ironicamente, ao contexto colonial em que estava escrevendo o livro ("Agora escreveremos isso já permeados pela palavra de Deus, da Cristandade, agora"), e no final menciona estar em Santa Cruz do Quiché, cidade fundada pelos espanhóis para substituir a antiga capital dos Quiché.

um aparte do Etimologista, logo questionado, por sua vez, pelo Epigrafista, que diz que o autor do *Popol Vuh* podia estar olhando para um códice mixteco pré-hispânico ao escrever *uchacatajic*, levando o Tradutor a ponderar que, bem, uma mesma palavra, em quiché e em mixteco, pode soar completamente diferente, *but go on*... E assim se desenrola o enredo, iluminado pelo recorte confuso de uma janela embaçada.

O humor arrevesado dessa peça dá um vislumbre da complexidade do *Popol Vuh*, esse impressionante documento que o Mestre da Palavra quiché registrou num sistema de escrita completamente diferente do maia, contando apenas com a rememoração da tradição oral e observando um livro hieroglífico – isso tudo entre 1554 e 1558, em meio à tragédia de ver sua língua sendo proscrita, sua voz colonizada e seus livros antigos virando cinzas.[4] A peça também sugere que traduzir o *Popol Vuh*, descobrir seu sofisticado trançado sígnico, é uma empreitada que demanda um esforço multidisciplinar e é, teoricamente, uma tarefa interminável.

Não à toa Tedlock publicou "The Translator *or* Why the Crocodile Was Not Disillusioned" logo depois do lançamento de sua primeira

4 Supõe-se que o livro hieroglífico pré-hispânico, mencionado diversas vezes no *Popol Vuh*, tenha servido de base mnemônica para os Mestres da Palavra, naquele momento urgente de sua reinvenção alfabética. Embora alguns estudiosos mencionem a possibilidade de um deles ter sido escondido, ou mesmo perdido, o certo é que da sanha incendiária dos conquistadores só se salvaram quatro livros maias (Códice de Dresden, Códice de Madrid, Códice de Paris e Códice Grolier, este reconhecido como autêntico apenas recentemente). Num códice pictográfico de origem tlaxcalteca do século XVI, incluído no Manuscrito de Glasgow, fol. 242 r., um desenho registra uma dessas cenas: "Incendio de las ropas y libros y atavíos idolátricos que se los quemaron los frayles", com franciscanos levantando tochas cujas chamas destroem objetos rituais e livros pré-hispânicos. Essa imagem ilustra, aliás, a capa da plaquete *La colonización de la voz*, de Heriberto Yépez, que assinala a falsa alteridade que se criou com o rótulo "literatura indígena": "Tanto as fontes canonizadas como a perspectiva que se utiliza para mediá-las refletem o projeto de manter a voz-outra supostamente literária-náuatle como um relato complementar (e não radicalmente oposto) ao discurso europeu. Para validar esse discurso (e as instituições que mantém), foi necessária a invenção do conceito de 'literatura indígena', que já se canonizou e que certamente será muito difícil desconstruir, abolir ou superar" (Heriberto Yépez, *La colonización de la voz: literatura moderna, Nueva España, el náhuatl*. Tijuana: Axolotl Editorxs, 2018).

tradução do *Popol Vuh* para o inglês, em 1985. Lançada como "edição definitiva", dez anos depois ele deu à estampa uma edição revista e aumentada, a qual, como diz em seu prefácio, "tornou-se necessária porque o mundo dos estudos maias está constantemente clareando", com "avanços no entendimento das línguas, da literatura, da arte, da história, da política e da astronomia maia". Sua tradução, aliás, só pôde ser feita diretamente do quiché, com base na transcrição do Manuscrito de Chichicastenango, graças ao erudito guatemalteco Adrián Recinos, que em 1941 o redescobriu (extraviado em meio a outros manuscritos de Ximénez), na Newberry Library, em Chicago.[5] Essa redescoberta foi importante no mínimo porque, na falta do manuscrito original, muitos tradutores tiveram de recorrer ou à transcrição ("nem sempre fiel", segundo Recinos) ou à tradução para o francês que Charles Étienne Brasseur de Bourbourg publicou em 1861,[6] reproduzindo, assim, alguns de seus erros. Em 1947, Recinos, com base no manuscrito redescoberto, lança sua própria tradução para o espanhol – que, de início, seria meu texto-fonte para esta tradução.

No entanto, e redirecionando o foco para minha oficina tradutória, lembro que quase meio século separa essa clássica versão de Recinos da tradução revista de Tedlock – um divisor de águas –, à qual se

5 A história desse manuscrito é uma verdadeira aventura. Resumindo: de 1701 para cá ele esteve no convento dominicano da cidade da Guatemala, sobreviveu ao terremoto de 1773, foi levado para a nova cidade da Guatemala, em 1830 foi expulso com os freis dominicanos, acabou indo parar na Biblioteca da Universidade de San Carlos e lá ficou até 1855, quando passou às mãos de um de seus apaixonados tradutores, Charles Étienne Brasseur de Bourbourg, que o levou para Rabinal e depois para a França. Com a morte de Brasseur, em 1874, o manuscrito foi para os Estados Unidos, onde permaneceu na coleção de Edward E. Ayer, que o doou à Newberry Library em 1911. Ali ele passou quase quatro décadas irrastreável, encadernado com outros manuscritos, até 1941, quando Recinos o encontrou. Ver adiante o prólogo e a introdução de Adrián Recinos, pp. 39-ss.

6 Brasseur de Bourbourg, Charles Étienne (ed.), *Popol Vuh. Le livre sacré et les mythes de l'antiquité américaine, avec les livres héroïques et historiques des Quichés.* Paris: Bertrand, 1861.

seguiram muitas outras, também feitas diretamente do maia-quiché, algumas das quais elegi para estabelecer esta minha versão. De lá para cá, surgiram novos estudos nas áreas de antropologia, arqueologia, literatura, linguística comparada, paleografia, astronomia, história da arte e epigrafia,[7] bem como novas versões do *Popol Vuh*, que continuam interpretando "um texto já interpretado a fim de interpretá-lo ainda mais" – sempre com o intento de estabelecer um texto o mais próximo possível daquele que deve ter sido o original (ainda que, nesse caso, o próprio conceito de *original* seja movediço). Não se podem ignorar esses ganhos, arduamente conquistados.

Então, depois de fazer uma tradução inicial com base na versão (em prosa) de Recinos, decidi explorar por outras vias esse universo fabuloso (em contínua expansão) do *Popol Vuh*. Isso porque, confesso, minha primeira tradução me desesperou, literalmente. Embora, de certa forma, estivesse tudo lá, eu não conseguia visualizar as cenas, ligar os fios, ouvir sua voz, e estava, portanto, insegura para trazê-lo ao leitor brasileiro. Daí decidi partir, sem grandes ambições (não tenho formação filológica), para o cotejo com outras edições, apenas para tentar esclarecer os principais pontos obscuros. No percurso – agora com a poeta à frente da tradutora –, fui tomada por uma espécie de obsessão poético-interpretativa que, nos pouco mais de seis meses que pude dedicar a esse trabalho, resultou nesta versão que agora a Ubu lança no Brasil. Como meu trabalho, a pedido

7 Vale lembrar a observação de Linda Schele, especialista em epigrafia e iconografia maias, de que, ainda que as histórias do *Popol Vuh* não tenham sido ilustradas palavra por palavra na arte do período Clássico, "muitos elementos do enredo têm paralelos convincentes em imagens da iconografia clássica criadas setecentos anos antes, e alguns parecem ser diretamente ilustrados", o que sugere que essas histórias "são fragmentos, sobreviventes até a época da conquista, de ciclos de mitos muito antigos que descrevem o universo e a origem dos deuses e do homem" (*The Blood of Kings. Dinasty and Ritual in Maya Art*, p. 32). E o *Popol Vuh* permanece vivo entre os Quiché contemporâneos. Recentemente, ouvi a fala de uma tecelã de Tecpán (Guatemala), integrante de um movimento de mulheres maias que reivindica a propriedade intelectual coletiva da iconografia de sua cultura em suas tecelagens, em que ela citava, em quiché e em espanhol, uma frase do *Popol Vuh*: "Nem um, nem dois, ficarão para trás". "Nossos *huipiles* estão repletos de geometria e matemática", conta a tecelã Carmelina Socop. "O número de fios utilizados pode depender da idade de quem o elabora, ou refletir números sagrados do calendário maia." Como o *Popol Vuh*.

da editora, teve início com a clássica versão de Recinos, decidiu-se manter seu prólogo, a excelente introdução e as notas que integram a edição mexicana pelo Fondo de Cultura Económica.

Grande conhecedor das culturas mesoamericanas, em sua introdução Recinos traz informações detalhadas sobre o *Popol Vuh* e seu entorno histórico e cultural, e a ela remeto o leitor interessado em ter uma visada ampla de seu contexto e tradição. Aqui vou me ater a alguns detalhes concretos desta minha tradução, resultado de um esforço de interpretação do original a partir do confronto entre sete traduções feitas diretamente do original maia-quiché, por meio das quais pude reconfigurar uma topografia para minha própria versão.[8] Consultei também, pontualmente, traduções diretas e indiretas em outras línguas, e percorri uma variada cartografia de estudos, códices e dicionários do período colonial – além de, vez por outra, fazer uma visita à prosa cerrada do manuscrito de Ximénez.

As principais edições de que me vali para realizar esta "tradução crítica" foram as seguintes (as abreviaturas que as precedem são as utilizadas em minhas notas para referenciá-las):

AC Allen Christenson. *Popol Vuh. Sacred Book of the Quiché Maya People*. Versão eletrônica [2007] da edição original de 2003 (*The Sacred Book of the Maya*. Nova York: O Books). Disponível em mesoweb.com/publications/Christenson/PopolVuh.pdf.

AC2 Allen Christenson. *Popol Vuh. Literal Translation*. Versão eletrônica [2007] da edição original de 2004 (*Popol Vuh. Literal Poetic Version, Translation and Transcription*. Nova York: O Books). Disponível em mesoweb.com/publications/Christenson/PV-Literal.pdf.

8 Depois de modificar a base da primeira versão a partir desse cotejo, o texto passou por várias revisões gramaticais e estilísticas e ganhou um confronto final, linha a linha, com a tradução de Craveri (por seu rigor filológico) e a literal de Christenson (por sua "fidelidade" extrema, também sintática), agora contando com a ajuda de um primeiro leitor e ouvinte, o artista Francisco Faria, que acompanhou minhas duas leituras orais do texto integral (importante, também, para sentir os ritmos narrativos).

AR Adrián Recinos. *Popol Vuh. Las antiguas historias del Quiché*. Cidade do México: Fondo de Cultura Económica, 2012. [1947]

DT Dennis Tedlock. *Popol Vuh: The Definitive Edition of the Mayan Book of the Dawn of Life and the Glories of Gods and Kings*. Nova York: Simon & Schuster, 1996. Ed. revista e aumentada.

FX Francisco Ximénez. "Empiezan las historias del origen de los indios de esta provincia de Guatemala", in *Arte de las tres lenguas kakchiquel, k'iche' y zutuhil*. Manuscrito, c. 1701. Newberry Library, Chicago. Disponível em wdl.org/en/item/19995.[9]

MC Michela Craveri. *Popol Vuh. Herramientas para una lectura crítica del texto k'iche'*. Tradução para o espanhol, notas gramaticais e vocabulário. Cidade do México: Universidad Nacional Autónoma de México, 2013.

SC Enrique Sam Colop. *Popol Wuj*. Guatemala: Cholsamaj, 2008.

Aos poucos, a opacidade inicial foi se dissipando. Mas fiquei intrigada com as variações que encontrei nas versões consultadas (excelentes, em seus propósitos específicos). Pois todas elas, tendo partido do mesmo texto-fonte em quiché,[10] apresentam propostas tradutórias que diferem tanto em pormenores sintáticos e semân-

9 Consultei, pontualmente, uma edição digital do *Popol Vuh*, resultante de projeto desenvolvido por The Ohio State University Libraries e Newberry Library, que reúne o fac-símile do manuscrito e sua transcrição. Feita sob a orientação do dr. Carlos M. López, com a participação de Tedlock e Sam Colop, essa transcrição "prova a autenticidade do manuscrito *Empiezan las historias del origen de los indios de esta provincia de Guatemala*, escrito por frei Francisco Ximénez aproximadamente entre 1701 e 1703, arquivado atualmente na Newberry Library de Chicago, Illinois, como parte do Ayer MS 1515", e comprova ser ela a versão mais antiga do *Popol Vuh* atualmente disponível. Ver library.osu.edu/projects/popolwuj/.

10 Vale lembrar que o manuscrito de Ximénez, ou de Chichicastenango (que se convencionou chamar de *original* por ser, como dissemos, a cópia mais antiga do *Popol Vuh* atualmente disponível), apresenta-se em duas colunas paralelas, com a transcrição em quiché emparelhada com sua tradução para o espanhol, ambas em texto corrido do começo ao fim, pontuado por uns poucos parágrafos.

ticos como na forma de organização do discurso – que varia de narrativas mais prosaicas, às vezes com viés parafrástico, à versificação extensiva (cada qual, diga-se de passagem, com sua própria medida), e passando, ainda, pela interpolação de versos a trechos em prosa, em passagens nem sempre coincidentes.

A esplendorosa qualidade poética do *Popol Vuh*, em seu conjunto, é incontestável. No entanto, confusa com as diferentes escolhas formais de cada tradutor, tentei então entender os motivos que as teriam definido, atenta a suas explanações nos aparatos das respectivas edições e em estudos diversos –, tendo em mente, também, a tradução brasileira de Sérgio Medeiros, revista por Gordon Brotherston e feita com base na tradução para o inglês, em dísticos (*semantic couplets*), de Munro S. Edmonson, de 1971.[11]

O que têm em comum esses tradutores do *Popol Vuh*? Todos reconhecem, em maior ou menor grau, o jogo de paralelismos que estruturam magistralmente o texto.

Allen Christenson, que realizou uma versão poética literal para o inglês (emparelhada com a transcrição em quiché), e também uma versão em prosa amplamente anotada, lembra que "alguns tradutores, no passado, ignoraram ou falharam em reconhecer a natureza poética do *Popol Vuh* – particularmente seu uso do paralelismo – e tentaram atenuar sua redundância, aparentemente sem propósito, eliminando palavras, frases e até seções inteiras de texto que consideraram desnecessárias".[12]

11 A primeira tradução direta do quiché para o inglês foi a de Edmonson (*The Book of Counsel: the Popol Vuh of the Quiche Maya of Guatemala*. Middle American Research Institute, Publication 35. New Orleans: Tulane University, 1971), e a primeira tradução indireta foi feita por Delia Goetz e Sylvanus G. Morley, com base na tradução para o espanhol de Recinos (*Popol Vuh. The Sacred Book of the Ancient Quiche Maya*. Oklahoma: University of Oklahoma Press, 1950). A tradução brasileira de Sérgio Medeiros e Gorson Brotherston ganhou sua primeira edição em 2007 e foi reimpressa em 2018, ambas publicadas pela editora Iluminuras.

12 Kerry M. Hull e Michael D. Carrasco, *Parallel Worlds: Genre, Discourse, and Poetics in Contemporary, Colonial and Classic Maya Literature*. Colorado: University Press of Colorado, 2012. p. 314.

Enrique Sam Colop, cuja língua materna era o quiché, afirma em sua introdução que "a linguagem em que foi escrito esse documento combina verso e prosa", assinalando que "o verso paralelo que o caracteriza não são duas linhas contíguas, unicamente. Existem versos de três e quatro linhas" (Colop, 2008, p. 19). Sua excelente tradução para o espanhol se apresenta em versos livres que incluem subdivisões de pares semânticos e sintáticos, alinhados e justapostos, de modo a sugerir um ritmo possível à narrativa.

Dennis Tedlock apresenta uma versão em prosa com raros trechos versificados, e aponta no *Popol Vuh* um movimento recorrente entre a verticalidade da poesia e a horizontalidade da prosa, com uma trajetória diagonal quando as duas forças se alternam: "Quando a ação se move rapidamente durante o relato de uma história, o verso paralelo pode ser reduzido a uma copla ou terceto ocasional, flutuando num rio de prosa" (Tedlock, 1996, pp. 204–05).

Michela Craveri, por fim, a partir de rigoroso estudo filológico, dispôs o texto em linhas cujas medidas por vezes coincidem com as de Sam Colop, mas mantém as estruturas retóricas e o padrão dialógico da sintaxe quiché. Sua tradução é particularmente útil para os interessados no estudo da poética quiché porque permite, em suas palavras, "identificar a repetição de morfemas ou de raízes verbais como base do paralelismo ou estudar a versificação de acordo com as relações semânticas e gramaticais entre os versos" (Craveri, 2013, p. XVIII).[13]

Quais seriam, afinal, os motivos da discordância formal entre os tradutores? Um dos mais marcantes me parece ser a instabilidade nas definições que envolvem *difrasismo*, paralelismo e versificação quiché. Esta seguiria pautas lógico-semânticas, ao invés dos padrões lógico-matemáticos da poesia ocidental, aponta Craveri, mencionando que diversos estudos, com diferentes propostas interpretativas, insistem numa "base semântica de versificação do *Popol Vuh* segundo a repetição constante de unidades de significado" (Craveri, 2007). A conceituação do difrasismo, por sua vez, parece expandir-se

13 Em 2018, esse notável trabalho ganhou nova edição pela Penguin Random House, apresentada por Laura Elena Sotelo, doutora em estudos mesoamericanos e pesquisadora do Centro de Estudios Mayas da Universidade Nacional Autónoma do México.

em paralelismos diversos que, por sua generalidade, não trariam a característica mais singular do difrasismo: basicamente, a correlação de dois termos que emanam um terceiro significado (como uma forma lexicalizada, quase uma "fórmula", com uma conotação específica – compreensível, portanto, por toda a comunidade linguística). A indeterminação que cerca o difrasismo e sua relação com os paralelismos parece ter consequências nas propostas de versificação (ou em sua ausência), pois, dependendo do ponto de vista, simples enumerações, repetições ou orações com a redundância própria da oralidade, por exemplo, podem ser vistas como difrasismos.

Com o quiasmo,[14] o difrasismo é um recurso retórico importante no *Popol Vuh*, e seu uso se vincula, com frequência, a espaços rituais. Em *Los difrasismos en el náhuatl de los siglos XVI y XVII*, Mercedes Montes de Oca Vega repassa a bibliografia sobre o assunto e avança a reflexão sobre esse termo, cunhado, em meados do século passado, pelo padre, filólogo e historiador mexicano Ángel María Garibay, que o definiu como um "procedimento que consiste em expressar uma mesma ideia por meio de dois vocábulos que se completam no sentido, seja por serem sinônimos, seja por serem adjacentes".[15] (Não é preciso lembrar que paralelismos, em sentido amplo, são a base da tradição oral de todas as civilizações predominantemente ágrafas, tanto no Velho como no Novo Mundo. Nas línguas maias, porém, as antigas tradições vêm sendo transmitidas, milenarmente, tanto por via da oralidade como da escrita hieroglífica, pelas quais paralelismos transitam igualmente.)[16]

14 Segundo Christenson, "o quiasmo é criado quando, em um dado texto, o primeiro elemento ou conceito de um trecho é diretamente paralelo ao elemento final, o segundo elemento é paralelo ao penúltimo elemento, e assim por diante. Os quiasmos podem ser simples ou muito longos e complexos, abrangendo até mesmo capítulos ou livros". (Kerry M. Hull e Michael D. Carrasco, "The Use of Chiasmus by the Ancient K'iche' Maya", in *Parallel Words: Genre, Discourse, and Poetics in Contemporary, Colonial, and Classic Maya Literature*. Colorado: University Press of Colorado, 2012). No mesmo livro, há um interessante ensaio de Sam Colop sobre "Poetics in the *Popol Wuj*".

15 Garibay, Ángel María. *Historia de la literatura nahuatl*. México: Porrúa, 1992.

16 Em *Maya Hieroglyphic Writing*, publicado em 1950, J. Eric S. Thompson identificou paralelismos visuais ao observar glifos redundantes em textos hieroglíficos pré-hispânicos, que leu como recursos para dar harmonia fluida (*flowing harmony*) e enfatizar a cadência de

Difrasismos podem ser verbais ou nominais, metafóricos, metonímicos, sinonímicos, antitéticos, dependendo de sua conceituação, que, como já disse, reflete divergências que não cabe discutir nesta nota. No *difrasismo pleno* – que reflete, particularmente, a memória coletiva que o narrador invoca no *Popol Vuh* –, dois termos remetem a um terceiro significado, diferente dos contidos individualmente em cada um deles (numa operação que lembra a dualidade correlativa do ideograma chinês). Um exemplo é o par "semeadura amanhecer" – metáfora para a Criação; outro, "luz povo", que sugere a paz. Além dos pares que o tipificam, há, nas palavras de Montes de Oca Vega, "cadeias difrásticas", compostas de vários pares vinculados, às vezes com significados que migram entre os duetos e se ressemantizam reciprocamente.[17]

A partir do contato direto e intenso com a matéria do texto, vejo o difrasismo ligado ao paralelismo, mas não necessariamente como um verso, ou uma estrofe de dois versos, um terceto ou uma quadra. Parece-me, antes, uma unidade semântica que pode se encadear ou não a outra, inserir-se em versos de qualquer medida, repetir-se a intervalos – regulares ou não –, e que também pode pontuar o fluxo contínuo da prosa. Como esclarece Montes de Oca Vega, "o difrasismo pode responder a uma forma morfológica e mesmo sintática

determinados trechos. (Allen Christenson, *Popol Vuh. The Sacred Book of the Maya*. Oklahoma: University of Oklahoma Press, 2012, p. 43.) A partir da década de 1970, quando a decifração de textos hieroglíficos ainda estava no início, cada vez mais pesquisadores passaram a identificar formas poéticas de discurso (paralelismos e difrasismos visuais, por exemplo) nos hieroglifos, como Kathryn Josserand e Nicholas Hopkins, Linda Schele e Miracela Ayala, Kerry M. Hull, entre outros.

17 Já no Preâmbulo se pode ver uma dessas cadeias difrásticas. *Los difrasismos en el náhuatl de los siglos XVI y XVII*, de Mercedes Montes de Oca Vega (Unam, 2013), é referência nesse campo de estudos. Segundo a autora, os difrasismos são pré-hispânicos e sobrevivem até hoje em várias línguas da Mesoamérica, como as da família maia e o náuatle.

de paralelismo, mas onde já não é possível manter essa denominação é precisamente no nível semântico, já que cada lexema do difrasismo aporta uma substância semântica distinta". E ainda: "A existência de pares pode ser considerada como uma estrutura paralela, mas não é a única forma que existe, já que a estruturação em linhas e versos também pode ser considerada como uma forma particular dessa estrutura, que é constante e muito comum, sobretudo em textos narrativos, em incontáveis línguas da América" [Montes de Oca Vega, p. 29].

Estruturas paralelísticas, em suma, se sucedem em todo o *Popol Vuh*, mas, sejam elas os binômios semânticos que informam os difrasismos plenos, sejam outros tipos de paralelismo, como o quiasmo, uma versificação aleatória do texto não parece eficaz para traduzi-las.[18] Aplicada ao discurso sem se considerar a função predominante em cada trecho, com seus diferentes registros, a versificação pode pautá-lo artificialmente, assim como uma prosificação que ignore o traçado de sua tessitura pode esgarçá-lo. Miguel León-Portilla foi um dos primeiros a verter, em versos, textos do maia-quiché e do maia-iucateco, isso na década de 1960, e seu reconhecimento da natureza poética dos textos maias foi um avanço em relação a traduções anteriores, "que virtualmente ignoraram a presença da poesia", assinala Christenson, ressalvando, porém, que "seus critérios para separar linhas poéticas individuais foram, por vezes, aleatórios, e ele falhou em não reconhecer outras formas de paralelismo no texto" (*Parallel Worlds*, p. 314). Creio que impossibilidades tocaram, de um modo ou de outro, e por motivos diversos, todas as traduções que propuseram uma versão poética do *Popol Vuh* – inclusive esta. O próprio Edmonson, o primeiro a traduzi-lo inteiramente em versos, ao comentar, na introdução de sua tradução, que alguns "dísticos semânticos", transparentes em quiché, são opacos no inglês, disse estar certo de que sua leitura "não esgota nem a poesia nem

18 No entrançado dos paralelismos indo e vindo se percebe a trama do glifo *pop*, que significa "esteira", de onde vem *popol* – "conselho" –, aludindo ao assento-esteira dos Senhores reunidos. Aí forma e conteúdo parecem refletir-se num jogo de espelhos de obsidiana. (O glifo *pop*, que fecha o *Popol Vuh*, p. 269, foi desenhado por Linda Schele [*The Blood of Kings*].)

o sentido que [ali] se expressa, e de que o *Popol Vuh* contém mais beleza ou significado do que encontrei nele".[19]

Como ler a escritura cifrada pelo deus na pele do jaguar?, diria Borges, depois de ler o *Popol Vuh* em sua biblioteca infinita (certamente evocando as *kenningar*, as perífrases metafóricas da literatura escandinava que o "Coração do Céu" do livro quiché – o deus Huracán [Furacão] – devia fazê-lo lembrar). Aqui, como todo tradutor sabe, por trás de um significante pode haver várias camadas de sentido, e, sob elas, o texto cifra uma simetria de signos que, se pudessem ser vistos interagindo, pediriam o concurso simultâneo de um microscópio e de um telescópio.[20] (A propósito, estudiosos identificam no *Popol Vuh*, além de microquiasmos, quiasmos de porte médio e uma espécie de macroquiasmos que circulam por grandes extensões do texto.) Se me permitem uma deriva, num exercício de tradução, digamos, experimental multissígnico, o texto poderia estar pulsando temporalmente num espaço digital orbitante em 3D, em múltiplas perspectivas, com estações de hiperlinks que pudessem religar, por exemplo, espelhamentos de sentido e sutilezas da partitura prosódica de uma língua (a maia-quiché) em que alturas tonais dão a cadência e o ritmo.

Por fim, este meu *Popol Vuh* (dentro do marco aqui possível) se configurou como um texto formalmente híbrido, e, a partir da percepção de suas funções predominantes, trabalhei a linguagem poética em toda sua extensão, deixando que se escandisse por todo o texto,

19 Edmonson, 1971, p. xiii.
20 Talvez essa seja, não por acaso, uma tarefa fadada à incompletude. Lembro agora um sonho antigo, em que eu estava com Mallarmé num aposento azul profundo sobre negro (como a luz de um El Greco na catedral de Toledo). Do fundo escuro ele tirou um artefato antigo, feito de sóis moventes que pareciam esferas armilares, ou rodas calendáricas, ou uma guirlanda de lemniscatos (o símbolo do infinito), com pedras (flores) brutas preciosas toscamente incrustadas nos aros oxidados. Hipnotizada com os sóis e as flores orbitando e fulgurando na escuridão, antes de acordar pude ouvi-lo dizer: "*Le secret, le sacré, est là*", tentando segurar a fulguração.

estivesse ele disposto em prosa ou em verso. Essa é uma das entradas possíveis para sua revivificação, e agradeço aqui a todos os tradutores e exegetas que me ajudaram a abri-la.

Então, além dos difrasismos que ocorrem em dueto e das "cadeias difrásticas", procurei manter os paralelismos não difrásticos e as figuras de linguagem mais destacadas, como o já citado quiasmo, cujo paralelismo invertido predomina tanto em nível frasal como na composição mais ampla do texto. Difrasismos e quiasmos aparecem, portanto, tanto em trechos em verso como em prosa, pois sua sugestão semântica se sustenta sem a divisão espacial, embora uma demarcação gráfica funcional, que o singularize, possa ampliar sua percepção, como já disse. Traduzi, ainda, apenas como breve testemunho, seguindo a intuição do ouvido, alguns trechos com uma estrutura mais próxima da sintaxe quiché.

Intercalei à narrativa em prosa trechos dispostos em versos principalmente quando há invocações, cantos, conjuros, exortações (ou seja, um discurso com função predominantemente ritual), e nas passagens com marcas mais claras de oralidade (com maior incidência de redundâncias, assonâncias, aliterações, onomatopeias, e também de marcas de discurso típicas da transmissão oral).

Uma passagem emblemática, em que o registro ritual é especialmente marcante, é o início da cena de origem:

Tudo ainda em suspenso,
ainda silente.
Tudo sereno,
ainda em sossego.
Tudo em silêncio,
vazio também o ventre do céu.

Esse trecho sempre é lembrado como um ápice poético por tradutores do *Popol Vuh*.[21] No manuscrito de Ximénez ele aparece (como,

21 Em comunicação pessoal, Enrique Flores, do Instituto de Investigaciones Filológicas da Unam, me indica uma intensa leitura, por René Acuña, do trecho inicial do *Popol Vuh* (na qual se podem perceber algumas singularidades

de resto, todo o manuscrito) em texto corrido: *K'a katz'ininoq, k'a kachamamoq, katz'inonik, k'a kasilanik, k'a kalolinik, katolona' puch u pa kaj*. Vibrante de aliterações e assonâncias, essa que foi a "primeira palavra" (*nabe tzih*), a primeira eloquência, parece refletir a reverberação primigênia.

Também dispus em versos alguns trechos em que percebi mais intensamente um "formato" diccional possível – presente no entusiasmo com que o narrador / orador parece evocar o ânimo das cerimônias coletivas em que esses mitos eram originalmente transmitidos. Um desses trechos é o dos mantos pintados, quando o narrador nos leva (maravilhados com aquele engenho de ilusionismo barroco) para o centro da cena: um enxame de mamangavas e vespas, mesmo não passando de "imagens inscritas no manto", transcende a própria representação e vence, mágica e teatralmente, o engambelado inimigo.[22] Outro trecho é o do alvoroço coreográfico em que os noitibós – os pássaros guardiães do jardim de Xibalbá (o inframundo maia) – se distraem em vez de cuidar das flores, numa cena de grande plasticidade sonora:[23]

da prosódia maia, como a glotalização). Disponível em palabravirtual.com.

22 É outra a perspectiva do divino Gucumatz (a Serpente Emplumada), quando "Por sete dias tomava a forma de uma cobra, e realmente em cobra ele se transformava. Por sete dias a natureza de uma águia assumia, e realmente de águia, de jaguar, era sua aparência. Por outros sete dias, como poça de sangue aparecia, e realmente numa poça de sangue ele se transformava". A propósito, o "culto do sangue", como imagem paradigmal da cultura asteca/mesoamericana, é uma das "eras imaginárias" de Lezama Lima. Lembremos que a antológica revista *Orígenes*, que Lezama dirigiu em Havana, publicou em 1951 um trecho do *Popol Vuh* (em tradução de Ermilo Abreu Gómez).

23 Vemos passarinhos alvoroçados, também, nos murais de San Bartolo, Guatemala. Sua descoberta em 2001, por William Saturno, é um dos achados arqueológicos mais importantes da região maia e já revelou pinturas espetaculares e textos (datados de 300 a.C a 200 a.C.) que "se encontram entre os exemplos mais primitivos da escrita maia das terras baixas". A escrita maia das terras baixas é mais antiga do que se pensava até então e "era ainda uma arte de pintura" (Saturno, *Los murales de San Bartolo*, pp. 46–48).

Esses dois guardiães do jardim,
do jardim de Hun-Camé e Vucub-Camé,
nem notaram as formigas
roubando o que eles deviam vigiar,
as formigas pululando, carregando flores,
cortando flores nas árvores,
juntando-as com as flores
que já estavam sob as árvores.

Esses dois guardiães, naquela cantoria,
também não perceberam
que suas próprias caudas, suas próprias asas,
estavam sendo mordiscadas.

E as flores choviam,
caíam lá, ajuntavam-se aqui,
eram cortadas acolá, e assim
logo se encheram de flores
as quatro cuias, que transbordavam,
ao alvorecer.

Com a mesma percepção, tentei introduzir na prosa o sopro poético do original, num discurso marcado pelo que Tedlock chamou de "*pause phrasing*",[24] com o narrador trazendo o corpo para o centro da performance – a fala e o fôlego aí novamente juntos no sentido que compartilham na palavra quiché *ab'*: alento, ar, palavra, respiração – no que chamo, desde *Ar*, de *estrofação sensível*.[25] Neste exemplo,

24 Dennis Tedlock, "Toward an oral poetics". *New Literary History*, 1977, p. 8.
25 Lembro aqui o canto dos Mbyá-Guarani, "A fonte da fala", que traduzi para meu *Roça barroca* (Cosac Naify, 2011 / Sesi-SP Editora, 2018), em que o deus supremo faz a fonte da fala aflorar de si e fluir por seu corpo, tornando-a sagrada – palavra-alma de origem divina. No mencionado *Ar*, proponho com minhas estelas barrocas uma espécie de "sensualização" da linguagem, a convocação do corpo à leitura, com o uso de palavras aeradas em blocos cerrados de texto – criando uma "estrofação sensível" em que a dispersão das letras quer desautomatizar o olhar e trazer o fôlego do leitor ao centro mesmo do poema (Iluminuras, 2001). O procedimento é similar ao da poesia que emerge do rio de

cães, perus-ocelados, panelas e utensílios de cozinha começam a falar e se vingam de seus donos malvados, os bonecos de madeira entalhada, que são destruídos por não recordarem, por não invocarem seu Criador, seu Formador:

> Então eles saíram correndo, aos atropelos. Tentaram alcançar o alto das casas – as casas ruíram e os derrubaram. Tentaram alcançar o alto das árvores – as árvores os arrojaram ao chão. Tentaram entrar nas grutas – à face deles, as grutas se fecharam.

Já no caso das oscilações e disseminações de sentido, quando foi impossível optar por uma única acepção trabalhei no sentido de criar condensações poéticas que as amalgamassem. Um exemplo simples desse procedimento aparece na continuidade da cena dos noitibós guardiães do jardim, quando os Senhores de Xibalbá recebem dos heróis gêmeos, a contragosto, as cuias transbordantes de flores roubadas. Na leitura entrecruzada das diferentes traduções (dadas na nota 23 do capítulo 9, segunda parte, p. 311), a polissemia e a pontuação vacilante causam um efeito de miragem, e de repente já não se sabe se são as pétalas ou as faces dos Senhores que estão fragrantes, ou doces, ou pálidas, ou inanes – detalhe que resolvi fazendo-as compartilhar um adjetivo e com uma pontuação em que tanto a superfície das pétalas como as faces dos Senhores perderam o viço:

> E levando as quatro cuias transbordantes de flores, saíram para se defrontar com o Senhor, os Senhores, que receberam as flores, *suas faces já murchas*.

Outro tipo de condensação poética se deu quando Ixquic (Jovem Sangue Lua), junto com as corujas mensageiras que deveriam, in-

prosa do *Popol Vuh*, como naquele trecho em que os deuses, apenas com sua palavra, criam as coisas: "Assim como nuvem, como névoa, a terra foi surgindo, desdobrando-se, e então as montanhas despontaram da água". A propósito, em náuatle o difrasismo "alento palavra" significa "discurso".

justamente, arrancar seu coração e apresentá-lo numa cuia a Hun--Camé e Vucub-Camé (os Senhores da Morte de Xibalbá), recorre ao artifício de usar a seiva da *Árvore do Vermelho-Cochonilha* como um substituto de seu coração. Nesse contexto, com a palavra *holomax* podendo significar tanto seiva como sangue, cróton ou nódulo de seiva, optei por deitar na cuia "coágulos de seiva", a fim de condensar na imagem a consistência da seiva endurecida e o vermelho do sangue:

> E Hun-Camé e Vucub-Camé receberão, em vez de sangue, apenas coágulos de seiva.

O humor, o engodo e os jogos de palavras também se destacam no *Popol Vuh*, e um dos mais claros exemplos de trocadilho está no trecho em que os quatrocentos jovens se transformam na constelação chamada Motz, as Plêiades. Num rasgo metalinguístico,[26] o recurso é mencionado no corpo do texto:

> Foi assim a morte dos quatrocentos jovens. Conta-se que se transformaram nos trocentos astros de nome Sete-Estrelo, mas talvez isso seja apenas uma brincadeira com as palavras.

Aliás, é nesse trecho da brincadeira com as palavras (nos capítulos 7 e 8 da primeira parte) que descobrimos o que aconteceu com o *disillusioned crocodile*: por ora só vou contar que ele é Zipacná, o Jacaré, altivo criador das montanhas. Quanto ao engodo, os heróis maias são mestres em artimanhas. Ao contrário dos heróis da literatura oral ocidental, para vencer o inimigo eles não precisam de força bruta, mas de sagacidade, engenho, perspicácia: "Não há deus *ex machina* para os Maias. Os heróis gêmeos vencem por serem há-

26 O principal evento metalinguístico no livro todo está, a meu ver, no parágrafo final. Depois de ter o "*popol vuh*", "instrumento de visão", mencionado nominalmente em outras passagens do texto, justo no parágrafo final ele só é, elipticamente, aludido. É uma ausência de grande significação, signo lúcido da tragédia que se abatera sobre o povo quiché. Alguns tradutores decidiram inseri-lo no corpo do texto. Mantive o engenhoso recurso do original em quiché alfabético.

beis e espertos, não por serem puros, fortes, nem por serem mais brutos ou mais fiéis a deuses e ideais" (Schele, 32). O confronto de Hunahpú e Ixbalanqué com os deuses da morte, no Pátio do Sacrifício do Jogo de Bola em Xibalbá, é um exemplo de sua divertida imaginação contra as ardilosas armadilhas mortais (capítulo 11, segunda parte). Até hoje os Maias valorizam as tiradas espirituosas e a habilidade de fazer trocadilhos.

Em suma, o *Popol Vuh* que hoje conhecemos por intermédio do manuscrito setecentista de Ximénez sugere um singular amálgama verbal com diferentes funções e registros, anterior a conceituações literárias nos moldes ocidentais. Escrito por um nobre quiché consciente das tradições mitopoéticas mesoamericanas, vindas desde a aurora das formas poéticas onde tudo começou, o texto revela uma amplitude histórico-mítico-filosófica e uma notável arte verbal que o aproximam dos grandes livros sagrados e de obras clássicas como a *Ilíada* e a *Odisseia*.

Resta dizer que minha tradução traz o texto na íntegra, de acordo com o manuscrito de Ximénez. Quando há, raríssimas vezes, a inclusão (nunca a supressão) de uma palavra, isso é explicitado em nota, como no caso em que, no início do capítulo 1 da segunda parte, o nome de Vucub-Hunahpú não aparece ao lado do de Hun-Hunahpú, numa omissão provavelmente involuntária de Ximénez ao fazer sua cópia, pois no manuscrito original os pronomes estão no plural.

Quanto à ortografia de palavras em línguas ameríndias, no corpo do texto mantive a adotada por Recinos, que segue, com poucas alterações, a do Manuscrito de Chichicastenango. Nos excertos das versões consultadas consignados em notas mantive a ortografia adotada pelos tradutores, e, quando pertinente para o enfoque tradutório em questão, mantive-os em suas línguas de chegada; nos outros casos, fiz sua tradução para o português.

Os nomes de personagens, lugares e objetos rituais que decidi traduzir estão acompanhados do termo original, ou no próprio corpo do texto, entre parênteses, ou em nota, e por vezes entram em cena mais de uma vez, quando considerei positivo esclarecê-los ou dar mais contextura visual ao relato. Um exemplo é o de Gucumatz, versão quiché de Kukulkán, que é, por sua vez, seu nome maia – sendo que todos eles são ninguém menos que a divina Serpente Emplumada, mais conhecida por seu nome náuatle, Quetzalcóatl.

Quanto à divisão do texto, ainda que ela possa ser feita de várias formas (como se observa na diversidade das versões existentes), mantive a disposição do texto em quatro partes, subdivididas em capítulos, que Recinos adotou a partir da divisão proposta por Brasseur. A divisão em parágrafos, por sua vez, é mais flexível, e segue a lógica interna própria de minha tradução.[27]

Por fim, para arrematar esta nota, volto à difusa janela do *scriptorium* lá do início, evocando o episódio em que o Coração do Céu, ao perceber que os primeiros seres criados e formados viam longe e tinham entendimento, e receando que viessem a se igualar aos deuses, embaça seus olhos – *como se soprasse sobre a face de um espelho*. Um meio de conectar-se com deuses e ancestrais, o espelho dos Maias era feito de obsidiana polida, o vidro vulcânico que para eles era também pedra sagrada e faca sacrificial nos ritos para o sustento dos deuses, nos ritos para invocar – na escuridão, na noite – a aurora sanguínea que precede o aguardado nascer do Sol. Da fumaça da fogueira, dos papéis de casca de figueira onde arde o sangue da língua ferida por uma corda farpada, poreja em espirais a visão de tudo o que inspira e do que não se pode ver.

Essa é nossa fortuna. Para traduzir o *Popol Vuh* é preciso apanhar a tocha dos predecessores e, com sorte, passar adiante sugestões que possam iluminar as obscuridades latentes em seu inesgotável esplendor. E essa tocha não pode se apagar – como o archote-*ocote* que os heróis gêmeos, para sobreviver à Casa da Escuridão em Xi-

27 No manuscrito de Ximénez (também chamado, nas notas de rodapé, de "manuscrito Newberry"), a transcrição do original quiché, na coluna da esquerda, aparece em texto corrido, com poucos parágrafos, em geral indicados por letras capitulares (ou maiúsculas), e não parece obedecer a uma lógica narrativa (a falta de continuidade temática pode ter sido motivada por fatores externos ao texto, como a retomada da transcrição em outro turno, por exemplo). Na coluna da direita, a tradução para o espanhol segue a disposição gráfica da coluna contígua, mas em geral sem a marcação com letras capitulares, e apresenta breves espaçamentos que parecem ter sido feitos apenas para equilibrar graficamente as colunas paralelas de original e tradução.

balbá, simulam estar aceso com o fogo-artifício das penas vermelhas de uma arara, antes de ascenderem e se transfigurarem em Sol e Lua.

Este trabalho é dedicado ao Jero, meu filho tão querido,
que esteve presente em todas as alegrias e provações desta viagem.

20 de setembro de 2018,
ilha de Santa Catarina.

BIBLIOGRAFIA SUPLEMENTAR

ANÔNIMO. *Popol Vuh*. Ed., pról. e cronol. Laura Elena Sotelo. Trad. esp. e pról. Michela Craveri. Penguin Random House, 2018.

___. *Popol Vuh*. Trad. Miguel Ángel Asturias e J. M. González de Mendoza. Losada, 1969.

___. *El libro de los libros de Chilam Balam*. Trad. de paratextos Alfredo Barrera Vázquez e Silvia Rendón. 2ª ed. México: FCE, 1963.

BASSIE-SWEET, Karen. *Maya Sacred Geography and the Creator Deities*. University of Oklahoma Press, 2008.

___; HOPKINS, Nicholas A. *Maya Narrative Arts*. University Press of Colorado, 2018.

BASSETA, Domingo de. *Vocabulario de lengua quiché*. Ed. René Acuña. Instituto de Investigaciones Filológicas, Unam, 2005.

BRASSEUR DE BOURBOURG, Charles Étienne (ed.) *Popol Vuh. Le livre sacré et les mythes de l'antiquité américaine, avec les livres héroïques et historiques des Quichés.* Paris: Bertrand, 1861.

BIBLIOTECA Digital de la Medicina Tradicional Mexicana. Unam. Disponível em: <www.medicinatradicionalmexicana.unam.mx/index.php>.

BROTHERSTON, Gordon; GALLEGOS, Ana. "El Lienzo de Tlaxcala y el Manuscrito de Glasgow (Hunter 242)". *Estudios de Cultura Náhuatl*, 1990, 20.

CHÁVEZ, Adrián. *Pop Wuj: Libro del Tiempo*. Ediciones del Sol, 1987.

CHRISTENSON, Allen. *Popol Vuh. The Sacred Book of the Maya*. University of Oklahoma Press, 2012.

CIFUENTES AGUIRRE, Oscar. *Odontología y Mutilaciones Dentarias Mayas*. Guatemala: Editorial Universitaria, 1963.

COE, Michael et al. *The Fourth Maya Codex. Maya Archaeology* 3. San Francisco: Precolumbia Mesoweb Press, 2015.

COTO, Thomas de. *Vocabulario de la lengua cakchiquel*. Ed. René Acuña. México: Unam, 1983.

CRAVERI, Michela. *El Popol Vuh y su función poética: análisis literario y estudio crítico del texto*. México: Unam, 2007.

EDMONSON, Munro S. 1971. Middle American Research Institute, Publication 35. New Orleans: Tulane University.

FLORES, Enrique. *Etnobarroco. Rituales de alucinación*. Instituto de Investigaciones Filológicas, Unam, 2015.

GARIBAY, Ángel María. *Historia de la literatura nahuatl*. México: Porrúa, 1992.

___. *Teogonía e Historia de los Mexicanos*. Tres opúsculos del siglo XVI. México: Porrúa, 1979.

GARZA, Mercedes de la (org.) *Literatura Maya*. Compil. e pról. Mercedes de la Garza; cronol. Miguel León-Portilla; estudos introdutórios e trad. Adrián Recinos; ilustrações Carlos Ontiveros Tamayo. Caracas: Biblioteca Ayacucho, 1992.

GOETZ, Delia; MORLEY, Sylvanus G. *Popol Vuh. The Sacred Book of the Ancient Quiche Maya*. University of Oklahoma Press, Norman Ok, 1950.

HERMANN LEJARAZU, Manuel A. "Origen y creación de los bultos sagrados". *Arqueología Mexicana*, n. 145.

HULL, Kerry M.; CARRASCO, Michael D. *Parallel Worlds*: Genre, Discourse, and Poetics in Contemporary, Colonial and Classic Maya Literature. University Press of Colorado, 2012.

JANSEN, Maarten; GARCÍA, Luis Reyes (coord.). *Códices, caciques y comunidades*. Netherlands: Ahila, 1997.

JOSSERAND, Kathryn; HOPKINS, Nicholas A. *Maya Hieroglyphic Writing*. Workbook for a short course on Maya hieroglyphic writing. 2ª ed. Workbook / Jaguar Tours, 2011.

LEÓN-PORTILLA, Miguel. *Códices: os antigos livros do Novo Mundo*. Tradução Carla Carbone; revisão técnica Eduardo Natalino dos Santos. Florianópolis: Ed. da UFSC, 2012.

LEVINE, Marc N.; CARBALLO, David M. (ed.). *Obsidian Reflections. Symbolic Dimensions of Obsidian in Mesoamerica*. University Press of Colorado, 2014.

LEZAMA LIMA, José. *A dignidade da poesia*. Trad. Josely Vianna Baptista. São Paulo: Ática, 1996.

___. *Las eras imaginarias*. Madrid: Fundamentos, 1971.

MAFFIE, James. Aztec *Philosophy: Understanding a World in Motion*. University Press of Colorado, 2014.

MONTEMAYOR, Carlos. *Arte y plegaria en las lenguas indígenas de México*. México: FCE, 1999.

MONTES DE OCA VEGA, Mercedes. *Los difrasismos en el náhuatl de los siglos XVI y XVII*. Unam, 2013.

NAVARRETE CÁCERES, Carlos. *Relatos mayas de Tierras Altas sobre el origen de maíz: los caminhos de Paxil*. Unam, 2002.

OLIVIER, Guilhem. *Cacería, sacrificio y poder en Mesoamérica. Tras las huellas de Mixcóalt, "Serpiente de Nube"*. Instituto de Investigaciones Históricas-Unam / Fondo de Cultura Económica / Centro de Estudios Mexicanos y Centroamericanos, México, 2015.

SAHAGÚN, Bernardino de. *Historia general de las cosas de la Nueva España*. Editorial Pedro Robredo, México D.C., 1938.

SATURNO, William et al. *Los murales de San Bartolo, El Petén, Guatemala, parte 1: El mural del Norte. Ancient America*, 7, 2005.

SCHELE, Linda; MILLER, Mary Ellen. *The Blood of Kings. Dinasty and Ritual in Maya art*. George Braziller, Inc. / Kimbell Art Museum, 1986.

SHARER, Robert; TRAXLER, Loa p. *The Ancient Maya*. 6ª ed. totalmente revista. Stanford, Califórnia: Stanford University Press, 2006.

TEDLOCK, Dennis. "Toward an oral poetics". *New Literary History*, 8, 1977.

___. *Breath on the Mirror: Mythic Voices & Visions of the Living Maya*. University of New Mexico Press, 1997.

THOMPSON, J. Eric S. *Maya Hieroglyphic Writing: an Introduction*. Publication 589. Carnegie Institution of Washington, Washington D.C., 1950.

VALLADARES, León. *El hombre y el maíz: etnografía y etnopsicología de Colotenango*. D.F., B. Costa-Amic, 1957.

VAREA, frei Francisco de. *Calepino em lengua cakchiquel*. Cópia do manuscrito original de frei Francisco Barela, manuscrito da Biblioteca da American Philosophical Society, Filadélfia, 1699. [Ed. impr., *Calepino en lengua cakchiquel*. Ed. Judy G. Butler. Guatemala: Universidad Mariano Gálvez de Guatemala, 1997].

VIANNA BAPTISTA, Josely. *Roça barroca* [2011]. São Paulo: Sesi-SP Editora, 2018.

___. *Roza barroca*, trad. Reynaldo Jiménez. Unam, 2019. (Col. Adugo Biri).

VIVEIROS DE CASTRO, Eduardo. *A inconstância da alma selvagem e outros ensaios de antropologia* [2002]. São Paulo: Ubu Editora, 2017.

WARREN, Rosanna (ed.). *The Art of Translation: Voices from the Field*. Boston: Northeastern University Press, 1989.

WISDOM, Charles. *The Chortí Indians of Guatemala*. The University of Chicago Press, 1940.

YÉPEZ, Heriberto. *La colonización de la voz: literatura moderna, Nueva España, el náhuatl*. Tijuana: Axolotl Editorxs, 2018.

ARTE E POLÍTICA NO *POPOL VUH*

DANIEL GRECCO PACHECO

No princípio não havia nada, nenhum tipo de matéria, ar ou elemento da natureza. Uma inércia e ausência que perduraram até o surgimento da primeira palavra proferida pelos seres criadores do mundo. A partir de então surgiram as primeiras matérias, as primeiras árvores, rios, o ar e os primeiros seres vivos. O início do *Popol Vuh*, ou Livro do Conselho, narrativa cosmogônica dos *Maya*,[1] ressalta a importância da palavra para a constituição da vida e dos seres. A palavra dos povos originários do continente americano, após séculos de dominação europeia em que esteve calada, vem aos poucos saindo de seus refúgios. Nos últimos anos, têm sido publicadas palavras dos povos que habitavam o território americano antes da chegada dos europeus, revelando suas próprias ontologias e formas de pensamento. Esta edição do *Popol Vuh*, que traz em uma nova versão em língua portuguesa a beleza e a complexidade do texto da mais famosa narrativa cosmogônica dos povos *mayas*, vem na esteira da publicação dos relatos de Ailton Krenak, das histórias e narrativas de Daniel Munduruku e do paradigmático livro de Davi Kopenawa, com suas narrativas recolhidas e traduzidas pelo antropólogo Bruce Albert (Kopenawa & Albert, 2010), definido por Eduardo Viveiros de Castro como "autoantropologia".

1 Optei pela grafia "*maya*" no lugar de "maia", de uso corrente na língua portuguesa, para marcar o termo que engloba não apenas questões linguísticas mas também sociais, históricas e políticas que caracterizam o movimento Pan-Maya presente até os dias de hoje.

Os povos mesoamericanos,[2] que incluem *mayas, aztecas*, olmecas, teotihuacanos, zapotecos e outros, são sempre lembrados por sua riqueza cultural e famosos por suas construções monumentais, pirâmides e templos que tanto chamam a atenção; mas esses são apenas alguns dos elementos significativos acerca desses povos. As narrativas de criação do mundo foram imortalizadas em suportes como os códices,[3] ou ainda em uma variedade de objetos cerâmicos e placas de pedra, e constituem elementos fundamentais na estruturação da vida dos povos mesoamericanos no passado e no presente. Essas histórias se inscrevem em objetos de temporalidades e geografias diversas, que hoje constituem o que se pode chamar de uma arte mesoamericana. O *Popol Vuh* é exemplo disso.

Condecorado como livro nacional da Guatemala em 1972, acredita-se que o *Popol Vuh* tenha sido escrito num contexto de grande contestação política entre os membros das linhagens *k'iche'* num momento em que procuravam legitimação dentro do novo sistema colonial estabelecido, no século XVI. Para isso, foram utilizadas narrativas sobre a explicação da origem do mundo e dos seres que fariam parte de todo um arcabouço cultural *maya* e mesoamericano presente desde tempos antigos na região. Além disso, a utilização de mitos cosmogônicos e de importantes personagens míticos como ferramenta para requisitar direitos e uma legitimação política era uma prática comum na Mesoamérica antiga, com a realização de diversas construções que relacionavam direitos políticos com questões mitológicas e seres criadores primevos. Um exemplo disso são os importantes painéis de pedra calcária presentes no Conjunto da

2 O conceito de Mesoamérica foi criado pelo antropólogo Paul Kirchhoff em 1943 para definir uma extensa área cultural que inclui a metade meridional do México, toda a Guatemala, Belize, El Salvador, parte ocidental de Honduras, costa pacífica da Nicarágua e noroeste da Costa Rica. Essa área apresenta características culturais comuns, como elementos religiosos, constituição étnica, linguística, o cultivo do milho e do cacau, além de elementos artísticos, arquitetônicos, concepções de mundo, contagem do tempo e calendário (Kirchhoff 1960, pp. 8–9).

3 São chamados de códices os manuscritos pré-hispânicos confeccionados com peles de animais, papel *amatl*, feito da casca de um tipo de figueira, ou *maguey*, um tipo de cacto. Esses segmentos traziam escritos que versavam sobre as histórias de linhagens governantes, suas filiações com seres sobre-humanos, as sortes e os destinos das pessoas, ciclos astronômicos e sua conexão com as chuvas, entre outros temas.

Cruz da antiga cidade *maya* de Palenque, México, que floresceu durante o período Clássico. No caso do *Popol Vuh*, ao recuperar esses importantes laços míticos com uma narrativa criacional importante, os senhores *k'iche'* do século XVI buscavam fundamentar sua luta por direitos políticos junto à Coroa espanhola.

Também é importante ressaltar que a hipótese mais aceita é a de que a narrativa do *Popol Vuh* seja resultado de um trabalho heterogêneo, com diversas influências. Alguns autores o consideram por isso uma obra mestiça, fruto da intervenção de personagens com diferentes concepções, além de uma forte presença cristã em sua estrutura. Um resultado direto da situação colonial do contexto em que foi escrito. Mesmo sendo fruto do colonialismo, é certo que muitas de suas passagens e histórias já faziam parte da cosmogonia e da ontologia dos povos *mayas* havia milhares de anos, como mostram os materiais arqueológicos encontrados em diferentes temporalidades com cenas e temas ligados ao *Popol Vuh*. Dessa forma, é razoável supor que elementos básicos propagados por uma tradição ao longo de séculos fossem apreendidos pelos escritores que criaram o *Popol Vuh*. Entre eles, a existência de dois gêmeos, heróis culturais, tão presentes em outras narrativas mesoamericanas, heróis com a característica de *tricksters*, personagens que transgridem ordens preestabelecidas, com comportamentos que vão contra as regras sociais convencionais. Heróis com essa característica são muito comuns em todo o mundo ameríndio, como demonstrou Lévi-Strauss nas *Mitológicas*, obra magistral em que analisa mais de oitocentos mitos de todo o continente americano. Entre eles, o Makunaíma, por exemplo, cujos elementos Mário de Andrade tomou de narrativas amazônicas, dos povos Taulipangue e Arekuná recolhidas e publicadas pelo viajante alemão Theodor Koch-Grünberg no início do século XX.[4] Ou o Kauyumari, herói *trickster* entre os Huicholes do México. Outro elemento importante do *Popol Vuh* são as diferentes etapas da criação humana, com sucessivas criações e destruições provocadas pelas entidades criadoras do mundo, o Criador, o Formador, Tepeu, Gucumatz, A-que-Concebe, O-que-Gera,

4 Ver Lúcia Sá, "Macunaíma e as fontes indígenas", in Mário de Andrade, *Macunaíma o herói sem nenhum caráter*. São Paulo: Ubu Editora, 2017.

o Coração do Céu, até chegar à criação definitiva do homem feito pela massa de milho. Ou ainda toda a saga dos heróis gêmeos, que embarcam numa jornada por Xibalbá, mundo governado por senhores da noite, para vingar a morte de seus pais por esses mesmos governantes, em tempos anteriores. Uma saga que culmina na criação do Sol e da Lua, a partir de um ato de sacrifício dos dois heróis, quando eles se atiram num forno para se transformar nos dois astros celestes.

As representações de fragmentos de elementos e temas do texto encontrado no início do século XVIII pelo frei Francisco Ximénez na Guatemala estão presentes numa ampla gama de materiais em diferentes locais e períodos dentro da área *maya*. Alguns deles aparecem mais na arte *maya*, como o confronto de Hunahpú e Xbalanqué contra Vucub-Caquix, ave vaidosa e que se considerava o próprio Sol. Elementos dessa cena foram encontrados em objetos da cultura material, como o famoso Prato Blom descoberto no estado de Quintana Roo, no México, e datado do período Clássico, que ilustraria essa passagem. Ou, ainda, as diversas cenas da prática do jogo de bola recorrentes nas antigas cidades *mayas*, um elemento central na narrativa do *Popol Vuh*.

Objeto de um grande número de estudos durante todo o século XX, a presença do *Popol Vuh* na arte *maya* hoje pode ser compreendida de maneira mais clara e pode ser mais problematizada. Os diversos estudos já realizados desde os pioneiros, como Eduard Seler ([1902] 1960–61) e Ernst Förstemann (1906), *Sir* Eric Thompson (1970), Michael Coe (1973, 1989), Mercedes de La Garza (2012), Linda Schele, Mary Ellen Miller (1986), Justin Kerr (1989–2000), entre outros, buscavam uma correspondência estreita das passagens e das narrativas do texto *k'iche'* na arte *maya*, localizando suas cenas em diversos tipos de suporte oriundos da cultura material. Tais estudos ainda são comuns entre os pesquisadores que investigam a antiga Mesoamérica, mas atualmente novas abordagens ganharam relevância. Entre elas, a proposta por Oswaldo Chinchilla Mazariegos,[5] que, em vez de

5 Oswaldo Chinchilla Mazariegos, *Imágenes de la Mitología Maya*. Guatemala: Universidad Francisco Marroquín, 2011; *Art and Myth of the Ancient Maya*. New Haven e London: Yale University Press, 2017.

buscar uma correlação simples e direta do *Popol Vuh* com elementos da cultura material, entende os temas e os elementos do texto *k'iche'* de maneira mais ampla, comparando-os a outras narrativas e mitos de criação de povos mesoamericanos do passado e do presente. Segundo Chinchilla Mazariegos, a questão fundamental para esse tipo de estudo é uma compreensão do *Popol Vuh* não como um registro definitivo dos antigos mitos *mayas*, mas como uma expressão do conhecimento, objetivos e demandas específicos de seus autores.

Esta edição do *Popol Vuh* em português foi ilustrada por Francisco França com base nas cenas que selecionei de uma iconografia pesquisada em diferentes suportes. A seleção das cenas procurou destacar temas e personagens da narrativa do *Popol Vuh* presentes em outras produções da cultura material dos povos *mayas* antigos: imagens de vasos, pratos de cerâmica que datam do período Clássico *maya* (200 d.C. a 1050 d.C.), cenas de estelas de pedra também desse período, pinturas murais do Pré-clássico (2500 a.C. a 200 d.C.) e ainda ilustrações encontradas em códices do período Pós-clássico (1050 d.C. a 1525 d.C.) e em elementos decorativos de estruturas arquitetônicas, todos encontrados em diferentes partes da área *maya* e em tempos diversos. Ainda que não se possa esperar que um único texto produzido no período colonial preserve de maneira integral temas de narrativas míticas de tempos anteriores com uma extensão temporal que perpassa mais de mil anos, é possível reconhecer imagens do *Popol Vuh* na antiguidade *maya* ao longo do tempo.[6]

Esta nova edição brasileira do *Popol Vuh* é ainda oportuna na medida em que vem a público em um momento político delicado para as populações indígenas do continente. Um momento marcado por seguidos retrocessos nos direitos das nações indígenas do Brasil e dos países americanos, com confisco de terras, perseguições e assassinatos. Nesse sentido, esta publicação recupera a vocação original do *Popol Vuh*, de uma criação literária dos *K'iche'* de uma "voz por direitos". Uma voz que não se restringe aos *K'iche'*, mas se amplia aos *Kaqchikeles*, *Poqomchi'*, *Pocomanes*, *Tseltales*, *Tz'utujiles*,

6 Chinchilla Mazariegos, op. cit., 2017, p. 241.

Tsotsiles, Mames, Yucatecos, Q'eqchi', Mixtecos, Nahuas, Huicholes, Guarani-Kaiowá, Guarani M'byá, Yanomami, Kayapó, Krenak, Kaingang, Mapuche, Quéchua, Wayuu, Aymara, Charrua, Kuna e às outras centenas de nações indígenas espalhadas pelo continente americano.

A força da palavra como um elemento criacional central e decisivo para a formação e a manutenção do mundo pelos entes que criaram o *Popol Vuh* amplia a força da mesma palavra que hoje sai da boca indignada do Exército Zapatista de Libertação Nacional no México, ou da denúncia misturada com poesia feita pela *k'iche'* Rigoberta Menchú, prêmio Nobel da Paz em 1992, ou pelos milhares de poetas das línguas *mayas*.

O povo *k'iche'* fala por si mesmo, nos conta sua história, sua glória, sua origem. Que as palavras do *Popol Vuh* nasçam como que por um toque de forças maiores criadoras do mundo e dos seres, e para que, da ausência de tudo, da falta da matéria, brote esta nova edição do *Popol Vuh* com toda sua poesia e complexidade.

Daniel Grecco Pacheco é pesquisador
do Centro de Estudos Mesoamericanos
e Andinos da Universidade de São Paulo.

REFERÊNCIAS BIBLIOGRÁFICAS

BROTHERSTON, Gordon; MEDEIROS, Sérgio. *Popol Vuh*. São Paulo: Iluminuras, 2007.

CHINCHILLA MAZARIEGOS, Oswaldo. *Imágenes de la Mitología Maya*. Guatemala: Universidad Francisco Marroquín, 2011.

___. *Art and Myth of the Ancient Maya.* New Haven e London: Yale University Press, 2017.

CHRISTENSON, Allen J. *Popol Vuh: The Sacred Book of the Maya*. Nova York: O Books, 2003.

COE, Michael D. "The Hero Twins: Myth and Image", in KERR, Justin, *The Maya Vase Book: A Corpus of Rollout Photographs of Maya Vases*, 1, pp. 161–84. Nova York: Kerr Associates, 1989.

___. *The Maya Scribe and His World*. Nova York: Grolier Club, 1973

DE LA GARZA, Mercedes. *El Legado escrito de los mayas*. Cidade do México: Fondo de Cultura Económica, 2012.

EDMONSON, Munro, S. *The Book of Counsel: The Popol Vuh of the Quiche Maya of Guatemala*. Middle American Research Institute, Publication n. 35. Tulane University, New Orleans, 1971.

FÖRSTEMANN, Ernst. *Commentary on the Maya Manuscript in the Royal Public Library of Dresden*. Papers of the Peabody Museum of American Archaeology and Ethnology, vol. 4, n. 2. Cambridge, Mass.: Harvard University, 1906.

KERR, Justin. *The Maya Vase Book*. 6 vols. Nova York: Kerr Associates, 1989–2000.

KIRCHHOFF, Paul. *Mesoamérica: sus límites geográficos, composición étnica y caracteres culturales.* In: Suplemento da Revista Tlatoani. México: Sociedad de Alumnos de la Escuela Nacional de Antropología e Historia, nº 3, 1960.

KOPENAWA, Davi & ALBERT, Bruce. *La Chute du ciel: paroles d'un chaman Yanomami*. Paris: Plon, 2010.

RECINOS, Adrian. *Popol Wuj. Las Antiguas Historias del Quiché*. Cidade do México: Fondo de Cultura Económica, 1982.

SÁ, Lúcia. "Macunaíma e as fontes indígenas", in Mário de Andrade, *Macunaíma o herói sem nenhum caráter*, estabelecimento do texto Telê Ancona Lopez, Tatiana Longo Figueiredo, ilustrações Luiz Zerbini. São Paulo: Ubu Editora, 2017.

SAM COLOP, Enrique. *Popol Wuj, Versión Poética K'iche'*. Proyecto de Educación Maya Bilingüe Intercultural, Cholsamaj, 1999.

SCHELE, Linda; MILLER, Mary Ellen. *The Blood of Kings. Dinasty and Ritual in Maya Art.* Fort Worth: Kimbell Art Museum, 1986.

SELER, Eduard. *Gesammelte Abhandlungen zur Amerikanischen Sprach und Alterthumskunde*. 5 vols. Akademische Druck und Verlangsanstalt, Graz, [1902] 1960–1961.

TEDLOCK, Dennis. *Popol Vuh: the Mayan Book of the Dawn of Life.* Nova York: Touchstone, 1985.

THOMPSON, J. Eric S. *Maya History and Religion*. Norman: University of Oklahoma Press, 1970.

PRÓLOGO

ADRIÁN RECINOS (1946)

Durante a minha primeira visita à Biblioteca Newberry, de Chicago, no verão de 1941, tive a oportunidade de examinar o precioso material linguístico que compõe a Coleção Edward E. Ayer, na qual estão representadas mais de trezentas línguas e dialetos indígenas da América.[1]

Observando, nessa ocasião, o material relativo à Guatemala, tive a grata surpresa de encontrar o volume manuscrito de *Arte de las tres lenguas kakchiquel, k'iche' y zutuhil*, redigido no início do século XVIII pelo frei Francisco Ximénez, sacerdote de Santo Tomás Chuilá, hoje Chichicastenango. Em meados do século XIX, esse volume estava depositado na Biblioteca da Universidade da Guatemala, de onde passou, em 1855, para as mãos do abade Brasseur de Bourbourg, que o levou para a Europa como parte de sua Coleção Americana. Depois da morte desse pesquisador, a obra de Ximénez foi adquirida pelo sr. Ayer e incorporada à sua valiosa coleção linguística.

O manuscrito de *Arte de las tres lenguas* é composto de 362 páginas e contém a *Arte* propriamente dita, ou seja, uma excelente gramática das línguas mencionadas, e outras obras de Ximénez, entre as quais a transcrição do texto quiché e a primeira versão em castelhano do livro conhecido como *Popol Vuh*. A obra é composta de 112 fólios, escritos em duas colunas, e tem o seguinte título: *Empiezan las historias del origen de los indios de esta provincia de Guatemala*.

Essa primeira versão em espanhol do documento quiché foi publicada em 1857, em Viena, pelo dr. Karl von Scherzer, com base em

1 A tradução do prólogo e da introdução de Adrián Recinos é de Ari Roitman.

uma cópia do original que ele mandara fazer na Guatemala, durante sua viagem à América Central em 1853 e 1854. O texto quiché do *Popol Vuh* é conhecido porque veio a lume em Paris, em 1861, por obra do abade Brasseur de Bourbourg, acompanhado de sua tradução para o francês. A existência do manuscrito do *Popol Vuh* era ignorada até mesmo pelos funcionários da Biblioteca Newberry. O catálogo da Coleção Edward E. Ayer esconde o precioso documento sob o título da primeira obra contida no volume manuscrito, ou seja, a *Arte* das três principais línguas da Guatemala.

Comparando o texto original transcrito por Ximénez com o texto impresso por Brasseur, notei a existência de algumas variantes, de omissões importantes e de outras alterações que afetam a interpretação do documento quiché. Além disso, a possibilidade de superar, ao menos em parte, as imperfeições das traduções existentes e de esclarecer e corrigir algumas de suas passagens suscitou em mim o desejo de empreender uma nova versão direta do quiché para o espanhol, que, aproveitando os trabalhos dos meus antecessores, avançasse um pouco mais na compreensão do livro que Bancroft qualificou como o legado mais precioso que nos restou do pensamento aborígene americano.

O presente trabalho é fruto de vários anos de trabalho de pesquisa e interpretação. Ao realizá-lo, procurei não me afastar do texto original e respeitar estritamente o caráter do idioma quiché, sóbrio e sintético, embora não alheio à elegância de expressão. Seria fácil dar à narração uma forma literária mais agradável ao ouvido do leitor moderno; mas isso só poderia ser feito sacrificando a fidelidade que o tradutor deve estabelecer como norma numa obra de tal natureza. De modo geral, procurei conservar a construção do original, suas formas de passiva e suas frequentes repetições. Foram muito úteis para mim as gramáticas e os vocabulários das línguas quiché e cakchiquel escritos pelos missionários espanhóis, os quais podem ser consultados em várias bibliotecas da Europa, dos Estados Unidos e do México.

As palavras do manuscrito original aparecem em notas de rodapé da tradução quando foram omitidas ou alteradas na transcrição de Brasseur. A ortografia é a do texto original. Não são reproduzidos os símbolos fonéticos de Parra que aparecem algumas vezes no manuscrito de Ximénez; em seu lugar, incluímos o equivalente geralmente aceito. Não desconheço a utilidade de fonetizar as palavras da língua quiché segundo a prosódia castelhana, trabalho louvável realizado pelos srs. Villacorta e Rodas; mas preferi ser fiel ao texto encontrado por Ximénez e respeitar a forma como foi transcrito por ele há mais de duzentos anos. Essa forma, além do mais, é a mesma que se encontra em outros documentos indígenas da época, nas crônicas coloniais e nas gramáticas, nos vocabulários e em outras obras escritas pelos missionários espanhóis para facilitar a instrução religiosa dos índios.

Deve-se considerar, portanto, que nas palavras em que aparece o *h* devemos pronunciar essa letra como o *j* espanhol ou o *h* moderno inglês. Por exemplo, o nome *Hunahpú* soa em espanhol como *Junajpú*; *Culahá*, como *Culajá* etc.[2] O som do *v* é igual ao do *u*, *gu* ou *w* em palavras como *vach*, que tem o mesmo som de *guach* ou *wach*; *Popol Vuh*, que soa como *Popol Uur* ou *Wur*.

O manuscrito original não está dividido em partes ou capítulos. O texto é corrido e sem interrupções do princípio ao fim. Neste trabalho, adotei, de modo geral, a divisão de Brasseur de Bourbourg em quatro partes e de cada parte em capítulos porque me parece racional e adequado ao sentido e ao assunto da obra. Como a versão do abade francês também é a mais conhecida, considerei que dessa maneira serão facilitados o cotejo e a consulta por parte dos leitores que desejarem fazer um estudo comparativo.

A etimologia dos nomes próprios é matéria difícil, que leva a conjeturas arriscadas e hipóteses enganosas. Por esse motivo, só aceitei aquelas que parecem razoáveis, sem entrar na análise dos componentes dos nomes antigos, trabalho que poucas vezes produz resultados satisfatórios. Anotei, entretanto, em vários lugares as relações desses nomes com outros da língua maia, com a qual o quiché guarda estreita semelhança, e algumas vezes com a língua náuatle, que tanto influiu nas línguas da América Central.

Quanto aos nomes geográficos, também agi com cautela. Alguns dos lugares mencionados no texto conservam seu nome antigo;

2 Em português, equivale ao *h* aspirado ou ao *r* (fricativa velar surda) com som aspirado, soando *Runarpú* e *Cularrá*. [N. T.]

mas muitos outros são conhecidos por nomes da língua mexicana ou castelhana que lhes foram dados depois da Conquista. Nas notas podem ser lidos os nomes modernos dos lugares antigos que foi possível identificar.

INTRODUÇÃO

ADRIÁN RECINOS (1947)

I. AS NARRAÇÕES DOS ÍNDIOS

Terminada a conquista do México pelos espanhóis, Hernán Cortés, a quem chegara a notícia da existência de ricas terras habitadas por inúmeras tribos da Guatemala, decidiu enviar o mais intrépido dos seus capitães, Pedro de Alvarado, para submetê-las.

Várias nações indígenas, descendentes dos antigos Maias, ocupavam o território da Guatemala no século XVI. Entre elas, as mais importantes e numerosas eram, sem dúvida, a quiché e a cakchiquel, povos rivais que tinham entrado em guerra várias vezes e disputavam continuamente a supremacia por motivos territoriais, políticos e econômicos. A nação quiché era, na época da conquista espanhola, a mais poderosa e culta entre as que ocupavam o território da América Central. Quando Alvarado cruzou, em 1524, as fronteiras de Quiché, os índios resistiram vigorosamente, mas, após sangrentas batalhas, acabaram se rendendo diante da superioridade das armas e da tática dos espanhóis. Como recurso desesperado, os reis quiché propuseram a Alvarado recebê-lo em paz na sua capital, a cidade de Utatlán; mas, uma vez dentro dos seus muros, o astuto capitão espanhol, desconfiando de que pretendiam destruí-lo e ao seu exército nas ruas estreitas e nas fortificações, retirou-se para os campos circundantes e se apoderou dos reis, a quem condenou à morte como traidores e executou diante da população apavorada. Logo depois, mandou arrasar a cidade, cujos habitantes se dispersaram por todas as direções.

O próprio Alvarado, na carta que dirigiu a Hernán Cortés prestando-lhe contas da campanha, descreve as intenções que julgou ver nos reis quiché e conclui com estas palavras: "E como conheci de eles terem tanta má vontade para com o serviço de sua majestade e o bem e o sossego de esta terra, eu os queimei e mandei queimar a cidade só lhe deixando os alicerces, porque é tão perigosa e tão forte que mais parece uma casa de ladrões que de povoadores".[3]

É provável que uma parte dos habitantes de Utatlán, especialmente os membros da nobreza, que tinham suas casas na capital e as viram desaparecer devoradas pelo fogo, tenha se transferido para a aldeia vizinha de Chichicastenango, que os antigos Quiché chamavam de Chuilá, ou lugar das urtigas. Mais tarde, os espanhóis deram a essa aldeia o nome de Santo Tomás e confiaram sua pacificação aos missionários das ordens religiosas, que converteram seus habitantes à fé católica e os iniciaram na civilização do Velho Continente. Dessa forma, Santo Tomás Chichicastenango, como essa aldeia continuou sendo chamada, constitui um núcleo importante de índios quiché, que prosperou ao longo dos trezentos anos do governo espanhol e hoje é uma das comunidades indígenas mais industriosas e extensas da Guatemala e meca de estrangeiros, que são atraídos pelas belezas naturais do lugar e pelos costumes pitorescos dos seus habitantes.

No interior dos muros do grande convento de Chichicastenango, viveu, no início do século XVIII, o frei Francisco Ximénez, da Ordem de São Domingos. O frei Ximénez era um homem sábio e bondoso, conhecedor das línguas dos índios e vivamente interessado em convertê-los à religião cristã. É provável que em seu contato com os índios, mediante sua ajuda e seus conselhos paternais, tenha conquistado a confiança deles e conseguido que lhe contassem as lendas e as tradições de sua raça. Linguista consumado, Ximénez tinha a vantagem de conseguir se comunicar com a sua grei na própria língua quiché, da qual deixou valiosos estudos gramaticais. Todas essas circunstâncias favoráveis ajudaram a vencer a natural desconfiança dos índios, e a elas provavelmente se deve o fato de, ao fim e ao cabo, ter chegado às mãos do religioso dominicano o livro que

3 Pedro de Alvarado, "Carta-relacion a Hernán Cortés: Utatlán, 11 de abril de 1524", in *Libro Viejo de la Fundación de Guatemala, y papeles relativos a D. Pedro de Alvarado*. Cidade da Guatemala: Tipografía Nacional, 1934, pp. 271–75. (Biblioteca "Goathemala" de la Sociedad de Geografía e Historia, v. XII).

eles guardavam com tanto zelo e que continha as antigas histórias da sua nação.

Esse documento, escrito pouco depois da conquista espanhola por um índio quiché que aprendeu a ler e a escrever no idioma castelhano, é conhecido geralmente como *Popol Vuh*, *Popol Buj*, *Livro do conselho*, *Livro sagrado*, *Livro do comum* ou *Livro nacional dos Quiché* e contém as ideias cosmogônicas e as antigas tradições desse povo americano, a história de suas origens e a cronologia dos seus reis até o ano de 1550.

Desconhecemos o nome do autor desse livro e o destino da obra original, que permaneceu oculta por mais de 150 anos. O frei Ximénez, que a descobriu em sua paróquia de Santo Tomás Chichicastenango, fez uma transcrição do texto quiché e uma tradução para a língua castelhana, que intitulou *Historia del origen de los indios de esta provincia de Guatemala*. Essa transcrição ainda se conserva, escrita pelas mãos do frei historiador; mas do documento original em língua quiché não há notícia alguma, e é possível que, depois que o frei Ximénez fez uso dele, tenha voltado às mãos dos índios e à obscuridade em que até então havia existido.

Ximénez diz que a falta de informações sobre a antiguidade dos índios se deve ao fato de que estes esconderam os livros que as teriam registrado e que, embora em alguns lugares tais livros tenham sido encontrados, não foi possível lê-los nem entendê-los. Por essa razão, diz o historiador, "discorreu-se variadamente a respeito dessas gentes e sua origem". E acrescenta:

> e assim determinei o transladar de verbo ad verbum todas as suas histórias como as traduzi em nossa língua castelhana, da língua quiché em que as achei escritas desde o tempo da Conquista, que então (como ali dizem) as reduziram do seu modo de escrever ao nosso; mas foi com todo o sigilo que se conservou entre eles, com tanto segredo que nem memória se fazia de tal coisa entre os ministros antigos, e indagando eu sobre tal ponto, estando na paróquia de Santo Tomás Chichicastenango, percebi que era a Doutrina que eles primeiro bebiam junto com o leite e que todos o sabem quase de cor, e descobri que de tais livros tinham muitos entre si... E porque vi mui-

> tos historiadores a tratar das coisas daquelas gentes e suas crenças, dizendo e tocando em algumas das coisas que suas histórias contêm, que eram apenas informações soltas, porque não viram as histórias como as tinham por escrito, determinei pôr aqui e transladar todas as suas histórias, conforme as tinham por escrito.[4]

São, mais ou menos, as mesmas palavras que o frei Ximénez havia usado, no prólogo da sua primeira versão castelhana do manuscrito quiché, para descrever o propósito do seu trabalho. "Além de dar a luz o que existia na antiguidade entre esses índios", diz ali,

> esta minha obra se limita a dar notícia dos erros que eles tiveram em sua gentilidade e que ainda conservam entre si; quis transladar à letra todas as histórias desses índios, e também traduzi-las para a língua castelhana e inserir-lhes os escólios que afinal estão inseridos, que são como anotações da história que vão declarando as coisas dos índios, porque discorro que haverá muitos curiosos que queiram sabê-las e, com isso, se não sabem a língua, terão facilidade para poder sabê-las.[5]

A *Relacion* da expedição de frei Alonso Ponce[6] diz que os Maias de Yucatán (que ele visitou em 1586) eram elogiados por várias coisas, sendo

> uma delas que em sua antiguidade tinham caracteres e letras, com que escreviam suas histórias e as cerimônias e a ordem dos sacrifícios dos seus ídolos e seu calendário, em livros feitos com a casca

4 Francisco Ximénez, *Historia de la provincia de San Vicente de Chiapa y Guatemala de la orden de predicadores*, v. I, pról. J. Antonio Villacorta. Cidade da Guatemala: Tipografía Nacional, 1929, p. 5. (Biblioteca "Goathemala" de la Sociedad de Geografía e Historia de Guatemala, v. I–III).

5 Id., *Las historias del origen de los indios de esta provincia de Guatemala, traducidas de lengua quiché al castellano para más comodidad de los ministros del S. Evangelio*, introd. e notas Karl von Scherzer. Viena/Londres: Carl Gerold's Sohn / Trübner and Co., 1857, pp. 1–2.

6 Alonso de San Juan, *Relación breve y verdadera de algunas de las muchas cosas que sucedieron al padre fray Alonso Ponce en las provincias de la Nueva España*. Madri: Imprenta de la Viuda de Calero, 1873. p. 393. (Colección de Documentos para la Historia de España, LVII e LVIII).

de certa árvore, os quais eram umas tiras muito compridas de uma quarta ou uma terça de largura, que se dobravam e desdobravam, vindo a ficar como um livro encadernado em quartilha, mais ou menos. Essas letras e caracteres só as entendiam os sacerdotes dos ídolos (que naquela língua se chamam ahkines) e algum índio principal.

Os índios do México e da Guatemala também conservavam suas histórias e outros escritos mediante pinturas em panos, alguns dos quais se salvaram da destruição geral de que foram vítimas seus livros e documentos. O bispo de Chiapas, frei Bartolomé de las Casas, que, em função da Conquista, reuniu farta informação sobre a vida e os costumes dos índios, diz, numa passagem frequentemente citada de suas obras, que havia entre eles cronistas e historiadores que conheciam as origens de todas as coisas da religião, as fundações das aldeias e das cidades, como os reis e os senhores começaram, seus feitos memoráveis, como governaram e como eram escolhidos seus sucessores; sabiam de grandes homens e esforçados capitães, de guerras que houvera, costumes antigos e o que pertence à história. E acrescenta que "esses cronistas faziam a conta dos dias, meses e anos [e], embora não tivessem escrita como nós, tinham, porém, suas figuras e caracteres" com os quais representavam tudo o que queriam, e com eles formavam

> seus livros grandes, com tão agudo e sutil artifício que poderíamos dizer que naquilo nossas letras não fariam muita vantagem. Desses livros nossos religiosos viram alguns, e até eu vi, parte dos quais foi queimada por parecer dos frades, parecendo-lhes, no tocante à religião, nesse tempo e princípio de sua conversão, que talvez não lhes fizesse mal.[7]

Os historiadores Acosta, Clavijero e Ixtlilxóchitl relatam que os índios aprendiam a recitar as arengas mais notáveis dos seus antepas-

7 Frei Bartolomé de las Casas, *Apologética historia de las Indias*, ed. Manuel Serrano y Sanz, t. I. Madri: Bailly, Bailliere e Hijos, 1909, cap. CCXXXV, "De los libros y de las tradiciones religiosas que había en Guatemala".

sados e os cantos dos seus poetas e que tanto estes como aquelas eram ensinados aos jovens nas escolas anexas aos templos e, assim, se transmitiam de geração em geração. O bispo Las Casas, escrevendo acerca da Conquista, por volta de 1540, diz no capítulo da *Apologética* anteriormente citado que "em algumas partes não era usada essa maneira de escrever, mas a informação das coisas antigas vinha de uns para outros de mão em mão", e que quatro ou cinco, ou talvez mais, daqueles que se aplicavam ao ofício de historiadores se instruíam nas antiguidades, memorizando tudo o que se referia à história e recitando entre si, enquanto os outros os corrigiam, mas que tal sistema era naturalmente falho.

Em outra passagem da *Apologética*, o padre Las Casas conta que os índios mexicanos tinham cinco livros de figuras e caracteres. O primeiro livro continha a história e o cômputo do tempo; o segundo, os dias solenes e as festas de cada ano; o terceiro tratava dos sonhos, dos presságios e das superstições; o quarto, da maneira de dar nome às crianças; e o quinto, dos ritos e das cerimônias do casamento. Diz também que nos primeiros livros, além de computarem os anos, as festas e as datas solenes, eles relatavam suas guerras, seus triunfos e suas derrotas, a origem, a genealogia e os feitos dos principais senhores, as calamidades públicas e suas conquistas até a chegada dos espanhóis. Esse livro aludia às gentes que povoaram o território do México no passado, dizendo confusamente que tinham vindo dos Sete Desfiladeiros. Esse primeiro livro, conclui dizendo Las Casas, chamava-se, na língua dos índios, *Xiuhtonalamatl*, ou seja, "conta dos anos".[8]

Ixtlilxóchitl, por sua vez, diz o seguinte a respeito dos seus antepassados mexicanos:

> Tinham para cada gênero os seus escritores; uns que tratavam dos Anais, pondo em sua ordem as coisas que aconteciam a cada um ano, com dia, mês e hora; outros eram encarregados das genealogias de descendências dos Reis, Senhores e Pessoas de linhagem, assentando a conta dos que nasciam e apagavam os que morriam

8 Ibid., cap. CCXXXIII, "Donde se cotejan las cerimonias de los indios mexicanos en los funerales con las otras naciones. Dícese también qué libros tenían aquellos...".

pela mesma conta. Uns cuidavam das pinturas, dos confins, limites e divisas das cidades, províncias, povoados e lugares, e das sortes e distribuição das terras, quais eram, e a quem pertenciam; outros, dos livros de leis, ritos e cerimônias que usavam.[9]

Segundo relata Ixtlilxóchitl, o rei de Tezcuco, Huematzin, havia reunido todas as histórias dos Tolteca no *Teoamoxtli*, ou "livro divino",[10] que continha as histórias da criação do mundo, a emigração daqueles povos da Ásia, as etapas da viagem, a dinastia dos seus reis, suas instituições sociais e religiosas, suas ciências, artes etc.

Na conhecida passagem da *Relación* do ouvidor Diego García de Palacio, escrita na Guatemala em 1574, falando das ruínas de Copán, leem-se as seguintes palavras:

> Procurei saber pela memória dos antigos que gente viveu lá, e o que sabem e ouvem dos seus antepassados. Não encontrei livros das suas antiguidades, nem creio que em todo este distrito exista mais do que um, que eu tenho. Dizem que antigamente havia estado lá e construído aqueles edifícios um grão-senhor da província de Yucatán que ao cabo de alguns anos voltou sozinho para sua terra e deixou-o despovoado. [...] Pela memória dita, parece que gente de Yucatán conquistou e submeteu no passado as províncias de Aiajal, Lacandón, Verapaz e a terra de Chiquimula e esta de Copán.[11]

Essas informações do livro ou memória que García de Palacio possuía são interessantes como comprovação da teoria de que Copán foi fundada pelos Maias do norte e posteriormente abandonada. Não sabemos, porém, se esse livro continha outras informações de interesse sobre os antigos habitantes da região.

9 Alfredo Chavero (ed.), *Obras históricas de Fernando Alva Ixtlilxóchitl*, vol. II. Cidade do México: Oficina Tipográfica de la Secretaría de Fomento, 1891, Prólogo.
10 Ibid.
11 Diego García de Palacio, "Relación hecha por el licenciado Palacio al rey D. Felipe II en la que describe la provincia de Guatemala, costumbres de los indios y otras cosas notables (8 marzo de 1576)", in Luis Torres de Mendoza (ed.), *Colección de documentos inéditos de Indias*, t. VI. Madri: Frías y Compañía, 1866, p. 5. (Colección de Documentos Inéditos de Indias, IV).

Herrera, grande compilador das *relaciones* americanas do século XVI, reproduz as informações relativas aos livros encontrados "em Yucatán e em Honduras".[12] Oviedo e Gómara, por sua vez, mencionam os livros dos índios da Nicarágua. "Têm", diz Gómara, "uns livros de papel e pergaminho, com um palmo de largura e doze de comprimento, e dobrados como foles, onde assinalam em ambos os lados com azul, púrpura e outras cores as coisas memoráveis que acontecem" etc.[13]

Bernal Díaz del Castillo, que escreveu na Guatemala sua *Historia verdadera de la conquista de la Nueva España*, diz que os índios do México tinham uns "livretos de um papel de casca da árvore que chamam de amate, e neles eram feitos os seus sinais do tempo e de coisas passadas".

No final do século XVII, ainda era possível encontrar alguns desses livros no território da atual República da Guatemala. O frei Francisco Ximénez conta que na província de Petén, situada ao sul de Yucatán, os espanhóis encontraram, durante a expedição de 1696 contra os Itzá, alguns "livros escritos com uns caracteres que lembravam o hebraico e também aqueles que usam os chineses".[14] Sem dúvida, eram livros escritos em hieróglifos maias, e é possível que sejam os mesmos códices que foram levados para a Europa e atualmente se conservam em Dresden, Paris e Madri.

O padre Avendaño y Loyola afirma, em sua *Relación de las dos entradas*, que fez em Petén, que tinha visto anteriormente o que ele chama de *anahtees* (provável evolução da palavra mexicana *amatles*, que eram os livros dos mexicanos), que os índios usavam, e que o missionário franciscano descreve como "uns livros de cascas de árvore polidas e engessadas nos quais há figuras e caracteres pintados, prevendo os eventos futuros" (f. 29 verso). E depois acrescenta (f. 35) que esses livros eram

12 Antonio de Herrera y Tordesillas, *Historia general de los hechos de los castellanos en las islas y tierra firme del mar océano*, década III, livro II. Madri: Imprenta Real de Nicolás Rodríguez Franco, 1601–15, cap. XVIII.

13 Francisco López de Gómara, *Historia general de las Indias*, cap. 206.

14 F. Ximénez, 1929, op. cit., p. 4.

> de uma quarta de comprimento e uns cinco dedos de largura, feitos de casca de árvore, dobrados de uma banda até a outra à maneira de biombos, cada folha com a espessura do canto de um real mexicano de oito. Estes eram pintados de um lado e de outro com variedades de figuras e caracteres que indicam não só a conta dos ditos dias, meses e anos, mas as idades e as profecias que seus ídolos lhes anunciaram.

Ximénez também diz (1857, p. 160) que os índios liam o horóscopo das crianças recém-nascidas em livros como um que ele possuía e que deve ter sido um *cholquih* (*tzolkín* em maia, *tonalamatl* em náuatle), com o calendário ritual de 260 dias e a classificação dos dias em bons e nefastos. Um calendário desse tipo foi encontrado pelo padre Vicente Hernández Spina na aldeia de Santa Catarina Ixtlahuacán (Guatemala) e divulgado pela revista *La Sociedad Económica de Guatemala* (1870). As palavras de Ximénez sobre o assunto são as seguintes: "E veem isso num livro que usam como prognóstico desde o tempo da sua gentilidade, onde há todos os meses e os sinais correspondentes a cada dia, que um deles tenho em meu poder".

O cônego Ordóñez y Aguiar copia um parágrafo das *Constituciones diocesanas*, do bispo de Chiapas, Núñez de la Vega, em que este se refere às superstições dos índios tzendale e menciona "uma caderneta histórica antiquíssima", escrita por eles e que se achava em mãos do prelado. Esse livro, segundo o bispo, registrava claramente, por gerações, os nomes dos primeiros senhores e seus antepassados. Ordóñez acrescenta que os índios lhe confiaram a própria caderneta original, que ele chama de *Probanza de Votán*, e cujo texto se propusera interpretar e explicar.[15] O próprio Votán tinha escrito uma obra sobre a origem dos índios e sua emigração para esses países, segundo afirma Ordóñez numa passagem do volume 2 de sua obra, que Brasseur de Bourbourg reproduz na introdução à sua edição do *Popol Vuh*.[16]

15 Ramón de Ordóñez y Aguiar, *Historia de la creación del cielo, y de la tierra, conforme al sistema de la gentilidad americana*. Cidade do México: [s. n.], 1907, Prefácio.

16 Charles Étienne Brasseur de Bourbourg (ed.), *Popol Vuh: Le livre sacré et les mythes de l'antiquité américaine, avec les livres héroïques et historiques des Quichés*. Paris: Arthus Bertrand, 1861, p. LXXXVIII.

No que diz respeito ao reino de Quiché, temos o precioso depoimento do autor do Manuscrito de Chichicastenango, que afirma que havia antigamente em sua aldeia um desses livros, escrito sem dúvida com ajuda de pinturas, no qual eram descritos os acontecimentos históricos e os fatos vaticinados do futuro que podiam afetar a vida da nação. Tal informação é confirmada por outro testemunho da mesma época em que o documento foi escrito, o do auditor da Audiencia de los Confines, dr. Alonso de Zorita; ele relata que durante sua visita (entre 1553 e 1557) à província de Utatlán pôde se informar, com a ajuda de um religioso dominicano (o padre Las Casas), sobre o sistema político dos Quiché "pelas pinturas que tinham das suas antiguidades de mais de oitocentos anos e com velhos muito antigos".[17]

Era muito duro para os nativos da Guatemala renunciar às tradições dos seus antepassados, e por muito tempo depois da Conquista eles continuaram realizando suas danças, nas quais cantavam episódios de sua história e recitavam passagens da sua mitologia. Os espanhóis não viam aquilo com bons olhos. Desde o ano de 1550, um auditor da Audiencia de Guatemala, o bacharel Tomás López, menos tolerante que o ilustre Zorita, pedia ao rei que não fosse permitido aos índios fazerem suas "danças antigas como o fazem, cantando suas histórias antigas e idolatrias".[18]

Essa devoção dos índios americanos às suas crenças antigas subsistia em Yucatán no século XVII, como descreve Cogolludo nos seguintes parágrafos da sua *Historia*:

> Tinham fábulas muito nocivas da criação do mundo, e alguns (depois que aprenderam) as faziam escrever, e guardavam, mesmo já Cristãos batizados, e as liam em suas reuniões. O dr. Aguilar relata em seu Informe que teve uma caderneta dessas, que tirou de um

17 Alonso de Zorita, "Breve y sumaria relación de los señores de la Nueva España", in Joaquín García Icazbalceta (org.), *Nueva colección de documentos para la historia de México*, t. III. Cidade do México: Imprenta de Francisco Díaz de León, 1891, pp. 225–26.

18 L. Torres de Mendonza, op. cit., t. XXIV, p. 192.

mestre de capela, apelidado de Cuytún, da aldeia de Zucop, o qual fugiu e ele nunca pôde rever, para saber a origem desse seu Gênesis.[19]

Essa também é a origem dos livros do *Chilam Balam*, descobertos em diversos lugares de Yucatán, que contêm a narração cronológica dos fatos antigos dos Maias da península.

Com um critério mais liberal e humano, próprio de verdadeiros missionários cristãos, os sacerdotes e frades espanhóis da Guatemala se empenharam, desde os primeiros anos da colonização, em ensinar os índios a ler e a escrever em castelhano. Alguns deles progrediram rapidamente na arte da escritura e redigiram em seu próprio idioma, empregando o alfabeto latino, as crônicas e as narrativas do tempo antigo que se conservavam entre eles por tradição oral ou por meio da arte pictográfica. Os religiosos espanhóis não apenas não se opunham a esses trabalhos como estimulavam os índios a realizá-los, e graças a essa política ilustrada chegaram até nosso tempo documentos preciosos que iluminam a história das raças que povoavam o país desde vários séculos antes da chegada dos castelhanos.

O anônimo autor da *Isagoge histórica apologética de las Indias Occidentales*, escrita na Guatemala no final do século XVIII, diz a respeito disso:

> Várias relações formaram os índios a instâncias dos primeiros espanhóis e primeiros padres, nas quais tratam da sua origem, da sua vinda a estas terras, dos seus reis e de outras histórias de que tiveram notícia, seja por tradição dos seus antepassados, seja por informações dos caracteres e livros com que se entendiam em sua antiguidade.[20]

E menciona a seguir alguns dos documentos originais de que o autor da *Recordación florida* se serviu para compor sua história. O cronista

19 Frei Diego López de Cogolludo, *Historia de Yucatán* [1688]. Mérida: Imprenta de Manuel Aldana Rivas, 1868, p. 192.

20 *Isagoge histórica apologética de las Indias Occidentales y especial de la provincia de San Vicente de Chiapa y Guatemala*, pról. J. Fernando de Juárez Muñoz. Colección de Documentos Antiguos del Ayuntamiento de Guatemala (1700–11), Cidade da Guatemala: Tipografía Nacional, 1935, cap. VIII, p. 61. (Biblioteca "Goathemala" de la Sociedad de Geografía e Historia, v. XIII).

Fuentes y Guzmán descreve, de fato, vários manuscritos que afirma terem passado por suas mãos. Infelizmente, a maioria desses documentos foi perdida. Entre eles figuram três manuscritos quiché. O autor de um deles se identifica nestes termos: "Eu, Don Francisco Gómez, primeiro Ahzib Quiché, aqui neste papel escrevo a vinda de nossos pais e avós de lá do outro lado do mar, de onde sai o Sol".[21] As curiosas informações desse autor se completam com outros dois documentos, o primeiro escrito por "Don Juan de Torres, filho do rei Chignauicelut, e Don Juan Macario, seu filho", e o segundo,

> que é caderno dos calpules ou famílias nobres da Santa Catarina Istaguacán, escrito em 28 folhas, por um cacique deles, Don Francisco García Calel Yzumpán, que diz no ingresso e ao princípio de seu relato que, sendo os primeiros que aprenderam o entendimento de nossas letras, pelo mandato do reverendo bispo Don Francisco Marroquín, escreve aquele breve relato de seus maiores e que lhe dá princípio a sua obediência em 9 de dezembro de 1561 anos.[22]

Ximénez não dava muito valor aos documentos que Fuentes y Guzmán cita, os quais, a seu ver, são "de muito pouca autoridade, por serem escritos por índios particulares de outros povos, muitos anos depois da Conquista, sem mais conhecimento para isso que aquelas que estavam difundidas entre os particulares". Em contrapartida, as histórias que ele encontrou e traduziu para o castelhano, diz esse autor, "são as originais da corte e que seus sumos sacerdotes conservavam em seu modo de escrever; e assim, ainda que o mais seja quimera, se há de ter por mais autêntico referente às informações de suas coisas no que têm de caminho e ordem".[23]

Das narrações escritas pelos índios quiché só se conservam, além do Manuscrito de Chichicastenango, as enumeradas a seguir: o manuscrito original da *Historia quiché*, de Don Juan de Torres, datada de

21 Francisco Antonio Fuentes y Guzmán, *Historia de Guatemala: O recordación florida*, 3 vols, t. II, segunda parte. Cidade da Guatemala: Ediciones de la Sociedad de Geografía e Historia, 1933, livro VII, cap. II.

22 Ibid., livro I, caps. V–IX; livro VII, caps. II–LV

23 F. Ximénez, 1929, op. cit., cap. XXII, p. 54.

24 de outubro de 1580, que é diferente daquela que Fuentes y Guzmán cita e que contém a relação dos reis e senhores, chefes das Casas grandes e dos *chinamitales* ou *calpules* de Quiché; a tradução para o espanhol dos *Títulos de los antiguos nuestros antepasados, los que ganaron las tierras de Otzoyá*, escritos aparentemente em 1524 e que têm ao final a assinatura de Pedro de Alvarado; a tradução castelhana do *Título de los señores de Totonicapán*, datado do ano de 1554; e o "Papel del origen de los señores", inserido na *Descripción de Zapotitlán y Suchitepec*, ano de 1579. Apesar de sua curta extensão, esses documentos contêm interessantes informações sobre as origens, a organização política e a história do povo quiché, que completam a informação do *Popol Vuh*.[24]

Embora escrito em outra língua, aqui devemos citar também o manuscrito *Memorial de Sololá* não só por seu alto valor histórico, mas também porque, em sua primeira parte, confirma muitas das informações do *Popol Vuh* sobre a origem e as emigrações das tribos, na época em que estavam todas unidas e ainda não haviam se dividido nos diferentes grupos que compartilhavam o território da Guatemala no início do século XVI. O livro cakchiquel foi escrito depois da conquista espanhola por Francisco Hernández Arana, neto de um dos reis da sua nação, e continuado por Francisco Díaz, da mesma família, que leva a narração até o ano de 1604.

II. O MANUSCRITO DE CHICHICASTENANGO

O Manuscrito de Chichicastenango encontra-se entre os primeiros documentos escritos pelos índios em caracteres latinos. Seu autor foi indubitavelmente um dos primeiros discípulos que aprenderam com os frades a maravilhosa arte da escrita fonética. O cronista quiché sabia que existira outrora um livro que continha as tradições

24 *Historia quiché de D. Juan de Torres, MS.* Coleção Gates. Conservado no Institute for Advanced Study, Princeton, New Jersey. "Títulos de los antiguos nuestros antepasados, los que ganaron estas tierras de Otzoyá antes de que viniera la fe de Jesucristo entre ellos, en el año de mil y trescientos." Em *Anales de la Sociedad de Geografía e Historia de Guatemala*, setembro de 1941. *Título de los señores de Totonicapán*, Alençon, 1885, reproduzido em *Memorial de Sololá.*

e as histórias do seu povo e teve a feliz inspiração de reproduzi-las nesse documento. Genet e Chelbatz julgam ver nele a tradução de um manuscrito hieroglífico e afirmam que nenhum outro documento maia-quiché pode ser comparado a esse.[25] Bancroft também achava que o manuscrito quiché era tradução de uma cópia literal de um verdadeiro livro original, escrito por um ou mais índios daquela raça, em língua quiché e com letras romanas, depois da ocupação da Guatemala pelos cristãos; e que essa cópia fora feita para substituir o livro original depois de sua perda ou destruição.[26]

O professor Max Müller, num excelente resumo sobre a obra, qualifica-a como uma composição literária no verdadeiro sentido da palavra, exposição da mitologia e da história das raças civilizadas da América Central. Ao seu ver, trata-se de um documento autêntico, que ocupa um lugar proeminente entre as obras compostas pelos indígenas em seu próprio idioma com o auxílio das letras do alfabeto romano. Diz também que ali o autor conta os episódios e as lendas que ouviu quando criança, com base em suas lembranças, e que extrair dessas lembranças uma história seguida é simplesmente impossível.[27]

O autor do *Manuscrito* diz que o escreve porque não se vê mais o *Popol Vuh*, ou seja, o *Livro do comum* original, como o chama Ximénez. Para identificar esse livro original, não temos mais informações além daquelas registradas pelo desconhecido autor do livro quiché. No entanto, pelo conhecimento que se tem do sistema de escrita dos índios americanos de antes da Conquista, cabe duvidar de que o antigo livro quiché tenha sido um documento de forma fixa e redação literária permanente. Antes, deve-se supor que foi um livro de pinturas que os sacerdotes interpretavam para o povo a fim de manter vivos nele a lembrança das origens da raça e os mistérios da sua religião.

Lewis Spence observa que, na época da Conquista, a escrita entre os índios estava em estado de transição e que não pode ter existido

25 Jean Genet e Pierre Chelbatz, *Histoire des peuples mayas-quichés: Mexique, Guatémala, Honduras*. Paris: Éditions Genet, 1929, p. 46.

26 Hubert Howe Bancroft, *The Native Races*, vol. III. San Francisco: A. L. Bancroft & Company, 1883, cap. II, p. 42.

27 Friedrich Max Müller, *Chips from a German Workshop*, vol. I: *Essays on the Science of Religion.* Londres: Longmans, Green and Co., 1867, cap. XIV.

durante muito tempo uma versão do *Popol Vuh* em forma literária fixa; e que o mais provável é que tenha passado de boca em boca, mantendo uma forma de conservação literária que era muito comum entre os povos da antiga América.[28] Todos os povos do mundo tiveram o costume de conservar suas lendas e tradições por transmissão oral, antes da invenção da escrita e da imprensa. Na seção anterior, vimos como os índios do México faziam para que os jovens da sua raça aprendessem as arengas de seus grandes homens e os fatos notáveis da sua história. Além disso, na América, tal como no Velho Mundo, havia rapsodos que mantinham o espírito nacional com a evocação das glórias e das lendas dos tempos passados.

O Manuscrito de Chichicastenango carece de título. Começa diretamente com estas palavras: "Este é o princípio das antigas histórias deste lugar chamado Quiché. Aqui escreveremos e começaremos as antigas histórias, o princípio e a origem de tudo o que se fez na cidade de Quiché, pelas tribos da nação quiché".[29]

E dois parágrafos adiante diz o narrador:

> Escreveremos isto já dentro da lei de Deus, na cristandade; e o traremos à luz porque não se vê mais o *Popol Vuh*, assim chamado, onde se viam claramente a vinda do outro lado do mar, a narração da nossa obscuridade e o conhecimento claro da vida. Existia o livro original, escrito antigamente; mas sua vista está oculta para o investigador e o pensador.

"O fato é", diz Ximénez, "que tal livro nunca apareceu, nem foi visto, e assim não se sabe se esse modo de escrever era com pinturas, como o dos mexicanos, ou com fios, como o dos peruanos: pode-se pensar que era com pinturas em mantas brancas e em tecidos."[30] Esse

28 Lewis Spence, *The Popol Vuh: The Mythic and Heroic Sagas of the Kichés of Central America*. Londres: David Nutt, 1908, p. 31.

29 Mantivemos aqui a versão de Adrián Recinos, embora nesta edição brasileira a tradutora tenha divergido na tradução do original. Ver p. 115 e nota 1. [N.E.]

30 Francisco Ximénez, *Las historias del origen de los indios de esta provincia de Guatemala, traducidas de lengua quiché al castellano para más comodidad de los ministros del S. Evangelio*, introd. e notas Karl von Scherzer. Viena/Londres: Carl Gerold's Sohn/Trübner and Co., 1857, p. 161.

era o sistema gráfico corrente no México e na Guatemala, e o padre Sahagún, escrevendo no século XVI, diz que se informou sobre as antiguidades da Nova Espanha diretamente com os índios e acrescenta: "Tudo o que tratamos eles me deram por pinturas".[31]

A influência da Bíblia é evidente na descrição da criação, mas tal circunstância não é suficiente para apagar o sabor indígena do livro quiché. Comentando a edição do *Popol Vuh* de Brasseur de Bourbourg, Adolf Bandelier observa em 1881 que suas primeiras frases parecem uma transcrição do Livro do Gênesis e que não são autóctones americanas. Diz também que, na época em que o *Popol Vuh* foi escrito, os índios da Guatemala já se encontravam sob influência de pinturas, livros e cânticos que os missionários espanhóis usavam para ensinar-lhes a religião cristã.

O autor indígena declara expressamente no Preâmbulo da sua obra que a escreve sob a cristandade. O editor da tradução espanhola do texto francês de Brasseur de Bourbourg anotou cuidadosamente as coincidências entre seu primeiro capítulo e o Livro do Gênesis. Max Müller já se referira anteriormente (1878) a certas semelhanças entre o *Popol Vuh* e o Velho Testamento, mas, mesmo admitindo que havia influência da Bíblia nesse livro, era necessário reconhecer em seu conteúdo um produto verdadeiro do solo intelectual da América. Bandelier chega à mesma conclusão em outro lugar, dizendo a respeito do livro quiché:

> Parece, no primeiro capítulo, ser uma fabricação evidente ou, pelo menos, uma acomodação da mitologia indígena às noções da cristandade, uma fraude piedosa, mas o conjunto é uma coleção, evidente também, das tradições originais dos índios da Guatemala e, como tal, a obra que tem o mais alto valor para a história e a etnologia indígenas da América Central.[32]

O *Popol Vuh* também era o livro das profecias e o oráculo dos reis e senhores, como relata o autor do Manuscrito em outra passagem,

31 Frei Bernardino de Sahagún, *Historia general de las cosas de la Nueva España*, t. I, pról. Wigberto Jiménez Moreno. Cidade do México: Pedro Robredo, 1938, p. 80.

32 Peabody Museum of Massachussets, *Eleven Annual Report*, 1880, p. 391.

dizendo que os reis "sabiam se haveria guerra e tudo era claro para seus olhos; viam se haveria mortandade ou fome, se haveria disputas. Sabiam bem onde poderiam ver isso, que existia um livro por eles chamado de *Popol Vuh*".[33] E, no parágrafo final, o cronista quiché declara em tom melancólico que o que relata em sua obra é tudo o que restou do antigo Quiché, "porque não se pode mais ver [o livro *Popol Vuh*] que os reis tinham antigamente, pois desapareceu".

Como e quando foi perdido o livro de Quiché? O autor do Manuscrito diz apenas que no seu tempo já não se via mais, que estava oculto e fora perdido. Provavelmente desapareceu no meio da catástrofe que destruiu o reino quiché, e é possível que tenha sido consumido pelas chamas durante o incêndio de Utatlán.

O professor Max Müller criticava o abade Brasseur de Bourbourg por ter dado o nome *Popol Vuh* ao Manuscrito de Chichicastenango e porque, ao traduzi-lo para o francês, intitulou-o *Livre sacré*, em vez de Livro da Comunidade ou Livro do Conselho, como propunha Ximénez.[34] Outros escritores, seguindo o exemplo de Müller, repetiram tais objeções; mas o fato é que o nome *Popol Vuh* foi aceito de forma generalizada e continua sendo usado para designar o livro de Quiché. Além do mais, lendo com atenção as palavras do preâmbulo do Manuscrito, copiadas na página 57, vê-se que elas indicam com toda a clareza a intenção do autor ao escrever o documento, que foi suprir a falta do livro antigo que havia se perdido; e nessa condição a sua obra, escrita no tempo da cristandade, ou seja, depois da Conquista, pode ser considerada um substituto do Livro da Comunidade, como uma reconstrução e uma nova versão das narrativas que haviam se conservado no venerável volume, já desaparecido.

O desconhecido autor do Manuscrito quiché revela, pelas palavras que emprega para descrever o livro antigo, que conhecia seu conteúdo. Certamente, com o auxílio de sua prodigiosa memória e de seus brilhantes dotes de escritor, pôde redigir uma transcrição das tradições e das histórias antigas da sua raça, que possivelmente é mais clara e completa que o original, por ter sido executada com ajuda da escrita

33 *Popol Vuh*, quarta parte, cap. XI.

34 Max Müller, 1867, op. cit., vol. I, cap. XIV, p. 325.

fonética, que como meio de expressão supera a escrita hieroglífica e pictográfica que seus antepassados haviam empregado.

Essas histórias e crenças dos índios ainda eram comuns no início do século XVIII, e Ximénez relata que, estando na paróquia de Santo Tomás Chichicastenango, naquele tempo, viu como os índios mamavam com o leite as crenças e que todos eles a sabiam quase de cor. E acrescenta que depois descobriu "que de tais livros tinham muitos entre si".

O cônego Ordóñez y Aguiar, por sua vez, afirma na introdução à sua *Historia de la creación del cielo, y de la tierra,* escrita na última década do século XVIII, que um índio que lhe facilitou o manuscrito de *Probanza de Votán* também lhe ofereceu o original dessa mesma história (a das crenças dos índios de Quiché que Ximénez traduziu), mas que, com a morte desse índio, não pode conhecê-lo.

Como já dissemos, Ximénez acreditava que as tradições dos Quiché haviam se conservado em pinturas e que, no tempo da conquista espanhola, os índios as reduziram do referido sistema de escrita ao sistema gráfico castelhano. Essa também é a opinião de um pesquisador moderno, Rudolf Schuller, que opina que a maior parte do *Popol Vuh*, ou seja, as antigas tradições, deve ser considerada exclusivamente interpretação de escritos pictóricos dos Quiché, um ou mais de um, perdidos há muito tempo.[35]

O abade Brasseur de Bourbourg, que tão profundamente estudou e comentou o Manuscrito de Chichicastenango, também pensava que esse documento havia sido copiado, em parte, dos livros antigos; e observava que o compilador, homem de grande instrução e elevada linhagem, o redigira num quiché da maior elegância. Eis as palavras de Brasseur, traduzidas:

> O *Popol Vuh* parece ter sido escrito em parte de memória, segundo originais antigos, e em parte copiado dos livros sagrados dos Quiché, aos quais se dá o nome de *Popol Vuh*, ou *Livro dos príncipes*. Lendo-o com atenção, reconhece-se que grande número de passagens foi

35 Rudolf Schuller, "Der Verfasser des *Popol Vuh*". *Anthropos*, Viena, Mechitaristen-Buchdruckerei, v. XXVI, n. 5-6, pp. 929-35, set.-dez. 1931.

> transposto, sem dúvida involuntariamente, pelo escritor anônimo [...]. Esse manuscrito, o mais precioso no que concerne às origens da América Central, está escrito num quiché de grande elegância, e seu autor deve ter sido um dos príncipes da família real, que o compôs poucos anos depois da chegada dos espanhóis, enquanto todos os seus livros antigos iam desaparecendo.[36]

Quanto à época em que foi composto o Manuscrito, no próprio documento há dois elementos importantes que permitem determiná-la com alguma aproximação. O primeiro é a visita que o bispo da Guatemala fez à cidade de Utatlán, ou seja, Gumarcaah, que foi abençoada pelo senhor bispo Don Francisco Marroquín, como se lê no Manuscrito. Ximénez diz que o bispo Marroquín deu a Utatlán o nome de Santa Cruz del Quiché "quando pelo ano de 1539 esteve naquela corte e, abençoando a paragem, colocou e levantou o estandarte da fé".[37]

O segundo elemento importante está no capítulo final do Manuscrito, que contém a sucessão dos reis e dos senhores de Quiché. Ali são nomeados, como 13ª geração de reis, Tecum e Tepepul, filhos dos reis queimados por Alvarado em 1524; e, como últimos sucessores, "Don Juan de Rojas e Don Juan Cortés, a 14ª geração de reis, filhos de Tecum e Tepepul". Os últimos senhores quiché ainda viviam em meados do século XVI. O ouvidor Zorita, como já dissemos, morou na Guatemala entre 1553 e 1557, como membro da Real Audiência, e conta que percorreu a província várias vezes como visitador e lá encontrou

> os que estavam na época como senhores de Utatlán tão pobres e miseráveis como o mais pobre índio da aldeia e suas mulheres faziam as tortilhas para comer [...] e eles traziam a água e a lenha para suas casas. O principal deles se chamava Don Juan de Rojas, o segundo Don Juan Cortés e o terceiro Domingo, pobríssimos em todo extremo; deixaram filhos, todos paupérrimos e miseráveis.[38]

36 Charles Étienne Brasseur de Bourbourg, *Histoire des nations civilisées du Mexique et de l'Amérique-Centrale, durant les siècles antérieurs à Christophe Colomb*, t. I. Paris: Arthus Bertrand, 1857, p. LXXX.

37 F. Ximénez, 1929, op. cit., p. 115.

38 A. de Zorita, op. cit., pp. 225–26.

As assinaturas de "Don Juan Cortés, rei cavalheiro", e de "Don Juan de Rojas" aparecem com a de "Don Pedro de Alvarado, espanhol, juiz, capitão e conquistador" ao final dos *Títulos de la Casa Ixcuín-Nihaib, señora del territorio de Otzoyá*. Esse documento parece ter sido escrito vários anos depois da conquista de Utatlán.

As assinaturas dos reis quiché também aparecem no *Título de los señores de Totonicapán*, emitido em 28 de setembro de 1554, com a assinatura de Don Christóbal Fernández Nihaib. O *Popol Vuh* menciona "Don Christóval" como rei de Nihaib, "que reinou em presença dos castelhanos", e aponta como seu sucessor "Don Pedro de Robles, agora Ahau-Galel". Essa referência indica que a redação do *Popol Vuh* foi concluída depois de 28 de setembro de 1554, sob o reinado do sucessor de Don Christóval.

Outro documento quiché que pertenceu à coleção de Brasseur de Bourbourg e que hoje se encontra no Institute for Advanced Studies de Princeton, Nova Jersey, nos Estados Unidos, é o *Título real de Don Francisco Izquin, Ahpop-Galel*, com data de 22 de novembro de 1558, que diz expressamente ter sido emitido pelos "reis del Quiché Don Juan Cortés Reyes Caballero" e "Don Martín Ahau-Quiché", cujas assinaturas aparecem ao final do referido documento. A assinatura de Don Juan de Rojas não figura no documento, o que leva a pensar que em 1558 ele já havia morrido ou se afastado, tendo sido sucedido por Don Martín Ahau-Quiché. Como tal mudança na situação dos últimos reis de Quiché não foi registrada no *Popol Vuh*, há fundamentos para pensar que a redação do Manuscrito de Chichicastenango foi concluída antes de 22 de novembro de 1558 e, portanto, o célebre livro quiché foi escrito entre os anos de 1554 e 1558.

III. O AUTOR DO *POPOL VUH*

O Manuscrito de Chichicastenango é um documento anônimo. O frei Ximénez, que teve em suas mãos o manuscrito original e o transcreveu e traduziu para o castelhano, não deixou nenhuma indicação a respeito do seu autor. Os termos que Ximénez emprega para referir-se a esse documento dão a entender que ele acreditava que haviam sido vários os autores ou compiladores do livro quiché. No Prólogo de sua obra principal, o cronista dominicano diz que traduziu as histórias dos índios para a língua castelhana, da língua quiché em que se encontravam escritas "desde o tempo da Conquista, que então (como dizem ali) as converteram do seu modo de escrever ao nosso". E dois parágrafos adiante ele repete essa ideia quando afirma que determinou "pôr aqui e transladar todas as suas histórias, conforme eles as tinham por escrito".[39]

Por seu lado, o desconhecido autor da *Isagoge histórica apologética*, falando dos relatos compostos pelos índios depois da Conquista, informa o seguinte: "Um manuscrito antiquíssimo da língua quiché foi traduzido para o castelhano pelo padre pregador frei Francisco Ximénez, sem nome de autor nem do ano em que se fez, e só consta por ele que foi escrito na aldeia de Santa Cruz del Quiché, muito pouco tempo depois da conquista desse reino".[40]

O historiador guatemalteco José Antonio Villacorta sustentou nos últimos anos a teoria de que o autor do Manuscrito de Chichicastenango foi Diego Reynoso,[41] um índio quiché que, segundo conta Ximénez, o bispo Marroquín levou da aldeia de Utatlán para a Guatemala, onde o ensinou a ler e a escrever o castelhano. Infelizmente, não existe prova ou informação histórica alguma que dê sustento à teoria de que Reynoso tenha sido o autor do *Popol Vuh*. Em relação à discrepância entre Ximénez e o padre Francisco Vázquez, autor da *Crónica de la provincia franciscana de Guatemala*, sobre a data em que foi travada a batalha de Quetzaltenango, anterior à conquista do Quiché por Alvarado, diz o cronista dominicano que a batalha se deu no mês de março e que isso se comprova

> com o que Diego Reynoso diz em seus escritos de notícias daqueles tempos (que foi um índio que o sr. Marroquín levou da aldeia de

39 F. Ximénez, 1929, op. cit., Prólogo.
40 *Isagoge histórica*, op. cit., cap. VIII, p. 61.
41 Manuscrito de Chichicastenango (*El Popol Buj*): *Estudio sobre las antiguas tradiciones del pueblo quiché*, ed. e trad. do quiché José Antonio Villacorta Calderón e Flavio Rodas N. Cidade da Guatemala: Sánchez & De Guise, 1927, pp. 157-60; José Antonio Villacorta Calderón, *Prehistoria e historia antigua de Guatemala*. Cidade da Guatemala: Tipografía Nacional, 1938, p. 170.

Utatlán e ensinou a ler e a escrever) que a conquista do Quiché por Don Pedro de Alvarado foi no princípio de abril na Semana Santa desse ano de 24, com estas palavras: "*Chupam ic abril caztahibal pascua xulic Donadiu ahlabal varal quiché*", que quer dizer: no mês de abril, durante a Páscoa da Ressurreição, veio Donadiú (que é Alvarado) guerrear aqui no Quiché. E mais adiante: "*Chupam Quaresma xul Donadiu capitan ahlabal varal pa queche ta xporox tinamit, ta xçach ahauarem, ta xtanepatan rumal ronohel amac xpatanih chiqui vach ca mam ca cahau pa queche*", que quer dizer: Na Quaresma, veio Donadiú, capitão da guerra, aqui ao Quiché e então se queimou a aldeia, ou cidade, e se acabou o reino e as aldeias pararam de tributar o tributo que haviam dado aos nossos pais e avós.

E acrescenta que essa informação foi dada por uma "testemunha ocular de tudo isso".[42]

Essas afirmações de Ximénez fazem pensar na existência de uma crônica ou narração da conquista espanhola escrita por Reynoso em sua língua materna. No entanto, o autor da *Isagoge histórica*, reproduzindo as palavras do analista quiché sobre a chegada de Alvarado, diz o seguinte:

> Isso foi no final da Quaresma e no princípio da Páscoa do dito ano de 1524, como afirma o testemunho antiquíssimo de Diego Reynoso, índio principal da dita aldeia de Utatlán, que no tempo da ruína da cidade da Guatemala [1541], por ordem do sr. Don Francisco Marroquín, estava aprendendo a ler e a escrever. Este, num livro de língua muito devoto da Paixão de Jesus Cristo S. N., faz umas notas marginais muito curiosas e dignas de nota de suas antigualhas, que não trazem os autores, e numa delas diz em sua língua: "*Chupam Quaresma xul Donadi capitan ahlabal varal pa Quiche*".[43]

42 F. Ximénez, 1929, op. cit., cap. XL, p. 119. O texto quiché é transcrito diretamente do manuscrito original da *Historia de la provincia de San Vicente de Chiapa y Guatemala*.

43 *Isagoge histórica*, op. cit., cap. IV, p. 191.

É possível que esse livro de devoção, com as notas marginais de Reynoso, tenha se conservado no convento de São Domingos da Guatemala, e que lá o tenham visto os dois cronistas da Ordem de Pregadores, o frei Ximénez e o desconhecido autor da *Isagoge*. Mas esse mesmo fato revela que o Manuscrito de Chichicastenango e as notas marginais de Reynoso não eram da mesma mão, pois nesse caso Ximénez, que havia estudado, copiado e traduzido o manuscrito quiché, certamente o teria identificado como obra de Reynoso e, assim, teria declarado, tal como fez com as notas marginais sobre a chegada de Alvarado ao Quiché e com todas as fontes de informação que lhe serviram para compor a sua bem documentada *Historia de la provincia de San Vicente de Chiapa y Guatemala*.

Reynoso colaborou na redação de outro documento indígena, o *Título de los señores de Totonicapán*. Desse documento, escrito em língua quiché em 1554, só se conhece a tradução para o castelhano feita pelo padre Dionisio José Chonay, sacerdote de Sacapulas, em 1834. Nele se encontra o conhecido quarto capítulo, que começa com estas palavras: "Escutai o que vou dizer-vos, o que vou declarar, eu, Diego Reynoso *Popol Vinak*, filho de Lahuh Noh".[44] Em seguida, descreve-se a viagem ao Oriente dos príncipes quiché Qocaib, Qocavib, Qoacul, Acutec e, pouco depois, do Nim Chocoh Cavec, para receber a investidura real das mãos do imperador Nacxit. Do mesmo assunto se ocupa o *Popol Vuh* em um dos seus capítulos,[45] mas entre as duas narrações há diferenças tão notáveis que não é possível aceitar que tenham sido escritas pela mesma pessoa. De resto, embora de modo geral o relato dos fatos lendários dos Quiché seja semelhante em ambos os documentos, o *Título de los señores de Totonicapán* apresenta muitas variantes que, apesar de algumas vezes completarem a informação mais extensa do *Popol Vuh*, demonstram que esses documentos são obra de dois ou mais autores diferentes.

Por fim, não parece provável que um homem como Reynoso, que proclama seu nome, seus títulos e sua origem num capítulo do docu-

44 O título de *Popol Vinak* correspondia, entre os Quiché, a membro do conselho ou junta pública que se ocupava dos assuntos que interessavam à comunidade. Era também um título honorífico.

45 *Popol Vuh*, terceira parte, cap. VI.

mento de Totonicapán e também se identifica como autor das notas marginais num livro da Paixão de Jesus Cristo, tenha preferido ficar na obscuridade ao escrever uma obra de tanto fôlego e importância como o Manuscrito de Chichicastenango.

O conhecido filólogo Rudolf Schuller é da opinião de que há base para atribuir a paternidade do *Popol Vuh* a Diego Reynoso; mas interpreta de maneira diferente, e a nosso ver incorretamente, as citações de Ximénez e do *Título de los señores de Totonicapán*. Ele acredita que o fato de aparecerem nesse documento expressões como a citada "Escutai o que vou dizer-vos", "vou contar-vos" etc., que também se encontrariam no *Popol Vuh*, comprova que foi Reynoso quem escreveu os dois documentos.[46] Tal coincidência é de pouco valor, e, além do mais, expressões semelhantes também aparecem em outros documentos dos índios americanos. E a referência que Ximénez faz aos escritos de Reynoso "de notícias daqueles tempos", e que Schuller reproduz, fica esclarecida com o trecho da *Isagoge* que identifica esses escritos como notas feitas nas margens de um livro de devoção.

Em seu trabalho sobre *O autor do Popol Vuh*, Schuller chama atenção para o erro em que incorre Villacorta, confundindo a pessoa do índio quiché, a quem, lá pelo ano de 1541, o bispo Marroquín ensinou a ler e a escrever, com a do missionário frei Diego de Reynoso, autor da *Arte y vocabulario en lengua mame dirigido a nuestro reverendísimo padre maestro F. Marcos Salmerón, calificador del Supremo Consejo de la Inquisición, general de todo el orden de Nuestra Señora de la Merced, señor de la varonía de Algar*. A dedicatória dessa obra, impressa no México por Francisco Robledo em 1644, é datada de 20 de outubro de 1643.

Beristain só diz de Reynoso que era "natural da América Setentrional, religioso missionário da militar ordem de Nossa Senhora das Mercês" e que escreveu a *Arte en lengua mame*.[47] Não há notícia de que tenha visitado a Guatemala, e é provável que tenha aprendido a língua mame no distrito de Soconusco e província de Chiapas, onde

46 R. Schuller, 1931, op. cit.

47 José Mariano Beristain y Souza, *Biblioteca hispano americana setentrional*, t. III, 2ª ed. Amecameca: Tipografía del Colegio Católico, 1883, p. 14.

até hoje se fala esse idioma, que é comum, também, aos departamentos de Huehuetenango e San Marcos de Guatemala.

Villacorta também afirmou[48] que em 17 de março de 1538 professou na Guatemala "um índio muito inteligente de raça quiché, que, ao vestir o hábito de mercedário, adotou o nome de frei Diego de la Anunciación e que no mundo havia sido batizado, poucos anos antes, como Diego Reynoso". Contudo, o historiador guatemalteco não fornece nenhuma prova de tal identidade entre Reynoso e esse frei mercedário. O cronista Remesal, que ele cita a esse respeito, só diz, referindo-se aos princípios da Ordem das Mercês na Guatemala, que "aos 17 de março deste ano de mil quinhentos e trinta e oito já era de Nossa Senhora das Mercês casa formada, e com o título de comendador o p. Fr. Juan Zambrano deu a profissão ao Fr. Diego de la Anunciación" etc.[49] Remesal não menciona Reynoso, não identifica o novo frei mercedário nem, tampouco, cita o fato, que teria sido muito notável naquele tempo, de que o referido frei seria um índio da raça vencida. Ximénez, como já foi dito, dá a entender que Reynoso só se transferiu para a Guatemala em 1539, ou seja, no ano em que o bispo Marroquín abençoou o vilarinho de Utatlán e o batizou com o nome de Santa Cruz, e, segundo a *Isagoge*, o nosso índio quiché estava aprendendo a ler e a escrever em 1541 por ordem do ilustre prelado.

A profissão eclesiástica foi vedada durante muitos anos aos índios da América. Escrevendo quase duzentos anos depois da Conquista, Ximénez observou[50] que, "se os seus ministros e sacerdotes fossem da sua própria nação, muito mais fruto se faria" com os índios, porque estes tinham grande desconfiança dos espanhóis; mas acrescentava que, por seus vícios, eles eram "quase incapazes de ser ministros da Igreja". O mesmo ocorria em relação ao seu ingresso nas ordens religiosas.[51] É oportuno observar também que, no *Título*

48 J. A. Villacorta Calderón e F. Rodas N., op. cit., p. 57.

49 Antonio de Remesal, *Historia general de las Indias Ocidentales, y particular de la governacion de Chiapa, y Guatemala. Escrivese juntamente los principios de la religion de nuestro glorioso Padre Santo Domingo, y de las demas religiones.* Madri: Francisco de Abarca y Angulo, 1620, t. I, livro III, cap. XIX, p. 148.

50 F. Ximénez, 1929, op. cit., p. 59.

51 Escrevendo por volta de 1612, o padre Torquemada dedica um capítulo da sua *Monarquía indiana* a explicar por que não

de los señores de Totonicapán, de 1554, o índio quiché que fala no capítulo quatro continua se referindo a si mesmo como Diego Reynoso, e não apenas não dá nenhuma indicação de ter se tornado um missionário cristão como continua usando o título de *Popol Vinak*, oriundo do tempo da sua gentilidade.

É conveniente esclarecer esses pontos sobre a personalidade de Diego Reynoso porque se trata de um dos poucos autores indígenas conhecidos que deixaram narrações escritas anteriores ou contemporâneas à Conquista. Embora educado pelos padres espanhóis, ele jamais renunciou ao seu nome e à condição de nobre índio quiché, e sua independência de qualquer ordem religiosa espanhola dá mais validade às suas informações sobre os tempos antigos da sua nação.

A questão do autor do *Popol Vuh* deve perdurar, contudo, sem solução; e, enquanto não forem descobertas novas provas que iluminem a matéria, o famoso manuscrito deve continuar sendo considerado um documento anônimo, escrito por um ou mais descendentes da raça quiché, segundo a tradição dos seus antepassados.

Em seu interessante estudo sobre o *Popol Vuh*, Lewis Spence manifesta a opinião de que o livro é "um monumento de antiguidade bastante considerável",[52] mas acrescenta que seria arriscado tentar descobrir a data aproximada de sua concepção original. Ele acredita, como hipótese mais provável, que o antigo livro quiché não chegou a ser escrito no sistema ideográfico-fonético, mas, em compensação, se conservou por transmissão oral, de geração em geração, como era costume entre outros povos da América. Essa opinião, somada à das outras autoridades anteriormente citadas, confirma a crença de que o desconhecido autor do Manuscrito de Chichicastenango foi antes um compilador, dotado de inegáveis faculdades de coordenação e de expressão literária, que reuniu as histórias do seu povo, colhendo-

dava aos índios o hábito da religião. Diz que "naqueles tempos do cristianismo os índios não eram bons para mandar, nem reger, e sim para serem mandados e regidos [...]; não são para mestres, e sim para discípulos, nem para prelados, e sim para súditos, e para isso os melhores do mundo. E a razão que tem mais força é que são sujeitos à embriaguez e dados ao vinho e, por isso, não devem ser religiosos". Frei Juan de Torquemada, *Monarquía indiana*. Cidade do México: Salvador Chávez Hayhoe, 1943, livro XVII, cap. XIII.

52 L. Spence, 1908, op. cit.

-as da tradição oral e de alguns relatos antigos, escritos ou pintados, que registravam os episódios gloriosos da vida dos antepassados. O compilador possivelmente considerou que não tinha o direito de se chamar autor de algo que era apenas uma transcrição de relatos alheios, provavelmente anônimos também, e por isso não deu a conhecer seu nome. Algo semelhante ocorre com os livros de *Chilam Balam*, que foram escritos em língua maia, mas com caracteres latinos, em várias aldeias de Yucatán, depois da Conquista. De modo geral, os nomes dos seus autores não constam nesses livros, e Brinton acredita que isso se deve ao fato de que provavelmente são cópias de manuscritos mais antigos, com alguma eventual inclusão de informações sobre acontecimentos mais recentes ou contemporâneos.[53]

IV. A OBRA DO FREI XIMÉNEZ

Desde os primeiros anos da Colônia, os missionários espanhóis perceberam a necessidade de aprender as línguas dos índios para poder se comunicar diretamente com eles e instruí-los na doutrina cristã. O primeiro bispo da Guatemala, sr. Marroquín, recomendava aos frades e clérigos seculares que estudassem os dialetos indígenas e compusessem suas palestras e seus sermões na língua materna dos nativos. O próprio prelado redigiu alguns dos primeiros trabalhos desse tipo e deu início, assim, à longa série de *artes e vocabulários* que foram escritos durante o período colonial. Um ilustre frade dominicano, o padre Domingo de Vico, que em 1555 sacrificou a vida na conquista pacífica das províncias ao norte de Verapaz, escreveu vários trabalhos voltados para o aprendizado das línguas do país, numerosas e curtas obras devotas e um volumoso tratado de doutrina cristã denominado *Teología de indios*. O padre Vico também compôs, segundo o historiador Remesal, um livro que continha "todas as histórias, fábulas, conselhos, patranhas e enganos em que viviam [os

53 Daniel G. Brinton (ed.), *The Maya Chronicles*. Filadélfia: Brinton D. G., 1882, pp. 68 e ss. Daniel G. Brinton, *Essays of an Americanist*. Filadélfia: Porter and Coates, 1890, p. 259.

índios], refutando-as para delas afastar os nativos". Um admirador das obras do padre Vico disse, já naqueles tempos, que o que ele escreveu em língua de índios podia ser comparado, sem hipérbole, ao que Santo Tomás escreveu em latim.[54]

A *Teología de indios*, escrita em várias das línguas vernáculas, e alguns dos trabalhos linguísticos do padre Vico se conservam até hoje. A bibliografia desse tipo de escritos é vasta, especialmente no que se refere às línguas cakchiquel, quiché e pocomchi. Alguns desses trabalhos foram publicados; muitos se perderam; e outros, como os de Anleo, Basseta e Ximénez, relativos à língua quiché, podem ser consultados nos manuscritos originais e em cópias fotográficas em bibliotecas e arquivos da América e da Europa.

O nome do frei Francisco Ximénez se destaca entre todos os outros escritores da época colonial por suas obras notáveis nos campos da filologia e da história natural, religiosa e política. Ximénez nasceu em Écija, província da Andaluzia, Espanha, em 1666, e chegou à Guatemala "numa barca cheia de religiosos", como ele mesmo conta, em 1688. Ao concluir o noviciado, ordenou-se como presbítero em Chiapas e, na Guatemala, vestiu o hábito de São Domingos. Seus superiores o enviaram em 1694 para exercer seu ministério em centros de população predominantemente indígena, o que lhe deu a oportunidade de aprender os dialetos locais com perfeição. Foi esse também o estímulo que o levou a penetrar fundo na estrutura dessas línguas e a submetê-las a um sistema didático para uso dos principiantes em tão interessante matéria. Entre 1701 e 1703, ele foi padre em Santo Tomás Chuilá, ou Chichicastenango, e durante esse período descobriu o manuscrito que continha as histórias dos índios de Quiché. Um ano depois estava em Rabinal, outro centro de índios quiché, onde permaneceu por dez anos. Em 1715, administrava a paróquia de Xenacoj, no vale do Sacatepéquez. Começou ali e nesse mesmo ano a escrever a sua obra mais extensa, a *Historia de la provincia de San Vicente de Chiapa y Guatemala*. De 1718 a 1720, foi padre da Candelaria na cidade da Guatemala. Em 1721, estava de

54 A. Remesal, op. cit., t. II, p. 612; F. Ximénez, 1929, op. cit., p. 57.

novo em território quiché, administrando a paróquia de Sacapulas, onde permaneceu, muito provavelmente, até 1725. No capítulo da Ordem de São Domingos celebrado nesse ano, foi nomeado superior da casa de Sacapulas. Nesse lugar tranquilo e aprazível, deve ter escrito o restante da *Historia de la provincia*; ele declara que começou ali, em 30 de agosto de 1722, sua última obra, a *Historia natural del reino de Guatemala*, cujo primeiro tomo chegou até nós. Em 1721, terminava de escrever o livro V da *Historia de la provincia*, e é provável que tenha concluído a obra em 1722. De volta à capital do reino, assumiu novamente a paróquia da Candelaria em 1729 e, em novembro do mesmo ano, foi instituído e recebeu o título de pregador, a pedido da Congregação de São Domingos. Deve ter falecido no final desse ano ou no início do ano seguinte, pois as Cartas Patentes de sua nomeação, que chegaram em 1730, não puderam ser executadas por razão de sua morte, como se lê na ata do Capítulo Provincial da Ordem que foi realizado na Guatemala em 13 de janeiro de 1731.[55]

Produto da vida ativa e laboriosa do frei Ximénez é a série de suas obras, de inestimável valor nos diferentes ramos do saber a que esse ilustre homem dedicou seu tempo e suas excepcionais faculdades. Para nossa sorte, a maior parte dessas obras foi preservada, não sem antes terem passado algumas delas por numerosos perigos e vicissitudes.

Os longos e bem aproveitados períodos da vida de Ximénez que transcorreram entre os índios do interior da Guatemala lhe demonstraram a necessidade de que os religiosos conhecessem a fundo as línguas dos habitantes desses lugares. O governo espanhol havia ordenado que os nativos fossem instruídos na língua castelhana, mas isso exigia a criação de centenas de escolas urbanas e rurais que nunca chegaram a ser fundadas no período colonial. Por conseguinte, para se entender com os índios e para todas as necessidades materiais e espirituais, era preciso dirigir-se a eles na sua própria

55 Juan Rodríguez Cabal, *Apuntes para la vida del M. R. padre presentado y predicador general fray Francisco Ximénez.* Cidade da Guatemala: Unión Tipográfica, 1935.

língua, empregando, para isso, o dialeto de cada distrito regional. Ximénez escreveu, com esse objetivo, uma excelente gramática da língua quiché, uma *arte e vocabulário* e vários tratados doutrinais nas três principais línguas da Guatemala. O autor dava preferência à língua quiché, que praticou por mais de vinte anos e da qual tinha altíssimo conceito, como se pode ver no capítulo XXV do livro I de sua *Historia de la provincia*. Longe de ser um idioma bárbaro, segundo Ximénez, o quiché é dotado de tão grandes ordem e harmonia, e de propriedade no dizer, e tão conforme sua índole à natureza e a propriedades das coisas, que ele chegou à convicção de que "essa língua é a principal que houve no mundo". O linguista historiador, deixando de lado qualquer modéstia, declara que, à custa de aplicação e estudo, chegou a compreender a língua quiché como ninguém e que, não querendo ocultar seu talento, tal como Deus o transmitiu a ele, escreveu "três tomos de fólios com o título de *Tesoro de las lenguas cacchiquel, quiché y tzutuhil*, que são muito simbólicas".[56]

O primeiro tomo dessa obra se intitula *Primera parte de el tesoro de las lenguas cacchiquel, quiché y tzutuhil, en que dichas lenguas se traducen en la nuestra española* e compõe um volume de 204 fólios duplos. Na nota bibliográfica que precede o *Popol Vuh*, Brasseur de Bourbourg diz que o primeiro tomo do *Tesoro*, escrito pela mão de Ximénez, passou por muitas outras até chegar às do coronel Juan Galindo (um *soldado de fortuna*, de origem irlandesa, que serviu na Guatemala sob a administração do dr. Mariano Gálvez e se interessou pelas antiguidades do país) e prosseguiu seu caminho até Paris. Brasseur o incluiu em sua coleção de documentos e, após a sua morte, o volume passou para a Biblioteca Bancroft, da Universidade da Califórnia.

O segundo volume se intitula *Arte de las tres lenguas cacchiquel, quiché y tzutuhil, escrito por el R. p. Francisco Ximénez, cura doctrinero por el Real Patronato del pueblo de Santo Tomás Chuilá* e compõe um volume manuscrito de 92 fólios duplos que perfazem 184 páginas. Esse segundo tomo também chegou às mãos do abade Brasseur, que, em sua obra *Bibliothèque mexico-guatémalienne*, afirma que o rece-

56 F. Ximénez, 1929, op. cit., p. 65.

beu de Ignacio Coloche, nobre indígena da aldeia de Rabinal. O sr. Ayer adquiriu o manuscrito na Europa e o doou, com o restante de sua valiosa coleção, à Biblioteca Newberry.

O terceiro volume do *Tesoro* não é conhecido. Ximénez diz, no lugar mencionado de sua *Historia*, que a formação das palavras nas línguas da Guatemala é tão simples que basta combinar as vogais e as consoantes nos monossílabos resultantes e depois organizá-las em ordem alfabética para obter todos os nomes e verbos primitivos; e que se pode ver isso claramente nas tabelas que incluiu na terceira parte do *Tesoro*. Em sua gramática quiché, Brasseur reproduziu algumas tabelas desse tipo.

No *Tesoro de las lenguas*, Ximénez faz um estudo minucioso da estrutura da língua quiché, da qual apresenta uma exposição usando o método da gramática latina, seguida de um vocabulário que contém as raízes das palavras dos três idiomas. Esse valioso material foi bem aproveitado por Brasseur para formar sua *Grammaire de la langue quichée*,[57] na qual podem ser lidos os capítulos de Ximénez em castelhano, com algumas explicações em francês intercaladas pelo abade para melhor compreensão do texto pelos leitores não versados na língua de Castela.

Encadernados no mesmo volume que a *Arte de las tres lenguas* se encontram um *Confesionario* e um *Catecismo de indios*, também nas três línguas, trabalhos de curta extensão; e, por fim, num caderno de 112 páginas, escritas em duas colunas paralelas e com notável nitidez e cuidado, vem a cópia do Manuscrito de Chichicastenango feita por Ximénez conforme o texto original, acompanhada de sua tradução para o idioma castelhano. Esse precioso documento tem o seguinte título: *Empiezan las historias del origen de los indios de esta provincia de Guatemala, traducido de la lengua quiché en la castellana para más comodidad de los ministros del Sto. Evangelio, por el R. p. F. Franzisco Ximenez, cura doctrinero por el Real Patronato del pueblo de Sto. Thomas Chuilá*. Na opinião de Brasseur de Bourbourg,

57 Charles Étienne Brasseur de Bourbourg (ed.), *Grammaire de la langue quichée*. Paris: Auguste Durand, 1862.

esse manuscrito deve ser considerado o original do *Popol Vuh*.[58] De fato, é a única cópia que restou do antigo manuscrito quiché, feita por um autor desconhecido em meados do século XVI. A tradução é a primeira que Ximénez fez e também a primeira que veio a público ao ser impressa em Viena, em 1857, sob os auspícios da Academia Imperial de Ciências.

O documento termina com os *Escolios a las historias de el origen de los indios escoliadas por el R. p. F. Franzisco Ximenez, cura doctrinero por el Real Patronato del pueblo de Sto. Thomas Chichicastenango, del sagrado Orden de los Predicadores* etc. Esses escólios constam apenas de um prólogo e de um capítulo, e não parece que o autor tenha escrito nada mais nesse lugar. O material que eles contêm foi usado em parte no livro primeiro da *Historia de la provincia*, na qual o autor continua seus comentários e trata extensamente da origem do reino quiché e dos antigos costumes e crenças de seus habitantes.

Acatando uma ordem do superior da Ordem de São Domingos e seguindo suas próprias inclinações, Ximénez escreveu a *Historia de la provincia de San Vicente de Chiapa y Guatemala*, em quatro volumes em fólio, que compreendem a narração da conquista e da fundação da Guatemala, a conversão dos índios à fé católica, os trabalhos da religião dominicana e os acontecimentos importantes da Colônia até o ano de 1720. Embora o propósito da obra seja descrever as dificuldades de que a religião de São Domingos padeceu na província da Guatemala e os grandes serviços dos ministros do Evangelho na conversão dos nativos, como se lê no capítulo primeiro da *Historia*, Ximénez, que tinha vivido entre os índios e sentia profundo afeto por eles e compaixão por seus sofrimentos sob o regime colonial, considerou que era útil e conveniente começar sua crônica revelando as crenças dos Quiché, sua organização social e política e o estado em que eles se encontravam na época da Conquista. Com esse objetivo, o autor inicia sua obra com as histórias da origem dos índios, ou seja, a tradução revista do Manuscrito de

58 Id., *Bibliothèque mexico-guatémalienne*. Paris: Maisonneuve et Cie, 1871, p. 155.

Chichicastenango, e em seguida faz um relato dos acontecimentos ligados aos reis de Quiché até Don Juan de Rojas, o último da série, que viveu em condições miseráveis sob a dominação espanhola, no século XVI. Ele conclui o livro primeiro com sete capítulos sobre a religião, os costumes e o governo dos índios. E adverte que esses capítulos são transcrições daqueles que o padre Jerónimo Román, da Ordem de Santo Agostinho, apresenta em sua obra *República de Indias*. Román, por sua vez, os havia copiado, quase literalmente, da *Apologética historia* do frei Bartolomé de Las Casas.

No segundo livro, Ximénez relata a conquista da Guatemala pelos castelhanos e entra por completo no tema fundamental da sua obra, ou seja, a participação dos religiosos na pacificação da terra e no estabelecimento da Colônia. Naturalmente, o autor dá prioridade à descrição dos trabalhos da Ordem de São Domingos e contradiz algumas afirmações do cronista Vázquez, apologista da Ordem de São Francisco. O terceiro livro foi perdido. Os quatro livros restantes tratam de assuntos religiosos e do desenvolvimento da administração espanhola em suas colônias da América Central.

A *Historia* do frei Ximénez constava de quatro volumes, que foram cuidadosamente guardados no convento de São Domingos da Guatemala e durante mais de cem anos ficaram na obscuridade. O anônimo autor da *Isagoge histórica*, escrita no século XVIII, menciona o religioso como descobridor e tradutor do Manuscrito de Chichicastenango, mas a *Isagoge* tampouco foi publicada até o ano de 1892. O manuscrito original da *Historia* de Ximénez, que esteve perdido por muitos anos, encontra-se, embora incompleto, na Guatemala. O primeiro tomo, composto por 397 fólios de 30 centímetros de altura por 21,5 centímetros de largura, encadernado em pergaminho, mas sem a capa, apareceu na biblioteca do prócer da Independência da América Central, Don José Cecilio del Valle, e hoje se encontra em poder de seus descendentes na cidade da Guatemala. Esse volume contém, como já dissemos, os dois primeiros livros da crônica de Ximénez e começa com a tradução revista das *Historias del origen de los indios*. O Arquivo Geral do Governo da Guatemala possui o terceiro e último tomo, composto de 455 fólios e que contém o sexto e o sétimo livros da *Historia*.

No final do século XVIII, viveu na Guatemala Don Ramón de Ordóñez y Aguiar, cônego de Chiapas e autor da *Historia de la creación del cielo, y de la tierra*, inédita até 1907. No prólogo dessa obra, Ordóñez diz que havia descoberto um livro precioso, devido ao apostólico zelo do M. R. p. pregador geral frei Francisco Ximénez, o qual, como fruto de sua predicação, o descobriu, por sua vez, entre os índios da nação quiché e o traduziu ao pé da letra, deixando seus conceitos encerrados "no primeiro dos quatro volumes que, com o título de *Historia de la provincia de San Vicente de Chiapa y Guatemala*, compôs e se conservam manuscritos na livraria do seu convento de Padres Pregadores desta capital".[59] O texto das citações de Ordóñez y Aguiar e as páginas de onde diz ter tomado algumas partes para incluir em sua obra demonstram, porém, que ele não consultou o original da *Historia*, mas a cópia conservada no convento de São Domingos até 1830 e que naquele ano passou para a biblioteca da universidade.

Ordóñez reproduziu em sua *Historia de la creación* a segunda versão das *Historias del Quiché*, tirando-a, como ele mesmo diz, do primeiro volume da *Historia de la provincia de San Vicente de Chiapa y Guatemala*. A transcrição às vezes é literal, outras vezes é resumida e, em certas ocasiões, aparece notavelmente corrigida e diferente do original. No episódio de Vucub-Caquix, Ordóñez deixa de lado a linguagem coloquial de Ximénez e escreve uma paráfrase em estilo cervantesco, que revela dotes de imaginação e de composição literária, mas que está muito longe da simplicidade e da ingenuidade do original quiché, que evidentemente o cônego de Chiapas não conheceu.[60]

59 R. de Ordóñez y Aguiar, op. cit., p. 7.

60 Por não conhecê-lo, e por ter seguido cegamente o texto da cópia da *Historia* de Ximénez que teve em mãos, Ordóñez incorre em vários erros, o mais grave dos quais o leva a dizer, no capítulo VI de sua obra, que "a mãe de *Hunahpú* e *Xbalanqué* se chama *Hunbatz* e é, ao mesmo tempo, esposa de *Hunhunahpú*, mãe de si mesma e filha e mãe de *Vucub-Hunahpú*, que nunca foi casado e se manteve solteiro". Desse galimatias Ordóñez deduz as conclusões mais extremas, chegando até a identificar *Vucub-Hunahpú* com o Espírito Santo. A confusão em que ele se enreda provém da omissão de uma linha do original na cópia que consultou, erro que subsiste na edição impressa da Sociedade de Geografia e História da Guatemala, de 1929. Com razão, diz Brasseur de Bourbourg, no prólogo da sua *Histoire des nations civilisées du Mexique et de l'Amérique-Central* (1857, op. cit.), que Ordóñez extraiu as consequências mais absurdas da tradução de Ximénez.

Contemporâneo de Ordóñez y Aguiar foi o italiano Félix Cabrera, que também vivia na Guatemala nos anos derradeiros do século XVIII e a quem o primeiro acusava de ter se apropriado de uma obra sua relativa a Votán, o herói dos Tzendale. Cabrera é autor de *Teatro crítico americano*, ou investigação sobre a história dos americanos, escrito em 1794 e publicado em inglês em 1822, em Londres, com uma tradução da *Descripción de las ruinas de Palanque* feita pelo capitão Antonio del Río. Na primeira dessas obras, Cabrera anotou a referência bibliográfica, que, traduzida, diz: "No convento de São Domingos desta cidade [Guatemala], há muitos valiosos manuscritos em seis volumes em fólio, que foram compostos pelo frei Francisco Ximénez, sobre a conquista desta província, os avanços da religião e os padres apostólicos que propagaram a cristandade". E acrescenta: "No primeiro volume, apresenta uma história da criação do mundo segundo as crenças dos índios de Chiapas. Conseguir isso dos indígenas lhe custou muitíssimo esforço, segundo ele mesmo afirma. Esse documento aumentará muito a fama de Don Ramón de Ordóñez, que me dizem que o inseriu em sua obra *Do céu e da terra*".[61]

Brasseur de Bourbourg conta que o conservador do Museu Nacional do México, Don Rafael Isidoro Gondra, entregou em suas mãos, em meados do século XIX, os rascunhos do primeiro volume da obra de Ordóñez, que continham a maior parte da tradução do Manuscrito de Chichicastenango feita pelo frei Ximénez. Brasseur

61 Paul Félix Cabrera, "Teatro crítico americano", in Antonio del Río, *Description of the Ruins of an Ancient City*. Londres: Henry Berthoud, 1822, p. 110. O *Teatro crítico americano* contém algumas informações a respeito das crenças dos Tzendale sobre Votán e extensos comentários sobre a origem dos habitantes da América, que o autor acreditava terem vindo do Oriente Próximo, Palestina, Caldeia, Cartago etc. Ordóñez afirma que essas informações constavam na *Probanza de Votán*, um documento que os índios lhe deram e que ele infelizmente confiou a Cabrera solicitando da erudição do italiano uma opinião a respeito da obra que havia escrito sobre esses assuntos. Cabrera rejeitou a acusação de plagiário e iniciou uma ação criminal contra Ordóñez por injúria e calúnia. A disputa entre os dois escritores chegou até a Real Audiência da Guatemala, à qual Cabrera recorreu em 1794, pedindo-lhe que mandasse cotejar as obras dos dois, a fim de estabelecer que, por sua parte, não tinha havido roubo de trabalho alheio. Pode-se ver a petição de Cabrera nos *Anales de la Sociedad de Geografía e Historia de Guatemala*, de março de 1931.

reivindica a honra de ter sido ele quem revelou ao mundo científico a existência do trabalho de Ximénez, na primeira de suas quatro *Cartas para servir de introducción a la historia primitiva de las naciones civilizadas de la América septentrional*, publicadas em 1851.[62] Contudo, como já vimos, foi Cabrera o autor das referências mais antigas que vieram à luz sobre o frei Ximénez, de quem Brasseur dizia ter sido pioneiro na tradução da teogonia indígena, acompanhando-a de comentários, de notas etimológicas e de documentos relativos à história antiga dos Quiché, Tzendale etc., e que, com o auxílio dessas riquezas, escreveu mais tarde a *Historia de la provincia de San Vicente de Chiapa y Guatemala*, sua grande obra, "a qual ficou manuscrita e é completamente desconhecida".[63]

Durante a viagem que o dr. Karl von Scherzer fez pelos países da América Central em 1853 e 1854, ele permaneceu durante seis meses na Guatemala e teve oportunidade de visitar a biblioteca da universidade, onde encontrou os volumes das obras de Ximénez que foram guardadas nesse centro depois da expulsão dos frades e do fechamento dos conventos, em 1829. Na *Memoria* que dirigiu à Academia Imperial de Ciências de Viena em 1856,[64] o dr. Scherzer reivindica o mérito de ter sido o primeiro a chamar a atenção do mundo erudito para os escritos de Ximénez e de ter motivado, em parte, sua publicação. Tal honra, como já dissemos anteriormente, era disputada por Brasseur. Por isso, provavelmente, quando no ano seguinte foram publicadas em Viena as *Historias del origen de los indios*, Scherzer incluiu na introdução dessa obra a informação sobre Ximénez e seus escritos que o abade francês mencionava em sua carta do México, dirigida ao duque de Valmy em 1850.

Scherzer só encontrou na biblioteca da universidade, em 1854, o terceiro volume da *Historia de la provincia de San Vicente de Chiapa y Guatemala*, e, embora também tenha procurado em outros lugares

62 C. É. Brasseur de Bourbourg, 1857, op. cit., p. IX, nota I.

63 Id., *Cartas para servir de introducción a la historia primitiva de las naciones civilizadas de la América septentrional*. Cidade do México: Imprenta de M. Murguía, 1851.

64 Karl von Scherzer, "Mitteilungen über die Handschriftlichen Werke des Padre Francisco Ximénez in der Universitäts-Bibliothek zu Guatemala". *Sitzungsberichte der philosophisch-historischen Classe der kaiserlichen Akademie der Wissenschaften*, Viena, v. 19, pp. 166–86, fev. 1856.

os volumes restantes dessa obra, suas iniciativas foram em vão. Em contrapartida, descobriu na biblioteca um vocabulário das línguas quiché e cakchiquel, o volume que contém a *Arte de las tres lenguas*, um *Confesionario*, um *Catecismo de indios* e as *Historias del origen de los indios de esta provincia de Guatemala, traducidas de la lengua quiché a la castellana*. Esse último tratado é o que Scherzer publicou pela primeira vez em 1857. O texto da edição de Viena coincide, de modo geral, com o manuscrito de Ximénez; mas padece de muitos erros, devidos em parte ao impressor estrangeiro e, em parte, também à imperícia do copista que fez o translado de que se serve o dr. Scherzer e que evidentemente não estava familiarizado com a escrita antiga. Dos *Escolios*, que formam o complemento do livro, só o primeiro capítulo existe no manuscrito das *Historias*. Scherzer relata que os completou por meio de uma cópia, "tirada do original", que Don Juan Gavarrete lhe forneceu. O original, no caso, é a *Historia de la provincia*, de cujo primeiro livro procedem os capítulos publicados como complemento dos *Escolios*.

O próprio sr. Gavarrete teve a oportunidade de manifestar, anos mais tarde, o juízo que formara sobre a edição de Viena, dizendo que "saiu muito incorreta pela pouca perícia no idioma espanhol dos copiadores e impressores". Ele acrescenta o seguinte comentário, que depois foi repetido por outros historiadores: "Observemos, de passagem, que a publicação desse livro mudou totalmente o curso dos estudos históricos que são feitos atualmente sobre a América Central".[65]

Os relatórios do dr. Scherzer a respeito da cultura e das tradições dos índios quiché provocaram algumas discussões nas revistas europeias que na época tratavam desses assuntos. O semanário alemão *Das Ausland* publicou em sua edição de 6 de julho de 1855 um interessante artigo sobre "a história pré-colombiana da Guatemala", fazendo uma análise do conteúdo das *Historias del origen de los indios* que Scherzer havia encontrado e se propunha publicar. O editor americanista Nicolaus Trübner reproduziu parcialmente

65 "Catálogo razonado de los objetos con que se inauguró el departamento etnográfico del Museo Nacional", publicado em *La Sociedad Económica de Guatemala* em maio de 1866.

a análise do escritor alemão e discutiu a primazia das informações bibliográficas sobre o frei Ximénez num extenso artigo, intitulado "Central American Archaeology", que foi publicado no *The London Athenaeum*, de 31 de maio de 1856.

O conhecido americanista Charles Étienne Brasseur de Bourbourg chegou à Guatemala em 1855. Seguindo as pegadas do dr. Scherzer, Brasseur havia percorrido os países da América Central e, assim como aquele, se interessava pela história antiga do país. Fizera anteriormente importantes estudos históricos e linguísticos no México e havia copiado vários manuscritos antigos. Na Guatemala, encontrou um campo fértil para suas pesquisas. O dr. Mariano Padilla e Don Juan Gavarrete, que haviam prestado ajuda ao dr. Scherzer, levaram sua generosidade com o abade Brasseur ao extremo de ceder-lhe vários documentos da coleção do primeiro e dos arquivos públicos a cargo do segundo. Outros lhe foram proporcionados pelo arcebispo da Guatemala, o dr. Don Francisco García Peláez, que também se dedicava a esse tipo de estudo. O arcebispo lhe ofereceu, ainda, a administração da paróquia de Rabinal, onde o viajante aprendeu a língua quiché e passou, como confessa, o ano mais agradável da sua estadia na América Central. Nesse importante centro de população indígena, Brasseur se dedicou a traduzir para o francês o Manuscrito do Chichicastenango, que tinha chegado facilmente às suas mãos com a tradução castelhana de Ximénez. Falando da sua permanência em Rabinal, diz Brasseur:

> Esta aldeia contém cerca de 7 mil indígenas pertencentes à língua quiché, e com eles me pus em condições não só de falá-la e escrevê-la, mas até mesmo de traduzir os documentos mais difíceis, como o é, entre outros, o manuscrito encontrado pelo frei Ximénez em Santo Tomás Chichicastenango, que tão elevada importância possui para as origens americanas e, em particular, para a história da Guatemala.[66]

66 C. É. Brasseur de Bourbourg, 1857, op. cit., pp. XXV-XXVI.

O abade Brasseur também assumiu, embora por pouco tempo, a paróquia de San Juan Sacatepéquez, onde se aperfeiçoou na língua cakchiquel, a fim de poder traduzir o *Memorial de Sololá*, que ele chamou de *Tecpán-Atitlán*, valioso documento indígena que havia pertencido ao convento dos franciscanos e que lhe foi proporcionado por "um jovem e zeloso arqueólogo guatemalteco, Don Juan Gavarrete, um dos escrivães da cúria eclesiástica". Numa segunda viagem à Guatemala, Brasseur percorreu outros lugares do país e completou, com novas e importantes aquisições, sua coleção de documentos históricos, a mais rica e valiosa já reunida no país nas mãos de um indivíduo. Esses documentos serviram ao abade francês para escrever suas obras sobre a história antiga da Guatemala e do México e sobre as línguas dos índios.

A mais conhecida das obras de Brasseur é a que ele publicou em 1861 em Paris com o título de *Popol Vuh: Le livre sacré et les mythes de l'antiquité américaine*. A obra, que teve imediatamente grande repercussão na Europa e na América, contém o texto quiché do Manuscrito de Chichicastenango e a tradução para o francês do referido documento, acompanhado de notas filológicas e de um extenso comentário. No prólogo, o autor conta que em 1855 viu duas cópias da *Historia de la provincia de predicadores de San Vicente de Chiapa y Guatemala* na Biblioteca da Universidade da Guatemala. Diz Brasseur:

> Esta obra, que permaneceu manuscrita, constava de quatro volumes em fólio e dela existiam duas cópias que passaram dos arquivos do seu monastério à biblioteca da universidade ao ocorrer a supressão das casas dos religiosos, sob Morazán, em 1830. Ambas as cópias estavam incompletas quando as vimos em 1855, e somente existiam juntos três volumes que nem sequer concordavam entre si [...]. O primeiro volume que tivemos oportunidade de consultar começava com o texto e a tradução do manuscrito quiché que é objeto deste livro. Dali o copiamos pela primeira vez, anexando o original.

Scherzer não pudera ver em 1854 o primeiro tomo da *Historia* de Ximénez e, por essa razão, não conheceu a versão do *Popol Vuh* que aparece no princípio da referida obra. O texto publicado por ele procede, como já foi explicado, do manuscrito das *Historias del origen de los indios*, que compõe um volume único com a *Arte de las tres lenguas*. Scherzer examinou esse volume na biblioteca da universidade e, no prólogo à edição de Viena, faz uma descrição minuciosa dos documentos que ele contém. O mesmo manuscrito apareceu pouco depois em poder do abade Brasseur de Bourbourg, que afirma no prólogo do *Livre sacré* que o conseguiu em Rabinal e, em *Bibliothèque mexico-guatémalienne*, declara que pertencera anteriormente a Ignacio Coloche, nobre indígena daquela aldeia, de quem ele o obteve.[67] É um pouco difícil explicar como essa obra pôde passar, entre 1854 e 1855, das prateleiras da biblioteca da universidade da cidade da Guatemala às mãos do nobre indígena de Rabinal, e destas às de Brasseur.

A redação do parágrafo de Brasseur copiado na página anterior é bastante confusa; mas é indubitável que o volume que ele diz ter tido oportunidade de consultar na biblioteca da universidade, que começava com o texto e a tradução do manuscrito quiché e que ele copiou "anexando o original", não era o primeiro tomo da *Historia de la provincia de San Vicente de Chiapa y Guatemala*, que não contém o texto quiché. Brasseur copiou o texto original e a primeira tradução de Ximénez do tratado intitulado *Empiezan las historias del origen de los indios de esta provincia de Guatemala*, inserido no final da *Arte de las tres lenguas*. O texto quiché e a versão espanhola aparecem em páginas alternadas na cópia de Brasseur, composta de 124 fólios, que se conserva na Biblioteca Nacional de Paris e vem seguida de outra cópia da *Arte de las tres lenguas*. Isso confirma que o volume da *Arte* e das *Historias de los indios* ainda se encontrava, em 1855, na biblioteca da universidade. Provavelmente, foi lá que

67 Id., 1871, op. cit., p. 155. Como Brasseur relata nessa obra, Ignacio Coloche era chefe de uma das principais famílias indígenas de Rabinal e secretário da prefeitura indígena. Parece ter sido colecionador de documentos antigos, e Brasseur diz que, além do manuscrito de Ximénez, recebeu dele vários outros documentos, entre os quais as *Coplas e himnos* do padre Luis Cáncer, em língua kekchí sobre os mistérios da religião, uma *Arte de la lengua cacchi*, uma *Arte* e um *Vocabulario de la lengua cakchiquel y española*.

o viajante pesquisador o obteve, com a mesma facilidade com que passaram às suas mãos outros manuscritos da sua célebre coleção americana.

Brasseur não chegou a ler a *Historia de la provincia de San Vicente de Chiapa y Guatemala*, da qual só menciona as citações que o arcebispo García Peláez faz em sua obra *Memorias para la historia del antiguo reino de Guatemala*. A única parte da *Historia* que aparece entre os documentos da *Bibliothèque mexico-guatémalienne* (catálogo da coleção de Brasseur) são os primeiros 36 capítulos do livro primeiro, copiados por Don Juan Gavarrete "na Guatemala, 23 de outubro de 1847". Nessa cópia, que consta de 54 fólios, incluem-se a tradução do manuscrito quiché e a "Historia del antiguo reino del Quiché", que compõem os capítulos 27 a 36 do livro primeiro da *Historia* de Ximénez.[68]

Quanto às demais obras do frei Ximénez, já dissemos que Brasseur utilizou amplamente o *Tesoro de las tres lenguas*, tanto para interpretar os documentos dos índios quiché como para formar a gramática dessa língua, que imprimiu em Paris, em 1862. Também utilizou e comentou extensamente o Manuscrito de Chichicastenango em sua obra *Histoire des nations civilisées du Mexique et de l'Amérique-Centrale* (1857) e em suas *Quatre Lettres sur le Mexique* (1868).

A publicação do *Popol Vuh* (1861) e das demais obras acima mencionadas despertou grande interesse no mundo científico e deu lugar a outros trabalhos sobre a mitologia e a história pré-colombiana da Guatemala, entre os quais devem ser lembrados, principalmente, os de Bancroft, Brinton, Charencey, Chavero, Müller, Raynaud, Seler, Spence, Genet, entre outros.

Após a morte de Brasseur, sua coleção de manuscritos e livros impressos se dispersou. A maior parte foi adquirida por Alphonse Pinart. O dr. Daniel G. Brinton comprou o manuscrito original do *Memorial de Tecpán-Atitlán*, que publicou em 1885 com o título *The Annals of the Cakchiquels*, e outros documentos relativos às línguas da Guatemala, que depois de sua morte passaram para a biblioteca do Museu da Universidade da Pensilvânia. Bancroft

68 Ibid., p. 156.

comprou outra parte da coleção, que hoje se encontra na biblioteca de manuscritos que tem seu nome, na Universidade da Califórnia, em Berkeley. Quando a coleção de Pinart foi posta à venda, em 1884, a maior parte dela ficou na França, na Biblioteca Nacional. Outra parte foi adquirida pelo conde H. de Charencey, e, quando esse distinto americanista morreu, sua viúva cedeu-a à Biblioteca Nacional de Paris.

O tradutor alemão do *Popol Vuh*, Noah Elieser Pohorilles, afirma ter sabido, em comunicação feita pelo dr. Otto Stoll, que Pinart ofereceu várias vezes a este "o manuscrito original do *Popol Vuh*" pela soma de 10 mil francos. Esse manuscrito, como já dissemos, foi adquirido pelo sr. Edward E. Ayer, com outros documentos da coleção de Brasseur, e atualmente se encontra na Biblioteca Newberry, em Chicago. Por fim, o dr. William Gates obteve alguns documentos que haviam pertencido à coleção de Brasseur e os incluiu em sua valiosa coleção histórica e filológica, composta de documentos originais e de cópias fotográficas de quase todos os manuscritos existentes nas bibliotecas anteriormente citadas.

Don Juan Gavarrete, "o homem mais sinceramente animado de amor pela história antiga do país", como o qualifica o abade Brasseur de Bourbourg, empreendeu a árdua tarefa de transcrever os velhos volumes da *Historia de la provincia de San Vicente de Chiapa y Guatemala* que estavam no convento de São Domingos e passaram, em 1830, para a biblioteca da universidade. Como declara Gavarrete na introdução à versão do *Popol Vuh* publicada na revista guatemalteca *La Sociedad Económica* (1872–73), a primeira cópia desse documento, tirada do livro primeiro da *Historia* de Ximénez, foi a que o referido paleógrafo "escreveu de próprio punho na biblioteca da universidade, em 1845". Outro translado, "copiado fielmente por Don Juan Gavarrete", na Guatemala, em 23 de outubro de 1847, existia, como já dissemos, na coleção de Brasseur de Bourbourg e continha, além da tradução do *Popol Vuh*, os capítulos 27 a 36 do livro primeiro da *Historia de la provincia*, sob o título "Historia del antiguo reino del Quiché, escrita por el padre frei Francisco Ximénez". Brasseur observa que "esse documento é uma cópia tirada da *Historia general* da Guatemala, do frei Ximénez, que existe manuscrita na biblioteca da universidade dessa cidade", acrescentando que essa mesma cópia é o original que serviu a Scherzer para a edição de Viena. No entanto, tal indicação só é correta em relação aos capítulos 27 a 35 e o início do 36, que foram incluídos por Gavarrete nos *Escolios a las historias del origen de los indios*, impressos após as *Historias* em 1857. O texto das *Historias*, que constitui a primeira parte da edição de Viena, provém da *Arte de las tres lenguas*.

A transcrição da *Historia* do frei Ximénez, feita por Gavarrete, consta de seis volumes, num total de cerca de 2 200 páginas em fólio, conservadas na Biblioteca Nacional da Guatemala. À frente dessa transcrição Gavarrete inseriu uma "Noticia biográfica" do autor e uma advertência sobre a cópia de sua crônica, que foi datada na Guatemala em 13 de abril de 1875. Nessa "Noticia", lê-se o seguinte:

> A presente cópia foi tirada dos volumes que existiam no Convento de São Domingos desta capital e que em 1830 passaram para a biblioteca da universidade. É importante advertir que os ditos volumes não contêm o original da mão de Ximénez, mas uma cópia feita daquele com muito descuido e imperfeição. Por conseguinte, a atual, embora confrontada cuidadosamente com aquela e corrigida em todos os lugares em que uma e outra estavam indubitavelmente equivocadas, arca com aqueles defeitos que só poderiam ter sido evitados tendo em mãos o verdadeiro original.

Gavarrete diz também que teve de restabelecer a ortografia da obra, em geral, e que, quanto à das palavras indígenas e dos nomes próprios, cuidou de recorrer às fontes, quando pôde tê-las à mão, para restabelecê-la. Apesar desse cuidado, a transcrição de Gavarrete contém muitos erros na grafia de palavras e de nomes indígenas, além de omissões importantes, às vezes de várias linhas, que alteram por completo o sentido de algumas passagens do livro dos Quiché. Ximénez não é responsável por esses erros, que não existem no manuscrito original e devem ser imputados ao autor desconhecido da cópia antiga. A transcrição de Gavarrete foi publicada pela Sociedade de Geografia e História da Guatemala em três volumes, impressos de 1929 a 1931.

Brasseur fala de duas e até três cópias da *Historia* de Ximénez.[69] O *Diccionário enciclopédico hispano-americano*, no artigo de Francisco Jiménez, diz que, "na Espanha, na Biblioteca Provincial de Córdoba, deve existir outro exemplar também incompleto" dessa obra. O dr. Ramón A. Salazar, que foi por alguns anos diretor da Biblioteca Nacional da Guatemala, afirma, numa obra publicada em 1897, que na biblioteca existiam duas cópias da *Historia* de Ximénez: a moderna, paleografada sob a direção de Don Juan Gavarrete, e outra, "velha e apagada, embora legível com dificuldade, que foi a que se transladou em 1830 de São Domingos para a biblioteca da universidade, por ocasião da expulsão dos frades".[70] Essa cópia desapareceu da Biblioteca Nacional, e é provável que seja a mesma que Walter Lehmann adquiriu na Guatemala e levou para a Alemanha em 1909 e que foi doada pelo duque de Loubat à Biblioteca Real de Berlim.[71] A Biblioteca Newberry possui uma cópia fotográfica, de 183 páginas, de uma parte do manuscrito de Berlim, que se intitula *Historia de la provincia de predicadores de Chiapa y Guatemala*.

Num artigo sobre o calendário dos índios quiché publicado na revista alemã *Anthropos*, em 1911, Lehmann diz que, entre os numerosos e preciosos documentos que sua boa estrela lhe permitiu adquirir durante suas viagens à América Central (1907–09), se encontra o extenso manuscrito do frei Francisco Ximénez (três volumes) que contém o célebre livro de lendas dos Quiché. Acrescenta que, infelizmente, o estilo é muito pesado e difuso, de maneira que a leitura do grosso documento, com seus vários milhares de páginas em fólio, não é exatamente um prazer, mas esse trabalho é bem recompensado pela quantidade de informações importantes que a obra contém a respeito da história dos antigos habitantes de Chiapas e de Guatemala.[72] Lehmann reproduz nesse artigo, no original

69 Id., 1861, op. cit., p. XIII; 1857, op. cit., p. LXXX.

70 Ramón A. Salazar, *Historia del desenvolvimiento intelectual de Guatemala: La colonia*. Cidade da Guatemala: Tipografía Nacional, 1897, p. 141.

71 *Encyclopaedia Britannica*, 13ª ed., t. XVIII. Cambridge: Cambridge University Press, 1926, p. 333, nota. Essa cópia passou ao Ibero-Amerikanisches Institut, hoje Biblioteca Latino-americana de Berlim, onde ainda se conserva.

72 Walter Lehmann, "Der Kalender der Quiché-Indianer Guatemalas". *Anthropos*, Viena, Mechitaristen-Buchdruckerei, vol. VI, pp. 403–10, 1911.

em espanhol, a parte do capítulo 36 do livro primeiro da *Historia* de Ximénez que trata do calendário. Evidentemente, o americanista alemão julgava que o manuscrito que adquiriu na Guatemala era o original da *Historia* do cronista dominicano. Era apenas, porém, a cópia antiga que pertencera no passado à biblioteca da universidade e mais tarde à Biblioteca Nacional da Guatemala.

A *Historia de la provincia de San Vicente de Chiapa y Guatemala* permaneceu inédita até o ano de 1929, quando saiu o primeiro tomo da edição feita pela Sociedade de Geografia e História. O segundo e o terceiro tomos foram impressos em 1931. Essa edição contém o texto da obra conforme a cópia de Gavarrete, e faltam nela o livro terceiro, ou seja, o segundo volume da obra manuscrita, desaparecido desde a época de Gavarrete, e o livro sétimo, que não foi copiado. Tampouco estão completos os capítulos do livro sexto. No sumário da obra, lê-se a seguinte "Advertencia" de Gavarrete:

> Não sendo de igual interesse histórico o que está compreendido neste livro sexto, volume quarto da Historia de la provincia de San Vicente de Chiapa y Guatemala, escrita pelo frei Francisco Ximénez, o comissionado que subscreve, ao fazer esta cópia, que deve ser conservada no Museu Nacional, omitiu aqueles capítulos cuja matéria não interessa à história geral do país; mas, para que se saiba em qualquer tempo o conteúdo de ditos capítulos omitidos, dará uma razão dele neste sumário, citando somente os fólios daquilo que esta cópia compreende.

No total, faltam na cópia e no impresso trinta capítulos do livro sexto e os 34 capítulos que formavam o livro sétimo.

V. AS TRADUÇÕES DO *POPOL VUH*

Aduzindo um forte argumento em favor da autenticidade do *Popol Vuh*, Lewis Spence afirma que o simples fato de o documento ter sido escrito em língua quiché é prova suficiente do seu caráter americano. E acrescenta que se pode perfeitamente afirmar que, se a ciência e a erudição dos séculos XIX e XX não conseguiram produzir uma tradução adequada da obra, o saber do século XVIII foi igualmente incapaz de fazê-la.[73]

Apesar de seus inegáveis e profundos conhecimentos da língua quiché, o frei Francisco Ximénez não poderia ter escrito o Manuscrito de Chichicastenango, expressão literária mais notável do engenho nativo americano. O filólogo historiador só reivindica, por outro lado, o título de descobridor do documento indígena. Os defeitos de que infelizmente padecem as versões da obra que ele nos legou, os quais revelam que, por vezes, não lhe foi possível penetrar no sentido dela, demonstram que o pensamento e a fraseologia dos antigos Quiché se furtavam frequentemente à penetração e à compreensão dos europeus mais qualificados para interpretá-los.

São bem conhecidas as duas principais traduções que foram feitas do documento quiché, para o espanhol e para o francês. A primeira, como já dissemos, é obra do frei Ximénez, que traduziu *de verbo ad verbum* as histórias dos índios da língua quiché em que as achou escritas desde o tempo da Conquista para a língua castelhana. Essa primeira tradução é literal, estritamente apegada à fraseologia do texto original. Nela, o tradutor não só quis nos dar o significado das palavras, como muitas vezes se propôs conservar a sintaxe quiché, forçando a sintaxe castelhana e obscurecendo o sentido que tentava interpretar. Desde o início da tradução de Ximénez encontram-se formas passivas dos verbos precedidas de possessivo, que imitam a morfologia da língua original, mas carecem de sentido em castelhano. Quando Ximénez traduz "seu ser declarado e manifestado", "seu ser relatado", "seu ser dito" ou "seu ser formado", revela as formas peculiares da construção quiché, mas torna impossível a compreensão do documento, até que o leitor se familiarize com aquelas formas e as transforme em substantivos castelhanos: "a declaração, a manifestação, a relação, a formação" etc.[74]

73 L. Spence, 1908, op. cit., p. 33.

74 O idioma inglês possui formas semelhantes, e nele poderiam ser traduzidas as formas de passiva do quiché dizendo-se "*it's being declared, it's being told, it's being formed*" etc., que são expressões equivalentes. Entretanto, o tradutor inglês provavelmente preferiria, como no castelhano, os substantivos correspondentes.

É preciso observar que tais formas de passiva desaparecem gradualmente no curso da tradução e o estilo se torna cada vez mais solto e natural.

Em outros lugares, o tradutor, numa demonstração de fidelidade, conserva as expressões metafóricas do quiché sem procurar o equivalente castelhano. Por exemplo, quando Hun-Ahpú e Ixbalanqué resolvem se desfazer de seus invejosos irmãos Hun-Batz e Hun-Chouén, o tradutor os faz dizer: "Só os transformaremos em outra coisa as suas barrigas", usando uma metáfora cuja interpretação possível é que só os fariam mudar de figura, como de fato fizeram, transformando-os em macacos. Nessa mesma passagem, o sentido é fortemente obscuro porque Ximénez se limita a traduzir palavra por palavra as frases sintéticas ao extremo do original quiché, sem dar-lhes o desenvolvimento que requerem em castelhano. Citamos esses exemplos para dar uma ideia das dificuldades que oferece, de modo geral, a leitura da primeira versão do *Popol Vuh*.

A tradução de Ximénez, apesar disso, representa um trabalho de paciência infinita, que deve ter ocupado um longo tempo, possivelmente anos, da vida do tradutor. A primeira versão pode ser lida na coluna da direita do manuscrito de *Historias del origen de los indios*, e é a mesma que Scherzer publicou em Viena, em 1857, com inúmeros equívocos. O copista que fez o translado que o editor utilizou não soube decifrar algumas das abreviaturas usadas por Ximénez, leu mal várias partes do manuscrito, omitiu palavras e frases inteiras e confundiu muitos dos nomes próprios e palavras quiché. Alguns desses erros são imputáveis, sem a menor dúvida, ao copista guatemalteco; mas não é dele toda a culpa, e é de supor que o impressor vienense tenha incorrido em vários dos equívocos que se percebem naquela edição, de resto muito apreciável.

Essa primeira tradução parece ter sido feita durante o tempo em que Ximénez administrava a paróquia de Santo Tomás. Na capa do manuscrito de *Historias de los indios*, lê-se que o tradutor era padre doutrinário pelo Real Patronato da aldeia de Santo Tomás Chuilá, hoje Chichicastenango. Anos depois, quando empreendeu sua obra de maior extensão, a *Historia de la provincia de San Vicente de Chiapa y Guatemala*, Ximénez revisou sua tradução do documento indígena, suprimiu muitas repetições, que são peculiares ao idioma quiché, dividiu o relato em capítulos e deixou-o, em geral, de mais fácil leitura, embora menos fiel ao texto original. Nessa tradução condensada, desaparecem algumas das redundâncias da primeira redação, mas se omitiram ideias e palavras e, às vezes, parágrafos inteiros. Deve-se levar em conta, no entanto, que só se conhece essa segunda versão por meio do translado da *Historia de la provincia* feito por Gavarrete, que serviu para a edição da obra, impressa na Guatemala em 1929. Seria de desejar que se trouxesse à luz o texto autêntico dessa segunda versão de Ximénez, tal como está no manuscrito original que se encontra na Guatemala. Os numerosos equívocos e supressões, a ortografia defeituosa e outros erros de que infelizmente padece a edição de 1929 devem ser atribuídos às transcrições sucessivas, já que o próprio Gavarrete advertia, em 1872, que a sua cópia não era direta do original, mas de outra cópia feita com muito descuido e imperfeição. Esta deve ter sido muito antiga, porque os enganos e as supressões que ela contém também se observam nos capítulos que Ordóñez y Aguiar inseriu, no final do século XVIII, em sua *Historia de la creación del cielo, y de la tierra*.

Tendo sido conservado, felizmente, o manuscrito da primeira versão de Ximénez, com a cópia do original quiché, ainda é possível apreciar a tradução em sua forma primitiva, sem os erros que a prejudicam nas duas impressões de 1857 e 1929.

Apesar de seus defeitos, essa tradução é obra de grande mérito e inestimável valor. O frade linguista conhecia melhor o quiché do século XVI que qualquer um dos tradutores e comentaristas modernos do *Popol Vuh* e conhecia também a mentalidade dos índios daquela raça. Por isso, o tradutor espanhol se mantém quase sempre no mesmo nível intelectual que o narrador quiché, sem se elevar a outras esferas estranhas à cultura americana pré-colombiana e sem deixar-se arrastar pela fantasia, como ocorreu com o primeiro tradutor francês.

O abade Brasseur de Bourbourg afirma que o frei Ximénez carecia de senso crítico e de conhecimento prévio da história geral dos índios e que, por esse motivo, não pôde fazer nada mais que uma tradução disforme para o espanhol, estabelecendo quase sempre uma equivalência literal, palavra por palavra, às vezes sem sentido algum, e às vezes omitindo até quatro ou cinco linhas do original.[75] Criticando mais adiante o fundamento da tradução de Ximénez, sempre culpando-o por não ter se instruído nas antiguidades americanas nem na ciência de Sahagún e de Torquemada, Brasseur diz que o tradutor espanhol não soube penetrar até o fundo da obra que tinha nas mãos e se deixou dominar, ao traduzi-la, pelos preconceitos monásticos do seu tempo. Como apoio a essas acusações, Brasseur cita a interpretação de Ximénez das passagens relativas ao império de Xibalbá, "que na sua pena se transforma na mansão dos réprobos, o inferno, e seus príncipes em demônios".[76]

A crítica de que Ximénez ignorava as antiguidades americanas é notoriamente injusta e confirma a opinião que emitimos na seção IV a respeito do desconhecimento de Brasseur sobre a *Historia de la provincia de San Vicente de Chiapa y Guatemala*, que menciona em vários lugares de suas obras, mas que evidentemente não leu. Existia em seu poder a cópia que Gavarrete fez dos primeiros 36 capítulos do livro primeiro da *Historia de la provincia*, mas ele não parece ter-lhes prestado atenção. Nessa parte de sua obra, o frei Ximénez cita e comenta as opiniões de Torquemada e reproduz por extenso os principais capítulos da *República de Indias* do frei Jerónimo Román, que contêm farta informação sobre os costumes, as leis e as crenças dos índios da Guatemala e do México. Como já dissemos, os capítulos de Román que tratam desses assuntos foram copiados quase literalmente da *Apologética historia*, do frei Bartolomé de Las Casas, que afirma ter escrito todas essas informações segundo o testemunho dos religiosos franciscanos e dominicanos que aprenderam as línguas e sabiam em raízes e fundamentos todos os costumes bons e maus daqueles povos.[77]

75 C. É. Brasseur de Bourbourg, 1857, op. cit., pp. XXV-XXVI.
76 Ibid., p. LXXX.
77 Frei Bartolomé de las Casas, op. cit., cap. CCXIX, p. 574. Serrano y Sanz compara justamente a obra do tradutor espanhol do *Popol Vuh* com a do padre Sahagún, quando escreve: "O padre Jiménez trouxe para o acervo comum suas preciosíssimas tradições índias [as *Historias del origen de los indios* etc.], realizando o que antes fizera o padre Sahagún no México". Manuel Serrano y Sanz, *Relaciones históricas y geográficas de América Central*. Madri: V. Suárez, 1908, Introdução.

Ximénez também relata as profecias dos índios maias de Yucatán e menciona os lugares da *Historia* do padre Cogolludo onde se fala delas; cita as crônicas de Herrera e de Remesal e demonstra, enfim, que tinha conhecimento de tudo o que um homem culto podia saber naquele tempo sobre a ciência americanista.

Quanto aos preconceitos que o abade Brasseur de Bourbourg atribui ao frei Ximénez, deve-se destacar o exemplo citado por ele do império de Xibalbá, que Ximénez identificava com o inferno. Esse é um assunto muito discutível, e, como veremos adiante, não se pode negar que a lenda de Xibalbá se refere às regiões subterrâneas, habitadas por gênios do mal, atormentadores do homem. A concepção quiché do mundo subterrâneo de Xibalbá era semelhante à do Mictlán dos índios mexicanos e à do Hades dos gregos. Ximénez não estava tão desatinado ao reconhecer nesse lugar de castigo o inferno dos espanhóis.

Também se poderia atribuir a preconceito o fato de que Ximénez traduz a palavra *cabauil* (deus) por ídolo, nas passagens do *Popol Vuh* sobre os deuses que as tribos adoravam em sua emigração para as montanhas do interior de Guatemala. Mas, para além dessas minúcias de interpretação, é preciso reconhecer que o religioso traduziu o manuscrito quiché com imparcialidade e com o empenho manifesto de dar a seus leitores uma reprodução fiel das tradições e crenças daquelas pessoas, embora, a seu ver, elas tivessem grandes erros e superstições, como declara em suas notas e em seus comentários. Com todas as suas imperfeições, a tradução do *Popol Vuh* feita por Ximénez é a base para a interpretação do manuscrito mais notável da literatura americana antiga. Já o era quando Brasseur de Bourbourg empreendeu a interpretação do documento e, apesar de suas objeções, ele declarou que a tradução do frei Ximénez lhe havia sido utilíssima e que a havia "conservado integralmente em quase todas as suas partes, não havendo feito mais que esclarecer suas obscuridades e preencher suas lacunas".[78]

O abade Brasseur de Bourbourg encontrou na Guatemala, em 1855, o manuscrito de *Historias de los indios* que contém a transcri-

78 C. É. Brasseur de Bourbourg, 1857, op. cit., p. XXVI.

ção do texto quiché e a primeira tradução espanhola do frei Ximénez. Destinado à paróquia de Rabinal pelo arcebispo García Peláez, que, como diz Brasseur, desejava favorecer suas pesquisas arqueológicas e seu interesse pelas línguas indígenas, o ilustre viajante se deslocou para aquele centro quiché, aprendeu a ler e a escrever a língua dos habitantes locais e se preparou suficientemente para empreender a tradução do livro quiché, como relata no prólogo de sua *Histoire des nations civilisées du Mexique et de l'Amérique-Centrale*.

Assim, Brasseur teve a oportunidade de aprender o idioma corrente de Rabinal e de consultar os nativos sobre as passagens difíceis do *Popol Vuh*. Além disso, durante suas viagens à América Central, adquiriu uma valiosa coleção de *artes*, gramáticas e vocabulários antigos das línguas indígenas, que lhe foram muito úteis para a interpretação dos documentos guatemaltecos. O *Vocabulario quiché*, do frei Domingo de Basseta, conservado na Biblioteca Nacional de Paris, está cheio de anotações de Brasseur, que demonstram o uso constante que este fez do manuscrito em seus trabalhos de tradução.

Em 1861, foi publicado em Paris *Popol Vuh: Le livre sacré*, que contém o texto quiché do Manuscrito de Chichicastenango, ordenado em capítulos e fonetizado, segundo as ideias de Brasseur, para facilitar sua leitura pelo público do seu país. De acordo com essas ideias, o abade introduziu a letra *k*, que não existe no original, e com ela substituiu o *c* e o *q* usados por Ximénez ao transcrever o manuscrito quiché. Em contrapartida, manteve o *v* que se usava no período colonial para representar o som do *u* como nas palavras *varal*, *vinac* etc.

A versão do *Popol Vuh* é um trabalho notável, no qual o abade Brasseur se esforçou para interpretar, com a precisão e a elegância próprias da língua francesa, o pensamento antigo e simples da raça quiché. Como ele mesmo declara, essa tradução é baseada na versão espanhola de Ximénez e ampliada com as partes omitidas pelo frade dominicano.[79] De modo geral, o abade traduziu o manuscrito quiché

79 "O juízo desfavorável de Brasseur [a respeito da tradução do frei Ximénez] é completamente injusto. De resto, o abade francês usou o texto espanhol de Ximénez muito mais do que confessa. Não apenas traduziu literalmente, mas aceitou sem discussão muitos erros de Ximénez. Além disso, há nele óbvias interpretações errôneas do texto de Ximénez. Por fim, é seguro que o frei Ximénez, apesar de

com exatidão, mas não foram poucos os erros que se infiltraram em seu trabalho, apesar do evidente cuidado do tradutor. Sua tradução se ressente, porém, de um defeito capital. Apesar de ter vivido por algum tempo entre os índios americanos, o abade não chegou a compreender sua mentalidade primitiva e atribuiu gratuitamente a eles ideias e pensamentos tão elevados como os dos povos do Velho Mundo, herdeiros de uma cultura clássica de muitos séculos.

O escritor alemão Noah Elieser Pohorilles publicou em Leipzig, em 1913, uma versão do *Popol Vuh* com o título *Das Popol Wuh: Die mythische Geschichte des Kicé-Volkes von Guatemala; nach dem Original-Texte, übersetz und bearbeitet*. Em geral, o tradutor alemão acompanha Brasseur de Bourbourg na interpretação do documento quiché, apesar de declarar no título de seu trabalho que se trata de tradução do texto original. Num estudo sobre o "Significado dos mitos do *Popol Vuh*", o professor Eduard Seler dá a entender que não considera que a tradução de Pohorilles tenha melhorado a de Brasseur, ao contrário.[80]

O professor Georges Raynaud, da Sorbonne, dedicou muitos anos ao estudo dos manuscritos indígenas da América e publicou em Paris, em 1925, uma nova versão do *Popol Vuh* com o título *Les Dieux, les héros et les hommes de l'ancien Guatémala d'après le "Livre du conseil"*. A tradução espanhola dessa obra saiu em 1927.

A tradução do professor Raynaud traz, a nosso ver, a melhor e mais exata das interpretações modernas do documento quiché. O tradutor teve a vantagem de poder consultar os vocabulários das línguas da Guatemala que a Biblioteca Nacional de Paris possui, esclarecendo muitas ideias das versões de Ximénez e de Brasseur, que são a base de qualquer trabalho moderno dessa natureza. Sua tradução é mais precisa que as anteriores e, em geral, mais aceitável.

todos os defeitos da tradução, compreendia melhor a maneira como os índios contavam suas 'histórias' do que Brasseur as compreendeu." Rudolf Schuller, "Das *Popol Vuh* und das Ballspiel der K'icé Indianer von Guatemala, Mittelamerika". *Internationales Archiv für Ethnographie*, Leiden, E. J. Brill, v. XXXIII, pp. 105–16, 1935, p. 107, nota 5.

80 Eduard Seler, "Der Bedeutungswandel in den Mythen des *Popol Vuh*. Eine Kritik". *Anthropos*, Viena, Mechitaristen-Buchdruckerei, vol. VIII, pp. 382–88, 1913.

Os defeitos da tradução de Raynaud resultam principalmente do fato de que o professor da Sorbonne não pôde ver o manuscrito original e teve de se ater à transcrição de Brasseur, que, como já dissemos, nem sempre é fiel. Além disso, Raynaud não conheceu a Guatemala nem, por essa razão, lhe foi dado penetrar na mentalidade dos índios desse país e se informar com exatidão sobre seu caráter e seus costumes.

Mencionaremos, por fim, a versão do bacharel José Antonio Villacorta e Don Flavio Rodas N., contida no volume intitulado *Manuscrito de Chichicastenango* (*Popol Buj*): *estudio sobre las antiguas tradiciones del pueblo quiché. Texto indígena fonetizado y traducido al castellano. Notas etimológicas* etc., Guatemala, 1927. Essa foi a primeira tradução moderna publicada na Guatemala. Lemos no prefácio da obra que seus autores a empreenderam por haver uma versão fiel do manuscrito. Rodas, grande conhecedor do idioma quiché moderno, adotou o texto transcrito por Brasseur e o fonetizou de acordo com a ortografia espanhola, "para que o possam ler os nativos e outras pessoas que falem aquele idioma". O texto quiché é acompanhado de uma tradução para o espanhol. Antecedem a tradução estudos sobre os Quiché, os Maias e os Tolteca, o calendário e os manuscritos pré-colombianos e, ao final, há várias páginas de notas e etimologias.

O trabalho de fonetização é útil para o leitor de língua espanhola, para quem evidentemente foi feito. Percebe-se, porém, que foram alterados certos nomes, como o de *Hunahpú*, que é chamado de *Junajup*, e que *Vucub-Hunahpú*, que era uma só pessoa e irmão do primeiro, seja apresentado como um grupo de sete *Ajups*, como se lê em várias passagens daquela tradução.

O trabalho de Villacorta e Rodas padece de inúmeros defeitos, alguns dos quais foram apontados pela crítica estrangeira.[81] Notam-se na tradução muitos descuidos e incorreções, mesmo em passagens que não oferecem maior dificuldade. Além disso, parece ter faltado aos autores o auxílio dos vocabulários antigos, cuja consulta é indis-

81 R. Schuller, 1931, op. cit.; id., 1935, op. cit. Imbelloni, "'El Génesis' de los pueblos proto-históricos de América: Primera Sección – La Narración Guatemalteca". *Boletín de la Academia Argentina de Letras*, Buenos Aires, vol. VIII, n. 32, pp. 539–628, out.-dez. 1940.

pensável para compreender o significado de muitos termos que não são mais usados pelos índios quiché.

Na introdução a seus *Märchen der Azteken und Inkaperuaner, Maya und Muisca*, que contém uma versão das lendas do *Popol Vuh*, Walter Krickeberg menciona o curso de linguística do professor Eduard Seler na Universidade de Berlim, no qual o ilustre americanista explicava alguns capítulos do *Popol Vuh* e do *Memorial de Tecpán-Atitlán*. Lewis Spence estuda extensamente o *Popol Vuh* em sua obra *The Magic and Mysteries of Mexico* e afirma que o professor Seler, pouco antes de morrer, estava trabalhando numa tradução do quiché do *Livro do conselho*, mas não chegou a publicá-la. Seus vastos conhecimentos da mentalidade, da história e das línguas dos índios da América davam ao professor Seler completa autoridade para interpretar esses documentos, como o demonstra a crítica que fez dos trabalhos de Pohorilles e de outros estudos sobre os mitos dos Quiché e dos Cakchiquel da Guatemala e que publicou em revistas científicas de seu país. No prólogo ao volume V de suas obras completas, a Caecilie Seler, sua viúva, escreveu em 1923 que não havia renunciado por completo à esperança de publicar um volume VI, que conteria as traduções de Sahagún e do *Popol Vuh*, cujo valor para o conhecimento da antiga América lhe parecia de tanta importância que não deviam ficar na obscuridade. A tradução de Sahagún saiu em 1927, mas a do *Popol Vuh* continua inédita.

O ilustre pesquisador austríaco Rudolf Schuller fez uma tradução para o inglês do livro quiché, segundo informa o dr. Samuel K. Lothrop em seu estudo arqueológico da região do lago de Atitlán. Lothrop acrescenta que ele também preparou uma tradução do mesmo documento.

Em seu livro *An Introduction to Mythology*,[82] Lewis Spence afirma que preparou uma tradução compendiada do *Popol Vuh* para o idioma inglês. No mesmo trecho, o escritor britânico revela que a revista norte-americana *The Word* publicou em suas páginas, durante os anos 1906 e 1907, uma tradução completa para o inglês pro-

82 Lewis Spence, *An Introduction to Mythology*. Nova York: Moffad Yard and Company, 1921, p. 270.

duzida pela pena de Kenneth Sylvan Guthrie, mas que não sabe se foi feita do espanhol ou do quiché e que, além disso, é redigida em linguagem bíblica, o que contribui para reforçar o erro comum de que o *Popol Vuh* não passa de uma cópia de partes do Velho Testamento. Guthrie adverte naquela revista que sua tradução foi feita independentemente, "mas foram incluídas certas expressões felizes", tomadas de outra tradução do primeiro livro do *Popol Vuh*, feita por James Pryse, que saiu em *Lucifer* em 1894–95.

A Coleção Edward E. Ayer, da Biblioteca Newberry, de Chicago, tem uma tradução inglesa inédita do *Popol Vuh*, escrita pelo coronel Beebe. É um manuscrito de 264 páginas, aparentemente baseado na tradução francesa de Brasseur.

O célebre livro quiché só foi publicado em sua totalidade no idioma inglês quando a editora da Universidade de Oklahoma deu a lume, nos Estados Unidos, uma versão da presente tradução espanhola com o título *Popol Vuh: The Sacred Book of the Ancient Quiché Maia*, em 1950. Essa versão inglesa também foi publicada na Inglaterra, no ano seguinte.

Uma nova versão alemã, de Leonhard Schultze-Jena, professor da Universidade de Marburg, foi impressa em 1944 em Stuttgart sob o título *Popol Vuh: Das Heilige Buch der Quiché-Indianer von Guatemala*. Ela vem acompanhada do texto indígena transcrito por Ximénez no manuscrito anexo à *Arte de las tres lenguas*, de um estudo sobre a raça quiché, suas emigrações, seus príncipes e sua mitologia e de breves indicações gramaticais e de um glossário analítico para facilitar a leitura do texto indígena.

As lendas do *Popol Vuh* foram aproveitadas por alguns escritores modernos na composição de contos e narrativas para crianças, como se pode ver na coleção de Krickeberg e nos *Tales from Silver Lands*, de Charles Finger. Passagens isoladas do *Popol Vuh* foram dramatizadas várias vezes, e o escritor alemão Oswald Claassen compôs, com episódios dele, um extenso poema com os títulos "Die Ahnen des Mondes" [Os antepassados da Lua] e "Das Gefäss des Schicksales" [O copo do destino], inspirado na tradução de Pohorilles.

Assim, os autores modernos justificaram a opinião um pouco irônica de Ximénez quando escreveu: "Eu bem entendo que todas estas histórias são contos de garotos", o que não impediu, decerto, que o austero religioso se dedicasse a transcrevê-las, traduzi-las para o castelhano e comentá-las por boa parte do tempo que suas obrigações eclesiásticas o deixavam livre.

Em seu estudo sobre os autores indígenas e suas obras, Brinton analisa "a narração compendiada da mitologia e da história tradicional dos Quiché"[83] e as traduções de Ximénez e de Brasseur, declarando que nenhuma das duas é satisfatória. Ximénez, segundo Brinton, escreveu com todos os preconceitos de um monge espanhol, e Brasseur era um evemerista do tipo mais avançado, que via em cada mito a expressão de um fato histórico. E acrescenta: "Há necessidade de uma retradução de toda a obra, com notas críticas linguísticas anexas". Outros críticos secundaram o eminente americanista nessa observação. Desde o tempo em que ele escreveu surgiram novas traduções que esclareceram alguns dos pontos obscuros do livro quiché. Mas o campo é vastíssimo e o assunto, sempre novo e atraente. A presente tradução[84] e o estudo filológico e histórico que a acompanham nasceram dessa atração que o venerável documento indígena exerce; e, embora não se pretenda que ela possa responder por inteiro à necessidade assinalada por Brinton, espera-se que, ao menos, contribua para reavivar o interesse por essas coisas da antiguidade americana.

VI. SÍNTESE DA HISTÓRIA ANTIGA DO QUICHÉ

O *Popol Vuh*, ou *Livro do conselho*, apresenta o quadro completo das tradições populares, das crenças religiosas, das emigrações e do desenvolvimento das tribos indígenas que povoaram o território da atual República de Guatemala depois da queda do Velho Império Maia. Substitui, como adverte seu compilador, o livro antigo que os reis liam, o qual já não se via mais na época da colonização espanhola, e, além de cumprir seu propósito declarado, estabelece rela-

83 Daniel G. Brinton (ed.), *Aboriginal American Authors and Their Productions*. Filadélfia: D. G. Brinton, 1883.

84 Refere-se à tradução espanhola de Adrián Recinos, não à desta edição brasileira. [N.E.]

ções valiosas com outros documentos da Guatemala e do México que tratam da evolução histórica dos povos dessa parte do Novo Mundo.

Quando os espanhóis invadiram o território situado imediatamente ao sul do México, em 1524, encontraram o país ocupado por uma população florescente e dona de uma civilização que não era inferior à de seus vizinhos do norte. O reino quiché se estendia desde a costa do Pacífico até os limites do Petén dos Itzá; a leste, encontravam-se os índios mame, que ocupavam o território dos atuais departamentos de Huehuetenango e San Marcos, na Guatemala, e o distrito de Soconusco, no sudeste de Chiapas, no México; a oeste, viviam os Cakchiquel, rivais dos Quiché, os Zutujil, que povoaram as terras em torno do lago de Atitlán, e os Pocomame, localizados na região do lago de Amatitlán e nas montanhas que circundam o vale da atual Cidade da Guatemala. Ao norte, estavam estabelecidos os Queqchi e os Pocomchi, na comarca que, mais tarde, os religiosos de São Domingos submeteram por meios pacíficos e que, por esse motivo, foi chamada de Verapaz.

Não é possível calcular com precisão a população dos diferentes reinos indígenas da Guatemala na época da Conquista. O país era densamente povoado; os Quiché lançaram contra os espanhóis um exército de milhares de homens, e os Mame de Huehuetenango, os Zutujil de Atitlán, os Pocomame de Mixco e os Pipil da costa do Pacífico só se renderam depois que suas numerosas hostes foram aniquiladas. Os Cakchiquel receberam os invasores de braços abertos, mas tiveram que combatê-los pouco depois, quando Alvarado e seus oficiais, com seus atos de crueldade e de cobiça, provocaram uma sublevação geral da população. A insurreição cakchiquel, que pôs em perigo a nascente colônia espanhola, também causou a destruição de milhares de homens daquele povo, que, embora tardiamente, lutava com desespero para reconquistar sua liberdade.

Os povos indígenas da atual Guatemala descendem do tronco comum dos Maias, que desenvolveram sua maravilhosa civilização na parte norte do país e no atual território de Yucatán. As características físicas da população e a semelhança que existe entre suas línguas demonstram suficientemente o parentesco que as une entre si e com a mãe comum. E, como complemento, os documentos dos

Quiché e dos Cakchiquel, que afortunadamente chegaram até nós, coincidem com os documentos de Yucatán e do México ao atribuir uma origem comum aos habitantes do vasto território compreendido entre a meseta central mexicana e a metade norte da América Central.

Na terceira parte desse livro das histórias dos índios, lê-se que os quatro primeiros homens, os caudilhos Balam-Quitzé, Balam-Acab, Mahucutah e Iqui-Balam, foram criados e feitos de espiga de milho, a planta venerada pelos antigos índios maias, e eram os progenitores da raça quiché. A nação yaqui tolteca ou mexicana, "o povo dos sacrificadores", tinha se unido aos Quiché e a outras tribos, e todos juntos esperavam com ansiedade o nascer do Sol. Tiveram notícias de uma cidade e se dirigiram para lá, diz o texto, acrescentando que a cidade se chamava *Tulán-Zuivá*, *Vucub-Pec* (Sete Cavernas) e *Vucub-Ziván* (Sete Desfiladeiros). A lenda mexicana coloca nesse mesmo lugar o berço dos povos que se estabeleceram em Anáhuac e o chama de *Chicomoztoc*, que tem o mesmo significado, sete cavernas ou desfiladeiros. O *Libro de Chilam Balam de Maní* revela que os quatro Tutul Xiúes abandonaram a terra e a casa de *Nonoual*, a leste de Zuivá, e que o país de onde vieram se chamava *Tulapan*. E, por seu lado, o *Libro de Chilam Balam de Chumayel* conta que, das quatro divisões do povo, uma saiu do oeste, outra do norte, outra veio de *Holtún Zuidal* (a caverna de Zuivá), no oeste, e a última chegou do sul, do morro de *Canek*, da terra chamada Nove Colinas (*Bolonpel uitz*).

Um manuscrito cakchiquel, o *Memorial de Sololá*, afirma que os antepassados daquele povo vieram de Tulán, que originalmente as tribos chegaram do poente àquele lugar legendário. "Do poente chegamos a Tulán", diz o documento cakchiquel, "do outro lado do mar, e foi em Tulán que fomos engendrados e dados à luz por nossas mães e nossos pais."

A emigração pré-histórica das tribos foi descrita pela maioria dos autores da matéria. Sahagún diz a respeito disso:

> Há anos sem conta chegaram os primeiros povoadores a esta parte da Nova Espanha [e] desembarcaram em Panutla [Pánuco] e desde aquele porto começaram a caminhar pela beira do mar olhando as

> serras nevadas e os vulcões até que chegaram à província da Guatemala, sendo guiados por seu sacerdote, que levava consigo seu deus com quem sempre se aconselhava sobre o que tinha que fazer e foram povoar Tamoanchán, onde ficaram muito tempo.[85]

Não há indicação alguma sobre a época em que as tribos guatemaltecas saíram de Tulán, mas, supondo que tenham emigrado mais ou menos ao mesmo tempo que os futuros fundadores de Uxmal e Chichén Itzá, na península de Yucatán, pode-se calcular que seu êxodo começou no século VII da nossa era. Tanto o *Popol Vuh* como o *Memorial* cakchiquel relatam a maneira como as tribos atravessaram o mar sobre pedras e areia quando vieram de Tulán. O segundo desses documentos fornece informações mais precisas sobre os lugares intermediários que eles atravessaram antes de se estabelecerem no interior da Guatemala. Foram, diz o *Memorial*, ao lugar de *Teozacuán* e ao de *Meahauh*; ali se reuniram todos e depois partiram para o lugar chamado *Valval Xucxuc*, onde descansaram. Dali passaram ao lugar chamado *Tapcu Olomán* e, continuando a viagem para o leste, encontraram gente armada, os *Nonoualcat* e os de *Xulpit*, que estavam à beira do mar e que eles atacaram e derrotaram; e os perseguiram nos próprios barcos daquelas gentes e neles atravessaram o mar sempre em direção ao oriente até entrar na cidade e nas casas dos de Zuivá, em meio ao terror de seus habitantes. No entanto, não puderam resistir ao ataque dos homens, dos cães e das vespas nem à magia e às feitiçarias dos inimigos, que subiam ao céu e desapareciam na terra. Machucados e cansados, os Cakchiquel e os Quiché se retiraram para Tapcu Olomán, onde lamentaram suas perdas e, vendo que o país lhes era hostil, decidiram abandonar a costa do mar e dirigir-se para o interior em busca de terras mais propícias.

As palavras *Tapcu Olomán*, nomes que no *Popol Vuh* ora aparecem em um lugar como *Tepeu Olomán*, ora em outro como *Tepeu* e *Olimán*, aludem naturalmente aos Olmeca que viviam na região

85 Frei B. de Sahagún, op. cit., livro X, cap. XXIX, p. 136.

de Veracruz e estabeleceram um posto avançado a sudeste, onde hoje é o estado de Tabasco, com o nome de *Xicalanco*. Na *Historia chichimeca*, de Ixtlilxóchitl, lê-se que Quetzalcóatl "pregou" para os Olmeca-Xicalanca durante a permanência do civilizador tolteca em terras de Yucatán. Mendieta informa que os Xicalanca estenderam seu poder ao longo da costa para além de *Coatzacualco*. Gómara, em sua *Crónica de la Nueva España*, diz que, por ser Xicalanco um grande centro comercial, toda a costa do Atlântico foi chamada de *Anáhuac-Xicalanco*. Sahagún relata que o país dos Olmeca era um verdadeiro paraíso terreal, abundante em produtos da terra; que seus habitantes haviam saído de Tulán atrás dos Tolteca, que também se chamavam de Chichimeca, mas acrescenta que os que estão na direção em que nasce o Sol se nomeiam *Olmeca*, *Uixtotín* e *Nonoualca* e não se dizem Chichimeca.[86]

Os *Anales de Chimalpahin* dizem que esses lugares se chamam *Nonoualco* ou *Nontiaco*, que significa "terra de mudos", ou seja, terra de língua estrangeira, porque os mercadores que se dirigiam para o sul não entendiam o idioma local. Era a região intermediária entre os povos do norte e os Maias, que falavam uma língua diferente da deles. Os *Anales de Chimalpahin* identificam *Nonoualco* com *Tlapallan*, a região lendária da qual se diz que Quetzalcóatl foi povoar e onde morreu depois de sua saída de Tulán. Ixtlilxóchitl fornece em seus *Relatos* estas interessantes informações sobre a expedição de Quetzalcóatl: "Partiu para *Tlapallan* andando à noite por desertos até que chegou a esse lugar onde depois viveu durante quase trinta anos, servido e regalado pelos Tlapalteca e morreu à idade de 104 anos". E em outro lugar: "Até mesmo entre os Tulteca que escaparam partiram pelas costas do mar do sul e do norte, como é *Huatimala*, *Cuauhtzacualco*, *Campeche*, *Tacolotlán* e os das ilhas e costas dum mar e doutro". Esse grupo que foi para a Guatemala e Tacolotlán (ou Tecolotlán, nome antigo de Verapaz) era a nação yaqui tolteca de que o *Popol Vuh* fala frequentemente. A região de Xicalanco, Nonoualco e Tlapallan é a que é banhada pelos grandes rios Tabasco e Usumacinta na última parte do seu curso, a região da lagoa de Tér-

86 Ibid.

minos e do poente de Yucatán. Torquemada diz que Quetzalcóatl foi para as "terras de Onohualco, que são vizinhas ao mar e são as que ora chamamos de Yucatán, Tabasco e Campeche".[87] Nos *Anales de Chimalpahin*, Quetzalcóatl é chamado de deus do Oriente (*teotl ixca*) dos Nonoualca, quer dizer, dos habitantes da costa de Tabasco.

Essas informações de origem mexicana nos ajudam a interpretar as referências do *Popol Vuh* e do manuscrito cakchiquel e nos permitem localizar os lugares onde viveram as tribos guatemaltecas, provavelmente durante muitos anos, antes de sua emigração para o interior do país. Teozacuancu poderia ser o vilarinho de Coatzacoalco; o nome está escrito na forma como Hernández Arana o lembrava, seiscentos anos mais tarde, ao contar as tradições dos seus antepassados. Tapcu Olomán ou Tepeu Olimán é a versão cakchiquel e quiché de Olmeca Xicalanco, que eram os nomes de Olimán, de Olmecatl Uixtotli, o caudilho que, segundo Sahagún, "tinha pacto com o diabo". Os Nonoualca, segundo a citação de Sahagún que fizemos, eram o mesmo povo que esses Olmeca e, segundo o livro cakchiquel, o povo de Zuivá, que provavelmente vivia na ilha que hoje se chama Del Carmen, na lagoa de Términos. Uma olhada no mapa dessa interessante região revela que a lagoa de Términos era o único depósito considerável de água que se interpunha na passagem das tribos que vinham do noroeste. O *Título de los señores de Totonicapán* revela que, quando já estavam desse lado do mar, "chegaram à beira de uma lagoa onde havia uma multidão de animais: ali fizeram ranchos, mas, não tendo gostado daquele lugar, o abandonaram".

Os mexicanos davam o nome de *Acallan* a essa região, do náuatle *a calli*, barco, e seus habitantes, como observa Seler,[88] mantinham um ativo intercâmbio comercial com Tabasco e Xicalanco e, no sul, com o golfo Dulce e outros lugares do interior da Guatemala, usando, para isso, a via marítima e o curso dos grandes rios. Em sua expedição a Honduras, Cortés foi recebido e auxiliado pelos habitantes da comarca de Acallan, centro dessa grande área mediter-

87 Frei J. de Torquemada, op. cit., livro III, cap. VII.

88 Eduard Seler, "The Bat God of the Maya Race". *Bureau of American Ethnology*, Washington D.C., Government Printing Office, n. 28, pp. 231–42, 1904.

rânea. Lehmann[89] lembra que na *Historia de los reinos de Colhua y México* o país de Acallan aparece entre as terras conquistadas por Quetzalcóatl; e alude ao trecho do Hino XVIII dos Naua, inserido na obra *Ancient Nahuatl Poetry*, de Brinton, segundo o qual os nobres companheiros de Quetzalcóatl partiram de Cholula e foram embora chorando pelas águas em direção a Acallan.

Nessa mesma região, no vilarinho de *Chakanputún* (Champotón dos tempos modernos, no atual estado de Campeche, México), viveu durante 250 anos uma tribo chamada Itzá, que havia chegado originalmente do sul, das montanhas de Lacandón, conforme Herrera, trazendo consigo a civilização do Velho Império Maia. Essa tribo era provavelmente a divisão que, segundo o *Libro de Chilam Balam de Chumayel*, veio do sul, da colina de Canek, nome do chefe do Petén-Itzá, e da terra de Nove Colinas (*Bolonpel uitz*), lugar importante pelas encostas de sal, localizado às margens do rio Chixoy ou das Salinas, principal afluente do Usumacinta.

Em um katún 8 Ahau da Conta Curta dos Maias, provavelmente nos anos 928–48 da era cristã, um grupo de gente de língua maia começou a se deslocar rumo ao nordeste através da península de Yucatán. Uma parte, pelo menos, dessas pessoas era composta de Itzá, mas outra, capitaneada por um chefe chamado Kukulcán, era indubitavelmente de origem mexicana (da meseta central), embora estivessem vivendo no que hoje é a região sudoeste de Campeche havia dois séculos ou dois séculos e meio. Depois de andarem errantemente por cerca de quarenta anos, chegaram finalmente a Chichén Itzá, onde estabeleceram sua capital em um katún 4 Ahau (968–87 d.C.). De acordo com a tradição maia, Kukulcán fundou a opulenta cidade de Mayapán, ensinou ao povo as artes e as ciências, e algum tempo depois desapareceu, anunciando que ia voltar para o México.

Esse personagem não era outro senão o rei dos Tolteca, Quetzalcóatl. Por seu lado, Tutul Xiú e seus companheiros, que tinham saído de Tulapan, a leste de Zuivá, se estabeleceram em Uxmal e construíram a esplêndida cidade desse nome ao mesmo tempo que

89 Walter Lehmann, *Die Sprachen Zentral-Amerikas in ihren Beziehungen zu einander sowie zu Süd-Ameriak und Mexiko*, vol. 2. D. Reimer, 1920.

Kukulcán reconstruía Chichén Itzá e edificava Mayapán.[90] O *Memorial de Sololá*, como já vimos, relata que as tribos guatemaltecas lutaram com os *Ah Nonoualcat* e os *Ah Xulpiti*, que se achavam na costa do mar, e entraram na cidade e nas casas dos *Ah Zuivá*. Não é arriscado supor que os *Ah Xulpiti* eram as gentes de Tutul Xiú que, muitos anos depois, ainda se serviam da "língua de Zuivá", como se lê na *Crónica de Chumayel*.

É possível que as tribos guatemaltecas, depois de uma longa permanência na região da lagoa de Términos e de Chakanputún, tenham sido obrigadas a abandonar esses lugares, não só porque a acumulação de habitantes vindos do norte e do sul deve ter provocado escassez de víveres, mas também pela tirania dos Itzá, raça de astutos e enganadores, como as velhas crônicas os chamam. Uma passagem do *Popol Vuh*, falando dos senhores de Xibalbá, que, segundo a lenda, oprimiam cruelmente os Quiché, diz que os referidos senhores, atormentadores da humanidade, causavam horror, que eram malvados, *ah-tza*, e que promoviam o mal e a guerra.

Em sua peregrinação rumo às terras do interior, as tribos guatemaltecas provavelmente seguiram o curso do rio Usumacinta e seus afluentes, o Chixoy, que os levou para o leste, e o Pasión, para o oeste do atual território da Guatemala, e outras rumaram para o vale do Motagua e seus afluentes, por onde se dirigiram ao centro do país. Como é bem sabido, em tempos pré-colombianos esses rios eram as grandes artérias do comércio entre os índios maias de Yucatán e de Tabasco e seus irmãos da Guatemala. Os emigrantes se estabeleceram nos altiplanos e nas montanhas do centro desse país, que lhes proporcionavam meios de subsistência e de defesa contra os inimigos. No entanto, os primeiros lugares do interior que o *Memorial de Sololá* menciona são as montanhas de *Meme e Tacná*, sem dúvida as terras dos Mame e do vulcão de Tacaná, no atual departamento de San Marcos, na Guatemala, e o distrito de Soconusco, em Chiapas, no México, na costa do Pacífico, o que parece indicar que os Cakchi-

90 Sylvanus Griswold Morley, *La civilización maya*, trad. Adrián Recinos. Cidade do México: FCE, 1947, cap. V.

quel chegaram diretamente a essa região, remontando o grande rio de Chiapas ou de Tabasco, que desemboca no golfo do México, na zona de Xicalanco. Mas tanto esse documento como o livro quiché situam os principais estabelecimentos das tribos no centro do país.

A lembrança de seus irmãos do México não se apagou da memória das tribos guatemaltecas, e veremos como mesmo na hora de sua maior alegria, o alvorecer da sua civilização, eles choravam pela ausência dos que tinham ficado nas terras do norte, ou seja, no Oriente, que era o nome que davam ao país de onde tinham vindo, do qual, assim como da sua toponímia, após tantos anos passados, tinham ideias extremamente vagas e imprecisas.

As tribos quiché, contudo, permaneceram leais ao grande guia de povos, Quetzalcóatl ou Kukulcán, que havia se estabelecido "no Oriente", ou seja, em Xicalanco e Chichén Itzá. De fato, um dos primeiros atos dos príncipes quiché quando já haviam fixado residência na Guatemala foi ir para o Oriente, obedecendo à recomendação que seus pais lhes fizeram antes de morrer, a fim de receber do Senhor Nacxit a investidura real e as honras e dignidades de que falam todos os documentos indígenas da Guatemala. O Senhor Nacxit, no qual se reconhece facilmente Topiltzin Acxitl Quetzalcóatl, ou algum de seus sucessores que continuava usando esse nome, recebeu os príncipes quiché com amor e os encheu de honrarias e presentes, entre os quais figuram significativamente "as pinturas de Tulán em que punham as suas histórias".

Os documentos guatemaltecos enumeram as tribos que chegaram juntas ao interior do país. O *Popol Vuh* menciona os três ramos da família quiché, os *Cavec*, os *Nimhaib* e os *Ahau-Quiché*; a tribo de *Tamub* e a de *Ilocab*, os treze de *Tecpán*, os de *Rabinal*, os *Cakchiquel*, os de *Tziquinahá*, os de *Zacahá*, os de *Lamac*, os *Cumatz*, os *Tuhalhá*, os *Uchabahá*, os de *Chumilahá*, os de *Quibahá*, os de *Batenab*, os de *Acul-Vinac*, os de *Balamihá*, os de *Canchahel* e os de *Balam-Colob*. Essas eram apenas as principais tribos, segundo o livro quiché; desde Tulán, a linguagem dos diversos povos tinha se alterado e, a partir de então, estabeleceu-se a supremacia dos Quiché, que receberam os atributos de soberania e de senhorio antes de deixarem a mãe-pátria. O *Memorial de Sololá* contém, por sua vez, extensa enumeração de lugares e de tribos, dos quais não há motivos para nos ocuparmos aqui. Os nomes geográficos que esse documento fornece orientam o leitor que desejar seguir os Cakchiquel em suas expedições para o oeste e o norte do território propriamente quiché.

É uma característica comum dos documentos da Guatemala e do México a comunicação constante entre os homens e os deuses, que os aconselham e os impulsionam a ir adiante em sua peregrinação. Os Quiché, assim como os Tolteca, escolhiam como chefes seus sacerdotes, "que eram sábios e adivinhos e sabiam de encantamentos", como diz Sahagún. O vínculo dos Quiché com os Tolteca ia muito além, porque, como declara o *Popol Vuh*, os sacrificadores que acompanhavam as tribos eram yaqui, ou seja, mexicanos.

A viagem por selvas, rios e montanhas não era fácil naquela época, e o problema de alimentar tanta gente deve ter preocupado permanentemente os chefes. Os povos sofreram fomes inauditas e, às vezes, segundo os documentos, tinham que apelar para o recurso de cheirar a ponta dos seus bastões para enganar o estômago. Um documento quiché[91] relata que a miséria e os terríveis desgostos sofridos pelos peregrinos resultaram principalmente do fato de terem perdido a semente do grão de milho que haviam achado em Tulán e que só recuperaram quando, no lugar chamado *Pambilil*, encontraram três pés do dito cereal, de cujo fruto se serviram para semear suas próximas colheitas, "multiplicando-se de semeadura em semeadura até o século presente".

Finalmente, chegaram à montanha chamada *Chi-Pixab*, ou do Mandato ou Conselho. Em Chi-Pixab, todas as tribos se reuniram e se organizaram sob os diferentes nomes que escolheram. Primeiro, os três ramos dos Quiché: os Quiché propriamente ditos, os de Tamub e os de Ilocab. Os Cakchiquel receberam ali o seu nome, *Cakchequeleb*, que significa "os da árvore vermelha"; e também foram designados os nomes dos de Rabinal, outro povo quiché, e os de

91 *Manuscrito quiché de d. Francisco Calel Yzumpam, 1561, compilado por Francisco Antonio de Fuentes y Guzmán, Recordación Floridadiscurso historial y demostración natural, material, militar y política del reyno de Guatemala.* Tipografía Nacional, 1933, t. II, pp. 391–92.

Tziquinahá, da raça zutujil. Eram esses os grupos mais importantes das tribos que vieram a povoar o território.

Depois de permanecer algum tempo em Chi-Pixab, os Quiché receberam dos seus deuses a ordem de que os levassem para um lugar secreto, prevendo que a chegada do dia os exporia ao ataque dos seus inimigos. Eles obedeceram à ordem e transferiram seus deuses para os montes *Avilix*, *Hacavitz* e *Patohil*, que ficam ao norte do Quiché, e no segundo desses montes, o Hacavitz, se reuniram com os de Rabinal, os Cakchiquel e os Zutujil ou Ah-Tziquinahá, para esperar a chegada da aurora. Nas proximidades do monte Hacavitz, estavam as tribos de Tamub, no lugar chamado *Amag-Tan*, e as de Ilocab em *Uquincat*. Os sacerdotes quiché Balam-Quitzé, Balam-Acab, Mahucutah e Iqui-Balam se encontravam no monte Hacavitz, esperando ansiosamente o nascer do Sol; não dormiam nem comiam, e seus corações estavam cheios de dor. "O que fizemos?", diziam. "Como pudemos abandonar a nossa pátria, Tulán-Zuivá? E nossos deuses, os deuses que trouxemos daquelas terras do Oriente, jazem agora entre os parasitas e o musgo das árvores sem ter nenhuma tábua onde descansar!"

Mas logo depois se encheram de alegria quando viram aparecer no horizonte o luzeiro da alvorada, a brilhante *Icoquih*, precursora do Sol. Em seguida, queimaram o incenso que traziam do Oriente e dançaram, olhando para o lugar onde o Sol devia aparecer. Por fim, o astro do dia se levantou "como um homem" e alumiou o mundo e secou a umidade da terra. Os homens e os animais se regozijaram igualmente, e a ave que chamavam de *Queletzú* desatou com seu canto o hino da natureza ao deus que ilumina, aquece e fecunda a face da Terra. Todas as tribos, incluindo os Yaqui-Tepeu, se prosternaram e adoraram o Sol. Entretanto, no meio de sua alegria, os Quiché não se esqueceram dos seus irmãos, aqueles que tinham ficado para trás no país do norte. "Finalmente, nós vimos o Sol; mas onde estão eles agora que a aurora brilhou?" Assim diziam, lembrando-se dos seus irmãos, os Yaqui, os de Tepeu e Olimán, que a aurora deve ter alumiado lá no país do México, "como agora o chamamos", acrescenta o livro do Quiché.

Estabelecidos no monte Hacavitz, os Quiché dominaram todas as tribos e tiveram filhas e filhos até constituir um povo numeroso. Balam-Quitzé, Balam-Acab, Mahucutah e Iqui-Balam estavam satisfeitos com sua obra; mas era chegada a hora em que deviam se retirar do cenário do mundo e anunciaram aos seus filhos sua partida; deram-lhes seus últimos conselhos, transmitiram a eles o símbolo do poder real e desapareceram da vista de todos. Pouco depois, os herdeiros das três famílias reais empreenderam a viagem ao Oriente, de onde seus pais tinham vindo, e lá receberam a investidura e os atributos da realeza das mãos do Senhor Nacxit.

Após algum tempo, os príncipes voltaram a Hacavitz, onde foram recebidos com demonstrações de alegria pelo seu povo, pelos de Rabinal, pelos Cakchiquel e pelos Zutujil. A população havia crescido, e as terras que eles ocupavam não eram suficientes para contê-los e alimentá-los. Por esse motivo, eles as abandonaram e começaram uma nova peregrinação por outros lugares cujos nomes são revelados no *Título de los señores de Totonicapán*, até que chegaram a *Chi-Quix* (Nos espinhos), onde permaneceram por algum tempo, estendendo sua ocupação às paragens vizinhas de *Chichac*, *Humetahá* e *Culbá e Cavinal*. Dali, acrescenta o *Popol Vuh*, vigiavam as montanhas buscando os montes *desabitados*, uma vez que já eram muito numerosos. Essa indicação é muito interessante porque revela que a comarca era habitada antes da chegada dos Quiché. Os habitantes das montanhas eram, sem dúvida, os descendentes dos Maias do Velho Império que tinham se estabelecido nas terras altas depois da ruína das grandes cidades do vale do Motagua e do Petén.

Quando a quarta geração de reis governava, os Quiché fundaram uma cidade formal em *Izmachí*. Lá ergueram casas de alvenaria e edificaram uma cidade magnífica, diz o texto. Contudo, o engrandecimento das três casas reais de Cavec, Nihaib e Ahau-Quiché provocou ciúmes nos de Tamub e nos de Ilocab, que decidiram matar os reis e aniquilar a nação quiché; mas, tendo fracassado em sua tentativa, foram sacrificados em grande número ou reduzidos à escravidão. O fracasso da revolta consolidou o poder dos Quiché, e, não sendo suficiente o lugar para alojar em Izmachí a população cada vez mais numerosa, decidiram transferir novamente a capital e se estabeleceram em *Gumarcaah*, que os mexicanos chamaram de *Utatlán* (lugar de canas) e que foi a última residência dos reis do Quiché. Isso ocorreu sob os reis Cotuhá e Gucumatz, príncipes da quinta geração, que iniciaram a expansão do reino estendendo suas fronteiras até o mar e ocupando terras distantes que arrebataram aos seus donos e senhores. Aqui já estamos em terreno firmemente histórico.

A nova capital se desenvolveu rapidamente e chegou a ser a metrópole de um grande império. Sob o governo de Quicab, o reino quiché levou suas conquistas até as montanhas dos Mame, a costa do Pacífico desde Soconusco, as terras dos Cakchiquel e dos Zutujil e os limites do Petén. Na capital, embelezada por obras de arte, foram erguidos os templos dos deuses e os 24 palácios da realeza, e a população se espalhava nas extensas planícies e nos desfiladeiros que rodeavam a cidade. Vencidas e subjugadas todas as outras nações por Quicab, o Quiché recebeu por muitos anos abundantes tributos dos povos vizinhos, que reconheceram sua hegemonia política sem discussão. Sua estrela havia declinado, porém, no final do século XV, depois de guerras desastrosas que debilitaram por igual todos os povos da Guatemala; mas, quando as bandeiras espanholas surgiram em tom de conquista nas fronteiras do Império, os Quiché não vacilaram em lançar-se à luta e partiram valentemente para cumprir seu destino.

No último capítulo dessa obra, o autor enumera as gerações e sucessões de reis e senhores do Quiché, começando pelos fundadores das dinastias, Balam-Quitzé, Balam-Acab, Mahucutah e Iqui-Balam, que vieram juntos e, juntos, governaram. As gerações de reis, desde os fundadores até aqueles que, com uma sombra de poder, ostentaram tal título sob os espanhóis, chegavam ao número de catorze. Ximénez[92] calcula que a sucessão dos reis ocupou na história quiché um período de 480 anos e, portanto, situa o início do reino por volta do ano 1054. Para chegar a esse resultado, ele calcula a duração de cada geração de reis em quarenta anos. Esse cálculo, à primeira vista, parece exagerado, mas devem ser levadas em conta duas circunstâncias que certamente o frei historiador não parece ter notado: a primeira, que, exceto no que se refere aos três primeiros reis, o *Po-*

92 F. Ximénez, 1929, op. cit., cap. XXVII, p. 71.

pol Vuh apresenta numa única geração o monarca em exercício, ou *Ahau-Ahpop*, e seu adjunto, o *Ahpop-Camhá*, destinado a sucedê-lo e que exercia o comando até sua morte; este era geralmente o filho mais velho do monarca e, por isso, muito mais jovem que ele, de maneira que um período de governo de quarenta anos, ou seja, vinte anos para cada um, não parece excessivo; e a segunda, que, como explica o *Título de los señores de Totonicapán*, a sucessão de Balam-Quitzé por Qocavib, ou seja, a passagem da primeira à segunda geração que o *Popol Vuh* descreve, não foi direta, mas Balam-Quitzé gerou Qotzahá, Qotzahá engendrou Tziquín, este engendrou Ahcán e, por fim, Ahcán engendrou Qocaib e Qocavib. O primeiro desses dois irmãos fez a viagem ao Oriente para receber a investidura das mãos do Senhor Nacxit e, no entanto, seu nome não aparece na lista de nomes dos príncipes reinantes. Seu irmão mais novo, Qocavib, figura como sucessor imediato de Balam-Quitzé e, como vimos anteriormente, entre aquele e seu longínquo antecessor deve haver transcorrido um longo tempo, mais de um século, se a informação do *Título* é correta, ou quarenta anos, segundo os dados do *Popol Vuh* e a teoria de Ximénez.

O cálculo do cronista espanhol que situa o início da dinastia quiché por volta de 1054 se aproxima bastante do cálculo que fizemos em relação à saída das tribos da lagoa de Términos na época da fundação das cidades do Novo Império Maia de Yucatán (final do século X), deixando margem razoável para a longa peregrinação das tribos e suas contínuas paradas antes de chegar ao seu assentamento definitivo. Deve-se observar, além disso, que não é necessário supor que os guias dos povos a partir da chegada a Tulán tenham sido os mesmos que iniciam o período histórico, pois seus nomes e títulos podem ter sido adotados e continuados por outros chefes que lhes sucederam na delicada missão de dirigir os peregrinos em meio aos perigos e imprevistos do caminho. “Os filhos de Balam-Quitzé [...] adotaram os nomes dos pais”, diz o *Título de los señores de Totonicapán*.

Tal é, em síntese, a história que nos oferecem as páginas deste livro, escrito com ingenuidade e franqueza por um representante da raça quiché. Para nossa sorte, esse povo inteligente e batalhador nos legou, num manuscrito precioso, o quadro da sua alta cultura. Esse manuscrito é, sem dúvida, o esforço literário e histórico de maior fôlego e significação realizado na América indígena.

É justo dedicar uma palavra final ao idioma quiché em que esse livro foi escrito. O frei Ximénez, que pela primeira vez o traduziu para o castelhano no alvorecer do século XVIII, reputava o idioma quiché como o principal que houve no mundo. Sem concordar inteiramente com o juízo entusiasta do venerável historiador e eminente linguista, devemos observar que só uma língua altamente evoluída, dona de um rico vocabulário e de uma sintaxe flexível que se preste à clareza e à elegância do estilo e à fluidez da narração, poderia servir de instrumento para compor essa obra que conjuga o interesse e a beleza do romance com a austeridade da história e pinta com as mais vivas cores a vida e a mentalidade de um grande povo.

POPOL VUH

Itzamná, deus criador para os Maias iucatecos.

PREÂMBULO

Esta é a raiz da palavra antiga, aqui deste lugar chamado Quiché.[1] Aqui vamos escrever, aqui vamos semear a palavra antiga,[2] o princípio, e também o enraizamento,[3] de tudo que se fez na cidadela[4] de Quiché, na terra do povo quiché.

Vamos trazer aqui o ensinamento, o esclarecimento, o relato do que estava na sombra[5] e foi trazido à luz por

Tzacol (o Criador), Bitol (o Formador),
chamados *Alom* (A-que-Concebe), *Qaholom* (O-que-Gera),
Hunahpú-Gambá, Hunahpú-Coiote,
Zaqui-Nimá (Grande Caititu Branco), *Tziís* (Quati),
Tepeu (Majestade), *Gucumatz* (Serpente Emplumada),[6]
u Qux Cho (Coração do Lago), *u Qux Paló* (Coração do Mar),
Ah Raxá Lac (O-do-Prato-Verde), *Ah Raxá Tzel* (O-da-Tigela-Azul),[7]
assim chamados,[8]
também descritos, também nomeados

como *Iyom* (a Parteira) e *Mamon* (o Patriarca),
cujos nomes são *Ixpiyacoc* e *Ixmucané*,[9]
a que ampara, o que protege,
duas vezes Parteira,[10] duas vezes Avô,

como é dito em palavras quiché, eles que a tudo deram voz, tudo fizeram, com lúcida existência e lúcida palavra.[11]

Agora escreveremos isso já permeados pela palavra de Deus, da Cristandade, agora. E o revelaremos porque não existe mais onde ver o *Popo Vuh*,[12] o instrumento de claridade – que veio lá dos lados do mar[13] – com o relato de nossas sombras,[14] o instrumento sobre a aurora da vida,[15] assim se diz.

Existe o livro original, escrito antigamente, mas aquele que o vê, aquele que o interpreta, mantém sua face oculta. É grande o lavor,[16] o relato de quando por fim todo o céu-terra veio à luz, sua formação em quatro cantos, sua divisão em quatro lados, sua medição, a colocação das quatro estacas, a corda dobrada e esticada para medir todo o céu, toda a terra, e marcar os quatro ângulos, os quatro cantos,[17] como se diz, pelo Criador, pelo Formador, a mãe e o pai da vida,[18] da existência,[19] o ser que dá a respiração, o que dá o coração, o que dá à luz e anima sem cessar as nascidas na luz, os nascidos na luz,[20] aquele que reflete, que conhece tudo que existe: céu, terra, lago, mar.[21]

Antiga divindade Chak Chel, associada à avó primordial do *Popol Vuh*.

PRIMEIRA PARTE

1

Tepeu e Gucumatz

Aqui está, eis o relato:

> *Tudo ainda em suspenso,*
> *ainda silente.*
> *Tudo sereno,*
> *ainda em sossego.*
> *Tudo em silêncio,*
> *vazio também o ventre do céu.*[1]

Essas foram as primeiras palavras, a primeira eloquência.

Ainda não existia nenhum homem, bicho, pássaro, peixe, caranguejo, árvore, pedra, gruta, desfiladeiro, prado ou floresta: só existia o céu.

A face da terra não se manifestara, ainda. Sob todo o céu, só havia o mar liso.

Não havia nada reunido. Tudo estava imóvel. Nada se movia sozinho, tudo estava quieto, em repouso sob o céu.

Não havia nada erguido. Só existia a extensão de água, o mar liso, sozinho, sereno. Nada existia, ainda.

Tudo estava em silêncio e deserto no escuro, na aurora. Só o Criador, o Formador, Tepeu, Gucumatz, A-que-Concebe, O-que-

-Gera,[2] estavam na água, radiantes.[3] Estavam lá, envoltos em plumas verdes de quetzal e plumas azuis de cotinga.[4] Daí veio o nome de Gucumatz (Serpente Emplumada).[5] Eles eram, por natureza, grandes sábios, grandes pensadores.[6] E como já existia o céu, existia também *u Qux Cah*,[7] o Coração do Céu, que assim se diz o nome do deus.

E assim sua palavra chegou aqui, foi até Tepeu e Gucumatz, no escuro, na aurora. Falou com Tepeu e Gucumatz,[8] e então eles passaram a confabular,[9] a refletir, a pensar juntos, meditando. Depois, de acordo, juntaram suas palavras, seus pensamentos.

E então ficou claro, e em sua lúcida concordância se iluminou o que seria o ser humano,[10] e então dispuseram o nascimento, a brotação de árvores e arbustos, a criação da vida, da existência, no escuro, na aurora, por meio do Coração do Céu, chamado *Huracán*[11] (Furacão).

Caculhá Huracán (Raio *Huracán*) é o primeiro. *Chipi-Caculhá* (Raio Pequenino) é o segundo. E o terceiro é *Raxa-Caculhá* (Raio Repentino).

Os três são o Coração do Céu,[12] e foram até Tepeu e Gucumatz quando o alvorecer da vida foi concebido:

Como se dará a semeadura, o amanhecer?[13]
Quem irá prover o alimento, o sustento?

Reunião dos deuses criadores da Terra

Isso disseram.

Que assim se faça: que o vazio se preencha.[14]
Que essa água seja removida, escoada,
para que a terra nasça e possa formar seu prato.[15]
E que depois venha a semeadura, o amanhecer
do arco do céu, do leito da terra.
Nossa obra, porém, nossa criação,
não ganhará dias de sagração nem de louvor
sem que se dê à luz o ser humano, a forma humana.[16]

Isso disseram.

A terra se criou com sua palavra, apenas. Para a terra nascer, disseram apenas: Terra!, e a terra surgiu no mesmo instante.

Assim como nuvem, como névoa, a terra foi surgindo, desdobrando-se, e então as montanhas despontaram da água,[17] e num instante se tornaram grandes montanhas.

E foi somente por sua natureza prodigiosa, por sua agudeza, que se deu forma a montanhas e vales – em cujo leito súbito irromperam florestas de ciprestes e pinheiros.

Isso alegrou Gucumatz:

– Foi bom você ter vindo, Coração do Céu; e você, Huracán, e você, Raio Pequenino, e você, Raio Repentino!

– Nossa criação, nossa formação, terá bom êxito – disseram.

Primeiro se formou, então, a terra – suas montanhas e vales. Os caminhos da água se dividiram, os arroios foram abrindo sulcos entre as montanhas. As águas estavam divididas quando surgiram as grandes montanhas.[18]

Assim se deu a formação da terra, quando a criaram Coração do Céu, Coração da Terra, como são chamados os que primeiro a conceberam. O céu foi separado, e a terra separada dentre as águas.[19]

Esse foi seu plano ao pensar, ao refletir, sobre como levar a bom termo sua obra.

Representação da Terra como um jacaré

Figura de Gucumatz, ou Serpente Emplumada.

2

Então conceberam também os animais das montanhas, todos os guardiães das matas,[1] todas as criaturas das montanhas, os veados, pássaros, leões-baios, jaguares, serpentes, cascavéis, jararacas, os guardiães dos arbustos. E A-que-Concebe (Alom), O-que-Gera (Qaholom) disseram:

– Será que sob as árvores e arbustos só deve haver esse zumbido mudo, esse silêncio? Ora, não seria melhor que tivessem guardiães?

Tão logo isso pensaram e falaram, surgiram os veados e os pássaros. E então eles deram, a veados e pássaros, abrigos:

Você, veado, irá dormir
nas várzeas dos rios, nos grotões.
Ficará no relvado, nas moitas, na floresta.
Lá irá se multiplicar,
lá irá se apoiar e sobre quatro patas andará.

Isso disseram.

Depois designaram o abrigo dos pássaros pequenos, dos pássaros grandes:

Vocês, pássaros, em árvores e arbustos
terão abrigo, lá farão os seus ninhos.
Lá irão procriar e se multiplicar
sobre os galhos das árvores, dos arbustos.

Isso foi dito aos veados e aos pássaros. Com isso feito, todos receberam um lugar para o pouso, seu lugar de repouso. E assim A-que-Concebe, O-que-Gera deram aos bichos seus abrigos. Estava terminada a criação de todos os veados e pássaros.

Então o Criador, o Formador, A-que-Concebe, O-que-Gera disseram aos veados e aos pássaros:

Agora falem, invoquem.
Não gorjeiem, não gritem.[2]
Que cada um fale conforme sua espécie,
seu próprio grupo.

E disseram aos veados, pássaros, leões-baios, jaguares e serpentes:

Falem nossos nomes, louvem-nos,
pois somos sua mãe, somos seu pai!
Invoquem Huracán, Raio Pequenino,
Raio Repentino, Coração do Céu,
Criador, Formador,
A-que-Concebe, O-que-Gera;[3]
falem, invoquem-nos, adorem-nos!

Isso disseram. Mas não deu certo. Eles não falavam como gente, só soltavam chilreios, cacarejos, rugidos. A face de sua fala não se aclarou, cada um dava um grito diferente.

Ao ouvir isso, o Criador e o Formador disseram:

– Não deu certo, eles não falaram – disseram entre si. – Não conseguiram pronunciar nossos nomes, de nós, seus criadores, de nós, seus formadores. Isso não é bom – disseram entre si A-que--Concebe, O-que-Gera. Então disseram:

Vocês serão mudados, pois não deu certo,
não conseguiram falar,
então vamos mudar nossa palavra:
seu alimento, seu sustento,
seu pouso, seu local de repouso,

a cada qual o seu, estarão
nos grotões e nas florestas.
Como não nos adoraram,
como não nos invocaram
– e tem de haver
quem nos adore e invoque –
teremos de criá-lo.
E vocês, só acatem seu serviço,
só deixem sua carne ser comida.
É isso. Essa será sua serventia.

Isso disseram ao instruir os pequenos e os grandes animais que existiam sobre o leito da terra.

Então quiseram tentar novamente a adoração, tentar de novo, quiseram criar quem os venerasse,[4] porque antes a voz de cada bicho não se distinguira, não era clara, não dera certo. Por isso suas carnes foram abatidas, e esta virou sua serventia: que fossem comidos, que fossem mortos os bichos aqui no leito da terra.

E foi assim a nova tentativa que o Criador, o Formador, A-que-Concebe, O-que-Gera fizeram de criar e formar o ser humano:

– Vamos tentar novamente. Já está vindo o tempo da semeadura, do amanhecer.[5] Vamos criar quem nos dê alimento e sustento. Como fazer para sermos invocados, para sermos lembrados sobre a face da terra? Já o tentamos com nossa primeira criação, nossas primeiras criaturas, mas não conseguimos ser adorados, ser louvados por elas.[6] Agora vamos tentar fazer um ser que nos honre, que nos respeite, que nos sustente e alimente – disseram.

Então ele foi concebido e modelado. De terra, de barro fizeram seu corpo. Mas viram que não ficou bom, pois ele já estava se desfazendo, estava encharcado, molengo, aguado, ia se desmanchando, se dissolvendo, e sua cabeça não virava, seu rosto mirava só para um lado, sua vista estava encoberta,[7] não conseguia olhar ao redor. Falou, no início, mas sem nenhum sentido. Ia rapidamente se dissolvendo na água.

– Não vai durar.

Então o Criador e o Formador[8] disseram:

– É um agouro. Que seja. É um agouro de que não vai andar nem se multiplicar. Que seja. Vamos pensar em outra coisa – disseram.[9]

E então destruíram, desfizeram novamente sua obra, sua formação. E disseram:

– Que podemos fazer para conseguir, para trazer à luz um ser que nos adore, que nos invoque?

E depois de pensar e repensar, disseram:

– Só temos que pedir a Ixpiyacoc, Ixmucané, Hunahpú-Gambá, Hunahpú-Coiote, que tentem sua adivinhação, sua criação[10] – disseram entre si o Criador e o Formador, e depois invocaram Ixpiyacoc e Ixmucané.

E essa foi sua palavra para eles, os adivinhos, a Avó do Dia, a Avó da Luz,[11] assim chamados pelo Criador, pelo Formador. Esses são os nomes de Ixpiyacoc e Ixmucané.

E então Huracán falou com Tepeu (Majestade) e Gucumatz (Serpente Emplumada), e depois invocaram o Mestre dos Dias, a Mestre das Formas,[12] os adivinhos:

É preciso descobrir, é preciso revelar
como criar um ser, como formar um ser
que nos dê alimento e sustento,
que nos invoque e nos recorde.

Que venha sua palavra,
ó Parteira, ó Patriarca,
nossa Avó, nosso Avô,
Ixpiyacoc, Ixmucané!

Divindades modelando os primeiros humanos

Que venha a semeadura, o amanhecer,
para que sejamos invocados, para que sejamos sustentados,
para que sejamos lembrados
pela gente criada, pela gente formada,
pela gente entalhada, pela gente moldada.[13]
Que assim se faça.

Revelem seus nomes,
Hunahpú-Gambá, Hunahpú-Coiote,
duas vezes mãe, duas vezes pai,[14]
Nim-Ac (Grande Caititu),[15] *Nimá-Tziís (Grande Quati),*[16]
lapidador, joalheiro,
escultor, entalhador,
O-do-Prato-Verde, O-da-Tigela-Azul,
artífice do copal, artista,[17]
Avó do Dia, Avó da Luz,
e assim serão invocados
pela gente que criarmos, pela gente que formarmos.

Passem as mãos
sobre os grãos de milho, sobre as sementes de tzite,[18]
que isso se faça, que saia[19]
se devemos lavrar e entalhar
suas bocas e olhos na madeira!

Isso foi dito aos adivinhos.

E então se deu o lance, a adivinhação do que foi tocado nos grãos de milho, nas sementes de *tzite*:

– Dias! Formas![20] – Assim falaram a avó e o avô. Esse avô era o Mestre do *Tzite*; seu nome é Ixpiyacoc.[21] E a avó era a Mestre dos Dias, a Mestre das Formas, a seus pés; seu nome é Ixmucané.[22] Ao começar a adivinhação, falaram:

Que se descubra, que se revele!
Fale, nosso ouvido escuta.
Fale, se manifeste.

Que se encontre a madeira boa para o entalhe
pelo Criador, pelo Formador.
Se é esse ser quem irá fornecer o alimento, o sustento,
que agora se semeie, que amanheça!

Ó grãos de milho, ó sementes de tzite,
ó dias, ó formas,
aqui os chamamos, aqui os invocamos!

Sangre, Coração do Céu;[23]
não decepcione a boca, a face
de Tepeu e Gucumatz![24]

Isso disseram aos grãos de milho, às sementes de *tzite*, aos dias, às formas. E então falaram claramente:

– Que fiquem bons os bonecos de madeira. Que falem. Que conversem, aqui, sobre o leito da terra. Que assim se faça – disseram.

E no mesmo instante em que disseram isso, os bonecos entalhados na madeira foram feitos. Pareciam gente, falavam como gente, e povoaram o leito da terra. Esses bonecos de madeira entalhada existiram e se multiplicaram; tiveram filhas, tiveram filhos. Mas não tinham coração, não tinham entendimento, não recordavam seu Criador, seu Formador. Iam e vinham sem rumo, arrastando-se sobre as mãos e os joelhos.[25]

Não recordavam o Coração do Céu, daí sua queda. Foram somente uma tentativa, um ensaio de gente. No começo falavam, mas seu rosto estava ressecado; suas pernas e seus braços não estavam completos; não tinham sangue nem linfa,[26] nem suor, nem gordura; as faces ressecadas, os rostos máscaras, hirtos as pernas e os braços, os corpos rígidos.

Por isso, não tiveram entendimento face a seu Criador, seu Formador, aqueles que lhes deram vida, que lhes deram coração.[27]

Essas foram as primeiras pessoas que existiram em grande número aqui sobre o leito da terra.

Deus E, divindade do milho.

3

Então veio seu fim, sua aniquilação, seu despedaçamento. Os bonecos de madeira entalhada foram mortos.

Um cataclismo foi concebido por Coração do Céu; um grande dilúvio se formou e despencou sobre as cabeças dos bonecos de madeira entalhada.

Em madeira de *tzite* foi o corpo do homem entalhado pelo Criador, pelo Formador. A mulher, o Criador e o Formador quiseram formar, o corpo da mulher, com espadanas.[1]

Mas como não pensaram nem falaram quando estiveram à face de Tzacol, Bitol, o Criador deles, o Formador deles como homens, eles foram mortos na inundação. Uma chuva de resina caiu do céu. Então veio *Xecotcovach* (o Escarvador de Olhos), assim chamado, e arrancou seus olhos; veio *Camalotz* (o Morcego Decapitador) e cortou suas cabeças; veio *Cotzbalam* (o Jaguar Espreitador) e devorou suas carnes. E veio também *Tucumbalam*[2] (o Jaguar Dilacerador),[3] dilacerou-os, esmagou seus ossos e tendões, despedaçou-os, esmigalhou seus ossos.[4]

Seus rostos foram destroçados porque foram incapazes de entendimento à face da mãe, à face do pai, Coração do Céu, Huracán é seu nome. Por isso a face da terra enegreceu, uma chuva negra começou a cair, chuva, e mais chuva, noite e dia.

Então vieram os pequenos animais e os grandes animais.[5] Paus e pedras desfiguraram suas caras. Tudo falava: suas moringas,[6] seus *comales*,[7] suas vasilhas, suas panelas de barro, seus *nixtamales*,[8] suas pedras de moer;[9] tudo que havia desfigurou suas caras.

– Dolorosas foram vossas ações contra nós.[10] Éramos comidos por vós.[11] Pois hoje nós é que vos devoraremos – disseram os cães e os perus-ocelados.[12]

E as pedras de moer:

– Todo dia, todo dia nossas faces eram socadas por vós, noite e dia, sem parar, *roli, roli, ruc, ruc*[13] nossas caras moíam por vós. Foi esse o serviço que primeiro vos prestamos, quando éreis as primeiras pessoas. Pois hoje conhecereis nossa força. Tereis vossas carnes socadas, moídas por nós – disseram a eles as pedras de moer.

Ao falar, por sua vez, os cães disseram:

– Por que não nos dáveis nossa comida? Era só nós olharmos e já éramos enxotados, escorraçados. E vós comíeis sempre com um pau à mão[14] para nos bater. Só desse jeito fomos tratados por vós. E como não podíamos falar, não recebíamos nenhuma migalha. Como nunca percebestes, como nunca vistes que estávamos definhando a vossas costas? Pois hoje provareis os dentes que estão em nossas bocas. Sereis devorados – disseram os cães, e então estraçalharam suas caras.[15]

E os *comales* e as panelas, por sua vez, disseram:

– Dolorosas foram vossas ações contra nós.[16] Nossas bocas estão tisnadas, nossas faces estão tisnadas. Estávamos sempre no fogo, cozinhando. Fomos queimados por vós. Acaso não sentíamos dor? Pois hoje ireis tirar a prova. Sereis queimados – disseram os utensílios. E suas caras foram esmagadas. As pedras, os *tenamastes*,[17] direto do fogo se arremessaram contra suas cabeças. Dolorosas foram suas ações contra eles.[18]

Então eles saíram correndo, aos atropelos. Tentaram alcançar o alto das casas – as casas ruíram e os derrubaram. Tentaram alcançar o alto das árvores – as árvores os arrojaram ao chão. Tentaram entrar nas grutas – à face deles, as grutas se fecharam.[19]

Foi assim a destruição dos seres criados, dos seres formados. Foram estropiados, desfigurados como humanos. Todos tiveram as bocas e as faces destruídas, esmagadas.

Dizem que os macacos-aranha que existem hoje na floresta descendem deles. Restaram como um vestígio daqueles cujas carnes foram feitas, pelo Criador, pelo Formador, só de madeira.[20]

Por isso, esse macaco é parecido com o homem: é um indício daquela geração de seres criados, de seres formados como meros bonecos, meros entalhes de madeira.

Dilúvio que destruiu os humanos de madeira, punidos por não rememorarem seus criadores

4

Havia, então, bem pouca claridade sobre o leito da terra. Não havia sol. Mas havia alguém que glorificava a si mesmo. Seu nome era Vucub-Caquix[1] (o Sete Arara).

O céu e a terra já existiam, mas a face do sol, a face da lua estavam encobertas.

Dizia ser o sinal luminoso dos que se afogaram na inundação, como se sua natureza fosse a de um ser prodigioso:[2]

Eu sou grandioso, e pairo
sobre todos os seres criados e formados.
Eu sou seu sol, eu sou sua luz,
e sou também suas luas.[3]
Assim seja, pois é grande meu esplendor!
Sou caminho, sou guia para seus passos,[4]
pois meus olhos são de prata
e brilham como joias verde-azuis.
Meus dentes refulgem o verde do jade,
radiantes como a face do céu.[5]
De longe, como a lua, meu nariz brilha.
Quando surjo diante do meu trono de prata,
a face da terra se ilumina.
Assim eu sou o sol, e sou também a lua,

Cerimônia para a comemoração de um novo período na contagem do tempo dos antigos maias

para as nascidas na luz, para os nascidos na luz.[6]
Assim seja, pois minha vista tudo alcança!

Isso disse Vucub-Caquix. Mas não era verdade que o Sete Arara fosse o sol; ele apenas glorificava a si mesmo, por sua plumagem, por sua prata. E sua visão não foi além de onde ele se assentou. Não alcançava tudo sob o céu, sua visão.

A face do sol, da lua, das estrelas ainda não era visível. Ainda não amanhecera. Por isso Vucub-Caquix se glorificava, como se fosse o sol e a lua, porque o brilho do sol e da lua ainda não aparecera, não clareara, ainda. Seu único desejo era de grandeza e de glória. Foi aí que veio o dilúvio, por conta dos bonecos de madeira entalhada.

Agora vamos contar como Vucub-Caquix morreu, como foi sua derrota, quando as pessoas foram feitas pelo Criador, pelo Formador.

5

Este é o princípio de sua derrota, o declínio do esplendor de Vucub-Caquix pelos dois jovens, o primeiro chamado Hunahpú (Um Zarabataneiro), o segundo Ixbalanqué (Jaguar-Sol Oculto).[1]

Eles eram deuses de verdade.[2] Os dois jovens perceberam o mal que aquele que glorificava a si mesmo queria fazer diante do Coração do Céu. Então disseram:

– Isso não é bom. Não há gente, ainda, sobre o leito da terra. Vamos acertá-lo com a zarabatana quando ele for atrás de sua comida. Vamos atirar nele e adoecê-lo. Que se acabem suas riquezas, suas pedras verde-azuis, seus metais preciosos, seu jade, suas joias que tanto o envaidecem.[3] É o que deve ser feito. As pessoas não podem nascer onde o esplendor é mero metal precioso.

– Assim seja – disse cada um dos jovens, cada um com uma zarabatana no ombro, os dois juntos.

Ora, esse Vucub-Caquix tinha dois filhos: o primeiro era *Zipacná* (o Jacaré), o outro *Cabracán* (o Terremoto). A mãe deles se chamava *Chimalmat*[4] (Escudo Deitado),[5] mulher de Vucub-Caquix.

Zipacná era o que sustentava as grandes montanhas:[6] *Chigag*,[7] *Hunahpú*,[8] *Pecul*,[9] *Yaxcanul*,[10] *Macamob*[11] e *Huliznab*. Esses são os nomes das montanhas que se ergueram quando amanheceu. Elas foram criadas numa única noite por Zipacná.

Já Cabracán era o que movia as montanhas. Fazia tremer as montanhas pequenas, as montanhas grandes.

Os filhos de Vucub-Caquix faziam isso só para se vangloriar:

– Este sou eu: eu sou o sol! – dizia Vucub-Caquix.

– Este sou eu: eu sou o criador da terra! – dizia Zipacná.

– E eu, eu sou o que faz o céu desabar e a terra desmoronar! – dizia Cabracán. Assim eram os filhos do Sete Arara, só assim conseguiam sua grandeza, imitando o pai.

E os dois jovens viram que isso era ruim. Nossa primeira mãe, nosso primeiro pai ainda nem haviam sido criados. Então o plano de sua morte, de sua derrota, foi concebido pelos dois jovens.

Grande ave e árvore em formato de crocodilo, Estela 25 de Izapa, México.

6

Duelo entre um dos gêmeos e Vucub-Caquix (o Sete Arara)

E aqui temos o tiro de zarabatana dado em Vucub-Caquix pelos dois jovens. Agora vamos contar como foi a derrota de cada um dos que glorificavam a si mesmos.

Vucub-Caquix tinha um grande pé de *nance*,[1] um muricizeiro; seu fruto era o alimento de Vucub-Caquix. Todo dia ele subia na árvore para comer muricis. Quando Hunahpú e Ixbalanqué viram que essa era a comida do Sete Arara, ficaram à sua espreita sob a árvore, escondidos entre as folhas. E viram quando Vucub-Caquix chegou e pousou sobre sua comida, o murici.

Foi aí que Hunahpú[2] o atingiu. Mirou a zarabatana e o bodoque o acertou, bem na mandíbula. Vucub-Caquix, aos gritos, foi até a copa da árvore e, lá do alto, se estatelou no chão.

Sem demora, Hunahpú apressou-se a capturá-lo. Mas aí Vucub-Caquix agarrou o braço de Hunahpú. Puxou-o para trás, torceu-lhe o ombro e arrancou seu braço. Então Hunahpú soltou Vucub-Caquix. Fizeram bem; assim não seriam vencidos, de saída, por Vucub-Caquix.

Carregando o braço de Hunahpú, Vucub-Caquix então foi para casa. Amparando com cuidado a mandíbula, lá chegou.

– O que foi isso? – perguntou Chimalmat, a mulher de Vucub-Caquix.

– E o que seria, senão aqueles dois demônios? Eles me atacaram com a zarabatana, deslocaram minha mandíbula e meus dentes estão moles, estão doendo muito. Mas eu trouxe isso aqui para pendurar em cima do fogo, isso deve ficar pendurado em cima do fogo, porque eles na certa virão pegá-lo, aqueles demônios! – disse Vucub-Caquix, e pendurou o braço de Hunahpú.

Hunahpú e Ixbalanqué, por sua vez, voltaram aos planos. Foram falar com um avô, de cabelos bem brancos o avô, e com uma avó, muito humilde a avó, ambos já encurvados pela idade. Zaqui-Nim-Ac (o Grande Caititu Branco) era o nome do avô, e Zaqui-Nimá-Tziís[3] (a Grande Quati-de-nariz-branco) era o nome da avó. Os jovens então disseram para a avó e o avô:

– Podem nos acompanhar até a casa de Vucub-Caquix para pegar nosso braço? Iremos atrás de vocês. "Estes que nos acompanham são nossos netos. Sua mãe está morta, seu pai está morto. Por isso eles nos seguem por toda parte, atrás de nós. Até pensamos em dá-los, pois tudo o que sabemos fazer é tirar vermes dos dentes." Vocês dirão isso, e assim Vucub-Caquix nos verá só como meninos. Mas estaremos lá para dar a vocês as instruções – disseram, por fim, os dois jovens.

– Está bem – responderam.

E se puseram a caminho. Vucub-Caquix estava recostado diante de seu trono quando a avó e o avô chegaram, com os dois jovens brincando atrás deles. Quando chegaram embaixo da casa do Senhor, Vucub-Caquix estava gritando de dor. E ao ver o avô, a avó e os que os acompanhavam, Vucub-Caquix perguntou:

– De onde estão vindo, avós?

– Só buscando nosso sustento, ó Senhor – responderam.

– E qual é seu sustento? Não são seus filhos, ali, que os acompanham?

– Não, Senhor, são nossos netos. Temos dó deles, e dividimos cada porção, cada sobra de comida com eles, ó Senhor – responderam a avó e o avô.

O Senhor continuava morrendo de dor de dente. Com muito esforço, conseguiu falar:

– Pois eu imploro, tenham pena de mim! Que remédios vocês sabem fazer? Com que remédios podem curar?[4] – perguntou-lhes o Senhor.

–Ó Senhor!, nós só sabemos tirar verme dos dentes, tratar dos olhos, pôr ossos no lugar.

– Que bom. Então curem meus dentes, eles não param de doer, é insuportável, essa dor nos dentes e nos olhos não me deixa dormir. Aqueles dois demônios atiraram em mim com a zarabatana, e desde então não consigo comer. Tenham pena de mim!, meus dentes estão moles.

– Está bem, Senhor. É um verme que causa a dor. Seria bom arrancar esses dentes e pôr outros no lugar.

– Não acho bom arrancar os meus dentes, pois só assim sou um Senhor. Todo o meu resplendor está nos dentes, e nos olhos.

– Vamos trocá-los por outros, feitos de osso moído.

Esse osso moído, no entanto, não passava de grãos de milho branco.

– Está bem, então podem arrancá-los, me ajudem – replicou.

Daí seus dentes foram arrancados, e no lugar entraram apenas grãos de milho branco, só a brancura do milho sua boca exibia. Seu semblante então se apagou, e ele deixou de parecer um Senhor. Foram arrancados seus últimos dentes, as joias verde-azuis que antes brilhavam em sua boca. Então os olhos de Vucub-Caquix foram tratados, seus olhos esfoliados, o resto do metal precioso lhe foi arrancado.[5]

Ele não sentiu dor. Ficou ali, com o olhar perdido, enquanto acabavam de despojá-lo de sua glória. Bem como haviam planejado Hunahpú e Ixbalanqué.

Assim Vucub-Caquix morreu, e então Hunahpú pegou seu braço de volta. Morreu também Chimalmat, a mulher de Vucub-Caquix.

Assim se perderam as riquezas de Vucub-Caquix. Os curandeiros tiraram as joias e as pedras preciosas que tanto o envaideciam aqui, sobre o leito da terra.

Os encantamentos da avó, os encantamentos do avô foram eficazes. Eles recuperaram o braço, implantaram-no em sua concavidade e ele ficou bom de novo.

Desejaram a morte de Vucub-Caquix, o Sete Arara, e o mataram, por julgarem ruim sua autoglorificação.

Então os dois jovens seguiram seu caminho. E tudo isso que fizeram foi apenas realizar a palavra do Coração do Céu.

7

Gêmeos enfrentam Vucub-Caquix (desenho da imagem presente no Prato Blom).

E aqui temos as façanhas de Zipacná, o primeiro filho de Vucub-Caquix.

– Eu sou o criador das montanhas – dizia Zipacná.

Zipacná estava se banhando na beira de um rio quando passaram quatrocentos jovens[1] arrastando uma árvore, para escora de sua morada. Quatrocentos jovens iam pela margem arrastando uma grande árvore, cortada para viga mestra de sua morada.

Zipacná então foi até os quatrocentos jovens:

– O que estão fazendo, jovens?

– É só esta árvore – responderam –, não conseguimos levantar o tronco para carregá-la no ombro.

– Posso levá-la. Para onde vai? Que uso querem dar a ela?

– É para a viga mestra de nossa casa.

– Está bem – respondeu. Então ergueu o tronco, jogou-o no ombro e o carregou até a boca da casa dos quatrocentos jovens.

– Por que não fica com a gente, jovem? Você tem mãe e pai?

– Não tenho ninguém – respondeu.

– Então pedimos sua ajuda para erguer outro tronco amanhã, para escora de nossa casa.

– Está bem – respondeu.

Daí os quatrocentos jovens confabularam e disseram:

– E agora, o que vamos fazer com ele? Temos de matá-lo, pois não é bom o que ele faz. Ele sozinho levantou a árvore. Vamos fazer um buraco grande aqui, e depois largá-lo no buraco. “Vá lá cavar a terra no fundo do buraco”, diremos a ele, e quando ele estiver agachado nós jogamos o tronco grande em cima dele, e ele vai morrer dentro do buraco.

Foi isso que disseram os quatrocentos jovens. E depois de escavar um buraco bem grande, muito fundo, chamaram Zipacná.

– Contamos com você para ir lá escavar mais, pois nós não conseguimos – disseram.

– Está bem – respondeu ele, e desceu no buraco.

– Avise quando já tiver escavado bastante, tem de ficar bem fundo – disseram.

– Está bem – respondeu. E começou a cavar. Só que o buraco que ele cavou foi para se salvar. Ele percebeu que iriam matá-lo, então cavou outro buraco do lado, cavou um segundo buraco, e se salvou.

– Já escavou bem fundo? – os quatrocentos jovens gritaram lá para baixo.

– Estou cavando bem rápido; chamo vocês quando estiver pronto – disse Zipacná lá do buraco. Mas ele não estava cavando o fundo do buraco para que fosse sua cova, estava escavando o buraco que seria seu refúgio.

Assim, Zipacná, ao chamá-los, já estava bem a salvo dentro de seu buraco.

– Venham cá, venham retirar a terra que sobrou do buraco que escavei. Ficou bem fundo. Cavei muito fundo mesmo – disse. – Será que não estão me ouvindo? Aqui embaixo suas vozes ecoam, posso ouvi-los como se vocês estivessem num patamar, ou dois, acima[2] – dizia, lá do buraco, Zipacná. Ele já estava escondido em seu refúgio quando, lá do fundo, os chamou.

Então os jovens arrastaram o grande tronco, e o jogaram dentro do buraco.

– Que ninguém fale. Assim que ouvirmos seu grito vamos saber que está morrendo – disseram entre si. Cochichavam, apenas. Cada um escondeu o próprio rosto após jogar o tronco no buraco. E daí ele falou, foi só um gemido, gritou só uma vez quando o tronco caiu lá no buraco.

– Ahá, deu certo! Muito bem! Conseguimos, ele está morto –

disseram os jovens. – Pois o que aconteceria se ele continuasse a fazer aquilo, aquele trabalho? Ele se tornaria o primeiro entre nós, tomaria nosso lugar, de nós, os quatrocentos jovens – disseram.

Sua alegria voltou:

– Durante três dias vamos só fazer nosso pulque.[3] Passados os três dias, então beberemos ao êxito de nossa casa, nós, os quatrocentos jovens – disseram. – E amanhã iremos ver, e depois de amanhã iremos ver se já não há formigas saindo da terra, quando ele começar a feder, a apodrecer. Assim nosso coração já vai estar contente quando formos tomar nosso pulque – disseram.

Mas Zipacná estava ouvindo, lá do buraco, essa conversa dos jovens. E no segundo dia as formigas se reuniram, iam e vinham aos montes, pululavam debaixo do tronco. Por toda parte, carregavam na boca fios de cabelo, restos de unha de Zipacná.

Quando os jovens viram isso, disseram:

– Está acabado, aquele demônio! Olhem lá, as formigas já se ajuntaram, chegaram aos montes. Carregam por toda parte o cabelo dele na boca. E também suas unhas. Acabamos com ele! – diziam entre si.

Zipacná, todavia, estava vivo. Tinha apenas cortado o cabelo e roído as unhas para dá-los às formigas.

Mas os quatrocentos jovens o julgaram morto. E no terceiro dia seu pulque ficou pronto, e todos os jovens se embriagaram. Os quatrocentos jovens, todos bêbados, já não sentiam nada quando Zipacná fez a casa desmoronar sobre suas cabeças. Todos morreram, esmagados. Dos quatrocentos jovens, nem um, nem dois escaparam. Foram todos mortos por Zipacná, o filho de Vucub-Caquix.

Foi assim a morte dos quatrocentos jovens. Conta-se que se transformaram nos trocentos astros de nome Sete-Estrelo,[4] mas talvez isso seja apenas uma brincadeira com as palavras.[5]

Agora vamos contar como foi a derrota de Zipacná pelos dois jovens, Hunahpú e Ixbalanqué.

8

Zipacná (filho de Vucub-Caquix)

E assim foi a derrota, assim foi a morte de Zipacná quando foi vencido pelos dois jovens, Hunahpú e Ixbalanqué.

O coração desses dois jovens estava pesado porque os quatrocentos jovens tinham sido mortos por Zipacná. Só peixes, só caranguejos, Zipacná ia procurar em beiras de rio; todo dia ele só comia isso. De dia, ele perambulava atrás de sua comida; de noite, carregava montanhas nas costas.

Então Hunahpú e Ixbalanqué resolveram criar o arremedo de um grande caranguejo. Usaram brácteas vermelhas de bromélia,[1] dessas bromeliáceas que se colhem nas matas, para as patas do caranguejo, e para as pinças suas folhas pequenas já abertas, chamadas *pahac*.[2] Uma pedra escavada em formato de concha foi a carapaça do caranguejo. Depois pousaram essa concha no fundo de uma grota, no sopé de uma grande montanha. Meauán,[3] eis o nome da montanha onde se deu sua derrota.[4]

Daí os jovens foram ao encontro de Zipacná na beira do rio.

– Aonde você está indo, jovem? – perguntaram a Zipacná.

– Não estou indo a lugar nenhum, só estou procurando meu alimento, jovens – respondeu Zipacná.

– E qual é seu alimento?

– Peixe e caranguejo, mas aqui não tem, não encontrei nada; estou sem comer desde anteontem, não aguento mais de fome[5] – disse Zipacná a Hunahpú e Ixbalanqué.

– Lá no fundo do desfiladeiro tem um caranguejo muito grande mesmo. Não tem vontade de comê-lo? Ele acabou de nos morder quando tentamos pegá-lo, tomamos um susto. Mas se ele ainda não foi embora, vá pegá-lo você[6] – disseram Hunahpú e Ixbalanqué.

– Tenham pena de mim, jovens, me levem até lá – disse Zipacná.

– Nós não queremos ir. Mas vá você, não tem como se perder. É só seguir pela beira do rio e vai chegar ao pé de uma grande montanha. Ele está lá aconchegado[7] no fundo da grota. Você só precisa chegar lá – disseram Hunahpú e Ixbalanqué.

– Me ajudem, tenham pena de mim. E se eu não encontrá-lo, jovens? Primeiro me mostrem onde ele está. E eu mostrarei um lugar cheio de pássaros que vocês podem caçar com a zarabatana, sei onde eles estão – implorou Zipacná. Sua humildade convenceu os jovens.

– Talvez você não consiga pegar o caranguejo. Daí vai acabar voltando, como nós voltamos. Pois não só não conseguimos comê-lo, como ele nos mordeu. Fomos de bruços e isso o espantou. Mas depois nos arrastamos de costas e quase o pegamos. Então é melhor você entrar de costas – disseram.

– Está bem – disse Zipacná.

E então Zipacná saiu na companhia deles. Desceram a ribanceira e lá embaixo, meio de lado, estava o caranguejo. Sua concha brilhava, vermelha, no fundo do grotão. Lá estava o engodo[8] dos jovens.

– Que bom! – alegrou-se Zipacná. Queria abocanhá-lo de uma vez.

Ele estava faminto, queria comer. Tentou entrar de bruços, tentou entrar, mas então o caranguejo começou a subir, e ele saiu.

– Não conseguiu pegá-lo? – perguntaram os jovens.

– Não – respondeu –, porque ele começou a subir. Não o peguei por pouco. Agora acho melhor eu ir de costas – disse. Então entrou de novo, se arrastando. Entrou até que somente as extremidades de suas pernas[9] ficaram visíveis. E então foi completamente engolido. A grande montanha desabou sobre seu peito. Sem conseguir voltar, Zipacná se transformou em pedra.

E foi assim que Zipacná foi derrotado pelos dois jovens, Hunahpú e Ixbalanqué. O criador de montanhas (como contam as antigas histórias), o filho primogênito de Vucub-Caquix, sob a montanha chamada Meauán foi derrotado. Foi um prodígio que o segundo dos que glorificavam a si mesmos também tenha sido vencido. Agora vamos contar a história do outro.

9

Huracán, o Coração do Céu.

O terceiro dos que glorificavam a si mesmos era o segundo filho de Vucub-Caquix, chamado Cabracán (o Terremoto).

– Eu derrubo as montanhas! – dizia ele.

Mas Hunahpú e Ixbalanqué é que derrubariam Cabracán. Ao falar com Hunahpú e Ixbalanqué, disseram Huracán, Raio Pequenino, Raio Repentino:

– O segundo filho de Vucub-Caquix é outro, é mais um que deve ser derrotado. Essa é minha palavra. Pois não é boa sua ação aqui na terra. Quer superar o sol em grandeza e importância, e não é assim que deve ser. Convençam-no a ir até onde o sol nasce – disse Huracán para os dois jovens.

– Está bem, Senhor. Será feito. O que vimos não é bom. Não é onde estás tu, excelso[1] Coração do Céu? – disseram os jovens ao acatar a palavra de Huracán.

Nesse meio-tempo, Cabracán sacudia as montanhas. Batia os pés de leve sobre a terra, e só com isso punha abaixo grandes montanhas, pequenas montanhas. Aí os jovens encontraram Cabracán:

– Aonde está indo, jovem? – perguntaram.

– A lugar nenhum. Só estou derrubando montanhas; sou seu destruidor, enquanto houver sol, enquanto houver luz[2] – respondeu.

Então Cabracán perguntou a Hunahpú e Ixbalanqué:

– De onde estão vindo? Não conheço seus rostos. Como se chamam? – disse Cabracán.

– Não temos nome. Somos só caçadores com zarabatanas, só espalhamos visgo nas montanhas para apanhar pássaros. Somos pobres órfãos, só isso, não temos nada nosso, jovem. Só andamos por aí, entre montanhas pequenas e montanhas grandes, jovem. E então vimos uma grande montanha, ela sobe como um sol,[3] está ficando realmente muito alta, sobressai, ultrapassa a altura de todas as montanhas. E lá não havia, jovem, nem um, nem dois pássaros para capturarmos. Mas é mesmo verdade que você pode derrubar todas as montanhas, jovem? – Hunahpú e Ixbalanqué disseram a Cabracán.

– Vocês viram mesmo essa montanha? Onde ela está? Quando eu a vir, vou derrubá-la. Onde vocês a viram?

– Fica para aquele lado, lá onde o sol nasce – disseram Hunahpú e Ixbalanqué.

– Está bem. Vão na frente, me mostrem o caminho – disse para os dois jovens.

– Assim não – responderam. – Vá você no meio. Fique aqui entre nós, com um à sua esquerda, o outro à direita, pois estamos com as zarabatanas, e se encontrarmos pássaros queremos atirar. – Então saíram, alegres, testando suas zarabatanas. Mas não havia pelotas de argila no tubo das zarabatanas; os pássaros eram alvejados apenas com um sopro, o que deixou Cabracán muito admirado.

Depois os jovens fizeram fogo com um graveto e puseram seus pássaros para assar sobre o fogo. O dorso de um dos pássaros foi untado com greda branca,[4] cobriram-no de uma terra esbranquiçada.

– É este que vamos dar a ele quando ficar voraz, assim que respirar o aroma de sua gordura. Este nosso pássaro há de vencê-lo – disseram.

Por isso o untaram de terra, para que em sua derrota Cabracán caísse na terra e na terra fosse enterrado.

– Se é grande sábio o Criador, o Formador, que se faça a semeadura, o amanhecer – disseram os dois jovens.[5]

– Com toda vontade agora Cabracán desejará comê-lo – diziam

entre si Hunahpú e Ixbalanqué. E assaram os pássaros até dourá-los. A gordura de suas peles pingava, soltando um aroma delicioso. E Cabracán ansiou por comê-lo; estava com água na boca, salivava, engolia a saliva e ela escorria, estava babando com o aroma dos pássaros.

Então ele pediu:

– O que estão comendo? Que cheiro bom! Me deem um pedacinho – falou.

Daí eles deram um pássaro para Cabracán, e essa foi sua ruína. Quando ele terminou de comer o pássaro, retomaram a caminhada para o leste, onde ficava a grande montanha. Mas a essa altura Cabracán já estava com as pernas e os braços enfraquecidos. Já não tinha forças, em virtude da terra com que haviam untado o pássaro que ele comeu. Então ele não conseguiu fazer nada, não conseguiu derrubar a montanha.

Daí os jovens o amarraram. Suas mãos foram amarradas às costas, suas mãos foram presas, e depois os jovens o ataram pelos tornozelos. Por fim o derrubaram no chão e o enterraram.

Foi assim que Cabracán foi derrotado, novamente por obra de Hunahpú e de Ixbalanqué. São incontáveis os seus feitos aqui no leito da terra.

E agora, depois que contamos a destruição de Vucub-Caquix e de Zipacná e de Cabracán aqui no leito da terra, vamos contar o nascimento de Hunahpú e de Ixbalanqué.

SEGUNDA PARTE

Um senhor de Xibalbá

1

Agora diremos o nome do pai de Hunahpú e Ixbalanqué. Vamos comemorá-los, e vamos também memorar o relato, a narração do nascimento de Hunahpú e Ixbalanqué.[1] Mas vamos contar apenas a metade, apenas uma parte da história de seu pai.

Eis a história. Aqui seus nomes: *Hun-Hunahpú* e *Vucub--Hunahpú*,[2] assim chamados. E estes são seus pais: Ixpiyacoc e Ixmucané. No escuro, na aurora,[3] Hunahpú e Vucub-Hunahpú nasceram, filhos de Ixpiyacoc e Ixmucané.[4]

Hun-Hunahpú, por sua vez, gerou duas crianças, teve dois filhos, o primeiro chamado *Hunbatz* (Um Bugio), o segundo, *Hunchouén*[5] (Um Macaco).

A mãe deles se chamava *Ixbaquiyalo*[6] (A-dos-Ossos-Atados); era mulher de Hun-Hunahpú. Já Vucub-Hunahpú não tinha mulher, era só um parceiro, era só o segundo, era como um menino.

Eles eram sábios, adivinhos de grande conhecimento aqui na face da terra. Tinham boa índole, eram bons de nascença. Mostraram suas artes a Hunbatz e a Hunchouén, os filhos de Hun-Hunahpú, e Hunbatz e Hunchouén[7] aprenderam a tocar flauta, a cantar, a escrever / pintar,[8] a esculpir, a trabalhar com o jade e também com a prata.

Já Hun-Hunahpú e Vucub-Hunahpú só se ocupavam, todos os dias, de lançar dados e jogar bola. Reuniam-se no campo de jogo de bola e se enfrentavam em duplas, os quatro juntos.

Lá eram observados por *Voc*[9] (o Gavião-Couã), mensageiro de Huracán, Raio Pequenino, Raio Repentino. Para esse Voc o leito da terra não era distante, nem Xibalbá[10] era distante, e num instante ele podia voltar para o céu, onde estava Huracán.

Os quatro jogadores permaneceram aqui na terra depois que a mãe de Hunbatz e Hunchouén morreu.

E como jogavam bola no caminho de Xibalbá, foram ouvidos por Hun-Camé (Um Morte) e Vucub-Camé (Sete Morte),[11] os Senhores de Xibalbá.

– O que está acontecendo lá no leito da terra? Só se ouvem os golpes de seus pés, só seus gritos. Vão lá chamá-los! Que venham jogar bola aqui, e iremos derrotá-los, pois eles não têm por nós nem consideração, nem respeito, nem temor, e ainda se atrevem a se enfrentar sobre nossas cabeças – disseram todos os de Xibalbá, ao se reunirem em conselho os chamados Hun-Camé e Vucub-Camé, grandes juízes, e todos os Senhores cujos encargos e domínios foram ordenados por Hun-Camé e Vucub-Camé.

Havia os Senhores chamados *Xiquiripat* (Escamador de Crostas), e *Cuchumaquic*[12] (Recolhedor de Sangue), cuja função era tirar sangue da pessoa.[13]

E havia *Ahalpuh* (Fazedor de Pus) e *Ahalganá*[14] (Fazedor de Edema), também Senhores. A função deles era entumecer a pessoa, fazer o pus manar de suas pernas,[15] amarelar sua face, o que se chama *chuganal*.[16] Era esse o ofício de Ahalpuh e Ahalganá.

Outros, ainda, eram os Senhores *Chamiabac* (Portador do Bastão de Osso) e *Chamiaholom*[17] (Portador do Bastão de Crânio), aguazis de Xibalbá, cujos bastões eram só de ossos. Sua função era reduzir a pessoa ao esqueleto, até que ficasse só ossos e caveira e morresse, emaciada, com o ventre inchado.[18] Esse era o ofício dos chamados Chamiabac e Chamiaholom.

Outros Senhores se chamavam *Ahalmez* (Demônio da Sordidez) e *Ahaltocob*[19] (Demônio Apunhalador). Seus ofícios eram pegar de surpresa a pessoa e provocar discórdia, atrás ou na frente da casa, e então atingi-la, apunhalá-la até que caísse de boca no chão, morta. Esse era o ofício de Ahalmez e de Ahaltocob, assim chamados.

Em seguida vinham outros Senhores, chamados *Xic* (Gavião) e *Patán* (*Mecapal*),[20] cujo ofício era fazer a pessoa morrer no caminho, morrer de repente, como se diz. O sangue aflorava à boca e a pessoa morria vomitando sangue. Cada qual levava nas costas o próprio fardo: apertar a garganta, oprimir o peito da pessoa para que ela morresse no caminho. E só atacavam se a pessoa estivesse lá fora, andando ou sentada na beira do caminho. Era esse o ofício de Xic e de Patán.

Foram esses que confabularam para perseguir, para atormentar Hun-Hunahpú e Vucub-Hunahpú. O que os de Xibalbá queriam eram os apetrechos de jogo de Hun-Hunahpú e Vucub-Hunahpú, seus couros,[21] seus jugos,[22] seus braceletes protetores,[23] seus penachos[24] e suas máscaras,[25] toda a indumentária de Hun--Hunahpú e de Vucub-Hunahpú.

Agora vamos contar sua ida a Xibalbá. Hunbatz e Chouén,[26] os filhos de Hun-Hunahpú, ficaram para trás. Sua mãe já havia morrido. E depois Hunbatz e Hunchouén seriam derrotados por Hunahpú e Ixbalanqué.

Jogo de bola com Hun-Hunahpú e a jornada para Xibalbá

Coruja com chifres, como mensageira dos senhores de Xibalbá.

2

E então vieram os mensageiros de Hun-Camé e de Vucub-Camé.

– Vão, *Ahpop Achih* (Guerreiros Guardiães da Esteira),[1] vão chamar Hun-Hunahpú e Vucub-Hunahpú. Digam a eles quando lá chegarem: "'Que eles venham', os Senhores mandaram lhes dizer, 'que eles venham jogar bola aqui, conosco, que eles reanimem nossas faces, eles que realmente admiramos. Que eles venham', os Senhores mandaram lhes dizer, 'que eles tragam seus apetrechos de jogo, seus jugos, seus braceletes protetores, e que tragam também sua bola de borracha', os Senhores mandaram lhes dizer". Digam a eles quando lá chegarem: "Que eles venham!" – foi dito aos mensageiros.

Esses mensageiros eram corujas: *Chabi-Tucur* (Coruja Flecha), *Huracán-Tucur* (Coruja de uma Perna), *Caquix-Tucur* (Coruja Arara) e *Holom-Tucur* (Coruja Crânio).[2] Assim se chamavam os mensageiros de Xibalbá.

A Coruja Flecha era penetrante como uma flecha; a Coruja de uma Perna tinha só uma perna, e as asas; a Coruja Arara tinha o dorso vermelho, e as asas; a Coruja Crânio tinha só a cabeça, as pernas não, mas tinha asas.

Eram quatro mensageiros. Guerreiros Guardiães da Esteira era seu cargo. Então eles saíram de Xibalbá e chegaram rápido, pousaram no alto do campo onde Hun-Hunahpú e Vucub-Hunahpú jogavam bola, no lugar chamado Nim-Xob Carchah (A Grande Carchah).[3]

Assim que pousaram no alto do campo, as corujas soltaram suas palavras, recitaram as palavras exatas de Hun-Camé, Vucub-Camé, Ahalpuh, Ahalganá, Chamiabac, Chamiaholom, Xiquiripat, Cuchumaquic, Ahalmez, Ahaltocob, Xic e Patán, como eram chamados os Senhores. Suas palavras foram repetidas pelas corujas.

– Por acaso são essas mesmas as palavras dos Senhores Hun-Camé e Vucub-Camé?

– São as palavras que eles disseram – responderam as corujas.

– Devemos acompanhar vocês. “Que eles tragam seus apetrechos de jogo”, disseram os Senhores.

– Está bem. Mas esperem, primeiro vamos avisar nossa mãe – disseram os jovens.

Então foram para casa e disseram para a mãe (o pai já havia morrido):

– Estamos indo, mãe. Eles acabam de chegar.[4] Os mensageiros dos Senhores acabaram de vir nos buscar. “Que eles venham”, disseram. Foi o que os mensageiros nos falaram.

– Nossa bola, todavia, vai ficar aqui em casa[5] – disseram, e foram amarrá-la no desvão que havia sob o telhado. – Assim que voltarmos, vamos jogar de novo.

Cena de jogo de bola

– E vocês, só fiquem aqui, tocando flauta, cantando, desenhando, modelando, e aqueçam nossa casa, mantenham aquecido o coração de sua avó – disseram a Hunbatz e a Hunchouén ao se despedir.

Ixmucané, a mãe deles, chorava amargamente.

– Temos que ir, mas não vamos morrer. Não se desespere – disseram, ao partir, Hun-Hunahpú e Vucub-Hunahpú.

Então Hun-Hunahpú e Vucub-Hunahpú partiram, guiados pelos mensageiros. Desceram pelo caminho de Xibalbá; era bem íngreme a escarpa, na entrada.

Desceram mais, e então deram num sumidouro de águas turbulentas, entre os barrancos chamados *Nu zivan Cul* (Desfiladeiro Farfalhante) e *Cuzivan*[6] (Desfiladeiro Murmurante), que atravessaram.

Depois atravessaram a Corredeira das Estacas.[7] Eram incontáveis as estacas, mas conseguiram passar sem se ferir.[8]

Então chegaram ao Rio de Sangue; atravessaram-no sem beber de suas águas.

Chegaram a outro rio, um rio de pus;[9] não se deram por vencidos e o atravessaram.

Por fim chegaram a uma encruzilhada, e lá, no cruzamento dos quatro caminhos, foram derrotados.

Um era o caminho vermelho, outro o caminho preto; mais o caminho branco, e o caminho amarelo. Quatro rumos. Então o caminho preto lhes falou:

– Eu sou o que vocês devem tomar. Eu sou o caminho que leva ao Senhor – disse o caminho.

E ali começou sua derrota. Ali tomaram o caminho de Xibalbá. Ao chegarem ao local do conselho dos Senhores de Xibalbá, foram logrados novamente.

Pois o primeiro lá sentado era só um boneco, só um entalhe de madeira vestido pelos de Xibalbá. Então foi quem cumprimentaram primeiro:

– Bom dia, Hun-Camé – disseram para o boneco.– Bom dia, Vucub-Camé – repetiram para o entalhe de madeira.

Mas não houve resposta. Então os Senhores de Xibalbá romperam em estrondosa gargalhada. Todos os Senhores riram sonoramente, pois tinham vencido, em seu íntimo eles sentiam já ter vencido Hun-Hunahpú e Vucub-Hunahpú. E riram muito.

Então Hun-Camé e Vucub-Camé disseram:

– É bom que tenham vindo. Amanhã devem usar as máscaras,[10] os jugos, os braceletes protetores – disseram.

– Venham sentar-se em nosso banco – disseram. Só que o banco que lhes cederam era uma pedra abrasadora. Ao sentar-se no banco se pelaram, se menearam de um lado para outro, sem alívio, e então se levantaram rápido, com os traseiros queimados.

Então os Senhores de Xibalbá caíram na risada novamente, estavam morrendo de rir, se contorciam com a serpente do riso em suas entranhas, em seu sangue, em seus ossos, quase se acabaram de tanto rir, todos os Senhores de Xibalbá.

– Agora vão para aquela casa; alguém levará para vocês uma tocha de *ocote*[11] e seu tabaco,[12] e vocês dormirão lá – disseram.

Então eles foram para a Casa da Escuridão.[13] Só havia escuridão dentro da casa.

Enquanto isso, os Senhores de Xibalbá confabulavam.

– Vamos sacrificá-los amanhã. Que seja rápido, que morram rápido por nossos apetrechos de jogo, do nosso jogo de bola.[14] – disseram entre si os Senhores de Xibalbá.

Ora, a bola deles era uma lasca arredondada de pedra de fogo. *Zaquitoc* (Faca Branca) era o nome dessa tocha de Xibalbá.[15] Era uma bola afiada, estilhaços de ossos cobriam essa bola dos Senhores de Xibalbá.[16]

Quando Hun-Hunahpú e Vucub-Hunahpú entraram na Casa da Escuridão, alguém foi lhes entregar uma tocha de *ocote*. Só uma tocha, já acesa, enviada por Hun-Camé e Vucub-Camé, e também um charuto para cada um, já aceso, enviado pelos Senhores, foram levados para Hun-Hunahpú e Vucub-Hunahpú.

Eles estavam encolhidos na escuridão quando o portador da tocha e dos charutos chegou. A tocha estava ardendo quando ele entrou, com ela foram acesos os charutos.

– Eles devem ser devolvidos assim ao amanhecer, não podem se extinguir. Devem ser devolvidos como estão, mandaram lhes dizer os Senhores – foi-lhes dito. E assim eles foram derrotados, pois a tocha se extinguiu, e se extinguiram os charutos que lhes haviam dado.

Eram muitas as provações de Xibalbá;
Muitos eram os tipos de provação.

A primeira era a Casa da Escuridão
– Quequma-ha, assim chamada.
Dentro dela só havia trevas.

A segunda era a Casa do Frio
– Xuxulim-ha, assim chamada.
Dentro dela só uma geada densa,
o uivo agudo do vento,
o estridor do granizo, o assovio do gelo
penetrando na casa.

A terceira era a Casa dos Jaguares
– Balami-ha, assim chamada.
Dentro dela só havia jaguares
mostrando as garras, se empurrando,
rugindo, arreganhando os dentes.
Os jaguares estavam presos
dentro da casa.

A quarta era a Casa dos Morcegos
– Zotzi-ha, assim chamada.
Dentro dela só havia morcegos
chiando, guinchando, batendo as asas.
Os morcegos estavam presos,
não podiam sair da casa.

A quinta era a Casa das Facas
– Chayim-ha,[17] *assim chamada.*
Dentro dela só havia facas,
o vaivém das fileiras de lâminas
retinindo ao se entrechocar
dentro da casa.

Eram muitas as provações de Xibalbá.[18]

Hun-Hunahpú e Vucub-Hunahpú não entraram em todas. Só declaramos aqui as casas onde havia provações.

Quando Hun-Hunahpú e Vucub-Hunahpú foram à presença de Hun-Camé e Vucub-Camé, estes disseram:

– Onde estão meus charutos, onde está minha tocha, que lhes foram entregues ontem à noite?

–Acabaram, Senhor.

– Pois bem. Seus dias acabaram, também. Serão mortos. Estão perdidos. Vamos quebrá-los,[19] que suas faces fiquem ocultas: serão sacrificados – disseram Hun-Camé e Vucub-Camé.

Então foram sacrificados e enterrados. No *Pucbal-Chah*[20] (Pátio do Sacrifício do Jogo de Bola), assim chamado, eles foram enterrados. Antes de enterrá-los,[21] cortaram a cabeça de Hun-Hunahpú, e o resto de seu corpo foi enterrado com seu irmão mais jovem.

– Agora ponham a cabeça dele entre os galhos daquela árvore plantada lá no caminho – disseram Hun-Camé e Vucub-Camé.

Assim que puseram a cabeça entre os galhos da árvore, ela deu frutos. Antes de receber a cabeça de Hun-Hunahpú entre seus galhos, a árvore nunca dera frutos. E por isso, o que hoje se chama de cabaça é a cabeça de Hun-Hunahpú.

Hun-Camé e Vucub-Camé estavam maravilhados com os frutos da árvore. Os frutos redondos estavam por toda parte. Não estava claro qual deles era a cabeça de Hun-Hunahpú; ela agora tinha a mesma aparência dos frutos da cabaceira. Todos os de Xibalbá puderam ver isso, quando foram lá olhá-la.

A natureza dessa árvore calou fundo em seus corações, isso pelo que aconteceu tão logo puseram entre seus galhos a cabeça de Hun-Hunahpú. E então os Senhores de Xibalbá disseram entre si:

– Que ninguém colha seu fruto.[22] Que ninguém fique sob a árvore – disseram, proibindo a si mesmos, e o veto se estendeu a todos de Xibalbá.

Pois já não dava para distinguir a cabeça de Hun-Hunahpú;[23] agora ela era igual aos frutos da árvore. Cabaceira viria a ser seu nome, e sua história correu de boca em boca – até chegar aos ouvidos de uma virgem, cuja vinda agora vamos contar.

Jogador de bola e a cabeça decapitada de Hun-Hunahpú

3

E aqui temos a história de uma mocinha, a filha de um Senhor chamado Cuchumaquic.

A mocinha, filha de um Senhor, ouvira falar nisso. O nome de seu pai era *Cuchumaquic* (Recolhedor de Sangue), e o da mocinha, *Ixquic* (Jovem Sangue Lua).[1] Ouviu de seu pai a história dos frutos da cabaceira e ficou admirada quando ele a contou.

– Não posso ir lá ver e conhecer essa árvore de que estão falando? Ouvi dizer que seu fruto é muito doce – disse ela.

E então foi sozinha até o pé da árvore plantada em Pucbal-Chah (o Pátio do Sacrifício do Jogo de Bola), era lá que ela estava plantada.

– Ah! Qual será o fruto dessa árvore? Não é admirável de ver como ela está carregada de frutos? Será que não vou morrer, que não vou me perder, se colher um desses frutos? – disse a mocinha.

Então o crânio falou, lá do meio dos galhos da árvore:

– Mas o que você quer, se são apenas ossos essas coisas redondas penduradas nos galhos? – disse a cabeça de Hun-Hunahpú para a mocinha. – Você não as quer – acrescentou.

– Quero sim – disse a mocinha.

– Está bem. Então estenda aqui a sua mão direita para que eu possa vê-la – disse a caveira.

– Está bem – respondeu a jovem, e estendeu a mão direita diante da caveira.

E então a caveira espremeu sua saliva, que caiu bem no meio da mão da mocinha. Ela olhou para a mão, examinou atentamente sua mão, mas a saliva da caveira não estava mais lá.

Com minha saliva, minha seiva,
dei a você minha descendência.
Minha cabeça não vale mais,
é apenas um crânio descarnado.
Como a cabeça de um grande senhor:
é só a carne que lhe dá boa aparência,

pois quando morre, as pessoas têm medo de seus ossos.
Assim um filho, seja o filho de um senhor,
o de um sábio, ou o de um orador,[2]
é como sua saliva, sua seiva.
Sua essência não some quando morre, e sim se completa.
Não se apaga, não se extingue a face do senhor,
do sábio, do orador,
pois vive em suas filhas, em seus filhos.
Assim seja. Assim fiz com você.
Vá para a superfície da terra, e não morrerá.
Siga a palavra, que assim se faça.

Foi essa a fala da cabeça de Hun-Hunahpú e de Vucub-Hunahpú para ela.[3]

Mas não foi só por ideia de ambos que o fizeram; essa fora a palavra de Huracán, Raio Pequenino e Raio Repentino para eles.

Então a moça voltou para casa, depois de receber muitos conselhos. Com a saliva, apenas, os filhos tinham sido imediatamente formados em seu ventre. Assim foram engendrados Hunahpú e Ixbalanqué.

Ela chegou em casa e, passados seis meses, seu pai – Cuchumaquic era seu nome – percebeu seu estado. E assim que ela foi descoberta pelo pai, assim que ele viu que ela estava com filho,[4] os Senhores se reuniram em conselho, Hun-Camé e Vucub-Camé com Cuchumaquic.

– Minha filha está com filho,[5] Senhores; é fruto de sua fornicação[6] – exclamou Cuchumaquic ao se encontrar com os Senhores.

– Pois bem. Faça com que ela abra a boca,[7] e se ela se negar a falar, sacrifique-a; leve-a para longe e a sacrifique.

– Está bem, Senhores – disse ele. E depois foi interrogar a filha:

– De quem é o filho que você tem no ventre, minha filha?[8]

E ela respondeu:

– Não há nenhum filho, senhor meu pai, pois ainda não conheci a face de nenhum homem.[9]

– Pois muito bem. Você é mesmo uma fornicadora. Levem-na

para o sacrifício, Guerreiros Guardiães da Esteira (Ahpop Achih); tragam-me o coração dela dentro de uma cuia, para que os Senhores possam tê-lo sem demora em suas mãos – disse ele para as corujas, para as quatro.

Então elas pegaram a cuia e partiram carregando a moça, e levando também a faca branca, instrumento do sacrifício.[10]

– Vocês não podem me matar, mensageiros, pois não forniquei, o que trago no ventre se gerou sozinho quando fui admirar a cabeça de Hun-Hunahpú, no Pátio do Sacrifício do Jogo de Bola. Não façam isso, não me sacrifiquem, mensageiros! – disse a moça.

Imagem de um dos deuses da morte

Então eles disseram:

– Mas o que vamos pôr no lugar do seu coração? Seu pai nos disse: "Tragam seu coração de volta para os Senhores, eles devem manuseá-lo, eles devem ficar satisfeitos, eles devem reconhecer seu formato. Rápido, tragam-no na cuia,[11] guardem o coração dentro da cuia". Não foi isso que ele nos disse? O que iremos entregar na cuia? O que mais desejamos é que você não morra – disseram os mensageiros.

– Pois bem. Este coração não será deles. E a morada de vocês também não será mais aqui. Não irão mais atrair à força as pessoas para a morte.[12] Só os verdadeiros libertinos estarão em suas mãos. E Hun-Camé e Vucub-Camé receberão, em vez de sangue, apenas coágulos de seiva.[13] Assim seja. Queimem isso diante deles. Não queimem diante deles este coração.[14] Façam isso. Usem o produto desta árvore – disse a mocinha.

Vermelho, o sumo da árvore escorreu, foi juntado dentro da cuia, coagulou, tornou-se redondo o substituto de seu coração. Ao escorrer, a seiva da árvore era vermelha, era como sangue o sumo da árvore que substituiu seu sangue. Então o sangue foi guardado lá dentro, a seiva vermelha da árvore, e sua superfície parecia mesmo sangue, de um vermelho brilhante, já endurecido na cuia. Quando a moça cortou a árvore, conhecida como Árvore do Vermelho-Cochonilha,[15] o que ela chamou de sangue foram os coágulos de sua seiva vermelha.[16]

– Lá vocês serão estimados, na superfície da terra terão o que lhes cabe – disse a moça para as corujas.

– Está bem, jovem. Você irá. Seremos os seus guias lá para cima; mas primeiro temos de entregar o substituto de seu coração para os Senhores – disseram os mensageiros.

E quando eles chegaram diante dos Senhores, estavam todos esperando, ansiosos.

– Não tiveram sucesso? – perguntou Hun-Camé.

– Fomos bem-sucedidos, Senhores. Aqui está o coração, no fundo da cuia.

– Pois bem, então vamos vê-lo – disse Hun-Camé. E quando o pegou nas mãos e o levantou, sua superfície ressumava sangue, sua superfície tinha o brilho vívido do sangue.

– Bem, agora aticem o fogo, ponham-no sobre o fogo – disse Hun-Camé.

Assim que o ressecaram um pouco sobre o fogo, os de Xibalbá começaram a sentir seu aroma. Acabaram todos por se levantar, curvando-se sobre ele. A fumaça do sangue lhes parecia realmente deliciosa.

Enquanto eles estavam lá curvados, as corujas saíram para acompanhar a jovem. Ela foi levada para a superfície da terra através de um buraco, e depois os guias voltaram para baixo.

Assim os Senhores de Xibalbá foram derrotados pela mocinha. Todos foram iludidos.

4

E lá estava a mãe de Hunbatz e Hunchouén[1] quando a mulher chamada Ixquic chegou.

Quando a mulher chamada Ixquic chegou diante da mãe de Hunbatz e Hunchouén,[2] ainda levava os filhos no ventre, faltava pouco para o nascimento de Hunahpú e Ixbalanqué, assim chamados.

Então a mulher veio até a avó, e a mulher disse para a avó:

– Cheguei, mãe estimada. Eu sou sua nora e sou também sua filha, mãe estimada – foi o que ela disse quando chegou diante da avó.

– De onde você vem? Meus filhinhos ainda existem, por acaso? Não morreram em Xibalbá? Está vendo esses dois aqui? São a descendência e a palavra deles, são Hunbatz e Hunchouén, assim chamados. Então se você chegou para ver os meus filhos, pode ir embora! – a avó gritou para a moça.

– Eu disse a verdade,[3] sou sua nora já faz um tempo. O que carrego aqui é de Hun-Hunahpú. Este é seu legado. Eles estão vivos, Hun-Hunahpú e Vucub-Hunahpú. Eles não morreram. Eles encontraram uma forma, ó estimada sogra, de saírem à luz novamente, como a senhora poderá ver quando olhar o rosto do que levo no ventre – disse ela para a avó.

Hunbatz e Hunchouén então se enfureceram; só faziam tocar flauta e cantar, pintar e modelar, todos os dias, e assim aqueciam o coração da avó.

E a avó então disse:

– Não a quero como nora. O que você carrega no ventre é apenas o fruto de sua fornicação. E é uma mentirosa: os meus filhos de quem você fala já morreram.

E a avó acrescentou:

– Mas se é verdade que você é minha nora, como ouvi, vá buscar a comida que eles podem comer. Vá catar milho e traga de volta uma grande rede cheia de espigas, já que você diz ser minha nora, como ouvi – disse a avó para a moça.

– Está bem – disse ela.

E foi para a roça de milho,[4] a roça de Hunbatz e de Hunchouén, pelo caminho por eles limpo. Seguindo por ele, a moça logo chegou à roça. Mas lá só havia um tufo de milho com uma única espiga, nem duas, nem três. E então a moça ficou com o coração na mão.

– Ai, sou uma pecadora, uma devedora! Onde vou conseguir uma rede cheia de comida,[5] como me foi pedido? – disse ela. Então invocou *Chahal*,[6] guardiã das semeaduras.[7]

Vinde, erguei-vos,
subi, levantai-vos,
Ixtoh, Ixcanil,
Ixcacau[8] *e Tziya,*[9]
guardiãs do alimento
de Hunbatz e Hunchouén!

Isso clamou a jovem. E depois pegou a barba do milho, o cabelo que fica na ponta da espiga madura, e a puxou para cima sem colher a espiga, e assim que a ajeitou na rede a rede foi se enchendo de espigas de milho. A grande rede ficou repleta.

Então a mocinha retornou; animais carregaram a rede em seu retorno. Quando chegaram o fardo foi deixado a um lado da casa, como se ela o tivesse carregado. Então a avó apareceu e viu o alimento, a grande rede repleta.

– De onde você trouxe esse alimento? Já vou lá ver se você não acabou com tudo, se não carregou toda a nossa roça de milho para cá – disse a avó.

E então ela foi, tomou o caminho da roça. Mas o único tufo de milho ainda estava lá, e também dava para ver claramente o sinal da rede ao pé dele.[10] Então a velha saiu a toda a pressa, e ao chegar em casa disse para a moça:

– Isso é um sinal de que você é mesmo minha nora. Vou olhar o que você faz; os que serão meus netos já estão mostrando seu prodígio[11] – foi dito para a moça.

Deus do milho emergindo da carapaça de uma tartaruga

5

Agora vamos contar a história do nascimento de Hunahpú e Ixbalanqué. É sobre o seu nascimento que vamos falar aqui.

Quando encontrou o dia de seu nascimento, a jovem chamada Ixquic os deu à luz. A avó não viu eles nascerem. Foi de repente que surgiram os dois meninos, Hunahpú e Ixbalanqué, assim chamados. Lá na montanha foram dados à luz.

Ao serem levados para a casa, não conseguiam dormir.

– Ponham esses dois pra fora! – disse a avó –, suas bocas gritam demais. – E então os puseram sobre um formigueiro, onde dormiram profundamente. Depois os tiraram de lá e os puseram sobre espinheiros.

Ora, o que Hunbatz e Hunchouén queriam é que eles morressem lá no formigueiro, ou que morressem lá nos espinheiros. Na agitação, roxos de inveja,[1] era isso que Hunbatz e Hunchouén queriam.

Então, de início os irmãos menores não foram aceitos em casa. Nem os conheciam direito. Eles cresceram nas montanhas.

Hunbatz e Hunchouén eram grandes músicos e cantores. Tinham crescido em meio a muitos sofrimentos, dores e tormentos. Tinham grande saber. Além de flautistas e cantores, eram também escribas e escultores. Tudo que faziam era bem-feito.

Eles já sabiam como os irmãos caçulas tinham nascido, que eram prodigiosos, que eram os substitutos de seus pais – daqueles que tinham ido para Xibalbá, de seus pais mortos. Hunbatz e Hunchouén eram lúcidos, tinham tudo claro em seu coração. Mas quando os irmãos nasceram, sua lucidez não se manifestou, devido à inveja que sentiam. A raiva em seus corações se virou contra eles mesmos, nada foi feito, ficaram atordoados. E Hunahpú e Ixbalanqué passavam os dias só atirando com a zarabatana e não eram amados pela avó, nem por Hunbatz, nem por Hunchouén. Não lhes davam seu milho; só quando a refeição acabava, quando Hunbatz e Hunchouén já haviam comido, é que eles vinham. Mas não se zangavam, não ficavam com raiva, suportavam tudo aquilo, pois percebiam sua condição, percebiam isso claramente.[2] Todos os dias, quando vinham, eles traziam os pássaros caçados, e Hunbatz e Hunchouén é que os comiam; nada era dado a nenhum dos dois, Hunahpú e Ixbalanqué. E Hunbatz e Hunchouén só o que faziam era tocar flauta e cantar o tempo todo.

Um dia Hunahpú e Ixbalanqué chegaram, mas não traziam nenhum pássaro. Ao entrarem lá, a avó se zangou:

– Por que não trouxeram nenhum pássaro? – isso foi dito a Hunahpú e Ixbalanqué.

– O que acontece, Vovó, é que nossos pássaros ficaram presos no alto de uma árvore, e nós não conseguimos subir para apanhá-los, Vovó. Então queríamos que nossos irmãos mais velhos fossem lá junto, para subir e descer os pássaros – disseram.

– Está bem, iremos com vocês ao amanhecer – responderam os irmãos mais velhos.

E então eles foram derrotados, pois os dois já haviam trocado ideias sobre uma forma de vencer Hunbatz e Hunchouén.[3]

– Vamos simplesmente transformar a natureza deles segundo nossas palavras. Que assim seja,[4] pelo grande sofrimento que nos causaram. Eles queriam nos ver mortos, perdidos, nós, seus irmãozinhos. No fundo,[5] eles só nos viam como servos.[6] Por isso serão vencidos, faremos disso um exemplo – diziam isso um para o outro.

Então foram até o pé da árvore *Canté*,[7] a árvore amarela, junto com seus irmãos mais velhos, e começaram a atirar com a zarabatana. Eram incontáveis os pássaros que cantavam na árvore, alvoroçados, e seus irmãos mais velhos ficaram maravilhados ao ver tantos pássaros. Mas nenhum desses pássaros caiu ao pé da árvore.

– Nossos pássaros não estão caindo no chão. Vão lá descê-los – disseram para os irmãos mais velhos.

– Está bem – responderam.

E daí eles treparam na árvore, e a árvore começou a crescer, e seu tronco a engrossar. Quando Hunbatz e Hunchouén tentaram descer, não conseguiram mais descer da copa da árvore. Então disseram, lá do alto da árvore:

– Vocês aí, irmãos mais novos, tenham pena de nós, digam como nos segurar! Ficamos assustados, irmãos, só de ver essa árvore! – disseram eles lá da copa da árvore.

Então Hunahpú e Ixbalanqué disseram:

– Soltem as tangas,[8] amarrem-nas sob a barriga e puxem uma ponta comprida lá para trás, como um rabo; assim vocês poderão andar melhor – foi o que lhes disseram seus irmãos mais novos.

– Está bem – disseram. E assim que puxaram a ponta de suas tangas para trás, elas viraram rabos, e eles ficaram iguais a um macaco. Então saíram sobre os galhos das árvores, por entre as montanhas pequenas, por entre as montanhas grandes, e entraram na floresta, fazendo macaquices e se balançando nos galhos.

Assim Hunbatz e Hunchouén foram vencidos por Hunahpú e Ixbalanqué. Só seu espírito prodigioso tornou isso possível.

E quando voltaram para casa, disseram, ao chegar junto da avó, da mãe:

– Vovó, aconteceu alguma coisa com nossos irmãos mais velhos. Suas caras mudaram, agora parecem animais – disseram.

– Se vocês fizeram alguma coisa com seus irmãos mais velhos, vão acabar comigo, vou ficar muito triste. Tomara que não tenham feito nada a seus irmãos, meus filhos! – disse a avó a Hunahpú e Ixbalanqué.

E eles disseram para a avó:

– Não fique triste, Vovó. Você vai ver a cara de nossos irmãos novamente, eles vão voltar. Mas será uma prova para você, Vovó, pois não poderá rir enquanto estivermos testando a sorte deles – disseram.

E então começaram a tocar flauta. Tocaram na flauta *Hunahpú-Macaco*.[9] E cantaram, e tocaram flauta, e tocaram tambor, isso depois de pegar as flautas e os tambores deles. Então a Avó sentou-se ao lado deles, que continuaram tocando flauta, e sua música os invocava pelo nome, aquela música cujo nome é Hunahpú-Macaco.

E por fim Hunbatz e Hunchouén voltaram, dançavam ao chegar. E quando a Avó olhou para eles, viu suas caras feiosas e começou a rir, não conseguia parar de rir, daí eles foram embora de repente e ela os perdeu de vista. Saltaram dali para a floresta.

– O que está fazendo, Vó? Só podemos tentar a sorte quatro vezes, e agora só restam três. Vamos chamá-los outra vez com a flauta e o canto, mas segure o riso. Vamos tentar de novo – disseram Hunahpú e Ixbalanqué.

Começaram a tocar novamente e Hunbatz e Hunchouén voltaram. Dançando, eles chegaram no meio do pátio da casa.[10] Mas suas macaquices deixaram a avó com mais vontade de rir ainda, e então ela caiu na risada novamente, pois eram hilárias suas caras de macaco, aqueles penduricalhos sob as panças, os rabos meneando na altura do peito.[11] Então quando eles chegaram a avó riu muito, e lá foram eles de novo para as montanhas.

Daí Hunahpú e Ixbalanqué disseram:

– E agora, Vovó, o que faremos? Vamos tentar pela terceira vez.

Tocaram a flauta e outra vez os macacos voltaram, e dançaram, mas dessa vez a avó conteve o riso. Então eles se encarapitaram no alto da casa, com suas bocas de bordas vermelhas, as caras bobas, as bocas franzidas, limpando os pelos dos focinhos, se coçando.

Quando a avó viu isso, caiu na gargalhada, e eles não foram mais vistos, por causa da risada da avó.

– Só mais uma vez, Vovó, nós devemos invocá-los. Pois já é a quarta vez.

Daí tocaram a flauta novamente, mas eles não apareceram. Nessa quarta vez, retornaram de vez para a floresta.

Então os jovens disseram para a avó:

– Nós tentamos, Vó. Primeiro eles vieram, e depois tentamos chamá-los novamente. Mas não fique triste, nós estamos aqui, os seus netos. Apenas estime nossa mãe, querida Avó. Nossos irmãos mais velhos serão lembrados. Assim será. Eles fizeram nome, e por seus nomes serão lembrados, como Hunbatz e Hunchouén, assim chamados – disseram Hunahpú e Ixbalanqué.

Eles foram invocados por músicos e cantores, pelas pessoas de antigamente, e pintores e entalhadores[12] os invocavam também. Mas nos tempos antigos eles foram transformados em animais, viraram macacos porque só se vangloriavam, e maltratavam seus irmãos menores.

No fundo, só queriam subjugá-los, e com a mesma força foram derrubados. Perdidos, Hunbatz e Hunchouén viraram animais. Ali encontraram seu lugar para sempre. Eram flautistas e cantores, e fizeram grandes coisas enquanto viveram com sua avó, sua mãe.

Dois macacos escribas trabalhando

6

Então eles começaram seus trabalhos, a fim de revelar-se diante da avó e da mãe. Primeiro fizeram uma roça de milho.

– Vamos plantar milho, ó nossa Avó, nossa Mãe – disseram. – Não se aflija; nós estamos aqui, seus netos, estamos no lugar de nossos irmãos mais velhos – disseram Hunahpú e Ixbalanqué.

Então pegaram os machados e as enxadas e saíram, cada um levando sua zarabatana no ombro. Ao sair de casa, pediram à avó que levasse comida para eles:

– Leve comida para nós ao meio-dia, Vó – disseram.

– Está bem, meus netos – respondeu a avó.

Pouco depois chegaram à roça. Era só afundar a enxada na terra que ela arava a terra, a enxada laborava sozinha.

E era só cravar o machado no tronco das árvores que elas caíam sozinhas, vinham ao chão todas as árvores e arbustos. Um só machado empilhava os galhos já sem folhas.[1]

E a enxada também abriu grandes clareiras. Não dava para contar quanta erva daninha e quanto espinheiro foi cortado com uma só enxada. Nem dava para contar o tanto que foi arrancado, quantas montanhas pequenas e montanhas grandes foram roçadas.

E então deram instruções ao bicho chamado *Ixmucur*[2] (a Rolinha-Roxa).[3] Depois de o pousarem no toco alto de um tronco, Hunahpú e Ixbalanqué lhe disseram:

– Fique de olho na nossa Avó, que vem nos trazer comida, e

Cerimônia para a comemoração de um novo período na contagem do tempo dos antigos maias

assim que a avistar já comece a cantar, e então iremos correndo pegar na enxada e no machado.

– Está bem – respondeu Ixmucur.

E assim ficaram lá, só soprando sua zarabatana; roça certamente eles não estavam fazendo. E quando a Rolinha-Roxa cantou eles voltaram correndo, e um deles pegou a enxada, o outro o machado. Espalharam restolho nos cabelos. Um deles esfregou terra nas mãos[4] e sujou a própria cara, e parecia mesmo um lavrador. O outro despejou na cabeça lasquinhas de madeira, e parecia mesmo um lenhador.

E assim foram vistos pela avó. E então eles comeram sem ter, de fato, trabalhado na roça. Ela levou-lhes a comida por nada. E depois foram para casa:

– Estamos realmente cansados, Vovó – disseram ao chegar, massageando e esticando as pernas e os braços diante da avó.

No dia seguinte eles voltaram, e ao chegar à roça viram que todas as árvores e arbustos estavam novamente em pé, que todas as ervas daninhas e os espinheiros tinham tornado a se emaranhar.

– Quem está zombando de nós? – disseram. Na certa foram todos os animais pequenos e os animais grandes, o leão-baio, o jaguar, o veado, o coelho, a raposa-cinzenta,[5] o coiote, o caititu, o quati, os pássaros pequenos, os pássaros grandes; foram todos eles que fizeram isso, e o fizeram em uma única noite.

Então começaram a preparar a roça novamente. Como antes, a terra se arou por si só, as árvores tombaram sozinhas. E eles ficaram conversando em meio às árvores caídas e ao solo arado.

– Agora só temos de vigiar nossa roça de milho; o que quer que esteja acontecendo, iremos descobrir – disseram, depois de conversar. E em seguida voltaram para casa.

– Quem pode estar nos enganando, Vovó? Quando chegamos lá, agora há pouco, nossa roça de milho tinha virado de novo um mataréu, uma grande floresta, Vovó – disseram para a avó e também para a mãe. – Mas vamos voltar lá para vigiar, pois não é bom o que estão fazendo conosco – disseram.

Então se aprontaram e foram até o local das árvores cortadas,[6] onde ficaram à espreita. Estavam lá bem escondidos quando viram os animais todos se reunindo. Um de cada espécie, todos os animais misturados, os animais pequenos e os animais grandes chegaram no zênite do coração da noite,[7] todos falando, e estas foram suas palavras:

– "Levantem-se, árvores! Levantem-se, arbustos!" – disseram ao chegar. Agruparam-se sob as árvores, sob os arbustos, e foram se aproximando até aparecer diante dos dois jovens.

Os primeiros foram o leão-baio e o jaguar, e bem que os dois tentaram apanhá-los, mas eles não deixaram. Depois se aproximaram o veado e o coelho, mas só conseguiram agarrá-los pelo rabo[8] e arrancá-los. O rabo do veado ficou nas mãos deles. E é por isso que os rabos do veado e do coelho são curtos.

E a raposa-cinzenta, o coiote, o caititu e o quati também não se deixaram capturar. Todos os bichos passaram diante de Hunahpú e Ixbalanqué, cujos corações ferviam de raiva, porque não conseguiam apanhá-los.

E então chegou o último, saltitando, mas eles lhe cortaram o passo e o agarraram pelo pescoço. Capturaram o rato com uma rede. E depois que o pegaram, apertaram seu cangote, tentaram sufocá-lo, queimaram o rabo dele no fogo. É por isso que o rabo do rato não tem pelos. E seus olhos ficaram desse jeito desde que Hunahpú e Ixbalanqué tentaram estrangulá-lo.

– Não vou morrer nas mãos de vocês. E fazer roça de milho não é o seu ofício, mas tem outro que é – disse o rato.

– E qual é nosso ofício? Pois fale! – disseram os jovens para o rato.

– Então me soltem. Minhas palavras estão na minha barriga, e logo as direi, mas antes me deem um pouquinho de comida – disse o rato.

– Daremos sua comida, mas primeiro fale – responderam.

– Está bem. Dos pertences de seus pais, os chamados Hunahpú e Vucub-Hunahpú, que morreram em Xibalbá, restaram os apetrechos de jogo,[9] pendurados lá no desvão da casa: os jugos, os braceletes protetores e a bola de borracha. Mas sua avó não quer mostrá-los a vocês, pois foi por causa deles que seus pais morreram.

– É verdade isso que você diz? – disseram os jovens para o rato. Seus corações se alegraram demais ao ouvir as palavras dele sobre a bola de borracha. E como o rato já tinha falado, deram a comida para o rato.

– Esta será sua comida: milho, sementes de abóbora, chili, feijão, macambo, cacau. Tudo isso lhe pertence, e se houver algo guardado,[10] ou alguma sobra, também será seu; pode roer! – disseram Hunahpú e Ixbalanqué ao rato.

– Está bem, jovens – disse o rato. – Mas o que eu vou dizer para sua avó, se ela me pega lá?

– Não fique assim desacorçoado, nós vamos estar lá, saberemos o que dizer à nossa avó. Quando chegarmos vamos logo subi-lo num canto da casa, e com cuidado você deve correr até onde as coisas estão penduradas; vamos ficar de olho nas frestas do telhado, só que olhando para o nosso ensopado... – disseram para o rato.

E depois de trocar ideias e planejar a noite toda, Hunahpú e Ixbalanqué chegaram lá quando o sol estava no zênite. Não dava para ver que estavam levando o rato, quando chegaram. Um deles entrou direto na casa; o outro foi até um canto e pôs o rato lá no alto.

Depois pediram comida para a avó:

– Só moa uma coisinha para nós comermos,[11] queremos ensopado de chili moído,[12] Vovó – disseram. Então ela preparou a comida; um prato de sopa foi posto diante deles.

Mas tudo isso era só para enganar a avó e a mãe. Tomaram toda a água do jarro:

– Nossas bocas estão sedentas; traga água para nós – pediram para a avó.

– Está bem – respondeu ela, e saiu. Então eles começaram a comer, mas na verdade estavam sem fome; só faziam isso para distraí-la. Daí viram o rato refletido no prato de sopa,[13] lá estava o rato atrás da bola pendurada sob o telhado. Quando o viram no ensopado, chamaram *Xan*, o Mosquito, um bicho parecido com o pernilongo. Ele foi até o rio e furou o jarro da avó. A água que ela apanhava começou a vazar do jarro, ela tentou tapar o furo, mas não conseguiu.

– O que nossa Avó está fazendo? Estamos com a boca seca por falta de água,[14] vamos morrer de sede – disseram para a mãe, e a mandaram para fora.[15] Daí o rato desamarrou a bola, que caiu lá do telhado junto com os jugos, os braceletes protetores e os couros. Eles apanharam tudo e foram correndo escondê-los no caminho, o caminho para o campo do jogo de bola.

Depois disso foram procurar a avó na beira do rio, e lá estavam a avó e a mãe tentando tapar o furo do jarro. Cada um portando sua zarabatana, ao chegar ao rio eles disseram:

– O que estão fazendo? Nosso coração se cansou de esperar, e então viemos – disseram.

– Olha só esse furo no meu jarro, não consigo tapá-lo – disse a avó. E na mesma hora eles o taparam e voltaram juntos, caminhando na frente da avó.

E foi assim a descoberta da bola.

7

Estavam muito contentes. Foram até o campo jogar bola, jogaram sozinhos por um bom tempo e depois varreram o campo de bola de seus pais.

E então foram ouvidos pelos Senhores de Xibalbá:

– Quem começou a jogar bola novamente sobre nossas cabeças? Será que não têm vergonha da tropelia que estão fazendo lá em cima? Por acaso Hun-Hunahpú e Vucub-Hunahpú, aqueles que quiseram se vangloriar perante nós, não estão mortos? Vão lá chamá-los! – disseram Hun-Camé, Vucub-Camé e todos os Senhores de Xibalbá.

Disseram a seus mensageiros:

– Quando chegarem lá, digam para eles: "'Que eles venham', disseram os Senhores. 'Jogaremos bola com eles, aqui. Dentro de sete dias haverá um jogo', disseram os Senhores", digam isso para eles quando chegarem lá – disseram, pois, aos mensageiros.

E então eles se foram por uma estrada larga, pelo caminho para a casa dos jovens, um caminho que, na verdade, terminava bem ali na casa, e assim os mensageiros foram diretamente até a avó. Eles estavam jogando bola[1] quando os mensageiros de Xibalbá chegaram.

– "Que eles venham", dizem os Senhores – disseram os mensageiros de Xibalbá. E então os mensageiros de Xibalbá indicaram o dia: – Serão esperados dentro de sete dias – disseram a Ixmucané.

– Está bem, eles serão convocados, mensageiros – respondeu a avó. E os mensageiros então se foram, de regresso.

Então o coração da avó se partiu.

– Como vou falar a meus netos dessa convocação?[2] Afinal, não é de Xibalbá? E não foi de lá, também, que vieram mensageiros, tempos atrás, quando seus pais foram até lá e lá foram mortos? – disse a avó, aos prantos, sozinha em sua casa.

Nesse momento, um piolho pulou em sua saia. Então ela o catou e o pôs na palma da mão; e o piolho se agitou, começou a pular.

– Meu filho, você gostaria que eu o mandasse lá? Quer ir chamar meus netos lá no campo do jogo de bola? – disse ela para o piolho. – "Vieram uns mensageiros falar com sua avó", você dirá a eles. "Vocês têm de ir: 'eles devem vir dentro de sete dias', dizem os mensageiros de Xibalbá. Sua avó mandou dizer" – disse ela para o piolho.

Então ele foi, aos pulos. Sentado à beira do caminho havia um jovem chamado *Tamazul*,[3] o Sapo.

– Aonde você está indo? – disse o sapo para o piolho.

– Tenho uma palavra na barriga para os jovens, vou atrás deles.

– Está bem; mas estou vendo que você não é muito rápido. Quer que eu o engula? Vai ver só como eu corro, chegaremos logo.

– Está bem – respondeu o piolho para o sapo.

Então ele foi engolido pelo sapo. E o sapo foi, pulou bastante, mas também não era rápido. Aí ele encontrou uma grande cobra, chamada *Zaquicaz*.[4]

– Aonde você está indo, jovem Tamazul? – Zaquicaz disse para o sapo.

– Sou um mensageiro. Minha palavra está na minha barriga – disse o sapo para a cobra.

– Estou vendo que você não é muito rápido. Eu posso chegar lá bem depressa – a cobra disse para o sapo. – Vamos! – foi-lhe dito. Então o sapo foi engolido por Zaquicaz. E ainda hoje quando as cobras se alimentam elas engolem sapos.

Então a cobra saiu rapidamente e logo foi avistada por *Vac*,[5] o gavião-couã, uma grande ave. E foi a vez da cobra ser engolida pelo gavião, que pouco depois pousava no campo do jogo de bola. E ainda hoje, quando os gaviões se alimentam, eles devoram cobras nos campos.

Lá estavam Hunahpú e Ixbalanqué, alegres, jogando bola, quando o gavião pousou na borda da amurada do campo de jogo. E o gavião-couã começou a gritar:

– Ói o acauã! Ói o acauã![6] – dizia o gavião ao gritar.

– Mas que gritos são esses? Vamos pegar as zarabatanas! – disseram. Então alvejaram o gavião com a zarabatana. A bolota de barro num baque acertou-lhe o olho,[7] e ele, aos giros, veio ao chão.

Foram correndo apanhá-lo e perguntaram: – De onde você vem? – disseram para o gavião.

– Tenho uma palavra na barriga para vocês. Primeiro cuidem do meu olho e depois eu direi qual é – disse o gavião.

– Está bem – disseram eles.

Daí tiraram um pouco do caucho da superfície da bola e o aplicaram no olho do gavião. *Lotzquic*[8] era o nome disso. Assim que o trataram, a vista do gavião ficou boa.

– Agora fale! – disseram para o gavião.

– Sim – disse ele. E vomitou a cobra.

– Fale! – disseram para a cobra.

– Sim – disse ela. E vomitou o sapo.

– Qual é o seu recado? Diga! – disseram para o sapo.

– Minha palavra está na minha barriga – disse o sapo. E tentou vomitar, mas não vomitava nada; sua boca se enchia de baba, ele tentava, mas não vomitava nada. Daí os jovens quiseram surrá-lo.

– Você é um mentiroso – disseram.

E então chutaram as ancas do sapo, esmagaram o osso de suas ancas com os pés. Ele tentou de novo, mas de sua boca só saía baba. Então eles abriram a boca do sapo, abriram sua boca e procuraram lá dentro, e lá estava o piolho, grudado nos dentes do sapo. Ele tinha ficado na boca, não tinha sido realmente engolido, só pareceu ter sido.[9] E assim o sapo foi enganado. Não se sabe ao certo que tipo de alimento lhe deram, e, como ele não corre, virou comida de cobra.

– Fale! – disseram para o piolho, e então ele deu o recado: – Jovens, a avó de vocês manda dizer: "Vá chamá-los. Vieram convocá-los. Vieram de Xibalbá uns mensageiros de Hun-Camé e Vucub-Camé dizendo que eles devem ir lá: 'Dentro de sete dias eles devem vir aqui, e vamos jogar bola. Devem trazer seus apetrechos, a bola, o jugo, os braceletes protetores e os couros e divertir-se aqui', dizem os Senhores. São essas suas palavras, diz sua avó". Por isso eu vim, porque sua avó realmente disse isso, e ela chora e implora, por isso eu vim.

– Não é verdade! – pensaram os jovens, ao ouvi-lo. Mas na mesma hora eles voltaram, foram até a avó, foram até lá se despedir da avó.

– Nós já vamos, Vovó. Só viemos nos despedir. Aqui está o sinal de nossa palavra,[10] vamos deixá-lo com você: cada um de nós vai plantar um pé de milho, no meio da casa o plantaremos: se eles secarem, é sinal de que morremos. "Estão mortos!", você dirá, se eles vierem a secar. E se lhes vierem brotos: "Estão vivos!", você dirá, ó Avó. E você, Mãe, não chore, aqui está o sinal de nossa existência, ele fica com vocês – disseram.

E antes de ir, Hunahpú plantou um pé de milho e Ixbalanqué plantou outro. Foram plantados em casa, não nas montanhas. Não na terra úmida, mas na terra seca, lá no meio da casa eles foram plantados.

Mulher usando um *metate*

8

E então eles saíram, cada um com sua zarabatana, e foram descendo rumo a Xibalbá. Desceram rapidamente a escarpa, passaram por gargantas de águas turbulentas, passaram entre pássaros – *Molay*, Bandada de Pássaros, é seu nome.[1]

Então passaram por um rio de pus e um rio de sangue, onde, na ideia dos de Xibalbá, eles seriam derrotados. Só que eles não tocaram os rios com os pés, atravessaram-nos sobre suas zarabatanas.

E então chegaram à encruzilhada de quatro caminhos. Eles já sabiam desses caminhos de Xibalbá: o caminho preto, o caminho branco, o caminho vermelho e o caminho verde. Então eles mandaram na frente o bicho chamado *Xan*, o Mosquito.[2] Ele iria ouvir e trazer notícias, por isso o mandaram.

– Pique um por um; primeiro pique o que está sentado primeiro e, depois, acabe de picar todos eles, e então será seu o ofício de sugar o sangue das pessoas nos caminhos – disseram para o mosquito.

– Está bem – respondeu o mosquito. E então pegou o caminho preto e foi dar bem na frente dos bonecos, dos entalhes de madeira. Eram os que estavam sentados primeiro, cobertos de ornatos. Então o primeiro foi picado, mas não disse nada; depois o outro foi picado, o segundo que estava sentado foi picado, e também não disse nada. Depois o terceiro foi picado; o terceiro que estava sentado era Hun-Camé.

– Ai! – disse ele ao ser picado.

– Quê?

– Ai! – disse Hun-Camé (Um Morte).

– Que foi, Hun-Camé?

– Alguma coisa me picou!

– Ai! Que foi? Fui picado – disse o quarto dos Senhores sentados.[3]

– Que foi, Vucub-Camé (Sete Morte)?

– Alguma coisa me picou! – disse o quinto que estava sentado.

– Ai! Ai! – disse ele.

– Que foi, Xiquiripat (Escamador de Crostas)? – perguntou Vucub-Camé.

– Alguma coisa me picou! – disse também.

E foi picado o sexto que estava sentado:

– Ai! – disse ele.

– Que foi, Cuchumaquic (Recolhedor de Sangue)? – disse Xiquiripat.

– Alguma coisa me picou! – disse também.

Então foi picado o sétimo que estava sentado:

– Ai! – disse ele.

– Que foi, Ahalpuh (Fazedor de Pus)? – disse Cuchumaquic.

– Alguma coisa me picou! – disse também.

Então foi picado o oitavo que estava sentado:

– Ai! – disse ele.

– Que foi, Ahalganá (Fazedor de Edema)? – disse Ahalpuh.

– Alguma coisa me picou! – disse também.

Então foi picado o nono que estava sentado:

– Ai! – disse ele.

– Que foi, Chamiabac (Portador do Bastão de Osso)? – disse Ahalganá.

– Alguma coisa me picou! – disse também.

Então foi picado o décimo que estava sentado:

– Ai! – disse ele.

– Que foi, Chamiaholom (Portador do Bastão de Crânio)? – disse Chamiabac.

– Alguma coisa me picou! – disse também.

Então foi picado o décimo primeiro que estava sentado:

– Ai! – disse ele.

– Que foi, [Xic (Gavião)]?[4] – disse Chamiaholom.

– Alguma coisa me picou! – disse também.

Então foi picado o décimo segundo que estava sentado:

– Ai! – disse ele.

– Que foi, Patán (*Mecapal*)? – disse ele.

– Alguma coisa me picou! – disse também.

Então foi picado o décimo terceiro que estava sentado:

– Ai! – disse ele.

– Que foi, Quicxic (Asas Ensanguentadas)? – disse Patán.

– Alguma coisa me picou! – disse também.

E então foi picado o décimo quarto que estava sentado:

– Ai! – disse ele.

– Que foi, Quicrixcac (Garras Ensanguentadas)? – disse Quicré (Dentes Ensanguentados).

– Alguma coisa me picou! – disse também.

E foi assim a menção de seus nomes, eles os disseram todos, um para o outro.[5] Mostraram suas faces,[6] revelaram seus nomes. Cada um dos Senhores teve, assim, seu nome mencionado, o nome de cada um foi dito pelo que estava sentado a seu lado. Nenhum nome se perdeu. Todos disseram os nomes ao serem picados por um pelo que Hunahpú tinha arrancado da própria canela. Pois quem os picou não foi, de fato, o mosquito. O mosquito só foi lá para ouvir os nomes deles todos, a mando de Hunahpú e Ixbalanqué.

Então eles seguiram, até chegar onde estavam os de Xibalbá.

– Saúdem estes Senhores – disse alguém – aqui sentados – disse alguém, para enganá-los.

– Estes aí não são Senhores, eles não passam de bonecos de madeira – disseram ao chegar. E em seguida deram a saudação:
– Salve, Hun-Camé! Salve, Vucub-Camé! Salve, Xiquiripat! Salve, Cuchumaquic! Salve, Ahalpuh! Salve, Ahalganá! Salve, Chamiabac! Salve, Chamiaholom! Salve, Quicxic! Salve, Patán! Salve, Quicré! Salve, Quicrixcac! – disseram ao chegar. Assim a revelação de todas as faces chegou ao fim. Eles disseram cada um de seus nomes; nenhum nome se perdeu.

O que lhes foi pedido, eles deram. O nome de nenhum deles foi deixado para trás.

– Sentem-se ali –disseram-lhes, então. Queriam que eles sentassem num banco, mas eles não quiseram.

– Isso não é assento para nós, isso é só uma pedra ardente – disseram Hunahpú e Ixbalanqué. E não foram vencidos.

– Pois bem. Agora vão até aquela casa – disseram. E eles foram para a Casa da Escuridão. Também lá não foram vencidos.

9

Essa foi a primeira prova de Xibalbá em que eles entraram. Os de Xibalbá pensavam, no fundo, que a derrota deles começaria ali. Então eles primeiro entraram na Casa da Escuridão. Depois um mensageiro de Hun-Camé foi levar-lhes uma tocha, já acesa quando chegou, e também um charuto para cada um.

– Aqui está sua tocha – disse o Senhor. – Que eles devolvam esta tocha ao amanhecer, junto com os charutos, e que os tragam inteiros, disse o Senhor – assim falou o mensageiro ao chegar.

– Está bem – disseram eles. Mas não deixaram a tocha acesa de verdade, apenas puseram em seu lugar as penas vermelhas da cauda de uma arara-macau, e isso pareceu uma tocha acesa para os sentinelas.[1] Quanto aos charutos, eles simplesmente puseram pirilampos[2] na ponta dos charutos, que ficaram acesos a noite inteira.

– Já os vencemos – diziam os sentinelas. Mas a tocha não estava extinta, só parecia estar. E os charutos nem sequer foram acesos, só pareciam ter sido.

Quando essas coisas foram levadas aos Senhores, eles disseram entre si:

– Mas quem são eles? De onde vieram? Quem os gerou? Quem os deu à luz? Nossos corações estão realmente perturbados, pois o que estão fazendo conosco não é bom. A aparência deles é diferente, e também é diferente sua natureza.

Heróis gêmeos sentados em frente ao Deus D

E então convocaram todos os Senhores.

– Vamos jogar bola, rapazes! – disseram aos jovens.

E eles então foram interrogados por Hun-Camé e Vucub-Camé:

– De onde vocês vieram? Falem, jovens – disseram os de Xibalbá.

– Devemos ter vindo de algum lugar. Não sabemos – foi tudo o que disseram. Não falaram mais nada.

– Está bem. Então vamos jogar bola, rapazes – disseram para eles os de Xibalbá.[3]

– Está bem – responderam.

– Vamos usar nossa própria bola[4] – disseram os de Xibalbá.

– Ah, não! Vamos usar a nossa – disseram os jovens.

– Não, a nossa é que será usada – disseram os de Xibalbá.

– Tudo bem – disseram os jovens.

– Afinal, nossa bola é enfeitada[5] – disseram os de Xibalbá.

– Não é, não. É só uma caveira,[6] vamos dizer assim – disseram os jovens.

– Não é, não! – disseramos de Xibalbá.

– Está bem – disse Hunahpú.

Então os de Xibalbá a lançaram direto nele, mas a bola foi detida pelo jugo de Hunahpú. Os de Xibalbá então viram a Faca Branca[7] escapar de dentro da bola. Ressoou ao bater no chão e seguiu golpeando pelo campo de jogo.

– Mas o que é isso? – disseram Hunahpú e Ixbalanqué. – Vocês só querem nossa morte? Por isso mandaram nos chamar? Por isso mandaram seus mensageiros? Por favor, tenham piedade! Iremos embora já – disseram os jovens.

E era bem isso que eles queriam para os jovens. Que morressem ali, de imediato, derrotados por aquela bola afiada.[8] Mas isso não aconteceu. Pois os de Xibalbá é que acabariam derrotados pelos jovens.

– Bem, não vão embora, jovens. Ainda podemos jogar; com a bola de vocês, agora – disseram eles para os jovens.

– Está bem – disseram. Era a vez de sua bola, e a lançaram no campo.[9]

Daí definiram os prêmios.

– Qual será nosso prêmio? – perguntaram os de Xibalbá.

– Vocês escolhem – disseram os jovens.

– Só queremos que tragam, cedo,[10] quatro cuias com flores – disseram os de Xibalbá.

– Está bem. Que tipo de flor? – disseram os jovens para os de Xibalbá.

– Uma cuia com pétalas vermelhas,[11] uma cuia com pétalas brancas, uma cuia com pétalas amarelas e uma cuia com pétalas grandes – disseram os de Xibalbá.

– Está bem – disseram os jovens.

E sua bola entrou em campo. As forças de ambos eram iguais, e os jovens fizeram muitas jogadas. Os corações dos jovens estavam tranquilos quando se deixaram vencer. Os de Xibalbá estavam contentes com a derrota deles:

– Fizemos bem. Nós os vencemos logo no início – disseram os de Xibalbá. – Onde será que vão colher as flores?[12] – disseram em seus corações.– Por certo, vocês devem ir colher[13] antes do alvorecer[14] as flores que ganhamos – disseram os de Xibalbá a Hunahpú e Ixbalanqué.

– Está bem – disseram. – E antes do alvorecer[15] vamos jogar bola novamente – combinaram.

Daí os jovens entraram na Casa das Facas, a segunda provação de Xibalbá. No fundo, o que se queria é que ali eles fossem cortados pelas facas. O que se queria, no fundo, é que ali eles morressem de uma vez.

Mas eles não morreram. Pois foram falar com as facas,[16] persuadindo-as:

– Será sua a carne de todos os animais – foi sua fala para as facas. Daí elas não se moveram mais, as facas todas abaixaram (juntas) as suas pontas.

E assim puderam passar a noite toda na Casa das Facas. Mas chamaram todas as formigas:

– Formigas-cortadeiras,[17] formigas-carregadeiras, venham cá![18] Vão todas buscar todas as flores, o prêmio dos Senhores!

– Está bem – disseram elas.

E todas as formigas foram buscar as flores nos jardins de Hun-Camé e Vucub-Camé, que já haviam avisado os guardiães das flores de Xibalbá:

– Fiquem de olho nas nossas flores! Não deixem que sejam roubadas pelos jovens que derrotamos. Assim, como poderão colher nossos prêmios?[19] Não durmam esta noite!

– Está bem – disseram. Mas os guardiães do jardim não perceberam nada. Ficaram se esgoelando entre os galhos das árvores e as flores, pousando aqui, depois ali, só repetindo o mesmo pio:

Oitibó! Oitibó!
– disse um ao clamar.

Noitibó! Noitibó!
– disse o outro ao clamar.

Noitibó é seu nome.[20]

Esses dois guardiães do jardim,
do jardim de Hun-Camé e Vucub-Camé,[21]
nem notaram as formigas
roubando o que eles deviam vigiar,
as formigas pululando, carregando flores,
cortando flores nas árvores,
juntando-as com as flores
que já estavam sob as árvores.

Esses dois guardiães, naquela cantoria,
também não perceberam
que suas próprias caudas, suas próprias asas,
estavam sendo mordiscadas.

E as flores choviam,
caíam lá, ajuntavam-se aqui,
eram cortadas acolá, e assim
logo se encheram de flores
as quatro cuias, que transbordavam,
ao alvorecer.[22]

E então os mensageiros chegaram com a convocação:

– "Que eles venham", diz o Senhor. "Que tragam os prêmios já" – disseram para os jovens.

– Muito bem – disseram eles. E levando as quatro cuias transbordantes de flores, saíram para se defrontar com o Senhor, os Senhores, que receberam as flores, suas faces já murchas.[23] E foi assim que os de Xibalbá foram vencidos.

Os jovens só mandaram formigas, e numa única noite as formigas pegaram as flores e encheram as cuias.

Ficaram pálidos todos os Senhores de Xibalbá, brancas ficaram suas faces ao ver as flores. E então mandaram chamar os guardiães das flores:

– Por que deixaram que roubassem nossas flores? São as nossas flores que estão aqui, vejam! – disseram para os guardiães.

– Não percebemos nada, Senhor. Mas nossas caudas certamente sofreram... – disseram. E então suas bocas foram escancaradas, foi seu castigo por terem deixado roubar o que estava a seus cuidados.

Assim foi a derrota de Hun-Camé e Vucub-Camé por Hunahpú e Ixbalanqué. E é por isso que, desde que isso aconteceu, o noitibó escancara a boca, até hoje ele abre bem o bico.

Depois foram jogar bola, e suas forças eram iguais. Então o jogo chegou ao final, e combinaram uns com os outros:

– Ao amanhecer, outra vez – disseram os de Xibalbá.

– Está bem – disseram os jovens, no fim.

Jogo de bola entre os heróis gêmeos e membros de Xibalbá

10

Depois disso, eles entraram na Casa do Frio. Um frio desmedido soprava, fazia denso granizo na Casa do Frio. De repente o frio diminuiu. Os jovens desfizeram o frio; o frio se dissipou.[1]

Assim, eles não morreram; estavam bem vivos de manhã. Os de Xibalbá queriam que eles morressem lá, mas isso não aconteceu. De manhã eles estavam bem e saíram novamente quando os emissários foram buscá-los.

– Como é que eles não morreram? – disse o Senhor de Xibalbá. Estavam novamente admirados com os feitos de Hunahpú e Ixbalanqué.

Depois eles entraram na Casa dos Jaguares. Lotada de jaguares estava a Casa dos Jaguares.

– Não nos devorem. O que é de vocês está aqui[2] – disseram para os jaguares. E jogaram alguns ossos para os animais, que se precipitaram sobre os ossos, disputando-os.

– Agora estão perdidos! Já comeram seus corações. Finalmente se entregaram; seus esqueletos já estão sendo triturados – diziam os sentinelas, animados.

Mas eles não morreram. Eles estavam bem quando saíram da Casa dos Jaguares.

– Mas que espécie de gente é essa? De onde eles vieram? – diziam todos os de Xibalbá.

Depois eles entraram no meio do fogo, na Casa do Fogo. Dentro dela só havia fogo. Nem se queimaram. Deviam ter torrado, deviam ter pegado fogo, mas de manhã estavam bem. O que se esperava era que morressem tão logo entrassem lá, e como não foi assim, os de Xibalbá ficaram com o coração apertado.

Então foram mandados para a Casa dos Morcegos. Aquela era a Casa de *Camazotz*,[3] só havia Morcegos da Morte dentro da casa. Grandes animais, seus focinhos afiados[4] eram armas fatais, e quem se aproximasse era morto na hora.[5]

Então eles ficaram na casa, mas dormiram dentro de suas zarabatanas para não serem mordidos pelos que estavam na casa. Um deles, porém, se entregou a um morcego da morte que só veio lá do céu quando ele se manifestou. Fizeram isso porque arduamente buscaram por clareza.[6]

O bulício dos morcegos tinha durado a noite toda: – *Quilitz, quilitz* – diziam, e repetiam, a noite toda. Depois pararam, os morcegos ficaram quietos. Nesse momento, um dos jovens rastejou até a ponta de sua zarabatana, e Ixbalanqué disse:

– Hunahpú, consegue ver quanto falta para clarear o dia?

– Talvez, vou dar uma olhada – respondeu.

Como ele queria muito ver se já estava amanhecendo, pôs a cabeça para fora da zarabatana. E foi aí que Camazotz decapitou Hunahpú, deixando lá dentro o resto de seu corpo.

– E aí, já amanheceu? – perguntou Ixbalanqué. Mas Hunahpú não se movia. – O que houve? Você não saiu, saiu, Hunahpú? O que está fazendo? – Mas ele não se mexia, só se ouviam arquejos.

Então Ixbalanqué sentiu-se ultrajado:

– Ó céus! Agora fomos derrotados...

E então a cabeça foi posta lá no alto do campo do jogo de bola, por ordem de Hun-Camé e Vucub-Camé. Todos os de Xibalbá exultaram ao ver a cabeça de Hunahpú.

Hunahpú, sentado à direita.

11

Depois Ixbalanqué chamou todos os animais, o quati, o caititu, todos os animais pequenos e os animais grandes. Isso foi à noite, e ainda era madrugada quando lhes perguntou qual era sua comida.

– Qual é a comida de cada um de vocês? Eu os chamei aqui para que tragam suas comidas – disse-lhes Ixbalanqué.

– Está bem – responderam. Em seguida cada um foi buscar a sua, e depois voltaram todos juntos. Alguns só trouxeram madeira podre. Outros só trouxeram folhas. Alguns só trouxeram pedras. Outros só trouxeram terra. Eram diferentes as comidas dos animais pequenos e dos animais grandes.

Por último chegou o quati[1] trazendo uma abóbora-chila. Ele a rolava com o focinho ao chegar. E então ela foi posta no lugar da cabeça de Hunahpú. Depois escarvaram seus olhos. Muitos sábios vieram do céu, então. Também veio Coração do Céu, Huracán, ele desceu lá na Casa dos Morcegos.

O rosto não foi apressadamente acabado; e ficou bom. Sua pele também parecia bonita, e ele conseguiu falar.

E então começou o amanhecer, a raiz do céu se avermelhou:

– Escureça-o de novo com fuligem, Velho – foi dito ao gambá.[2]

– Está bem – respondeu o Velho, e o tisnou.[3] Então ele escureceu, o Velho o tisnou quatro vezes. "O gambá está tisnando", dizem as pessoas hoje em dia. E então o amanhecer ficou vermelho e azul, deixando semeada sua existência.

– Não ficou boa? – perguntaram a Hunahpú.

– Sim, ficou boa – disse ele. Sua cabeça parecia feita de osso, parecia uma cabeça de verdade.

Depois eles confabularam e combinaram:

– Não jogue bola, só finja que está jogando; eu farei tudo sozinho – disse-lhe Ixbalanqué.[4]

E então instruiu um coelho:

– Você deve ficar lá em cima do campo de jogo, fique lá no meio do tomatal[5] – Ixbalanqué disse para o coelho. – Quando a bola cair lá, só fuja dando pulos, que eu farei o resto – disse para o coelho quando lhe deu instruções durante a noite.

Ao amanhecer os dois jovens pareciam estar bem, como sempre. Começaram a jogar novamente. A cabeça de Hunahpú estava lá, sobre o campo do jogo de bola.

– Nós ganhamos! Vocês fizeram isso! Desistam! Se entreguem! – diziam para eles.

Mas Hunahpú gritou:

– Joguem a cabeça como bola.

– Não vai doer, será só nosso fingimento.[6]

Então os Senhores de Xibalbá jogaram a bola. Ixbalanqué a apanhou, ela bateu direto em seu jugo e ele a fez sair voando sobre o campo de jogo, e então ela pulou uma, duas vezes, e foi cair lá no meio do tomatal.

Nesse instante o coelho fugiu de lá pulando, e os de Xibalbá foram atrás dele, perseguindo-o. Foram atrás do coelho clamando, aos gritos, e no fim toda Xibalbá acabou indo junto.

Então Ixbalanqué foi correndo buscar a cabeça de Hunahpú, e pôs a abóbora-chila sobre o campo de jogo.

Agora a cabeça de Hunahpú era outra vez uma cabeça de verdade, e os dois jovens ficaram contentes outra vez. Com os de Xibalbá correndo atrás da bola, os dois tinham ido buscar a bola no tomatal e então os chamaram:

Imagem de jogo de bola ritual

– Venham. Aqui está a bola, nós a encontramos – disseram. E a seguravam quando os de Xibalbá voltaram.

– Mas o que foi aquilo que vimos? – disseram eles.

E começaram a jogar novamente. Os dois lados estavam empatados quando Ixbalanqué arremessou a abóbora. A abóbora se arrebentou no chão do campo de jogo bem na frente deles, trazendo à luz suas sementes.[7]

– Como você conseguiu isso? De onde veio isso? – disseram os de Xibalbá.

E assim os Senhores de Xibalbá foram derrotados por Hunahpú e Ixbalanqué.

Lá eles passaram por duras provações, mas não morreram, apesar de tudo que lhes fizeram.

12

Hunahpú e Ixbalanqué

Eis aqui a memória da morte de Hunahpú e Ixbalanqué. Aqui vamos relatar, em sua memória, como foi sua morte.

Tendo sido prevenidos de todos os sofrimentos que lhes queriam impor, não foram mortos pelas provações de Xibalbá nem foram derrotados pelos animais vorazes de Xibalbá.

Então mandaram chamar dois adivinhos, dois videntes. Seus nomes eram *Xulú* (O-que-Descende) e *Pacam* (O-que-Ascende).[1] Eram sábios:[2]

– Talvez os Senhores de Xibalbá façam perguntas sobre nossa morte. Eles estão questionando agora por que não morremos, por que não fomos derrotados, por que superamos todas as suas provas e não fomos pegos pelos animais. Então, este é o presságio em nossos corações: uma fogueira será seu instrumento para nossa morte. Por isso, todos os de Xibalbá estão reunidos, mas a verdade é que não vamos morrer. Então, aqui vão nossas instruções para vocês: Se eles vierem consultá-los sobre nossa morte, quando formos queimados, o que vocês dirão, Xulú e Pacam? Se eles disserem: "Não seria bom jogar os ossos deles no desfiladeiro?", "Não seria bom, não", dirão vocês, "pois assim as faces deles seriam ressuscitadas." E se eles disserem: "Não seria bom, então, apenas os pendurarmos nas árvores?", vocês responderão: "Não seria nada bom, porque assim vocês também voltariam a ver suas faces". E quando eles disserem pela terceira vez: "Então seria bom jogar seus ossos no rio?", se por acaso eles disserem isso, daí vocês dirão: "Seria bom eles morrerem assim; e seria bom vocês moerem os ossos deles na pedra, como se mói a farinha de milho; e seria melhor moê-los separadamente. Depois é só jogá-los no rio, ali onde brota a fonte que se espalha por todas as montanhas pequenas, as montanhas grandes". É isso que devem dizer. Assim irão cumprir as instruções que lhes demos – disseram o Pequeno Hunahpú[3] e Ixbalanqué, que já sabiam sobre sua morte quando lhes deram essas instruções.

Foi cavado um grande fogo entre pedras, como uma fogueira o fizeram os de Xibalbá, com grandes brasas.

Daí chegaram os mensageiros, os que deviam acompanhá-los, os mensageiros de Hun-Camé e Vucub-Camé.

– "Que eles venham. Vão buscar os jovens para que vejam o que preparamos para eles."[4] É esta a palavra dos Senhores, jovens – disseram os mensageiros.

– Está bem – responderam. E sem demora se puseram a caminho e foram até a borda da fogueira. E lá tentaram forçá-los a brincar.

– Vamos pular sobre nossa doce bebida, vamos saltar por cima dela quatro vezes, um atrás do outro, jovens! – Hun-Camé lhes disse.

– Não tentem nos enganar. Pensam que não estamos sabendo de nossa morte, Senhores? Vejam! – E então, um de frente para o outro, deram-se as mãos e se atiraram de cabeça na fogueira. E ali, assim, os dois morreram juntos.

Todos os de Xibalbá, muito contentes, alçavam seus gritos e assovios:

– Por fim os derrotamos! Eles não se entregaram facilmente... – disseram.

Depois mandaram chamar Xulú e Pacam, que mantiveram sua palavra quando lhes perguntaram o que deviam fazer com os ossos dos jovens. E então, depois que os de Xibalbá ouviram os adivinhos,[5] os ossos foram moídos e jogados no rio, mas não foram longe, apenas se assentaram no fundo da água, e em belos jovens se transformaram. Suas faces[6] voltaram a ser as mesmas, outra vez se manifestaram.

13

No quinto dia eles apareceram novamente. Algumas pessoas os viram na água. Os dois pareciam homens-peixes.[1] Depois que gente de Xibalbá os avistou, foram procurados por todo o rio.

Na manhã seguinte, os dois apareceram como pobres. Em farrapos sua frente, em farrapos seu dorso, suas vestes não passavam de trapos. Não tinham bom aspecto quando foram observados pelos de Xibalbá.

E o que faziam agora era diferente.[2] Só ficavam executando a Dança do Noitibó, a Dança da Doninha, a Dança do Tatu e, ainda, a Dança da Centopeia e a da Perna de Pau.[3]

Também faziam coisas prodigiosas. Ateavam fogo a uma casa, e ela parecia realmente estar queimando, mas de repente voltava rapidamente a ser o que era antes.[4] Eram muitos em Xibalbá que os admiravam.

Também sacrificavam a si mesmos. Um matava o outro, e ficavam lá esticados feito mortos.[5] Primeiro se matavam, mas logo suas faces se reanimavam. Os moradores de Xibalbá só faziam admirar suas façanhas. E tudo o que faziam já era o princípio de seu triunfo sobre os de Xibalbá.

Então a notícia de suas danças chegou aos ouvidos dos Senhores Hun-Camé e Vucub-Camé. Ao ouvi-la, eles disseram:

– Quem são esses dois pobres?[6] São mesmo divertidos?

– Suas danças são realmente bonitas, eles fazem de tudo! – respondeu o que havia levado a notícia.

Os Senhores ficaram curiosos, e ordenaram aos mensageiros que os chamassem:

– Que venham aqui nos apresentar o que fazem, que nos surpreendam, que nos maravilhem. Isso lhes deve ser dito – disseram aos mensageiros.

Então eles foram até os dançarinos e comunicaram a palavra dos Senhores.

– Nós não queremos – responderam. – Na verdade, temos vergonha. Não seria vergonhoso que entrássemos na casa dos Senhores? Temos má aparência. E nossos olhos não são saltados, pela miséria? Tenham dó! Não veem que somos simples dançarinos? E o que diremos a nossos companheiros de pobreza? Eles também querem ver nossas danças, e se entusiasmam conosco. Mas não será assim com os Senhores.[7] Por isso não queremos ir, mensageiros – disseram Hunahpú e Ixbalanqué.

Com o semblante abatido e contrariado, a muito custo, relutantes, acabaram indo. Mas como não queriam andar rápido, muitas vezes foram forçados, pois à sua frente iam e vinham os mensageiros enviados para levá-los.[8]

Chegaram, enfim, diante dos Senhores. Entraram se fazendo de humildes, abaixaram a cabeça, se curvaram, se dobraram, se prosternaram.[9] Escondidos pelos trapos, pareciam mesmo miseráveis.

E então lhes perguntaram quais eram suas montanhas, sua tribo. Perguntaram também quem eram sua mãe e seu pai.

– De onde vocês são? – disseram.

– Não sabemos, Senhor. Não conhecemos o rosto de nossa mãe nem o rosto de nosso pai; éramos pequenos quando morreram – disseram apenas, sem revelar nada.

– Está bem. Agora se apresentem para nós. O que querem? Daremos sua recompensa – disseram.

– Não queremos nada; na verdade estamos receosos – disseram para os Senhores.

– Não tenham medo, não se acanhem. Só dancem! Primeiro dancem a parte em que vocês fazem sacrifícios, depois ateiem fogo a minha casa, façam tudo que sabem, queremos ver. É esse o desejo de nossos corações, por isso foram chamados. E por serem pobres, receberão uma recompensa – disseram.

Então eles começaram seus cantos e danças. Todos os de Xibalbá vieram, reuniram-se todos para vê-los. Dançaram todas as danças: a Dança da Doninha, a Dança do Noitibó, a Dança do Tatu.

Então o Senhor falou:

– Sacrifiquem meu cão, e depois o revivam – disse-lhes.

– Sim – disseram, e sacrificaram o cão. Depois o fizeram reviver.

E o cão estava realmente muito alegre ao reviver, abanava o rabo quando o reviveram.

Então o Senhor disse:

– Agora incendeiem minha casa! – isso lhes foi dito. Daí eles incendiaram a casa do Senhor, e mesmo com todos os Senhores reunidos lá dentro, ninguém se queimou. Num instante ela foi refeita, nada da casa de Hun-Camé se perdeu.

Isso deixou todos os Senhores maravilhados, e tudo o que eles dançavam lhes agradava.

Então o Senhor disse:

– Agora matem um homem, sacrifiquem-no, mas que ele não morra – disse.

– Está bem – disseram. Então eles pegaram um homem e o sacrificaram. Arrancaram seu coração. Exibiram sua redondez diante dos Senhores.

Hun-Camé e Vucub-Camé ficaram maravilhados, e então o homem foi ressuscitado. Seu coração estava muito feliz ao ser ressuscitado, e os Senhores, assombrados:

– Agora se sacrifiquem, vamos ver isso! Nossos corações estão encantados com a dança de vocês! – disseram os Senhores.

– Está bem, Senhor – responderam. E depois se sacrificaram. Pequeno Hunahpú[10] foi sacrificado por Ixbalanqué; um a um, seus braços e suas pernas foram decepados; a cabeça foi cortada e levada para fora dali; o coração foi arrancado e posto sobre uma folha. Todos os Senhores de Xibalbá estavam inebriados com aquela visão.[11]

Agora só um deles, Ixbalanqué, dançava.

– Erga-se! – disse ele, e num instante[12] o outro voltou à vida. Alegraram-se muito, e os Senhores também ficaram alegres. Na verdade, o que eles faziam alegrava o coração de Hun-Camé e de Vucub-Camé, que sentiam como se estivessem dançando.[13]

De repente seus corações foram tomados de desejo, ansiosos pelas danças de Pequeno Hunahpú e de Ixbalanqué.[14] E Hun-Camé e Vucub-Camé então falaram:

– Façam o mesmo conosco! Sacrifiquem-nos! – disseram. – Sacrifiquem-nos, um a um! – disseram[15] Hun-Camé e Vucub-Camé a Pequeno Hunahpú e Ixbalanqué.

– Está bem. Suas faces irão reviver. Mas vocês não são a morte? Nós só viemos para alegrar vocês, Senhores, e seus vassalos, seus filhos[16] – disseram eles aos Senhores.[17]

O primeiro a ser sacrificado foi o Senhor principal, o chamado Hun-Camé, governante de Xibalbá.

Hun-Camé estava morto quando se apoderaram de Vucub-Camé. Suas faces não foram revividas.

E os de Xibalbá fugiram assim que viram os Senhores mortos, com os corações arrancados. Esse sacrifício foi feito apenas para castigá-los. Tão logo o primeiro Senhor foi morto e não foi ressuscitado, o outro se curvou e implorou para os dançarinos. Não entendia, não aceitava aquilo.

– Tenham piedade! – disse ele, ao perceber o que estava acontecendo.

Todos os vassalos, os filhos de Xibalbá fugiram para um grande desfiladeiro. Foram se amontoando no fundo do abismo, estavam lá empilhados quando um sem-número de formigas fervilhou no desfiladeiro, e então foram fustigados dali. Quando chegaram, todos se prosternaram, humildes e chorosos.

E assim foram vencidos os Senhores de Xibalbá. Só por um prodígio isso foi possível, só por terem os jovens se transformado a si mesmos.[18]

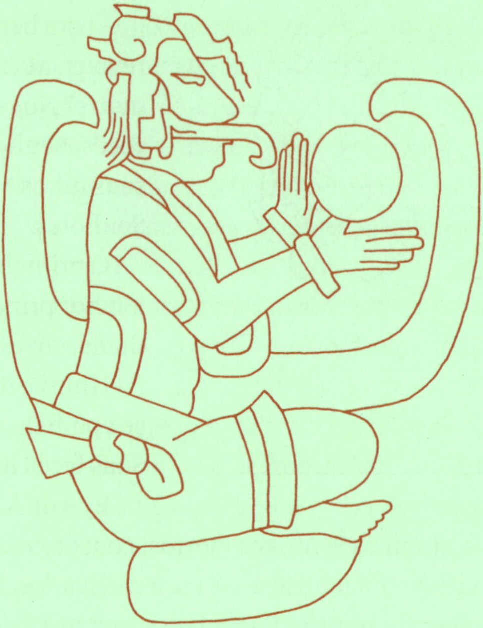

Divindade que reúne as características do Deus do Milho e da Deusa Lunar, relacionada às transformações dos gêmeos em astros celestes.

14

E então eles declararam seus nomes, celebraram seus nomes diante de todos de Xibalbá.

– Ouçam nossos nomes. Vamos dizê-los. Diremos também os nomes de nossos pais. Nós somos estes: somos o Pequeno Hunahpú e Ixbalanqué, esses são nossos nomes.[1] E nossos pais, que vocês mataram, são Hun-Hunahpú (Um Hunahpú) e Vucub-Hunahpú (Sete Hunahpú), esses são seus nomes. Viemos para tirar desforra das dores, dos sofrimentos de nossos pais.[2] Também suportamos todas as provações que vocês lhes infligiram. Agora vamos acabar com todos vocês, vamos matá-los, nenhum de vocês vai escapar – disseram.

E então todos os de Xibalbá se prosternaram, implorando:

– Tenham piedade de nós, Hunahpú e Ixbalanqué! É verdade que cometemos um pecado contra seus pais, que vocês nomearam, e que estão enterrados no Pucbal-Chah (Pátio do Sacrifício do Jogo de Bola) – reconheceram.

– Pois bem. Esta é nossa palavra, vamos declará-la a vocês. Ouçam todos, todos vocês de Xibalbá:

Não mais será grande o seu dia, nem sua descendência.
Tampouco receberão grandes oferendas,
apenas alguns coágulos de seiva.
Não haverá sangue limpo para vocês.
Só terão comales e panelas velhas,
só coisas frágeis e quebradiças.
Só comerão os filhos dos restolhos, dos ermos.
Não serão suas as nascidas na luz, os nascidos na luz.
Só os desprezíveis serão seus.
Só os pecadores, os violentos,
os desgraçados, os perversos.
Onde a culpa for clara, aí vocês irão,
em vez de ir bruscamente atacar qualquer pessoa.
Só ouvirão invocações feitas a vocês
sobre coágulos de seiva.

Isso foi dito a todos os de Xibalbá.[3]

E assim começaram seu desaparecimento e o declínio de sua invocação.[4] Antigamente não foi grande seu poder. Essa gente só queria fazer mal aos homens, antigamente. Seus nomes não eram divinos, na verdade. Era espantosa a maldade de suas faces. Eles, os da guerra, os das Corujas,[5] os que incitam ao pecado, à discórdia, os de corações enterrados, os de duas caras,[6] os invejosos, os tiranos,[7] como são chamados. Estavam pintados, suas faces confundiam.

E foi assim que perderam sua grandeza, seu poder. Nunca mais seu domínio foi grande.[8]

Isso tudo por obra de Pequeno Hunahpú e de Ixbalanqué.[9]

Enquanto isso, sua avó chorava e suplicava diante dos pés de milho que eles haviam deixado lá semeados. Os pés de milho vingaram, mas depois secaram. Isso aconteceu quando eles foram queimados na fogueira. Depois os pés de milho lançaram renovos. Daí a avó queimou resina de copal diante dos pés de milho em memória dos netos. E o coração da avó se alegrou quando os pés de milho lançaram renovos pela segunda vez.

Então eles foram divinizados pela avó, que assim os denominou:

Centro da Casa, Centro da Colheita!
Milho Viçoso, Leito da Terra!
E ela assim os nomeou
– Centro da Casa e Centro da Colheita –
porque no meio da casa
eles plantaram os pés de milho.
E ela assim os nomeou
– Leito da Terra e Milho Viçoso –
porque no leito da terra
eles plantaram os pés de milho,
também nomeado Milho Viçoso
por terem os pés lançado renovos.

Assim Ixmucané denominou os pés de milho, plantados por Hunahpú e Ixbalanqué para ficarem na lembrança da avó.[10]

Seus pais, Hun-Hunahpú e Vucub-Hunahpú, tinham morrido havia muito tempo. Eles viram a face de seus pais lá em Xibalbá, seus pais falaram com eles quando eles derrotaram os de Xibalbá.

Eis aqui como eles arrumaram seu pai. Arrumaram Vucub--Hunahpú; foram arrumá-lo no Pátio do Sacrifício do Jogo de Bola.[11] Quiseram que sua face voltasse a ser o que era. Pediram-lhe que desse nome a tudo: sua boca, seu nariz, seus olhos. Ele encontrou o primeiro nome, mas pouco mais pôde dizer.[12] Mesmo não dando os nomes de cada coisa que havia acima de sua boca, conseguiu se ouvir mais uma vez.[13]

E então eles reverenciaram os corações de seus pais, que permaneceram no Pátio do Sacrifício do Jogo de Bola:

– Aqui vocês serão invocados. Assim será – disseram-lhes seus filhos, ao consolar seus corações. – A vocês virão primeiro, vocês serão os primeiros a ser adorados pelas nascidas na luz, pelos nascidos na luz. Seus nomes não serão esquecidos. Assim seja! – disseram a seus pais, ao consolar seus corações. – Nós somos os vingadores de sua morte, de sua perda, da aflição, do infortúnio que lhes causaram.

Foi essa sua palavra, após terem derrotado todos os de Xibalbá.

E então os jovens subiram, rodeados de luz, e num instante

ascenderam ao céu. Um se tornou o sol, o outro a lua. O céu todo se iluminou sobre o leito da terra; eles estavam lá no céu.

Também os quatrocentos jovens, os que tinham sido mortos por Zipacná, foram para o céu, se tornaram seus companheiros, viraram estrelas.

Cena do renascimento do governante Pacal da cidade de Palenque

TERCEIRA PARTE

Gêmeos trazem oferendas para um governante transformado em Deus do Milho

1

Este é o princípio da concepção dos humanos, de quando se buscou o que devia compor a carne do homem.

E falaram A-que-Concebe, O-que-Gera, o Criador, o Formador, Tepeu (Majestade), Gucumatz (Serpente Emplumada), assim chamados:

O amanhecer se aproxima.
É preciso completar a criação.
Que amanheçam os que irão
prover o sustento, o alimento,
as nascidas na luz, os nascidos na luz.
Que amanheça o ser humano, a humanidade
aqui sobre a face da terra.

Isso disseram.

Então se reuniram, celebraram conselho no escuro, na aurora, e procuraram, esmiuçaram, pensaram, ponderaram. E seus pensamentos se iluminaram, e lúcidos encontraram e revelaram o que devia compor a carne do homem.

Faltava pouco para que o sol, a lua e as estrelas surgissem sobre as cabeças do Criador, do Formador.

De *Paxil* (Lugar da Fenda), *Cayalá* (de Água Amarga),[1] esse é seu nome, vieram as espigas de milho amarelo e as espigas de milho branco.

E estes são os nomes dos animais, dos que trouxeram a comida:[2] *Yac* (Raposa Cinzenta), *Utiú* (Coiote), *Quel* (Periquito)[3] e *Hoh* (Corvo). Esses quatro animais lhes deram a notícia das espigas de milho amarelo e das espigas de milho branco. Eles vieram do interior de Paxil, e lhes mostraram o caminho para Paxil.[4]

Foi assim que eles encontraram o milho – o milho que compôs a carne da gente criada, da gente formada –, e a água, que se tornou o sangue, a linfa do ser humano. O milho entrou na composição por meio d'A-que-Concebe, d'O-que-Gera.

E então se alegraram com a descoberta daquela maravilhosa montanha, repleta de delícias, abundante em espigas de milho amarelo e espigas de milho branco, e abundante também em macambo e cacau,[5] e em inumeráveis sapotis, graviolas, ciriguelas, muricis, sapotas-brancas e em mel.[6] Os frutos mais doces enchiam o lugar chamado de Paxil, de Cayalá.

Havia lá todo tipo de comida: alimentos pequenos, alimentos grandes, plantas pequenas e plantas grandes. Os animais mostraram o caminho. E então as espigas de milho amarelo e as espigas de milho branco foram moídas, nove vezes Ixmucané as moeu, e isso entrou, com a água, na massa que viria a compor as extremidades, o vigor do homem. Fizeram isso A-que-Concebe, O-que-Gera, Tepeu e Gucumatz, assim chamados.

E então puseram em palavras a criação, a formação de nossas primeiras mães, de nossos primeiros pais. De milho amarelo e de milho branco se fez sua carne; apenas de alimento[7] se fizeram os braços e as pernas do ser humano. Esses foram nossos primeiros pais, os quatro homens, formados apenas com alimento.[8]

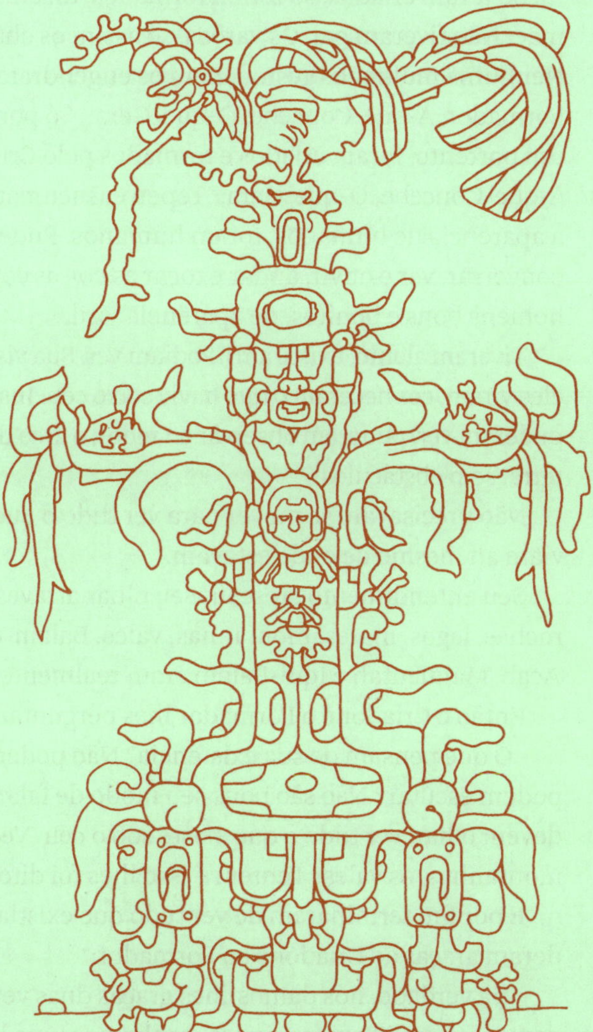

Pé de milho nascendo de uma tigela com aspecto esquelético. A cena seria uma alusão à fertilidade agrícola e ao plantio do milho.

2

Estes são os nomes dos primeiros homens criados e formados: o primeiro homem foi *Balam-Quitzé* (Jaguar Risonho), o segundo, *Balam-Acab* (Jaguar Noite), o terceiro, *Mahucutah* (O-que-Nada--Oculta), o quarto, *Iqui-Balam* (Jaguar Lua).[1]

Esses são os nomes de nossas primeiras mães, de nossos primeiros pais.[2]

Só foram criados, só foram formados, dizem. Não tiveram mãe. Não tiveram pai. Os varões, só assim os chamamos.[3] Nenhuma mulher os gestou, nem os engendraram o Criador, o Formador, A-que-Concebe, O-que-Gera.[4] Só por um prodígio, por um portento, foram criados e formados pelo Criador e Formador, A-que-Concebe, O-que-Gera,[5] Tepeu e Gucumatz. E como tinham a aparência de humanos, foram humanos. Puderam falar e conversar, ver e ouvir, andar e tocar as coisas com as mãos. Eram homens bons e bonitos, de aparência viril.

Tiveram alento, existiram.[6] Podiam ver. Sua visão veio logo, eles viram, conheceram o que havia sob o céu. Instantaneamente puderam ver, puderam observar ao redor, o arco do céu e o leito da terra, sem obstáculos.

Não precisavam se mover para ver tudo o que existe sob o céu; viam ali mesmo de onde estavam.

Seu entendimento cresceu. Seu olhar atravessava florestas, rochas, lagos, mares, montanhas, vales. Balam-Quitzé, Balam--Acab, Mahucutah e Iqui-Balam eram realmente seres prodigiosos.

Então o Criador e o Formador lhes perguntaram:

– O que pensam de sua existência? Não podem enxergar? Não podem escutar? Não são bons seu modo de falar e de andar? Então devem olhar, ver tudo o que existe sob o céu. Veem com clareza as montanhas, os vales? Tentem – isso lhes foi dito.

E por fim terminaram de ver tudo que existia sob o céu. Então deram graças ao Criador e ao Formador:

– Na verdade, nós damos-lhes graças duas vezes, três vezes lhes damos graças![7] Fomos criados, ganhamos uma boca e um rosto, falamos, ouvimos, pensamos e andamos; sentimos perfeitamente e conhecemos o que está longe e o que está perto, vimos o que é grande e o que é pequeno, no céu e na terra. Então lhes agradecemos por terem nos criado, ó Avó, ó Avô! – disseram, ao dar graças por sua criação e formação.

Conheceram tudo. Viram de longe os quatro lados, os quatro cantos do arco do céu e do leito da terra, e isso não pareceu bom para o Criador e o Formador.

– Não é bom o que dizem nossos seres criados, nossos seres formados: "Conhecemos tudo, o grande e o pequeno", eles dizem.

E então A-que-Concebe, O-que-Gera se reuniram novamente em conselho:

– E agora, que faremos com eles? Que sua vista alcance apenas o que está próximo, que só vejam um pouco do leito da terra, pois não é bom o que dizem. Acaso não são meros seres criados e formados por nós? É de mau agouro que sejam como deuses. Se não procriarem, não irão se multiplicar. E a semeadura, o amanhecer?[8] Se não se multiplicarem, como isso se dará? – foi o que disseram.[9]

– Façamos assim: vamos alterá-los um pouco, pois não é bom o que ouvimos. Isso deve ser feito, caso contrário irão se igualar a nós, pelo alcance de seu entendimento, de sua visão.[10]

Foi isso que disseram Coração do Céu, Huracán, Raio Pequenino, Raio Repentino, Majestade (Tepeu), Serpente Emplumada (Gucumatz), A-que-Concebe, O-que-Gera, Ixpiyacoc, Ixmucané, o Criador e o Formador.[11] Dito isso, mudaram a natureza dos seres criados e formados por eles.

Daí o Coração do Céu embaçou seus olhos. Como se soprasse sobre a face de um espelho, tiveram os olhos embaçados. Seus olhos se turvaram, só enxergavam o que estava próximo, só viam o que estava ao redor.

Foi assim a perda do entendimento, de todo o conhecimento dos quatro homens criados. Sua raiz, seu princípio.[12]

E assim foi a criação, e a formação de nossos primeiros avós, nossos pais, pelo Coração do Céu, pelo Coração da Terra.

3

Deidade ave principal descendo de uma fenda do céu

E existiram suas companheiras, suas mulheres também existiram. Foram concebidas pelos mesmos deuses.[1] E foi durante o sono que eles as receberam. Eram lindas as mulheres que estavam com Balam-Quitzé, Balam-Acab, Mahucutah e Iqui-Balam.

Com as mulheres a seu lado, eles finalmente despertaram. E no mesmo instante seus corações se encheram de alegria.

Eis os nomes das mulheres: *Cahá-Paluna* (Água Rubra do Mar) era o nome da mulher de Balam-Quitzé; *Chomihá* (Água Formosa) era o nome da mulher de Balam-Acab; *Tzununihá* (Água do Colibri) era o nome da mulher de Mahucutah; e *Caquixahá* (Água da Arara) era o nome da mulher de Iqui-Balam.[2] Eram esses os nomes de suas mulheres,[3] que se tornaram Senhoras principais e multiplicaram a gente das tribos pequenas e das tribos grandes.

Essa foi nossa raiz, a origem do povo quiché. Muitos foram os autossacrificadores e sacrificadores.[4] Não foram apenas eles quatro, houve também quatro mães para nós,[5] para o povo quiché. Eram diferentes os nomes de cada um deles quando se multiplicaram lá no Oriente. E muitos foram seus nomes: *Tepeu*, *Olomán*, *Cohac*, *Quenech Ahau*, assim chamados. E se multiplicaram[6] lá onde o sol nasce. E é sabido que os Tamub e os Ilocab[7] começaram lá, que vieram do mesmo lugar, do Oriente.[8]

Balam-Quitzé era o avô, o pai das nove Casas grandes[9] dos *Cavec*. Balam-Acab era o avô, o pai das nove Casas grandes dos *Nimhaib*. Mahucutah, o avô, o pai das quatro Casas grandes dos *Ahau-Quiché*.

Existiram três ramos, três linhagens. O nome de avós e pais não foi esquecido. Eles se multiplicaram e floresceram, lá no Oriente.

Vieram também os Tamub e os Ilocab, junto com os treze ramos das tribos, os treze de Tecpán: os *Rabinal*, os *Cakchiquel*, os da casa *Tziquina* – com os *Zacahá* e os *Lamaq* –, os *Cumatz*, os da casa *Tuhal*, os da casa *Uchaba*, os da casa *Chumila*, os *Quibahá*, os *Batenabá*, os *Acul-Vinac*, os da casa *Balami*, os *Canchahel* e *os Balam-Colob*.[10]

Essas são apenas as tribos principais, os ramos das tribos que mencionamos. Só nomeamos os principais. Muitos outros saíram de cada ramo dessa cidadela, mas não escreveremos seus nomes aqui. Eles também se multiplicaram lá no Oriente.

Tornaram-se muitos na escuridão. O sol e a lua ainda não haviam sido criados quando eles se multiplicaram. Eram como um só, e eram muito numerosos em seu caminho lá no Oriente. Ainda não havia quem lhes desse alimento, ainda não havia quem lhes desse sustento. Elevavam as faces para o céu, sem saber para onde ir.

Por muito tempo permaneceram assim, enquanto estavam juntos lá. Havia gente de pele escura, gente de pele clara, gente de muitas faces, gente de muitas línguas, de todos os cantos, admirando a raiz do céu.[11]

Havia a gente da montanha, que não mostrava sua face, que não tinha casa, que só vagava pelas montanhas pequenas, pelas montanhas grandes. "Parecem loucos", diziam. A gente da montanha era menosprezada, conta-se.

Lá viram o nascer do sol, quando falavam a mesma língua. Ainda não invocavam a madeira, a pedra.[12] Lembravam da palavra do Criador e do Formador, do Coração do Céu, do Coração da Terra, conta-se.

Só esperavam, inquietos, a semeadura, o amanhecer.[13] Oravam, havia adoração em suas palavras. Eram adoradores, obedientes, respeitosos. Elevavam as faces para o céu ao pedir pelas filhas e filhos:

Ó Tzacol, ó Bitol,[14]
Olhai por nós, ouvi nossa voz!
Não nos deixeis cair, não nos deixeis de lado.
Ó deus que estais no céu e na terra,
Coração do Céu, Coração da Terra!
Dai-nos nosso sinal, nossa palavra[15]
no caminho do dia, no caminho da luz.
Quando vier a semeadura, o amanhecer,
dai-nos caminhos verdejantes, sendeiros verdejantes,
vales aprazíveis, terras aprazíveis,
uma boa luz, uma boa terra.
Que seja boa nossa vida, nossa existência.[16]
Ó Huracán, Chipi-Caculhá, Raxa-Caculhá,
Chipi-Nanauac, Raxa-Nanauac,
Voc, Hunahpú,
Tepeu, Gucumatz,
Alom, Qaholom,
Ixpiyacoc, Ixmucané,
Avó do Sol, Avó da Luz!
Que se dê a semeadura, o amanhecer![17]

Isso diziam enquanto faziam seus jejuns[18] e invocações, à espera de ver o amanhecer, o nascer do sol.

Olhavam para o luzeiro da manhã, a grande estrela no nascimento do sol, que ilumina tudo o que está no arco do céu, no leito da terra, que guia os passos dos seres criados, dos seres formados.

4

Balam-Quitzé, Balam-Acab, Mahucutah e Iqui-Balam então disseram:

– Vamos esperar que amanheça – disseram os grandes sábios, varões lúcidos, autossacrificadores e sacrificadores.

Ainda não existia madeira, ou pedra,[1] para cuidar de nossas primeiras mães, nossos primeiros pais. Seus corações se cansaram de esperar pelo sol. Já eram muitos, de todas as tribos, com o povo yaqui,[2] os autossacrificadores e sacrificadores.

– Vamos. Vamos procurar e ver se descobrimos quem proteja nossa descendência,[3] se descobrimos o que devemos queimar diante deles.[4] Pois, assim como está, não temos quem vele por nós – disseram Balam-Quitzé, Balam-Acab, Mahucutah e Iqui-Balam.

E, tendo chegado a seus ouvidos a notícia de uma cidadela, foram para lá.

O nome da montanha para onde foram Balam-Quitzé, Balam-Acab, Mahucutah e Iqui-Balam, junto com os Tamub e os

Deus S (associado a Hunahpú) durante um ato de autossacrifício, perfuração peniana.

Ilocab, era *Tulán-Zuivá* – Sete Cavernas, Sete Desfiladeiros[5] era o nome da montanha onde foram receber seus deuses.

Então todos chegaram a Tulán. Foram incontáveis as pessoas que chegaram. Eram milhares caminhando, e seus deuses lhes foram dados em ordem,[6] os primeiros sendo aqueles de Balam-Quitzé, Balam-Acab, Mahucutah e Iqui-Balam. Eles se alegraram e disseram:

– Encontramos o que procurávamos.

O primeiro a sair foi *Tohil*, era esse o nome desse deus, e Balam-Quitzé o carregou nas costas.[7] Depois surgiu o deus chamado *Avilix*, que foi carregado por Balam-Acab. O deus chamado *Hacavitz* foi recebido por Mahucutah; e o deus chamado *Nicahtacah* foi recebido por Iqui-Balam.[8]

Junto com os Quiché, os Tamub também receberam Tohil. Esse é o nome do deus recebido pelo avô e pai dos Senhores dos Tamub, como sabemos agora.

Em terceiro lugar, vieram os Ilocab. Tohil também era o nome do deus recebido pelo avô e pai desses Senhores, como sabemos agora.

Assim se chamaram os três ramos quiché. Nunca se separaram, porque era um só o nome de seu deus, Tohil dos Quiché, Tohil dos Tamub e dos Ilocab. Era só um o nome de seu deus,[9] e por isso os três ramos quiché não se dividiram.

Era verdadeiramente grande a natureza dos três, Tohil, Avilix e Hacavitz.

E então chegaram todas as tribos, os Rabinal, os Cakchiquel, os da casa Tziquina, com os hoje chamados Yaqui. E então a língua das tribos mudou; suas línguas se tornaram diferentes. Já não se entendiam bem quando saíram de Tulán.[10] Então se separaram; algumas foram para o Oriente,[11] muitas vieram para cá.

Apenas peles de animais eram seu abrigo; não tinham roupas boas para vestir, as peles de animais eram sua única vestimenta. Eram pobres, não possuíam nada, mas sua natureza era prodigiosa quando vieram de Tulán-Zuivá[12] (Sete Cavernas, Sete Desfiladeiros), como se diz no antigo texto.

5

Muita gente caminhou até Tulán.[1]

Lá não havia fogo. Só o tinham os de Tohil, o deus das tribos, o primeiro a criar o fogo. Não se sabe bem como ele foi criado. O fogo já estava ardendo quando Balam-Quitzé e Balam-Acab o viram.

– Ai, o fogo ainda não é nosso! Vamos morrer de frio – disseram.

Então Tohil lhes respondeu:

– Não se aflijam. Vocês terão o seu, ainda que o fogo de que vocês falam seja perdido – disse Tohil.

– Então é verdade, ó deus que nos dá o alimento, que nos dá o sustento, que você é nosso deus? – falaram, agradecidos.

E Tohil respondeu:

– Está certo. É verdade, eu sou seu deus. Assim seja. Eu sou o seu Senhor. Assim seja – isso foi dito por Tohil aos autossacrificadores e sacrificadores. E assim as tribos receberam seu fogo, se alegraram com o fogo.

Então começou a cair um grande aguaceiro, quando o fogo das tribos já estava ardendo. Caiu muito granizo sobre todas as tribos, e o granizo apagou o fogo, seu fogo se extinguiu.

Então Balam-Quitzé e Balam-Acab pediram novamente a Tohil que lhes desse o fogo:

– Ó Tohil, estamos morrendo de frio! – imploraram a Tohil.

– Está bem, não se aflijam – respondeu Tohil, e no mesmo instante ele fez fogo dando voltas sobre sua sandália.[2]

Balam-Quitzé, Balam-Acab, Mahucutah e Iqui-Balam se alegraram. E se aqueceram.

O fogo das outras tribos[3] ainda estava apagado, estavam morrendo de frio. Então começaram a chegar os que vieram pedir seu fogo a Balam-Quitzé, Balam-Acab, Mahucutah e Iqui-Balam. Não suportavam mais o frio, o granizo; tiritavam, tremiam, quase não tinham vida, suas pernas e suas mãos tremiam, não conseguiam segurar nada com as mãos, quando chegaram.

– Não temos vergonha de vir pedir um pouco de seu fogo – disseram ao chegar. Mas não foram bem recebidos.[4] Então o coração das tribos se entristeceu.

Sua língua se tornara diferente da de Balam-Quitzé, Balam--Acab, Mahucutah e Iqui-Balam.

– Ai de nós, perdemos nossa língua! Que fizemos? Estamos perdidos. Onde fomos enganados? Nossa língua era uma só quando chegamos a Tulán, era um só nosso lugar de origem, nossa formação. Não é bom o que fizemos – disseram, então, todas as tribos, sob as árvores, sob os arbustos.

Então surgiu um homem[5] diante de Balam-Quitzé, Balam-Acab, Mahucutah e Iqui-Balam. E falou como se fosse um mensageiro de Xibalbá:

– Tohil é realmente seu deus, seu nutridor. E é também a representação, a lembrança de seu Criador, de seu Formador. Não deem seu fogo para as tribos até que elas façam alguma oferenda a Tohil. Não deixem que elas deem a vocês.[6] Perguntem, pois, a Tohil o que elas devem lhe oferecer para ganhar o fogo – disse-lhes o homem de Xibalbá, que tinha asas como as de um morcego.[7] – Eu sou o mensageiro de seu Criador, de seu Formador – disse o de Xibalbá.

Então se alegraram, se exaltaram os corações de Tohil, Avilix e Hacavitz ao ouvir as palavras do homem de Xibalbá, que, repentinamente, desapareceu diante de seus olhos.[8]

Então as tribos voltaram, estavam morrendo de frio.[9] Era muito o granizo branco, a chuva negra, a geada. O frio era desmedido.

Ao chegar diante de Balam-Quitzé, Balam-Acab, Mahucutah e Iqui-Balam, todos das tribos tiritavam, tremiam de frio. Todos tentavam resguardar-se, encurvados, arrastando-se sobre as mãos e os joelhos.[10] Era grande a aflição em seus corações. Suas bocas, suas faces, estavam desoladas.

Chegaram os suplicantes[11] diante de Balam-Quitzé, Balam-Acab, Mahucutah e Iqui-Balam:

– Não têm piedade de nós? Pedimos apenas um pouco de seu fogo. Acaso não se descobriu, não se revelou que era uma só nossa casa? Que era uma só nossa montanha quando vocês foram criados, quando foram formados? Tenham piedade! – disseram.

– O que irão nos oferecer se nos apiedarmos de suas faces? – perguntaram-lhes.

– Bem, nós lhes daremos joias de metal precioso[12] – responderam as tribos.

– Não queremos joias de metal – disseram Balam-Quitzé e Balam-Acab.

– Se nos permitem perguntar, o que querem? – disseram as tribos.

– Vamos perguntar a Tohil e lhes diremos – responderam.

E perguntaram a Tohil:

– O que as tribos devem lhe oferecer, ó Tohil? Aquelas que vieram pedir seu fogo? – disseram então Balam-Quitzé, Balam-Acab, Mahucutah e Iqui-Balam.

– Bem, será que não querem dar o peito pelo flanco, por debaixo do braço?[13] Seus corações não querem me abraçar, a mim, Tohil? Se não for esse seu anseio, não lhes darei seu fogo – respondeu Tohil. – Digam-lhes que isso se dará a seu tempo, pois não é já que terão de dar o peito pelo flanco, por debaixo do braço. Digam que mandei dizer isso – foi sua resposta para Balam-Quitzé, Balam-Acab, Mahucutah e Iqui-Balam.

Então eles transmitiram a palavra de Tohil.

– Está bem. Nosso peito lhe será dado. E nosso abraço lhe será dado – disseram, ao acatar, ao aceitar a palavra de Tohil, apressadamente. – Está bem – disseram sem demora, apenas para receber logo seu fogo e se aquecer.

6

Mas uma das tribos furtou o fogo, no meio da fumaça.[1] Eram da casa de *Zotzil* (Casa dos Morcegos).[2] O deus dos Cakchiquel se chamava *Chamalcán*,[3] Cobra Bonita, mas parecia um morcego.

Entraram no meio da fumaça e, furtivamente, se apossaram do fogo. Os Cakchiquel não pediram seu fogo, não se entregaram. Só foram derrotadas as tribos que deram o peito, pelo flanco, por debaixo do braço. E era esse o sentido do "dar o peito" mencionado por Tohil: que todas as tribos fossem sacrificadas diante dele, que, pelo flanco, por debaixo do braço, seu coração fosse arrancado.

Isso ainda não fora tentado quando Tohil profetizou a tomada do poder e do senhorio por Balam-Quitzé (o Jaguar Risonho), Balam-Acab (o Jaguar Noite), Mahucutah (O-que-Nada-Oculta) e Iqui-Balam (o Jaguar Lua).[4]

Lá em Tulán-Zuivá, de onde tinham vindo, eles não comiam, estavam sempre jejuando, à espera do amanhecer, do nascer do sol.

Revezavam-se para ver a grande estrela da manhã chamada *Icoquih*,[5] a que sai primeiro, antes do sol, ao nascer do sol, a brilhante estrela da manhã. Sempre voltavam as faces para o Oriente, quando estavam em Tulán-Zuivá, como é chamada. De lá veio seu deus.

Então não foi aqui que eles receberam seu poder e senhorio. Foi lá que derrotaram e subjugaram as tribos grandes e as tribos pequenas. Lá foram sacrificadas diante de Tohil, todas as pessoas tiveram seu coração arrancado pelo flanco, por debaixo do braço.[6]

De Tulán veio sua majestade, foi grande a sabedoria que adquiriram no escuro, na aurora.

Então saíram, desarraigaram-se, deixaram o Oriente.

– Nossa casa não é aqui, vamos embora, vamos procurar nosso lugar – disse então Tohil.

Na verdade ele dizia isso para Balam-Quitzé, Balam-Acab, Mahucutah e Iqui-Balam.

– Mas antes devem agradecer, então sangrem as orelhas, furem os cotovelos, façam seu sacrifício. Será assim que agradecerão a seu deus.

Cena ritual de personagem sendo sacrificado no centro do cosmos

– Está bem – disseram, e sangraram as orelhas. Lamentaram em seus cantos[7] sua partida de Tulán. Seus corações choraram quando se foram, quando partiram de Tulán.

Ai de nós!
O amanhecer (daqui)
não veremos
quando o leito da terra
o sol nascente iluminar!

Isso disseram ao partir.

Paravam no caminho. Gente de todas as tribos parava no caminho para dormir e descansar. Mas sempre se levantavam para esperar a estrela, o signo do sol, aquele sinal do amanhecer que levaram nos corações ao partir do Oriente. Estavam juntos quando passaram por *Nim Xol* (Grande Bocaina), como se diz hoje em dia.[8]

Tohil, divindade patrona dos Quiché.

7

E então alcançaram o cume de uma montanha. Lá todo o povo quiché se juntou às outras tribos, e se reuniram em conselho. Essa montanha hoje se chama *Chi-Pixab*[1] (Lugar do Conselho), esse é o nome da montanha onde se reuniram em conselho.

– Aqui estamos: somos os Quiché. E vocês, vocês são os Tamub, esse será seu nome. – E disseram para os Ilocab: – Vocês, vocês são os Ilocab, esse será seu nome. Que não desapareçam os três ramos quiché, nossa palavra é uma só[2] – disseram quando seus nomes foram dados.

Depois deram nome aos Cakchiquel: *Gagchequeleb*[3] foi seu nome. O mesmo com os Rabinal; foi esse o seu nome, que até hoje não se perdeu. O mesmo com os da casa Tziquina,[4] como são chamados ainda hoje. Esses são os nomes que se deram entre si.

Lá se reuniram ainda à espera do amanhecer. Contemplavam a estrela que surge antes de o sol nascer, na aurora.

– Viemos de lá, mas nos separamos – diziam uns aos outros.

Seus corações estavam pesados, lá passaram por grandes sofrimentos: não tinham milho, não tinham nenhuma comida. Só cheiravam a ponta de seus bastões e assim imaginavam estar comendo, mas nada comeram quando vieram.[5]

Não está claro como cruzaram o mar. Passaram por lá como se não houvesse mar.[6] Passaram sobre as pedras, umas pedras que havia sobre a areia. Deram-lhes os nomes de Pedras Alinhadas e Areias Empilhadas.[7] São esses os nomes que lhes deram quando cruzaram a laguna. Por onde as águas estavam separadas, eles passaram.[8]

Seus corações estavam pesados quando se reuniram em conselho: não tinham comida; só tomavam uma bebida feita de milho,[9] que carregaram até o alto da montanha chamada Chi-Pixab. Tinham carregado também Tohil, Avilix e Hacavitz.

Em grande jejum estavam Balam-Quitzé e sua mulher. Cahá-Paluna era o nome de sua mulher. Também jejuavam Balam-Acab e sua mulher, chamada Chomihá. E também estavam totalmente em jejum Mahucutah e sua mulher, chamada Tzununihá, e Iqui-Balam e sua mulher, chamada Caquixahá.

Eles eram os que jejuavam no escuro, na aurora. Estavam muito tristes, lá no alto da montanha que hoje se chama Chi-Pixab.

8

E novamente lhes falou seu deus. Assim Tohil, junto com Avilix e Hacavitz, disse para Balam-Quitzé, Balam-Acab, Mahucutah e Iqui-Balam:

É preciso ir, vamos nos levantar,
aqui não devemos ficar.
Levem-nos para um lugar oculto,
pois se aproxima o amanhecer.
Não será grande o infortúnio
se os inimigos nos capturam?
Construam um muro[1]
onde possamos permanecer,
autossacrificadores e sacrificadores,
e a cada um de nós deem um refúgio[2]

Essa foi sua fala.

– Está bem. Vamos sair em busca de florestas – responderam todos. Daí cada um pegou seu deus e o carregou nas costas.

Então levaram Avilix para um desfiladeiro, a que deram o nome de *Euabal-Ziván*, o Desfiladeiro do Esconderijo. Era um grande desfiladeiro no meio da floresta, que agora chamamos *Pavilix.*[3] Ele foi deixado lá, nesse desfiladeiro, por Balam-Acab. Foi o primeiro da sequência a ser assentado.

Depois deixaram Hacavitz sobre uma grande montanha de fogo.[4] *Hacavitz* é o nome dessa montanha hoje em dia. Lá foi fundada sua cidadela, no lugar onde o deus chamado Hacavitz ficou.

Mahucutah ficou com seu deus, que foi o segundo deus escondido por eles. Hacavitz não ficou na floresta, foi escondido numa montanha calva.

Depois foi a vez de Balam-Quitzé. Para esconder Tohil, Balam-Quitzé foi até uma grande floresta. *Patohil* se chama essa montanha hoje em dia.[5] Então nomearam aquele desfiladeiro-

-refúgio de Remédio de Tohil.[6] Havia muitas cobras, jaguares, cascavéis e *cantiles*[7] na floresta onde ele foi escondido pelos autossacrificadores e sacrificadores.

Balam-Quitzé, Balam-Acab, Mahucutah e Iqui-Balam estavam juntos; juntos esperavam o amanhecer no alto da montanha chamada Hacavitz.

Perto dali ficou o deus dos Tamub e o dos Ilocab. *Amac-Tan*[8] se chamava o lugar onde ficou o deus dos Tamub; ali iriam amanhecer. *Amac-Uquincat* se chamava o lugar onde os Ilocab[9] iriam amanhecer. O deus dos Ilocab ficou lá, numa montanha próxima.

Lá também estavam todos os Rabinal, os Cakchiquel, os da casa Tziquina, todas as tribos pequenas e as tribos grandes. Pararam lá juntos, juntos iriam amanhecer, juntos esperaram a vinda da grande estrela chamada *Icoquih*, que aparece primeiro, sai antes do sol, quando amanhece, segundo contam.

Estavam lá juntos, pois, Balam-Quitzé, Balam-Acab, Mahucutah e Iqui-Balam. Não dormiam, nem descansavam. Seus corações, suas entranhas clamavam pela aurora, pelo amanhecer. E sentiram vergonha de seu aspecto, ficaram muito tristes, muito aflitos. Estavam abatidos pela dor. Assim se encontravam.

– Não foi boa nossa vinda. Ai de nós! Se ao menos pudéssemos ver o nascer do sol! O que fizemos? Éramos iguais em nossas montanhas, mas nos desterramos – diziam em suas conversas, em meio a muito sofrimento, humilhação e lamúrias. Falavam com os corações desesperados pelo amanhecer.

– Os deuses estão confortados lá nos desfiladeiros, nas florestas, entre bromélias, entre barbas-de-velho;[10] não estão sobre pedestais – diziam.

Primeiro estavam Tohil, Avilix e Hacavitz. Era grande seu esplendor, o poder de seu alento, de seu espírito sobre os deuses de todas as tribos. Muitos eram seus prodígios, muitas suas formas de avançar, de ganhar, enregelando, assustando, com sua índole, o coração das tribos, que foram tranquilizadas por Balam-Quitzé, Balam-Acab, Mahucutah e Iqui-Balam. Seus corações não estavam ressentidos com os deuses que haviam recebido, que haviam carregado quando vieram lá de Tulán-Zuivá, lá do Oriente, e que agora estavam na floresta.

Estes são os Lugares do Amanhecer – *Zaquiribal:*[11] *Pa-Tohil, P'Avilix, Pa-Hacavitz,*[12] como se chamam hoje. E foi lá que nossos avós, nossos progenitores, tiveram sua semeadura, seu amanhecer.

Agora vamos relatar o amanhecer, e o surgimento do sol, da lua e das estrelas.

9

Eis aqui o amanhecer, o surgimento do sol, da lua e das estrelas.

Foi grande a alegria de Balam-Quitzé (o Jaguar Risonho), Balam-Acab (o Jaguar Noite), Mahucutah (O-que-Nada-Oculta) e Iqui-Balam (o Jaguar Lua) ao ver a estrela-d'alva. Ela saiu primeiro, sua face resplandecia quando saiu, antes do sol.

Então desembrulharam a resina de copal,[1] trazida do Oriente. Seus corações estavam exultantes quando a desembrulharam. Eram três as oferendas de gratidão de seus corações:

Mixtán-Pom era o nome do incenso que Balam-Quitzé trazia; *Caviztán-Pom* se chamava o trazido por Balam-Acab; e *Cabauil-Pom*[2] era o nome do que trazia Mahucutah. Cada um dos três tinha seu copal. E foi isso que eles queimaram, oferecendo os incensos na direção do sol nascente.

Choravam mansamente ao fazer suas oferendas, ao queimar seu incenso, seu sagrado copal.[3] Depois choraram por ainda não terem visto, não terem testemunhado, o nascimento do sol.

E então o sol saiu. Alegraram-se os bichos pequenos e os bichos grandes, todos se levantaram, nas beiras dos rios, nos desfiladeiros. No alto das montanhas, todos os olhos se voltaram para o lugar onde o sol nascera.

Então o leão-baio e o jaguar rugiram, e o primeiro pássaro que cantou foi o *Queletzú*[4] (o Periquito). Todos os bichos ficaram muito alegres, e abriram suas asas a águia e o urubu-branco,[5] e os passarinhos, e os pássaros grandes.

Os autossacrificadores e sacrificadores se curvaram. Era grande seu júbilo, e o dos autossacrificadores e sacrificadores dos Tamub, dos Ilocab. E dos Rabinal, dos Cakchiquel, dos de Tziquinahá e Tuhalhá, Uchabahá, Quibahá, e dos Batená e dos Yaqui Tepeu (Soberanos Mexicanos), e de quantas tribos existem hoje. Incontáveis eram as pessoas, mas o amanhecer foi um só para todas as tribos.

O sol então secou a superfície da terra. Quando se ergueu, o sol parecia uma pessoa. Sua face era ardente, e então ele secou a superfície da terra. Antes do sol sair ela era úmida, a superfície da terra era barrenta antes do sol sair. Só que o sol se ergueu, parecia gente. Seu calor era insuportável.[6] Por isso o sol só se manifestou ao nascer; o que dele restou é somente seu espelho. "O sol que hoje se vê não é mais o verdadeiro", como diziam os antigos.[7]

E então, repentinamente, Tohil, Avilix e Hacavitz foram transformados em pedra, junto com as imagens divinizadas[8] do leão-baio, do jaguar, da cascavel e da víbora *cantil*. Mas *Saqi Koxol* os pegou e se resguardou no tronco de uma árvore, quando o sol surgiu com a lua e as estrelas e todos, em toda parte, estavam sendo transformados em pedra. Talvez não nos erguêssemos,[9] hoje, em virtude dos animais que mordem – o leão-baio, o jaguar, a cascavel e a víbora –, talvez sem *Saqi Koxol* hoje não tivéssemos nossos dias, se aqueles primeiros animais não tivessem sido rapidamente petrificados pelo sol.[10]

Era grande a alegria nos corações de Balam-Quitzé, Balam-Acab, Mahucutah e Iqui-Balam. Ficaram muito alegres quando amanheceu. Já não havia muita gente, eram poucos os que ainda estavam ali sobre a montanha Hacavitz.[11] Ali amanheceram, ali queimaram seu incenso,[12] voltados para o Oriente, de onde tinham vindo. Essas eram suas montanhas, seus vales, de lá tinham vindo Balam-Quitzé, Balam-Acab, Mahucutah e Iqui-Balam, assim chamados.

Mas foi ali que se multiplicaram, nessa montanha que se tornou sua cidadela. Foi ali que surgiram o sol, a lua e as estrelas, quando amanheceu e o leito da terra se iluminou, com tudo o que havia sob o céu. Também foi ali que teve início seu canto, chamado *Camucu*,[13] e o que cantaram era apenas o lamento de seus corações, de suas entranhas.

Ai de nós!
Em Tulán nos perdemos,
lá nos separamos.
Nossos irmãos mais velhos
lá deixamos, lá deixamos
nossos irmãos mais novos.

O sol, de onde viram?
O amanhecer, onde esperaram?

Era isso que diziam para os autossacrificadores e sacrificadores dos Yaqui.

Pois embora Tohil seja seu nome, ele é o mesmo deus dos Yaqui: *Yolcuat*, *Quitzalcuat*[14] são seus nomes.

– Nós nos separamos lá em Tulán, em Zuivá, saímos de lá juntos e lá foi criada nossa face quando viemos – diziam entre si.

Então se lembraram de seus irmãos mais velhos, de seus irmãos mais novos, do povo yaqui, que amanheceu lá no país hoje chamado México. Houve ainda uma parte da gente que ficou lá no Oriente, os chamados *Tepeu Olomán*, que ficaram lá, disseram.

Seus corações estavam muito pesados lá em Hacavitz; o mesmo sentiam os Tamub e os Ilocab. Eles estavam lá na floresta chamada *Amac-Tan*,[15] onde amanheceu para os autossacrificadores e os sacrificadores, junto com seu deus, o mesmo Tohil. Era um só o nome do deus dos três ramos do povo quiché. Esse também é o nome do deus dos Rabinal, pois há pouca diferença com o nome de *Huntoh* (Um Tormenta), que é o nome do deus dos Rabinal; por isso dizem que quiseram igualar sua língua à dos Quiché.

Mas a língua dos Cakchiquel é diferente, porque era diferente o nome de seu deus quando vieram lá de Tulán-Zuivá. *Tzotzihá Chimalcán* (Cobra Bonita da Casa do Morcego) era o nome de seu deus, e hoje falam uma língua diferente. Também de seu deus tomaram seus nomes as famílias *Ahpozotzil* – Guardião da Esteira do Morcego – e *Ahpoxá*[16] – Guardião da Esteira da Dança –, assim chamadas.

Como seu deus, sua língua também se modificou, quando o deus lhes foi entregue lá em Tulán. Por causa da pedra,[17] sua língua foi mudada quando vieram de Tulán na escuridão. Todas as tribos tiveram uma só semeadura, um só amanhecer, e já existiam, então, os nomes do deus de cada tribo.[18]

10

E aqui vamos contar como foi sua estada, sua permanência na montanha, onde estavam juntos os quatro chamados Jaguar Risonho, Jaguar Noite, O-que-Nada-Oculta e Jaguar Lua.[1] Seus corações choravam por Tohil, Avilix e Hacavitz, que tinham deixado entre as bromélias e as barbas-de-velho.

E lá queimaram sua oferenda de copal, ao chegar diante de Tohil e de Avilix. Aquela foi a origem da cerimônia dos sacrifícios a Tohil. Foram lá vê-los, foram lá adorá-los, e também agradecer, diante deles, pelo amanhecer. Estavam prosternados[2] ante seus ídolos de pedra, lá na floresta. Quando os autossacrificadores e sacrificadores chegaram diante de Tohil, foi só a manifestação de seu espírito que lhes falou.[3] Não era grande sua oferenda; tudo que eles queimaram diante de seu deus foi resina, só resíduos de pez, com estragão-de-inverno,[4] queimaram diante de seu deus.[5]

E quando Tohil se pronunciou, foi apenas uma manifestação de seu espírito. E ao dar suas recomendações aos autossacrificadores e sacrificadores,[6] os deuses disseram:

Que estas sejam nossas montanhas, nossos vales.
Que nós sejamos seus,
que seja grande nosso dia, grande nosso nascimento,
por todos os seus homens, todas as tribos.
Como estamos a seu lado, em suas cidadelas,
vamos lhes dar essa orientação:

Não nos revelem para as tribos
se por nossa causa ficarem aflitos.
Já são muitos e muitos,
não deixem, pois, que nos capturem.[7]
Ofereçam-nos os filhos da relva, os filhos dos grãos
– as crias dos veados, as crias dos pássaros.[8]
Venham nos dar um pouco desse sangue, piedade!

E separem a pele do veado,[9] guardem-na;
será esse o disfarce, isso servirá para enganá-los.[10]

A pele do veado será nosso substituto perante as tribos.
Quando lhes perguntarem: Onde está Tohil?,
desenleiem diante delas o manto de veado.
E não se mostrem. Vocês têm muito a fazer,
e então grande será sua existência,
com as tribos todas sob seu domínio.
Que elas nos tragam seu sangue e sua linfa,
que nos abracem,
e então elas também serão nossas.

Isso disseram Tohil, Avilix e Hacavitz.[11]

Cena de uma prática de autossacrifício, com personagem à direita, extraindo sangue da língua.

Sua aparência era de jovens quando foram vistos, quando vieram queimar suas oferendas diante deles. E então começou a caça às crias de pássaros e veados. Eles foram pegos pelos autossacrificadores e sacrificadores. E quando os pássaros e os filhotes de veado caíram na armadilha, puderam ungir a boca das pedras de Tohil, de Avilix, com o sangue dos veados e dos pássaros.

E assim que o sangue era bebido pelos deuses, as pedras falavam com os autossacrificadores e sacrificadores que chegavam para lhes queimar suas oferendas. Faziam o mesmo diante de seus substitutos; queimavam resina, estragão-de-inverno e cabeças de cogumelo.[12]

Havia um manto de veado para cada um dos deuses que estavam lá onde tinham sido postos por eles, no alto da montanha. Eles não moravam em suas casas durante o dia, só andavam pelas montanhas, e só se alimentavam de larvas de mamangavas, larvas de vespas, só larvas de colmeias eles encontravam. Não tinham boa comida nem boa bebida. Os caminhos de suas casas não eram claros, não era claro onde suas mulheres estavam.

QUARTA PARTE

1

Muitas tribos já estavam reunidas, uma a uma se assentaram lá. Os diferentes ramos das tribos estavam reunidos. Também eram muitos pelos caminhos, e seus caminhos eram claros.

Quanto a Balam-Quitzé, Balam-Acab, Mahucutah e Iqui-Balam, não era claro onde estavam. Ao ver as tribos passando pelos caminhos, começaram a gritar no alto das montanhas. Lançaram o uivo do coiote e o da raposa-branca e imitaram o rugido do leão-baio e do jaguar, ao ver as numerosas tribos caminhando.

E as tribos então disseram:

– Esses gritos são só de coiote, só de raposa-branca. São gritos de leão-baio e de jaguar, apenas.

Assim, nos corações de todas as tribos, eles não eram gente. Faziam isso para enganar as tribos, era essa sua intenção. Não queriam realmente espantar as tribos quando soltavam o rugido do leão-baio, o rugido do jaguar. O que eles queriam era, ao ver uma ou duas pessoas caminhando sozinhas, destruí-las.

Todo dia, ao voltar para suas casas e suas mulheres, só larvas de mamangavas, larvas de vespas, só larvas das colmeias eles levavam para dar a suas mulheres.

Todo dia, ao ficar diante de Tohil, Avilix e Hacavitz, diziam em seus corações:

– Eles são Tohil, Avilix e Hacavitz, e só lhes oferecemos sangue de veados e de pássaros. Melhor furarmos nossas orelhas e cotovelos, quando formos pedir a Tohil, Avilix e Hacavitz que nos deem força e vigor. Pois quem vai cuidar da morte das tribos? Será que teremos de matá-los um por um? – disseram entre si. E então foram até Tohil, Avilix e Hacavitz.

Furaram as orelhas e os cotovelos diante dos deuses. Recolheram seu sangue numa cuia e o despejaram na boca das pedras.[1] Não eram pedras, na verdade, pois cada uma era como um jovem quando os autossacrificadores e sacrificadores chegaram, alegrando-os com suas oferendas de sangue.

E então veio o sinal do que deveriam fazer:

– Devem derrotá-los, é sua salvação, que veio de lá, de Tulán, desde que nos receberam – disseram. – Isso foi quando lhes deram a pele, no lugar chamado *Zilizib*, atrás da qual estava o sangue, a chuva de sangue que seria sua oferenda para Tohil, Avilix e Hacavitz.[2]

2

Eis como começou o rapto das pessoas das tribos por Balam--Quitzé, Balam-Acab, Mahucutah e Iqui-Balam.

E então veio a matança das tribos. Raptavam uma pessoa que caminhava sozinha, ou duas pessoas que caminhavam juntas. Não era claro quando elas eram raptadas. Daí iam sacrificá-las diante de Tohil e Avilix. Depois regavam o sangue no caminho, deixavam a cabeça no caminho. E as tribos então diziam:

– Foram comidos pelo jaguar. – Diziam isso porque os rastros que deixavam eram como pegadas de jaguar. Eles não apareciam, mas muitas pessoas foram raptadas.

As tribos levaram muito tempo para perceber isso:

– Se são Tohil e Avilix que estão por trás disso, vamos atrás dos autossacrificadores e sacrificadores, quando eles estiverem em suas casas. Vamos seguir suas pegadas! – disseram todas as tribos.

Então se reuniram em conselho. Depois começaram a seguir as pegadas dos autossacrificadores e sacrificadores, mas elas não eram claras. Só viam pegadas de veado, pegadas de jaguar. Não se viam as pegadas deles, não estavam em nenhum lugar.[1] As primeiras pegadas eram de quadrúpedes, feitas só para confundi-los. Não estava claro seu caminho.

Veio uma névoa,
nuvens negras de chuva;
a terra virou lama
com a chuvarada.

Era só isso que as tribos viam à sua frente. Seus corações então se cansaram de procurá-los, e desistiram. Como era grande a natureza de Tohil, Avilix e Hacavitz, eles ficaram por muito tempo no alto da montanha, nos arredores das tribos que matavam.

Foi assim que começou o rapto das pessoas, quando os sacrificadores raptavam as pessoas nos caminhos e as sacrificavam diante de Tohil, Avilix e Hacavitz. Seus filhos foram mantidos a salvo no alto da montanha.

Tohil, Avilix e Hacavitz tinham a aparência de três meninos quando saíam para caminhar; essa imagem era apenas o espírito das pedras. Havia um rio onde eles se banhavam, só ali na beira do rio é que eles apareciam. Por isso ele foi chamado de *Banho de Tohil*, era esse o nome do rio.[2] Muitas vezes as tribos os viam ali, mas eles desapareciam assim que eram vistos pelas tribos.

Então chegaram notícias do paradeiro de Balam-Quitzé, Balam-Acab, Mahucutah e Iqui-Balam, e foi aí que as tribos perceberam de que forma estavam sendo mortas.

As tribos então se reuniram para debater a melhor maneira de vencer Tohil, Avilix e Hacavitz. Todos os autossacrificadores e sacrificadores das tribos falaram diante delas:[3]

– Que todos se reúnam, que todos sejam chamados. Nem uma nem duas de nossas tribos ficarão para trás.

Todos se reuniram, todos se convocaram, juntaram seus pensamentos, e então falaram, e se perguntaram:

– Como faremos para vencer os Quiché de Cavec?[4] Estão acabando com nossas filhas, com nossos filhos, e não está claro como fazem as pessoas desaparecer. E se acabarem conosco, com todos esses raptos?[5] Se é tão forte o esplendor de Tohil, Avilix e Hacavitz, então que seja Tohil o nosso deus! Vamos capturá-lo. Não podem nos derrotar. Afinal, não somos numerosos? E os de Cavec não são muitos – disseram, quando estavam todos reunidos.

E alguns, quando falaram, disseram às tribos:

– Quem está todo dia tomando banho lá no rio? Se forem Tohil, Avilix e Hacavitz, primeiro vamos derrotá-los. E ali vai começar a derrota dos autossacrificadores e sacrificadores – foi o que vários deles disseram quando falaram.

– Mas como vamos derrotá-los? – perguntaram de novo.

– Vai ser assim que iremos derrotá-los. Como eles têm aparência de jovens quando se deixam ver na beira do rio, que vão até lá duas virgens, duas virgens realmente belas e adoráveis, de modo a despertar seu desejo – replicaram.

– Está bem. Então vamos procurar duas virgens perfeitas

– disseram os outros, e foram procurá-las entre suas filhas. As virgens eram realmente radiantes.

Então deram instruções para as mocinhas:

– Vão lá, filhas, vão lavar roupa no rio, e se virem três jovens, se desnudem diante deles, e se seus corações as desejarem, atraiam-nos! Se eles disserem: "Gostaríamos de ficar com vocês", respondam "Sim". E quando perguntarem: "De onde vocês vêm, são filhas de quem?", respondam: "Somos filhas dos Senhores".[6] Que seu sinal venha por meio de vocês, eles devem lhes dar alguma coisa. E, se eles desejarem suas faces, entreguem-se realmente a eles.[7] Se não se entregarem, nós as mataremos.[8] Mas nossos corações ficarão satisfeitos se vocês nos trouxerem um sinal, essa será a prova de que eles ficaram com vocês.

Assim falaram os Senhores ao instruir as duas moças. Estes eram seus nomes: *Ixtah* era o nome de uma mocinha, e *Ixpuch*[9] o da outra menina-moça. E as duas de nome Ixtah e Ixpuch foram mandadas para o rio, para o Banho de Tohil, Avilix e Hacavitz. Foi essa a deliberação de todas as tribos.

Então elas partiram, muito bem adornadas, estavam realmente lindas quando foram até o rio onde se banhava Tohil.[10] Parecia mesmo que iam lavar, quando saíram. Os Senhores então se alegraram por terem mandado suas duas filhas.

Assim que elas chegaram ao rio, as duas começaram a lavar. Logo se desnudaram. Estavam debruçadas sobre as pedras quando Tohil, Avilix e Hacavitz chegaram. Chegaram lá na beira do rio e só olharam de relance as duas jovens lavando. As moças se envergonharam quando Tohil chegou. O desejo de Tohil não foi despertado por elas. E ele lhes perguntou:

– De onde vocês vêm? – disse para as duas moças. E também: – O que querem para ter vindo aqui, até as margens de nosso rio?

E elas responderam:

– Fomos mandadas aqui pelos Senhores, então viemos. "Vão lá e vejam as faces dos deuses de Tohil. Falem com eles", nos disseram os Senhores. "Depois tragam a prova de que viram mesmo a face deles", nos disseram. – Foi isso que disseram as duas moças, ao confessar sua missão.

Ora, o que as tribos queriam era que as virgens fossem violadas pelos espíritos dos deuses de Tohil.[11] Então Tohil, Avilix e Hacavitz disseram, ao falar novamente com Ixtah e Ixpuch, que assim se chamavam as duas mocinhas:

– Está bem, é bom que levem um sinal de nossa conversa com vocês. Esperem um pouco, e poderão entregá-lo diretamente aos Senhores – disseram.

Então confabularam com os autossacrificadores e sacrificadores, disseram a Balam-Quitzé, Balam-Acab, Mahucutah e Iqui-Balam:[12]

– Pintem três mantos, inscrevam nele o signo de seu ser para que chegue às tribos, levados pelas duas moças que estão lavando. Entreguem-nos a elas – disseram a Balam-Quitzé, Balam-Acab e Mahucutah.

E logo os três começaram a pintar. O primeiro a pintar foi Balam-Quitzé. Seu signo era um jaguar pintado sobre o manto. Depois Balam-Acab pintou: seu signo foi uma águia pintada sobre o manto. E quando Mahucutah pintou, um enxame de mamangavas e de vespas foi seu signo, desenhado e pintado sobre o manto. Terminada a pintura de cada um dos três, dobraram os três mantos pintados.[13]

Daí Balam-Quitzé, Balam-Acab e Mahucutah foram entregar os mantos para Ixtah e Ixpuch, assim chamadas, e disseram:

– Aqui está o sinal de sua conversa. Ao levá-lo perante os Senhores, digam: "Tohil realmente falou conosco, aqui está a prova que recebemos". Que eles se cubram, pois, com os mantos que lhes forem dados – foi o que disseram para as moças ao instruí-las. Então elas partiram, levando os mantos pintados.[14]

Quando elas chegaram, os Senhores ficaram muito alegres ao ver suas faces. De seus braços pendia o que tinham pedido.

– Viram a face de Tohil? – perguntaram a elas.

– Sim, nós a vimos – responderam Ixtah e Ixpuch.

– Muito bem. Devem ter trazido um sinal disso, não? – disseram os Senhores, pressentindo o sinal da transgressão.

Os mantos pintados as jovens então desdobraram.
Por toda parte desenhos de jaguares,

desenhos de águias e de mamangavas e de vespas
por toda parte relumbravam.
Os Senhores, assim, aqueles mantos cobiçaram,
e então sobre as costas os jogaram.
O jaguar nada fez.
Sua pintura foi a primeira a cobrir as costas de um Senhor.
Daí outro Senhor com o segundo manto pintado se cobriu,
com o desenho da águia ele sentiu-se esplêndido,
e desfilando diante de todos, diante de todos o exibiu.
Daí outro Senhor com o terceiro manto pintado se cobriu.
Só mamangavas, só vespas havia dentro dele,
e tão logo o jogou sobre si
mamangavas e vespas passaram a picá-lo.
Insuportáveis eram suas dolorosas ferroadas,
gritos dava o Senhor por culpa dos insetos,
que não eram, no fundo, nada além de imagens inscritas no manto,
eram desenhos de Mahucutah, somente.
E essa terceira pintura os derrotou.

Os Senhores então repreenderam as moças chamadas Ixtah e Ixpuch:

– Mas que espécie de manto vocês trouxeram? Onde vocês pegaram isso, suas malvadas? – disseram para as moças ao repreendê-las.

Assim, todas as tribos foram vencidas por Tohil. Ora, o que as tribos queriam era que Tohil tivesse caído na tentação de ir atrás das virgens Ixtah e Ixpuch e que passasse a fornicar. No coração das tribos, elas seriam, assim, suas sedutoras. Mas não conseguiram derrotá-lo, graças àqueles homens prodigiosos, Balam-Quitzé, Balam-Acab, Mahucutah e Iqui-Balam.

3

Então todas as tribos se uniram novamente em conselho:

– Que podemos fazer com eles? É realmente grande sua natureza – disseram ao se reunir para debater novamente. – Pois bem, vamos invadir, vamos matá-los, armados de flechas e de escudos. Não somos numerosos? Nem um nem dois ficarão para trás – disseram ao deliberar. E todas as tribos se armaram. E eram muitas as tribos, muitos os guerreiros, quando todas as tribos se reuniram.

Nesse meio-tempo, Balam-Quitzé, Balam-Acab, Mahucutah e Iqui-Balam estavam na montanha. Hacavitz era o nome da montanha. Estavam lá para deixar seus filhos a salvo no topo da montanha.

Não eram muitos, não eram numerosos como a multidão das tribos. Ocupavam um espaço pequeno, no topo da montanha, por isso as tribos planejaram matá-los. Então se reuniram, debateram, e se uniram.

Foi assim a aliança de todas as tribos, todas munidas de flechas e de escudos. Eram incontáveis as joias de metal de seus adornos. Todos os Senhores, todos os guerreiros faziam bela figura. Mas era tudo conversa. Na verdade, eles se tornariam cativos.[1]

– Tohil é um deus, e como tal devemos adorá-lo. Então vamos capturá-lo – disseram entre si. Mas Tohil já sabia de tudo, e também já o sabiam Balam-Quitzé, Balam-Acab e Mahucutah. Eles ouviram tudo o que estava sendo planejado, pois não dormiam, não descansavam.

Assim que se armaram, todos os guerreiros se levantaram e se puseram a caminho, para invadir de noite. Mas não chegaram lá. Todos os guerreiros adormeceram no caminho, e assim foram derrotados por Balam-Quitzé, Balam-Acab e Mahucutah.

Adormeceram juntos no caminho. Sem sentir, caíram todos num sono profundo. Então suas sobrancelhas e barbas foram arrancadas. Depois lhes tiraram os adornos de metal do pescoço, junto com os ornamentos da cabeça e os colares. Também tiraram o metal do cabo de seus bastões. Fizeram isso para desfigurá-los, para zombar deles, como sinal da grandeza do povo quiché.

Assim que acordaram, eles tatearam em busca dos ornamentos da cabeça e da empunhadura dos bastões, mas já não havia metal nas empunhaduras, nem penachos.

– Quem nos depenou? Quem arrancou nossa barba? De onde vieram para levar assim nossa prata? – diziam os guerreiros. – Será que são os mesmos malvados que roubam gente? Não vão conseguir nos amedrontar. Vamos invadir sua cidadela, só assim poderemos ver a cara da nossa prata novamente e recuperar o que é nosso – disseram todas as tribos. Mas era tudo conversa.[2]

Enquanto isso, lá no topo da montanha os autossacrificadores e sacrificadores estavam confiantes. Mesmo assim, Balam-Quitzé, Balam-Acab, Mahucutah e Iqui-Balam[3] faziam grandes planos. Balam-Quitzé, Balam-Acab, Mahucutah e Iqui-Balam decidiram fazer uma cerca em torno de sua cidadela. Só com tábuas e estacas fizeram a paliçada. Depois fizeram uns bonecos que pareciam gente, e os puseram em fila sobre a paliçada, armados de escudos e de flechas e com os ornamentos de metal na cabeça. Mesmo sendo meros bonecos, mera madeira entalhada, foram adornados com a prata das tribos que tinham ido pegar no caminho, e com eles cercaram a cidadela.[4]

Fizeram uns fossos ao redor da cidadela, e então invocaram Tohil:

– E se morrermos? E se formos derrotados? – seus corações manifestaram a Tohil.

– Não se preocupem. Estou aqui. É isto que devem usar contra eles. Não tenham medo – disse a Balam-Quitzé, Balam-Acab, Mahucutah e Iqui-Balam, e então lhes deu os zangões e as vespas. Foi isso que eles foram buscar. E ao voltar os puseram dentro de quatro grandes porongos dispostos ao redor da cidadela. Encerraram as mamangavas e as vespas dentro dos porongos, para com elas combater as tribos.

Eram observados de longe, eram espionados, a cidadela era observada cuidadosamente pelos mensageiros das tribos.

– Não são muitos – disseram então. Mas só viram os bonecos, os entalhes de madeira, que pareciam se mover calmamente com suas flechas e escudos. Eles pareciam mesmo homens, pareciam guerreiros de verdade quando foram vistos pelas tribos. E todas as tribos se alegraram ao ver que não eram muitos.

Muitas tribos estavam lá, incontáveis eram os homens, os guerreiros e os matadores, os que iam matar Balam-Quitzé, Balam-Acab e Mahucutah, que estavam na montanha Hacavitz, que era esse o nome do lugar onde estavam.

Agora vamos contar como foi a investida.

4

E lá estavam Balam-Quitzé, Balam-Acab, Mahucutah e Iqui-Balam, todos juntos no alto da montanha com suas mulheres e seus filhos, quando chegaram todos os guerreiros e matadores das tribos. E não foram só duas vezes oito mil, três vezes oito mil,[1] que cercaram a cidade.

Lançando grandes gritos, armados de flechas e de escudos, batendo nas bocas entre brados e urros, vociferando, soprando silvos com as mãos, eles chegaram ao pé da cidadela.

Os autossacrificadores e sacrificadores não se assustaram, só olhavam para eles, lá do parapeito da paliçada onde estavam alinhados com suas mulheres e seus filhos. Seus corações estavam tranquilos, pois aquilo das tribos era só conversa.[2]

Elas começaram a subir as faldas da montanha, e quando faltava pouco para alcançarem a entrada, foram destampados os porongos, aqueles quatro que estavam nos arredores da cidade. E então mamangavas e vespas saíram dos porongos feito uma nuvem de fumaça. E os guerreiros foram derrotados pelos insetos, que grudavam em seus olhos,[3] e no nariz, e na boca, e nas pernas, e nos braços.

Os insetos iam atrás deles por todo lado. Para onde quer que fossem, eram alcançados. Onde quer que estivessem, mamangavas e vespas pousavam ferroando seus olhos. Nuvens de insetos cercavam cada homem. Atordoados com as mamangavas e as vespas, não conseguiam mais empunhar suas flechas e escudos, e se agachavam,[4] tropeçavam, caíam pela encosta da montanha. Já não sentiam nada quando foram feridos por lanças e golpeados com machados. Balam-Quitzé e Balam-Acab usaram somente pedaços de pau sem ponta. Suas mulheres também foram lá para matá-los. Só alguns conseguiram voltar. As tribos fugiram, mas os que foram alcançados foram mortos, eliminados. Não foram poucos os que morreram. E os que não estavam mortos, e eles queriam perseguir, foram atacados pelos insetos. Então, não houve bravura, pois não os mataram nem por flechas nem por escudos.

E quando todas as tribos foram derrubadas, só restou a essas tribos humilhar-se diante de Balam-Quitzé, Balam-Acab e Mahucutah.

– Tenham pena de nós, não nos matem! – disseram.

– Pois bem. Embora seu destino seja juntar-se aos mortos, serão vassalos enquanto houver dia, enquanto houver luz[5] – disseram.

Foi assim a derrota de todas as tribos por nossas primeiras mães, nossos primeiros pais. Isso aconteceu no alto da montanha Hacavitz, como ela é chamada hoje. Foi lá que primeiro se estabeleceram, lá se multiplicaram e cresceram, lá tiveram filhas e filhos, na montanha Hacavitz.

Então foi grande sua alegria ao vencer todas as tribos, derrotadas no alto da montanha. Foi assim que se deu a derrota das tribos, de todas as tribos. Depois disso, seus corações sossegaram. Então disseram a seus filhos que a hora de sua morte se aproximava. Era grande seu desejo de serem levados pela morte. E agora vamos contar a morte de Balam-Quitzé, Balam-Acab, Mahucutah e Iqui-Balam, assim chamados.

5

Eles já pressentiam sua morte, seu desaparecimento. Então, deram recomendações a seus filhos. Não estavam doentes, não estavam agonizando quando deram suas palavras para os filhos.

São estes os nomes de seus filhos: Balam-Quitzé teve dois filhos: *Qocaib* era o nome do primeiro, e *Qocavib* era o nome do segundo, filho de Balam-Quitzé, avô e pai dos Cavec.

Balam-Acab gerou dois filhos, estes são seus nomes: *Qoacul* se chamava o primeiro, e *Qoacutec* era o nome do segundo filho de Balam-Acab, dos *Nihaib*.[1]

Mahucutah teve um único filho, chamado *Qoahau*.

Esses três tiveram filhos, mas Iqui-Balam não teve filhos. Eles eram realmente autossacrificadores e sacrificadores,[2] e esses são os nomes de seus filhos.

Então lhes deram suas recomendações.[3] Os quatro estavam juntos e começaram a cantar, seus corações estavam tristes, seus corações choravam ao cantar o *Camucu*, nome da canção que entoaram ao se despedir dos filhos.

– Filhos queridos! Temos de ir, mas voltaremos. Palavras claras, claros conselhos lhes deixamos. E também a vocês, queridas esposas, que vieram de montanhas distantes para cá – disseram para suas mulheres. E cada um disse, na despedida:

Para nossa cidade voltaremos.
Nosso Senhor dos Veados[4]
já está alinhado, lá no céu se reflete.
Voltaremos, já é hora.
Já cumprimos nossa tarefa. Nosso dia está completo.
Sintam nossa presença. Não nos esqueçam, não nos apaguem.
Busquem seus lares, as montanhas onde irão se estabelecer.
Façam isso. Sigam seu caminho,
e o lugar de onde viemos novamente irão ver.

Foram essas suas palavras de despedida. Então Balam-Quitzé deixou o sinal de sua existência:

– Dou-lhes isso para que se lembrem de mim. Essa é sua grandeza. Já lhes dei minhas recomendações, meu conselho[5] – disse, ao deixar o sinal de sua existência, o *Pizom-Gagal*,[6] o Envoltório do Esplendor,[7] assim chamado. Não estava clara sua face. Ele estava dobrado, nunca tinha sido desembrulhado. Não se notava sua costura porque ninguém viu quando o envolveram.

Assim se despediram, e em seguida desapareceram lá no alto da montanha Hacavitz.

Não foram enterrados por suas mulheres nem por seus filhos. Não ficou claro como desapareceram. Só se viu claramente sua despedida, e o Envoltório se tornou sagrado para eles. Era a memória de seus pais. Imediatamente eles queimaram copal diante da memória de seus pais.

E então foram criados os homens pelos Senhores que sucederam a Balam-Quitzé, quando se originaram os avós e pais dos Cavec. Seus filhos, os chamados Qocaib e Qocavib, nunca se esqueceram disso.

Foi assim que morreram os quatro, nossos primeiros avós, nossos primeiros pais. Ao desaparecer, deixaram seus filhos na montanha Hacavitz, onde eles ficaram por um tempo.

Todas as tribos estavam subjugadas, oprimidas. Não tinham mais poder, mas muitos se reuniam em Hacavitz, todos os dias, para honrar a memória de seus pais.[8]

Era grande para eles o esplendor do Envoltório. Mas não o desdobraram, ficava dobrado lá com eles. De Envoltório do Esplendor eles o chamavam. Davam-lhe esse nome ao enaltecer o que ali estava oculto, aquilo que fora deixado por seus pais, o sinal de sua existência.

Então foi assim o desaparecimento, o fim de Balam-Quitzé, Balam-Acab, Mahucutah e Iqui-Balam. Eles foram os primeiros homens que vieram de lá, da beira do mar onde nasce o sol. Vieram para cá em tempos antigos. Quando morreram, já eram muito velhos, e ficaram conhecidos como autossacrificadores[9] e sacrificadores.

6

Então eles pensaram em ir para o Oriente. Pensaram nos conselhos de seus pais, que não haviam esquecido. Já fazia muito tempo que seus pais tinham morrido. As tribos deram suas mulheres aos três, e se tornaram parentes[1] quando se casaram.

Ao partir, eles disseram:

– Vamos para o Oriente, de onde nossos pais vieram. – Foi isso que os três filhos disseram quando se puseram a caminho. Um deles se chamava *Qocaib* e era filho de Balam-Quitzé, dos Cavec. O chamado *Qoacutec* era filho de Balam-Acab, dos Nihaib. O outro, chamado *Qoahau*, era filho de Mahucutah, dos Ahau-Quiché.[2]

São esses, pois, os nomes dos que foram para lá, para os lados do mar.[3] Então os três partiram. Todos tinham sabedoria e entendimento. Sua natureza não era a de homens comuns. Despediram-se de todos os seus irmãos, os mais velhos e os mais novos. Estavam contentes com a partida:

– Nós não vamos morrer, nós voltaremos! – os três disseram ao partir.

Passando pelas [margens] do mar,[4] chegaram ao Oriente, onde foram receber a investidura do poder. Este é o nome do Senhor, do Senhor do Oriente, aonde chegaram:

Chegaram diante do Senhor *Nacxit*,[5] esse era o nome do Grande Senhor, o único juiz de um grande domínio. Foi ele quem lhes deu os símbolos do poder, todas as insígnias. E então ele lhes deu os símbolos do poder, todos os seus símbolos. E então chegaram as insígnias do Guardião da Esteira (*Ahpop*) e do Guardião da Esteira da Casa do Recebimento (*Ahpop-Camhá*).[6] Foram entregues, pois, as insígnias de poder e autoridade do Guardião da Esteira e do Guardião da Esteira da Casa do Recebimento. Nacxit lhes deu todas as insígnias do poder. Aqui estão seus nomes:

pálio, trono;
flauta de osso, tam-tam;
pó resplandecente, argila ocre;

presa de leão-baio, presa de jaguar;
cabeça de veado, pata de veado;
bracelete de couro, chocalho de concha;
cabaça de tabaco, tigela de comida;
penas de papagaio, penas de garça-real.[7]

Então eles voltaram trazendo tudo isso. Lá da beira do mar eles trouxeram os escritos de Tulán, suas pinturas, como são chamadas, onde se contam suas histórias.[8]

Quando voltaram para sua cidade, chamada Hacavitz, todos os Tamub e os Ilocab se reuniram, todas as tribos se juntaram e era grande a alegria de todos. Assim que chegaram, Qocaib, Qoacutec e Qoahau retomaram seu governo das tribos.[9]

Ficaram alegres os Rabinal, os Cakchiquel e os da casa Tziquina. Diante deles se exibiram as insígnias de grandeza de seu poderio. Também seria grande a existência das tribos, pois antes seu poder ainda não se manifestara por completo. E lá estavam, então, em Hacavitz, lá estavam com eles todos os que tinham vindo do Oriente. Passaram muito tempo lá,[10] eram muitos os que estavam no cume da montanha Hacavitz. Também foi lá que morreram as mulheres de Balam-Quitzé, Balam-Acab e Mahucutah.

Depois foram embora, abandonaram sua montanha. Procuraram outras montanhas onde se estabelecer. São incontáveis as montanhas onde se estabeleceram, as que exaltaram, as que nomearam. Lá se reuniram e se fortaleceram nossas primeiras mães, nossos primeiros pais. Isso diziam os antigos ao contar como abandonaram sua primeira cidadela, chamada Hacavitz.

Daí chegaram ao lugar onde fundaram uma outra cidadela – *Chi-Quix*[11] é seu nome. Lá ficaram por muito tempo vários ramos das tribos, lá tiveram filhas e filhos. Lá estiveram, e eram quatro as montanhas, mas o nome de sua cidadela era um só. Suas filhas, seus filhos se casaram. Recebiam obséquios e presentes ao dar as filhas em casamento. Faziam o que era bom para sua existência.[12]

Depois passaram em cada um dos ramos da cidade, cujos nomes são: *Chi-Quix*, *Chichac*, *Humetahá*, *Culbá* e *Cavinal*. Eram esses os nomes dos lugares onde pararam. Esquadrinhavam as montanhas, as cidadelas, em busca de lugares onde assentar-se, pois todos juntos agora eram muito numerosos.

Os que tinham ido até o Oriente receber a investidura do poder já estavam mortos. Os que tinham ido de uma a outra montanha tinham envelhecido. Não se adaptaram, quando estiveram lá. Sofreram dores e aflições. Depois de muito tempo, os avós e os pais acabaram encontrando sua cidadela.

7

Este é o nome da cidadela a que chegaram:

Chi-Izmachí[1] é o nome da montanha, da cidadela, para onde foram e se estabeleceram. Lá experimentaram seu esplendor. Moeram sua cal e seu gesso,[2] na quarta geração de Senhores.

Foi dito que Conaché governou com Beleheb-Queh, com o Galel--Ahau.[3] E depois governou Cotuhá, com Iztayul, os nomes do Ahpop e do Ahpop-Camhá, governaram lá em Izmachí, a bela cidade que construíram.[4]

Só havia três Casas grandes em Izmachí. Ainda não existiam as vinte e quatro Casas grandes. Suas Casas grandes eram somente três: a Casa grande de Cavec, a Casa grande de Nihaib e a Casa grande de Ahau-Quiché. Mas só duas Casas grandes[5] governavam os dois ramos da cidade [os Quiché e os Tamub].

Em Izmachí, seus corações eram um só. Lá não havia maldade nem raiva. Seu governo era pacífico. Não havia disputas nem tumultos. Só havia pureza, senso de comunidade, em seus corações. Não havia inveja nem despeito em suas ações. Era pequeno, ainda, seu esplendor: ainda não tinham se organizado, não tinham se engrandecido. Então eles tentaram, fortaleceram seus escudos[6] lá em Izmachí. E isso foi um sinal de seu poder, com isso assinalaram seu esplendor, sua grandeza.

Quando os Ilocab viram isso, teve início a guerra. Os Ilocab queriam que o Senhor Cotuhá fosse morto e que outro Senhor se tornasse seu aliado. Foi o Senhor Iztayul que os Ilocab tentaram aliciar. Queriam instruí-lo a cometer o crime. Mas sua tramoia invejosa se voltou contra eles. O Senhor Cotuhá não foi morto por causa dos Ilocab. Só que isso deu início a sublevações, a tumultos, à guerra.[7]

E os matadores vieram, atacaram primeiro a cidadela. Queriam apagar a face dos Quiché, queriam governar sozinhos. Mas eles é que foram pegos e feitos prisioneiros, foram escravizados. Muito poucos se salvaram.

Daí começaram os sacrifícios. Os Ilocab foram sacrificados diante dos deuses. Foi essa a punição por sua afronta ao Senhor

Cotuhá. Muitos outros foram capturados, escravizados, viraram servos. E se renderam, derrotados por terem começado uma guerra contra o Senhor, contra as escarpas da cidadela.[8] Sua intenção era destruir, apagar a face do poderio quiché. Mas não conseguiram.

Assim se fizeram os sacrifícios dos homens perante os deuses, quando se travou a guerra dos escudos, que deu início às fortificações da cidadela de Izmachí.

Foi aí que começou seu esplendor, pois era realmente grande o poder dos Senhores quiché. Eles eram, em todos os sentidos, Senhores prodigiosos. Ninguém podia derrotá-los, ninguém podia com eles. Foram eles que criaram a grandeza do poderio fundado em Izmachí.

Lá cresceram as oferendas de sangue aos deuses.[9] Todas as tribos, as grandes e as pequenas, ficaram assustadas, amedrontadas. Viam a chegada dos cativos, sacrificados e mortos por obra do esplendor, do poder do Senhor Cotuhá, do Senhor Iztayul, com os Nihaib e os Ahau-Quiché.

Somente três ramos da família estiveram lá em Izmachí, que assim se chamava a cidade. Foi lá que começaram os banquetes e brindes pelo florescimento de suas filhas.[10]

Dessa forma, as três Casas grandes, como eles as chamavam, ficavam juntas. Lá bebiam suas bebidas, lá comiam sua comida, que era o obséquio feito como paga por suas irmãs, por suas filhas.[11] Seus corações se alegravam quando comiam e bebiam[12] nas Casas grandes.

– Assim agradecemos, damos graças pelo sinal, por nossa descendência. Esse é o sinal de nosso consentimento para essas meninas e meninos nascidos de nossas mulheres – diziam.[13] Lá se intitularam,[14] deram nomes a suas linhagens, às tribos aliadas, a suas cidadelas.[15]

– Estamos enlaçados: nós, os Cavec, nós, os Nihaib, nós, os Ahau-Quiché – disseram as três linhagens, as três Casas grandes.

Permaneceram muito tempo em Izmachí, até que encontraram, até que viram outra cidadela, e deixaram Izmachí para trás.

Desenho da praça central de Gumarcaah (Carmack, 1981, p. 191)

8

Então eles se levantaram novamente e foram para a cidadela de *Gumarcaah*,[1] nome que lhe foi dado pelos Quiché. Foi quando chegaram os Senhores Cotuhá e Gucumatz, junto com os outros Senhores. Houve cinco mudanças, eram a quinta geração desde a origem da luz, a origem das tribos, a origem da vida e da formação do homem.[2]

Lá construíram muitas casas. E também ergueram templos para os deuses, no meio da parte mais alta da cidadela. Lá chegaram e ficaram.

Então seu poderio cresceu. Já eram muitos, a população era numerosa.[3] Então pensaram novamente em suas Casas grandes, se reuniram e se dividiram, pois surgiram discórdias entre eles. Estavam ressentidos em virtude do preço de suas irmãs, de suas filhas, porque já não lhes apresentavam comidas e bebidas.[4]

Foi essa a origem de sua separação, foi aí que se voltaram uns contra os outros e profanaram os ossos, as caveiras dos mortos.

Então se voltaram uns contra os outros e se dividiram em nove linhagens. Quando acabaram as desavenças pelas irmãs e filhas, decidiram dividir o domínio dos Senhores em vinte e quatro Casas grandes. Já fazia muito tempo que tinham chegado a essa cidadela quando se completaram as vinte e quatro Casas grandes, lá em Gumarcaah. Essa foi a cidadela abençoada pelo Senhor Bispo. Depois, foi abandonada.[5]

Lá se engrandeceram, lá adquiriram esplendor seus tronos e coxins, lá se distribuíram as variadas insígnias do poder a cada um dos Senhores. Em nove linhagens se congregaram:

Nove eram os Senhores de Cavec.
Nove eram os Senhores de Nihaib.
Quatro eram os Senhores de Ahau-Quiché.
Dois os Senhores de Zaquic.

Eram muitos os Senhores, e muitos os que os seguiam. Os primeiros eram os que tinham muitos vassalos, muitos filhos.[6] Eram muitíssimas[7] as linhagens de cada um dos Senhores.

Agora vamos dizer os nomes de cada um dos Senhores, de cada uma das Casas.

Estes são os títulos dos Senhores à frente dos Cavec, estes eram os Senhores principais:

Ahpop,[8] Guardião da Esteira.
Ahpop-Camhá,[9] Guardião da Esteira da Casa do Recebimento.
Ah-Tohil,[10] Guardião de Tohil.
Ah-Gucumatz,[11] Guardião da Serpente Emplumada.
Nim-Chocoh-Cavec,[12] Mestre do Cerimonial dos Cavec.[13]
Popol-Vinac-Chituy,[14] Ministro Tesoureiro.
Lolmet-Quehnay,[15] Embaixador *Quehnay.*
Popol-Vinac Pahom Tzalatz,[16] Conselheiro do Campo do Jogo de Bola.
Uchuch-Camhá,[17] Mãe da Casa do Recebimento.

Esses eram os Senhores à frente dos Cavec, os nove Senhores. Havia uma Casa grande para cada um deles, que depois mostrariam suas faces.

E estes são os Senhores à frente dos Nihaib, estes eram os Senhores principais:

Ahau-Galel, Senhor Magistrado.
Ahau-Ahtzic-Vinac, Senhor Orador.
Galel-Camhá, Magistrado da Casa do Recebimento.
Nimá-Camhá, Grande Encarregado da Casa do Recebimento.
Uchuch-Camhá, Mãe da Casa do Recebimento.
Nim-Chocoh-Nihaib, Mestre do Cerimonial das Casas grandes.
Avilix, Senhor Avilix.
Yacolatam Utzam-pop-Zaclatol, Fronteira da Esteira de Zaclatol.[18]
Nimá-Lolmet-Ieoltux, Grande Embaixador *Ieoltux*.
Eram nove, pois, os Senhores à frente dos Nihaib.[19]

Quanto aos Ahau-Quiché, são estes os nomes dos Senhores:
Ahtzic-Vinac, Arauto.
Ahau-Lolmet, Senhor Embaixador.
Ahau-Nim-Chocoh, Mestre do Cerimonial dos Ahau-Quiché.
Ahau-Hacavitz, Senhor Hacavitz.
Eram quatro, pois, os Senhores à frente dos Ahau-Quiché, com suas respectivas Casas grandes.

E eram duas as linhagens dos Zaquic:
Tzutuhá, Casa da Flor do Milho.
Galel Zaquic, Ministro dos Zaquic.

Esses dois Senhores tinham só uma Casa grande.[20]

9

Foi assim que se completaram os vinte e quatro Senhores e passaram a existir as vinte e quatro Casas grandes. Foi aí que aumentou o poder, o esplendor dos Quiché. Seu poder, seu esplendor cresceu quando se construiu com cal e gesso na escarpa, na cidadela.[1]

Vieram as tribos pequenas, vieram as tribos grandes, e, qualquer que fosse o nome de seus Senhores, vieram engrandecer os Quiché. Seu poder, seu esplendor cresceram, e se ergueram os templos dos deuses e as casas dos Senhores. Mas não foram eles que fizeram esse trabalho. Suas casas e os templos dos deuses não teriam sido construídos se seus vassalos, seus filhos, não tivessem se multiplicado.

Não foi preciso atraí-los, nem raptá-los ou levá-los à força, pois na verdade cada um deles pertencia aos Senhores. Foram muitos seus irmãos mais velhos e mais novos.[2] Sua vida era cheia, viviam ocupados com as petições. Cada um dos Senhores era realmente estimado, era grande sua dignidade. Seus vassalos, seus filhos, tinham grande respeito por seu dia, o dia do nascimento dos Senhores.[3] Então os habitantes da escarpa, da cidadela, se multiplicaram.[4]

Isso não porque todas as tribos tivessem se rendido, ou porque fizessem guerra em suas escarpas e cidadelas. Isso foi devido ao prodígio dos Senhores, ao esplendor que irradiavam Serpente Emplumada [Gucumatz] e Cotuhá.

A natureza de Gucumatz era prodigiosa.
Por sete dias ele subia ao céu.
Por sete dias descia a Xibalbá.
Por sete dias tomava a forma de uma cobra,
e realmente em cobra ele se transformava.
Por sete dias a natureza de uma águia assumia,
por sete dias a natureza de um jaguar assumia,
e realmente de águia, de jaguar, era sua aparência.

Por outros sete dias, como poça de sangue aparecia,
e realmente numa poça de sangue ele se transformava.

Era realmente prodigiosa a natureza desse Senhor, e todos os outros Senhores ficaram espantados. A notícia da natureza prodigiosa do soberano se espalhou e foi ouvida por todos os Senhores das tribos. E aí teve origem o engrandecimento do Quiché, quando o soberano Gucumatz manifestou seu esplendor. Sua face não se apagou no coração de seus netos, de seus filhos. Ele não fez isso para ser o único, mas sua natureza prodigiosa o fez dominar todas as tribos. Apenas com a manifestação de seu prodígio, ele se transformou no único chefe das tribos.[5]

O prodigioso soberano chamado Gucumatz foi da quarta geração de Senhores. Ele era também o Guardião da Esteira (Ahpop) e o Guardião da Esteira da Casa do Recebimento (Ahpop-Camhá).

E ele deixou seu sinal, sua palavra, para os descendentes. Tiveram esplendor e poder e geraram filhos, e seus filhos também fizeram muitas coisas. Tepepul e Iztayul, cujo domínio foi o da quinta geração de Senhores,[6] foram gerados e deram origem a outra geração de Senhores.

10

Eis agora os nomes da sexta geração de Senhores. Eram dois os grandes Senhores, eram o esplendor. *Quicab* era o nome do primeiro, e o outro se chamava *Cavizimah*. Muitos foram os feitos de Quicab e de Cavizimah. Engrandeceram o Quiché, pois sua natureza era realmente prodigiosa.

Eles destruíram, fizeram em pedaços as escarpas e cidadelas das tribos pequenas, das tribos grandes. Antigamente essas cidades ficavam próximas. Havia a montanha dos Cakchiquel, a atual *Chuvilá*.[1] A montanha dos Rabinal,[2] que fica em *Pamacá*.[3] A montanha dos *Caoqué*,[4] que é *Zaccabahá*.[5] E também a cidadela dos *Zaculeu*,[6] *Chuvi-Miquiná*.[7] E *Xelahú*,[8] *Chuvá-tzac*[9] e *Tzolohché*.[10]

Essas tribos odiavam Quicab, e guerrearam com ele. Mas ele destruiu, despedaçou as escarpas e as cidadelas dos Rabinal, dos Cakchiquel e dos Zaculeu; todas as tribos caíram, foram derrotadas. Os guerreiros de Quicab mantiveram a matança por longo tempo. Se uma ou duas tribos não levavam o devido tributo, suas cidadelas eram atacadas, e eles tinham de levar o tributo até Quicab e Cavizimah.

Seres estelares trazendo cativos de guerra

Foram escravizados, dessangrados, flechados contra estacas. Seu dia se tornou em nada, em nada se tornou sua descendência. Seus arremessos foram o que destruiu as cidadelas, num instante elas foram arrasadas até os alicerces.[11] De repente a boca da terra se abriu, como quando o raio fende uma rocha. Com medo, as tribos se curvaram diante da *Colché*;[12] por isso, o sinal da cidadela é hoje uma montanha de pedras. Só algumas dessas pedras não estão cortadas; as outras parecem ter sido partidas por um machado.[13] Está lá na costa, *Petatayub*[14] é seu nome, e é visível hoje em dia, todos os que passam por ali a veem, é o sinal da coragem de Quicab.

Não conseguiram matá-lo nem vencê-lo, pois ele era realmente um homem corajoso, e todas as tribos lhe prestavam tributo.

Os Senhores, após se reunirem em conselho, foram bloquear a passagem ao redor de suas escarpas e cidadelas, as cidadelas arrasadas de todas as tribos. Então saíram os sentinelas, os que ficavam de olho nos guerreiros inimigos. Foram nomeados os que iriam controlar as linhagens, os guardiães das montanhas ocupadas:

– Para o caso de as tribos voltarem a ocupar suas cidadelas – disseram todos os Senhores ao se reunir em conselho. Então foram dadas suas atribuições: – Que eles sejam nossa barreira de defesa, os representantes de nossas linhagens, nossas paliçadas e fortalezas. Que sejam exemplo de nosso ódio, de nosso brio – disseram todos os Senhores quando foram designados postos a cada linhagem para enfrentar os inimigos.

E então eles foram instruídos, e seguiram para seus postos, nas montanhas das tribos.

– Vão lá, porque agora são nossas essas montanhas. Não tenham medo. Quando aparecerem guerreiros, quando forem contra vocês para matá-los, chamem-nos, que iremos lá matá-los – disse-lhes Quicab, ao instruir todos, na presença de Galel e de Ahtzic-Vinac.[15]

E então eles guerrearam, os Ponta da Flecha, os Ponta do Arco, como são chamados.[16] E os avós, os pais de todo o povo quiché se espalharam. Estavam em cada uma das montanhas. Foram apenas como guardas das montanhas, como guardiães das flechas e dos arcos, como sentinelas de guerra eles foram. Por isso não tiveram nenhum amanhecer nem tiveram seu próprio deus. Partiram apenas para fortificar as cidadelas.

E então partiram os guardiães de *Uvilá*,[17] de *Chulimal*, de *Zaquiyá*, de *Xahbaquieh*, de *Chi-Temah*, de *Vaxxalulah*, e também os de *Cabracán*,[18] de *Chabicac-Chi-Hunahpú*, e também os guardiães de *Macá*,[19] de *Xoyabah*,[20] de *Zaccabahá*,[21] de *Ziyahá*,[22] de *Miquiná*,[23] de *Xelahuh*,[24] os dos vales, das montanhas.[25] Os sentinelas da guerra, os guardiães da terra, partiram em nome de Quicab e de Cavizimah, o Ahpop e o Ahpop-Camhá, e de Galel e de Ahtzic-Vinac.

Eram quatro os Senhores que mandavam emissários e sentinelas para vigiar os guerreiros inimigos. *Quicab* e *Cavizimah* eram os nomes dos dois Senhores de Cavec. *Queemá* era o nome do Senhor de Nihaib. *Achac-Iboy*, o nome do Senhor de Ahau-Quiché. Eram esses os nomes dos Senhores que mandavam, que enviavam os emissários. Seus vassalos, seus filhos, também foram mandados para as montanhas, para cada uma das montanhas.

Partiram, e em seguida[26] trouxeram cativos, trouxeram prisioneiros perante Quicab, Cavizimah, Galel e Ahtzic-Vinac. Os Ponta da Flecha, os Ponta do Arco tiveram de guerrear, fazendo cativos e prisioneiros. Os que vigiavam se tornaram heróis, e cresceram. Foram muito lembrados pelos Senhores quando vieram entregar-lhes os cativos e os prisioneiros.

Depois se reuniram em conselho Ahpop, Ahpop-Camhá, Galel e Ahtzic-Vinac e dispuseram que seriam dignificados apenas os primeiros da linhagem de sentinelas.

– Eu sou Ahpop. Eu sou Ahpop-Camhá. A dignidade do cargo de Ahpop é minha. Que entre a sua, Ahau-Galel, que recebam títulos os dignificáveis – disseram todos os Senhores ao se reunir em conselho.[27]

Os Tamub e os Ilocab fizeram o mesmo; os três ramos do Quiché tinham a mesma condição quando nomearam e dignificaram os primeiros entre seus vassalos, seus filhos. Foi essa a decisão do conselho. Mas os títulos não foram dados aqui no Quiché, as montanhas onde os primeiros entre os vassalos foram nobilitados têm nome. Todos os que estavam em cada uma das montanhas foram convocados e reunidos num só lugar. *Xebalax* e *Xecamax* são os nomes das montanhas onde receberam seus títulos, onde foram dignificados. Isso aconteceu em *Chulimal*.

E assim foram a investidura, a nomeação e a distinção dos vinte Galel, dos vinte Ahpop, que foram nomeados por Ahpop e Ahpop-Camhá e por Galel e Ahtzic-Vinac. Todos receberam seus títulos: *Galel-Ahpop*, os onze *Nim-Chocoh*, *Galel-Ahau*, *Galel-Zaquic*, *Galel-Achih*, *Rahpop-Achih*, *Rahtzalam-Achih*, *Utzam-Achih*, esses foram os nomes que os guerreiros receberam quando lhes foram conferidos os títulos e distinções em seus assentos e coxins. Esses foram os primeiros entre os vassalos do povo quiché, foram seus olhos e ouvidos, os Ponta da Flecha, os Ponta do Arco, a paliçada, a muralha, a fortaleza, o cerco ao redor do Quiché.

O mesmo fizeram os Tamub e os Ilocab; nomearam e dignificaram os primeiros entre os vassalos que havia em cada lugar.

E foi essa a origem dos Galel-Ahpop e dos títulos que agora existem em cada um desses lugares. Essa foi sua origem, e essa é a ordem em que eles saem, atrás de Ahpop e Ahpop-Camhá, de Galel e Ahtzic-Vinac.[28]

11

Agora vamos nomear as casas dos deuses,[1] essas casas tinham o mesmo nome de seu deus. O *Grande Edifício de Tohil* era o nome do edifício do templo de Tohil, dos Cavec. *Avilix* era o nome do edifício do templo de Avilix, dos Nihaib; e *Hacavitz* era o nome do edifício do templo do deus dos Ahau-Quiché.[2]

Tzutuhá (Casa da Flor do Milho), cuja *Cahbahá* (Casa do Sacrifício) ainda pode ser vista, é o nome de outro grande edifício. Ali estavam as pedras veneradas pelos Senhores do Quiché, e também veneradas por todas as tribos.[3] Quando as tribos

Exemplo de uma data do sistema de contagem de tempo dos maias pré-hispânicos conhecido como Conta Longa

queimavam oferendas,[4] iam primeiro diante de Tohil. Depois ofereciam seus respeitos a Ahpop e Ahpop-Camhá, apresentavam as plumas de quetzal e seu tributo para os Senhores, e cada um deles, por sua vez, dava sustento e alimento para Ahpop e Ahpop-Camhá, que haviam conquistado suas cidades.

Grandes Senhores, homens prodigiosos, Senhores prodigiosos eram Gucumatz e Cotuhá, e também eram Senhores prodigiosos Quicab e Cavizimah. Eles sabiam se haveria guerra, tudo era claro para eles. Viam se haveria mortandade ou fome, se haveria luta. Sabiam disso muito bem, porque tinham onde ver, existia um livro. *Popol Vuh*[5] era seu nome.

Não eram só grandes Senhores; grande também era sua essência, e grandes seus jejuns. Como forma de honrar seus templos e sua dignidade de Senhores,[6] faziam longos jejuns e sacrifícios para os deuses. Era assim seu jejum: por nove vezes vinte dias eles jejuavam, e por mais nove vezes vinte dias faziam sacrifícios e queimavam incenso.[7] Por treze vezes vinte dias eles jejuavam, e por mais treze vezes vinte dias faziam oferendas e queimavam incenso diante de Tohil, diante de seus deuses. Só se alimentavam de frutas, de sapotis, de sapotas-brancas e de ciruelas. Não comiam nada feito de milho.

Se fizessem sacrifícios por dezessete vezes vinte dias, por mais dezessete vezes vinte dias eles jejuavam, não comiam. Faziam realmente grandes abstinências, esse era o sinal de sua condição de Senhores.

Não havia mulher a seu lado quando dormiam, ficavam sozinhos quando jejuavam. Só aos templos dos deuses eles iam, todos os dias. Dedicavam-se só a adorações, oferendas de incenso e sacrifícios, ao anoitecer, ao alvorecer. Seus corações, suas entranhas imploravam quando pediam pela luz, pela vida de seus vassalos, filhos, e também por seu poder, elevando as faces para o céu ao fazer suas exortações.

Eis aqui a súplica de seus corações:

Ó tu, dos dias gloriosos,
tu, Huracán, tu, Coração do Céu e da Terra,

tu que dás a maturação[8] e o viço,
que dás as filhas e os filhos
– espalha, derrama aqui o amarelo e o verde![9]
Concede a vida e o crescimento
a nossas filhas e filhos.
Que se multipliquem e cresçam
os que irão te dar sustento e alimento,
os que irão te invocar nos caminhos, nos sendeiros,
nos rios, nos desfiladeiros,
sob as árvores, sob os arbustos.

Dá-lhes filhas e filhos.
Faz com que não sofram humilhação nem cativeiro,
que não padeçam pobreza nem miséria.
Que ninguém os engane
pelas costas nem os afronte.
Que não tombem, nem sejam feridos,
que não sejam seduzidos nem condenados.
Não os deixes cair em encostas e escarpas do caminho,
que nem calúnias, nem tropeços
os atinjam pelas costas ou os afronte.
Guia-os pelo caminho verde, pela vereda verde.
Que não sofram infortúnios, nem estorvos,
nem teus secretos malefícios.

Que seja boa a existência
dos que levam sustento e alimento
diante de tua boca, diante de tua face,
Ó Coração do Céu, Coração da Terra,
Envoltório do Esplendor,
ó Tohil, Avilix, Hacavitz!,
sob o arco do céu, sobre o leito da terra,
nos quatro cantos, nos quatro lados,[10]
que todos tenham luz, que tenham paz[11]
diante de tua boca, diante de tua face, ó divindade![12]

E assim os Senhores jejuavam por nove vezes vinte dias, por treze vezes vinte dias, e também por dezessete vezes vinte dias. Jejuavam durante muitos dias. O coração de cada um dos Senhores então pedia por seus vassalos, seus filhos, por todas as suas mulheres e crianças.

Assim retribuíam pela luz, pela vida, assim retribuíam por sua condição de Senhores.[13] Era essa a autoridade do Ahpop, do Ahpop-Camhá, do Galel e do Ahtzic-Vinac. De dois em dois entravam em jejum e se revezavam no encargo das tribos, de todo o povo quiché.

Uma só era a raiz da palavra, e a raiz do dar sustento e alimento era a mesma que a raiz da palavra. Os Tamub e os Ilocab faziam o mesmo, e também os Rabinal e os Cakchiquel, e os Tziquinahá, os Tuhalahá e os Uchabahá. Eram um só tronco, quando ouviram, no Quiché, o que todos deveriam fazer.

Não foi por nada que se tornaram Senhores. Não foi só por receber dádivas dos que lhes davam sustento, dos que lhes davam alimento, esses só faziam sua comida e bebida. Também não conquistaram sua condição de Senhores, seu esplendor, seu poder, com enganos e roubos, nem apenas destruindo as escarpas, as cidadelas, das tribos pequenas, das tribos grandes.[14] Estas pagavam um grande preço.

Levavam turquesa e prata, levavam pepitas de jade, pepitas de pedras preciosas a mancheias, aos punhados, levavam penachos de plumas azuis-verdes,[15] amarelas e vermelhas; era esse o tributo de todas as tribos.[16] Levavam tudo diante dos Senhores prodigiosos Gucumatz e Cotuhá, Quicab e Cavizinah, Ahpop, Ahpop-Camhá, Galel e Ahtzic-Vinac.[17]

Não foi pouco o que fizeram, nem foram poucas as tribos que conquistaram. Muitos ramos das tribos traziam seu tributo ao Quiché. Mas não foi sem pesares que os Senhores alcançaram isso. Seu esplendor não cresceu rapidamente. Foi com Gucumatz que teve início a grandeza, o poder dos Senhores. E assim começou seu engrandecimento e engrandecimento do Quiché.

E agora vamos enumerar as gerações dos Senhores, e também dar os nomes de todos os Senhores.

12

Eis aqui as gerações, a ordem de todos os Senhores, desde o amanhecer de Balam-Quitzé, Balam-Acab, Mahucutah e Iqui-Balam. Eles foram nossos primeiros avós, nossos primeiros pais desde que o sol apareceu, desde que apareceram a lua e as estrelas.

Estas são as gerações, a ordem de todos os Senhores. Vamos começar daí, bem da raiz, dali de onde os Senhores entravam, aos pares,[1] quando chegavam para suceder cada geração de Senhores que morria, os avós e Senhores da cidadela, todos e cada um dos Senhores. E aqui irão se manifestar as faces[2] de cada um dos Senhores, e aqui irão se manifestar as faces de cada um dos Senhores quiché:

Balam-Quitzé, origem dos Cavec.
Qocavib, segunda geração de Balam-Quitzé.[3]
Balam-Conaché, com quem teve início o título de Ahpop, foi a terceira geração.[4]
Cotuhá e *Iztayub*, quarta geração.[5]
Gucumatz e *Cotuhá*, origem dos Senhores prodigiosos, foram a quinta geração.[6]
Tepepul e *Iztayul* foram os sextos na sequência.[7]
Quicab e *Cavizimatz*, sétima sucessão de Senhores,[8] foram os mais prodigiosos.[9]
Tepepul e *Iztayul*, oitava geração.
Tecum e *Tepepul*, nona geração.[10]
Vahxaqui-Caam[11] e *Quicab*, décima geração de Senhores.
Vucub-Noh e *Cauatepech*, a décima primeira série de Senhores.[12]
Oxib-Qeh e *Beleheb-Tzi*, a décima segunda geração de Senhores.

Eram esses que governavam quando Tonatiuh chegou e foram pendurados pelos castelhanos.[13]

Tecum e *Tepepul* pagaram tributo aos castelhanos; deixaram filhos e foram a décima terceira geração de Senhores.[14]

Don Juan de Rojas e *Don Juan Cortés*, décima quarta geração de Senhores, foram engendrados por *Tecum* e *Tepepul*.

São essas, pois, as gerações, a ordem do senhorio dos Ahpop e Ahpop-Camhá dos Quiché de Cavec.

E agora vamos nomear novamente as linhagens. Estas são as Casas grandes de cada um dos Senhores que seguem Ahpop e Ahpop-Camhá. Estes são os nomes das nove linhagens dos Cavec, das nove Casas grandes,[15] e estes são os títulos dos Senhores de cada uma das Casas grandes:

Ahau-Ahpop, uma Casa grande. *Cuhá* era o nome da Casa grande.
Ahau-Ahpop-Camhá, cuja Casa grande se chamava Tziquinahá.
Nim-Chocoh-Cavec, uma Casa grande.
Ahau-Ah-Tohil, uma Casa grande.
Ahau-Ah-Gucumatz, uma Casa grande.
Popol-Vinac-Chituy, uma Casa grande.
Lolmet-Quehnay, uma Casa grande.
Popol-Vinac Pahom Tzalatz Ixcuxebá, uma Casa grande.
Tepeu-Yaqui, uma Casa grande.

Essas são as nove linhagens dos Cavec. Numerosos vassalos, filhos, seguiam essas nove Casas grandes.

Eis agora as nove Casas grandes dos Nihaib. Mas primeiro diremos a descendência dos Senhores. Sua raiz era uma só desde antes do sol nascer, da luz nascer para as pessoas.

Balam-Acab, primeiro avô e pai.
Qoacul e *Qoacutec*, a segunda geração.
Cochanuh e *Cotzibahá*, a terceira geração.
Beleheb-Queh [I],[16] a quarta geração.
Cotuhá [I], a quinta geração de Senhores.
Batzá, a sexta geração.
Iztayul, a sétima geração de Senhores.
Cotuhá [II], o oitavo na série de Senhores.
Beleheb-Queh [II], a nona geração.

Quemá, assim chamado, foi a décima geração.
Ahau-Cotuhá, a décima primeira geração.
Don Christóval, assim chamado, tornou-se Senhor na época dos castelhanos.
Don Pedro de Robles é o atual Ahau-Galel.

São esses, pois, todos os Senhores que descenderam dos Ahau-Galel.

Agora vamos nomear os Senhores de cada uma das Casas grandes.

Ahau-Galel, o primeiro Senhor dos Nihaib, tinha uma Casa grande.
Ahau-Ahtzic-Vinac, uma Casa grande.
Ahau-Galel-Camhá, uma Casa grande.
Nimá-Camhá, uma Casa grande.
Uchuch-Camhá, uma Casa grande.
Nim-Chocoh-Nihaib, uma Casa grande.
Ahau-Avilix, uma Casa grande.
Yacolatam, uma Casa grande.[17]
Nimá-Lolmet-Ycoltux, uma Casa grande.

São essas, pois, as Casas grandes dos Nihaib; assim se denominam as nove linhagens dos Nihaib, assim chamados. Foram muitas as linhagens de cada um desses Senhores, então só nomeamos as primeiras.

Eis agora as linhagens dos Ahau-Quiché.

Mahucutah foi seu avô e pai, foi o primeiro homem.
Qoahau é o nome da segunda geração de Senhores.
Caglacán.
Cocozom.
Comahcun.
Vucub-Ah.
Cocamel.
Coyabacoh.
Vinac-Bam.

Esses são os Senhores dos Ahau-Quiché; e essa é a ordem de suas gerações.

Eis agora os nomes dos Senhores das Casas grandes; só havia quatro Casas grandes:

Ahtzic-Vinac-Ahau era o nome do primeiro Senhor de uma Casa grande.
Lolmet-Ahau, segundo Senhor de uma Casa grande.
Nim-Chocoh-Ahau, terceiro Senhor de uma Casa grande.
Hacavitz, quarto Senhor de uma Casa grande.
Eram quatro, pois, as Casas grandes dos Ahau-Quiché.

Havia três *Nim-Chocoh*, que eram como pais para todos os Senhores do Quiché.[18] Vieram juntos os três Mestres da Palavra. Eles eram os engendradores, as Mães da Palavra, os Pais da Palavra.[19] Grande como poucas era a natureza desses três Mestres da Palavra.

Havia o Nim-Chocoh dos Cavec,[20] o Nim-Chocoh dos Nihaib, que era o segundo, e o Nim-Chocoh dos Ahau-Quiché, que era o terceiro. Eram os três Mestres da Palavra,[21] cada um representando uma linhagem.

Aqui está, pois, a essência dos Quiché, porque já não há onde vê-la. Houve, no princípio. Antigamente estava com os Senhores,[22] mas se perdeu. Isso é tudo. Já está tudo acabado sobre o Quiché, que agora se chama Santa Cruz.[23]

MAPA DA ÁREA MAIA

Fonte: Tedlock, *Popol Vuh*, 1985.

LUGARES MENCIONADOS NO *POPOL VUH*

0 10 20 30
km

- ■ Cidades ou vilas antigas
- □ Cidades ou vilas atuais
- ▲ Montanha
- ▲ Vulcão
- ✖ Outro local

Nomes entre (parênteses) são de lugares não mencionados no texto

Chi-Izmachí: "Nas barbas"
Chi Gag: Vulcão de Fogo
Chi-Pixab: "Lugar do Conselho"
Chi-Quix: "Nos espinhos"
Chuvá-tzac: "Defronte à fortaleza", hoje Momostenango
Chuvilá: "Nas urtigas", hoje Chichicastenango
Chuvi-Miquiná: "Sobre a água quente", hoje Totonicapán
Pamacá: hoje Zacualpa
Patohil: "Lugar de Tohil"
Pavilix: "Em Avilix"
Tzolohché: "O sabugueiro", hoje Santa María Chiquimula
Xelahuh: hoje Quetzaltenango
Xoyabah: hoje Joyabaj
Zaccabahá: hoje San Andrés Saccabajá

Fonte: Tedlock, *Popol Vuh*, 1985.

NOTAS

As notas originais de Adrián Recinos [AR] estão em fonte clara, e as de Josely Vianna Baptista [JVB] para esta edição, em **negrito**.

AC Allen Christenson. *Popol Vuh. Sacred Book of the Quiché Maya People*. Versão eletrônica [2007] da edição original de 2003 (*The Sacred Book of the Maya*. Nova York: O Books). Disponível em mesoweb.com/publications/Christenson/PopolVuh.pdf.

AC2 Allen Christenson. *Popol Vuh. Literal Translation*. Versão eletrônica [2007] da edição original de 2004 (*Popol Vuh. Literal Poetic Version, Translation and Transcription*. Nova York: O Books). Disponível em mesoweb.com/publications/Christenson/PV-Literal.pdf.

AR Adrián Recinos. *Popol Vuh. Las antiguas historias del Quiché*. Cidade do México: Fondo de Cultura Económica, 2012. [1947]

DT Dennis Tedlock. *Popol Vuh: The Definitive Edition of the Mayan Book of the Dawn of Life and the Glories of Gods and King*. Nova York: Simon & Schuster, 1996. Ed. revista e aumentada.

FX Francisco Ximénez. "Empiezan las historias del origen de los indios de esta provincia de Guatemala", in *Arte de las tres lenguas kakchiquel, k'iche' y zutuhil*. Manuscrito, c. 1701. Newberry Library, Chicago. Disponível em wdl.org/en/item/19995.

MC Michela Craveri. *Popol Vuh. Herramientas para una lectura crítica del texto k'iche'*. Tradução para o espanhol, notas gramaticais e vocabulário. Cidade do México: Universidad Nacional Autónoma de México, 2013.

SC Enrique Sam Colop. *Popol Wuj*. Guatemala: Cholsamaj, 2008.

PREÂMBULO

1 *Aré u xe oher tzih varal Quiché u bi.* Nesse início das antigas histórias da raça e nas linhas seguintes, o desconhecido autor dá o nome de Quiché ao país, assim chamado: *varal Quiché u bi*; à cidade, *Quichétinamit*, e às tribos dessa nação, *r'amag Quiché vinac*. A palavra *quiché*, *queché* ou *quechelah* significa floresta em várias línguas da Guatemala e provém de *qui*, *quiy*, muitos, e *che*, árvore, palavra maia original. Quiché, terra de muitas árvores, povoada de florestas, era o nome da nação mais poderosa do interior da Guatemala no século XVI. O mesmo significado tem a palavra náuatle *Quauhtlemallan*, que é, provavelmente, uma tradução do nome Quiché e que, como este, descreve acertadamente o país montanhoso e fértil que se estende ao sul do México. Não há dúvida de que o nome asteca Quauhtlemallan, do qual derivou o nome moderno da Guatemala, aplicava-se a todo o país, e não somente à capital dos Cakchiquel, *Iximché* (a árvore hoje chamada *ramón* [*Brosimum alicastrum*, conhecida por "noz-dos-maias"]), à qual os Tlaxcalteca que chegaram com Alvarado denominaram Tecpán-Quauhtlemallan. Todo esse território situado ao sul de Yucatán e do Petén-Itzá era conhecido desde antes da conquista espanhola pelos nomes de Quauhtlemallan e Tecolotlán (atualmente, Verapaz). Sahagún é bem explícito quando diz que os primeiros habitantes da Nova Espanha desembarcaram em Panutla (Pánuco) e percorreram a orla marítima olhando as serras nevadas e os vulcões até chegar à província da Guatemala. Ver frei Bernardino de Sahagún, *Historia general de las cosas de la Nueva España*, t. I, pról. Wigberto Jiménez Moreno. Cidade do México: Pedro Robredo, 1938, livro X, cap. XXIX. [Adrián Recinos]

2 *Varal x-chi ca tzibah vi, x-chi ca tiquibá vi oher tzih*, no original. Para escrever as antigas histórias da origem e do desenvolvimento do povo quiché, o autor provavelmente se valeu não só da tradição oral, mas também de pinturas antigas. Sahagún conta que os sacerdotes tolteca, ao caminhar para o Oriente (Yucatán), levavam consigo "todas as suas pinturas em que tinham todas as coisas de antigualhas e dos ofícios mecânicos". No capítulo 6 da quarta parte deste livro, lê-se que o Senhor Nacxit (Quetzalcóatl) deu aos príncipes quiché, entre outras coisas, "as pinturas de Tula (*utzibal Tula*), as pinturas, como denominavam aquilo em que punham suas histórias". [AR]

3 A palavra quiché *xe* significa raiz, princípio. Essa segunda acepção foi a adotada por Francisco Ximénez, conforme a versão fac-similar do manuscrito [doravante FX, f. 1r], que traz sua pioneira tradução do *Popol Vuh* para o castelhano ao lado da transcrição em quiché, e foi seguida por Recinos em sua conhecida versão para o espanhol publicada pelo Fondo de Cultura Económica de México em 1947 ("Este é o princípio das antigas histórias deste lugar chamado Quiché. Aqui escreveremos e começaremos as antigas histórias, o princípio e a origem de tudo que se fez na cidade do Quiché, pelas tribos da nação quiché" [doravante AR, p. 165]). No entanto, para reforçar a imagem da narrativa que se desenvolve a partir da "raiz da palavra" que a implanta, optei por seguir mais de perto a literalidade do original. Por exemplo, traduzi *u xe'nab'al* ("*its root-beginning*", segundo a tradução literal de Christenson para o inglês feita a partir do manuscrito quiché [doravante AC2, p. 10]) por "enraizamento". Esse procedimento orientou, sempre que possível e pertinente, minhas opções para esta tradução. [Josely Vianna Baptista]

4 **A acepção atual de *tinamit* (do náuatle *tenamitl*) é, de modo geral, qualquer cidade; mas no *Popol Vuh* quase sempre se refere às cidadelas, às povoações naturalmente "fortificadas" por sua localização estratégica defensiva, quer no topo de altas montanhas, quer entre os contrafortes escarpados de seus desfiladeiros. [JVB]**

5 **No manuscrito quiché lê-se *euaxibal* (obscuridade, o que se oculta no escuro), anota Christenson, inferindo que houve aí um erro de transcrição e que a palavra original seria "*auaxibal* (semear, aquilo que é semeado), um conceito que aparece emparelhado com 'amanhecer' em todo o texto, como uma metáfora para a criação" [AC, p. 51]. Recinos a traduziu por "o que estava oculto" [AR, p. 166]. [JVB]**

6 **Sam Colop considera Tepeu um adjetivo para Gucumatz, retirando a vírgula entre os termos, embora sem traduzi-los no corpo do texto. [JVB]**

7 **Recinos não traduz esses títulos no corpo do texto. Na nota 8, ele traduz *Ah Raxá Lac* por "Senhor do verde prato"e *Ah Raxá Tzel* como "Senhor da xícara verde ou da tigela azul". A língua quiché possui apenas o vocábulo *räx* para designar "verde" e "azul", e, segundo Christenson, os Quiché contemporâneos, "para distinguir as cores, são obrigados a dizer '*räx* como o céu' para o azul ou '*räx* como uma árvore' para o verde". A mesma dicotomia aparece nesse trecho, com o "prato verde" designando a terra coberta de vegetação e o arco do céu visto como uma "tigela azul" invertida [AC, p. 53]. [JVB]**

8 Estes são os nomes da divindade, organizados em pares criadores, de acordo com a concepção dualística dos Quiché: *Tzacol* e *Bitol*, o Criador e o Formador; *Alom*, a deusa mãe, a que concebe os filhos, de *al*, filho, *alán*, dar à luz. *Qaholom*, o deus pai que engendra os filhos, de *qahol*, filho do pai, *qaholah*, engendrar. Ximénez os chama de mãe e pai; são o Grande Pai e a Grande Mãe, como são chamados pelos índios, de acordo com Las Casas, e que estavam no céu; *Hunahpú-Vuch*, Um Caçador Gambá (*Possum*), deus do amanhecer; *vuch* é o momento que precede o amanhecer. *Hunahpú-Vuch* é a divindade em potência feminina, segundo Seler. *Hunahpú-Utiú*, Um Caçador Coiote, variedade de lobo (*Canis latrans*), deus da noite, em potência masculina; *Zaqui-Nimá-Tziís*, Grande quati-de-nariz-branco (*Nasua narica*) ou quati, encanecido pela idade, deusa mãe; e seu companheiro, *Nim-Ac*, Grande Caititu, ou porco-do-mato, ausente nesse trecho por omissão mecânica, mas invocado no capítulo seguinte; *Tepeu*, o rei ou soberano, do náuatle *Tepeuh*, *tepeuani*, que Molina traduz por conquistador ou vencedor em batalha; *ah tepehual* entre os Maias, que o tomaram também dos mexicanos. *Gucumatz*, serpente coberta de penas verdes, de *guc*, em maia *kuk*, penas verdes (por extensão, quetzal), e *cumatz*, serpente; é a versão quiché de *Kukulkán*, o nome maia de *Quetzalcóatl*, o rei tolteca, conquistador, civilizador e deus de Yucatán durante o período do Novo Império Maia. O forte colorido mexicano da religião dos Quiché se reflete nesse par criador que continua sendo invocado através do livro até que a divindade se corporifica em *Tohil*, que, na terceira parte, se identifica expressamente com *Quetzalcóatl*; *U Qux Cho*, coração ou espírito da lagoa. *U Qux Paló*, coração ou espírito do mar. Logo veremos que a divindade era chamada também de Coração do Céu, *u Qux Cah*; *Ah Raxá Lac*, Senhor do verde prato, ou seja, a terra; *Ah Raxá Tzel*, Senhor da xícara verde ou da tigela azul, como diz Ximénez, ou seja, o céu. O nome *Hunahpú* foi objeto de muitas interpretações. Literalmente, significa um caçador com zarabatana, um atirador; etimologicamente é isso mesmo, e é vocábulo da língua maia: *ahpú* em maia é caçador e *ah ppuh ob*, forma de plural, são os monteiros que vão à caça, segundo o *Diccionario de Motul*. É evidente, no entanto, que os Quiché devem ter tido alguma razão mais plausível que essa etimologia para dar tal nome à divindade. Nos tempos primitivos, o caçador era um personagem muito importante; o povo vivia da caça e dos frutos espontâneos da terra antes da invenção da agricultura. *Hunahpú* seria, consequentemente, o caçador universal, que provia o sustento das pessoas; *hun* também tem, em maia, a acepção de geral e universal. Mas provavelmente os Quiché que descendiam diretamente dos Maias quiseram reproduzir, no nome *Hunahpú*, o som das palavras maias *Hunab Ku*, "o único deus", que serviam para designar o deus principal do panteão maia, que não podia ser representado materialmente, por ser incorpóreo. Nos tempos antigos, a pintura de um caçador pode ter servido para representar o fonema *Hunab Ku*, que encerrava uma ideia abstrata, a de um ser espiritual e divino. O procedimento é comum na escritura pictográfica pré-colombiana. *Hunahpú* é também o nome do vigésimo dia do calendário quiché, o dia mais venerado pelos antigos, equivalente ao maia *Ahau*, senhor ou chefe, e ao náuatle *Xóchitl*, flor e sol, símbolo do deus Sol ou *Tonatiuh*. [AR]

9 *Ixpiyacoc* e *Ixmucané*, o velho e a velha (em maia, *ixnuc* significa velha), equivalentes dos deuses mexicanos Cipactonal e Oxomoco, os sábios que, segundo a lenda tolteca, inventaram a astrologia judiciária e compuseram a conta dos tempos, ou seja, o calendário. Ainda que na lenda quiché existissem os outros pares abstratos mencionados anteriormente, Ixpiyacoc e, sobretudo, Ixmucané tinham um contato mais direto com as coisas deste mundo; juntos, eram o que o arqueólogo mexicano Enrique Juan Palacios chama de par criador ativo, que se entende diretamente com a fábrica material das coisas. [AR]

10 Recinos é o único a traduzir *kamul I'yom* por "duas vezes avó" [AC, p. 167] e elimina o termo quiché de sua versão, que optei por manter, ao lado da tradução literal – "duas vezes parteira" –, como todos os outros tradutores consultados. [JVB]

11 *Ta x-qui tzihoh ronohel ruq x-qui ban chic chi zaquil qolem, zaquil tzih*. [AR]

12 *Popo Vuh*, ou *Popol Vuh*, literalmente o livro da comunidade. A palavra *popol* é maia e significa junta, reunião ou casa comum. *Popol na* é a "casa de comunidade na qual se reúnem para tratar de coisas da república", diz o *Diccionario de Motul*. *Pop* é verbo quiché que significa juntar, reunir, aglomerar as pessoas, segundo Ximénez; e *popol* é coisa pertencente ao cabido, comunal, nacional. Por esse motivo, Ximénez interpreta o *Popol Vuh* como Livro do comum ou do conselho. *Vuh* ou *uúh* é livro, papel ou trapo e deriva do maia *húun* ou úun, que é papel e livro e uma espécie de figueira de cuja casca antigamente se fazia o papel, e que o povo naua chama de *amatl*, na Guatemala, popularmente, *amatle* (*Ficus cotinifolia*). Note-se que em muitas palavras o *n* do maia se transforma em *j*, ou *h* aspirado, em quiché. *Na*, casa em maia, transforma-se em *ha*, ou *ja*; *húun*, ou úun, livro em maia, transforma-se em *vuh* ou *uúh* em quiché. [AR]

13 Muitos tradutores, como Ximénez, Recinos e Craveri, traduziram *ch'aqa*

palo por "do outro lado do mar". Já Sam Colop, em sua versão do _Popol Vuh_, corrobora com dados históricos e linguísticos [SC, p. 23] a tradução de Munro S. Edmonson: "do lado do mar". Dennis Tedlock corrigiu sua primeira versão do _Popol Vuh_ a partir desse "argumento linguístico conclusivo" [DT, p. 219] de Sam Colop, e minha tradução segue o mesmo critério. [JVB]

14 Optei por traduzir _qa mujib'al_ (literalmente, "nossa obscuridade") por "nossas sombras", atenta ao apontamento de Craveri de que, pelo significado que a palavra _muj_ ("sombra") tem hoje em dia nas comunidades quiché, "nesse contexto também poderia significar 'alma, o que acompanha o homem durante sua vida, algo que lhe dá proteção', e não só a formação da vida do homem antes da criação do primeiro sol" [doravante MC, p. 5]. "Nossa obscuridade" foi a forma adotada por Ximénez, Recinos, Sam Colop, Christenson e pela própria Craveri. Ao optar por "nossas sombras", procurei manter tanto a treva primigênia como a alma, o espírito que esse vocábulo compartilha, na língua quiché (_muj_) e na portuguesa ("sombra"). [JVB]

15 Brasseur encerra entre aspas esta frase do texto: _u tzihoxic ca muhibal, ilbal zac qazlem_, mas no original as aspas não existem. [AR]

16 Aqui sigo o critério de Craveri, que traduziu _u-pe'oxik_ por "trabalho", a partir de Brasseur e de Basseta, "que registram a raiz _pe_ com o significado de 'trabalho, desdita, miséria', e também de D. Guarchaj, que entende _pe'oxik_ como 'trabalhar, executar, realizar'" [MC, p. 6]. Minha opção se deve a que o "instrumento" mencionado era originalmente um livro elaborado no sofisticado e laborioso sistema de escrita logossilábica maia, com glifos escritos/pintados "em longas tiras de papel de casca de árvore ou pele de veado que receberam uma fina camada de gesso para criar uma superfície suave para a escrita, e era dobrado como um códice" [AC, p. 23]. [JVB]

17 _Cah tzuc, cah xucut_, no original. Os quatro pontos cardeais, segundo Brasseur. É a mesma ideia dos quatro _Bacabes_ que sustentam o céu dos Maias. [AR] **Christenson lembra o registro de Wisdom, de que os Chortí-Maias da Guatemala "consideravam o quadrado do milharal, bem como os altares xamânicos nos quais adivinhos tradicionalistas maias conduzem rituais divinatórios, um mundo em miniatura (Wisdom 1940, p. 430). Ao preparar um milharal ou arrumar uma mesa ritual, os Maias transformam arranjos seculares em espaço sagrado" [AC, p. 56]. [JVB]**

18 Quando enumera pessoas dos dois sexos, observamos que o _Popol Vuh_ galantemente menciona primeiro a mulher. [AR]

19 Em quiché, _winaqir-em_. Segundo Christenson, a palavra é "um gerúndio derivado do verbo _winaqirik_, que pode ser traduzido por 'criar' ou 'gerar'. A raiz _winaq_ significa 'povo'; então, uma tradução mais literal seria 'povoar'. A criação é vista, portanto, como similar ao surgimento do ser humano, um processo natural de parição" [AC, p. 57]. Tedlock traduz o termo por "humanidade" [DT, p. 64]. [JVB]

20 Nesse trecho todo as versões apresentam variações significativas, como se pode ver em minha primeira tradução da versão de Recinos: "[...] como foi dito pelo Criador e pelo

Formador, a mãe e o pai da vida, de todo o criado, o que dá a respiração e o pensamento, a que dá à luz os filhos, o que vela pela felicidade dos povos, pela felicidade da linhagem humana, o sábio, o que medita na bondade de tudo o que existe no céu, na terra, nos lagos e no mar" [AR, 168]. Em sua versão não literal, Christenson traz "a criança da luz nascida da mulher, a criança da luz nascida do homem", e anota, a partir de Schultze-Jena (tradutor do *Popol Vuh* para o alemão): "Essa é provavelmente uma metáfora para os vivos. Nas orações modernas dos Quiché, os sacerdotes se referem aos mortos como *k'ij may sákj*, 'aqueles que estão escondidos do sol, aqueles que estão escondidos da luz'" [AC, 57]. Minha versão final do trecho se baseia na tradução de Sam Colop, pela coerência de sua síntese. [JVB]

21 Como aponta Sam Colop, o texto quiché traz uma enumeração metonímica – *kaj, ulew, cho, palo* (literalmente "céu, terra, lago, mar") – para "referir-se ao cosmos e a todas as águas da terra" [SC, p. 24]. [JVB]

PRIMEIRA PARTE

CAPÍTULO 1

1 Procurei traduzir esse trecho mantendo as aliterações e assonâncias presentes no original – *K'a katz'ininoq/ K'a kachamamoq/ Katz'inonik/ K'a kasilanik/ K'a kalolinik/ Katolona' puch u pa kaj*, a partir de traduções literais e das versões consultadas, aqui transcritas em suas línguas de chegada: Recinos: "Ésta es la relación de cómo todo estaba en suspenso, todo en calma, en silencio; todo inmóvil, callado, y vacía la extensión del cielo" [AR, p. 169]; Sam Colop: "Ésta es, pues, su narración:/ todo está en suspenso/ todo está en reposo,/ en sosiego,/ todo está en silencio;/ todo es murmullo/ e está vacía la bóveda del cielo" [SC, p. 24]; Tedlock: "*This is the account, here it is:/ Now it still ripples, now it still murmurs, ripples, it still sighs, still hums, and it is empty under the sky*" [DT, p. 64]; Christenson (tradução literal): "*This its account/ These things.// Still be it silent,/ Still be it placid,// It is silent,/ Still it is calm,// Still it is hushed,/ Be it empty as well its womb sky*" [AC2, p. 5]; Craveri: "*Así es el relato lo que todavía está en suspenso/ de lo que todavía está callado/ de lo que está silencioso/ de lo que todavía está sosegado/ de lo que que todavía está en silencio/ de lo que está vacío también en el cielo*" [MC, p. 7]. Optei por manter o tempo presente (conforme o original) e por destacar espacialmente esse trecho pela importância simbólica nele latente – a de uma *eloquência* primordial que persiste, que resiste nessa outra narrativa que a memora. E aqui "eloquência" vai como uma homenagem ao pioneiro tradutor do *Popol Vuh*, frei Francisco Ximénez, que assim traduziu *u-chan* ("dizer algo", "relatar"): "Esta é a primeira palavra, e eloquência" [FX, f. 1v]. [JVB]

2 *E Alom*, literalmente, as que concebem e dão à luz, *e Qaholom*, os que engendram os filhos. Recinos traduziu os dois termos por "os Progenitores". Optei por especificar mãe e pai, conforme o original, traduzindo literalmente o significado de *Alom* e *Qaholom*. [JVB]

3 Estavam na água porque os Quiché associavam o nome de Gucumatz ao elemento líquido. O bispo Núñez de la Vega diz que Gucumatz é cobra de plumas que anda na água. O manuscrito cakchiquel assinala que um dos povos primitivos que emigraram para a Guatemala foi chamado de Gucumatz porque sua salvação estava na água. [AR]

4 *E qo vi e mucutal pa guc pa raxón*. *Guc*, ou *q'uc*, *kuk*, em maia, é a ave que hoje se chama quetzal (*Pharomachrus mocinno*). O mesmo nome se dá às belas penas verdes da cauda dessa ave, chamadas de *quetzalli* em náuatle. *Raxón*, ou *raxom*, é outra ave de plumagem azul-celeste, segundo Basseta, um pássaro de "peito musgo e asas azuis", segundo o *Vocabulario de los padres franciscanos*. *Ranchón*, na língua vulgar da Guatemala, é a *Cotinga amabilis*, de cor azul-turquesa e peito e pescoço arroxeados, que os mexicanos chamavam de *xiuhtótotl*. As penas dessas duas aves tropicais, numerosas especialmente na região de Verapaz, eram usadas nos adornos cerimoniais dos reis e senhores principais desde os tempos mais antigos da civilização maia. [AR] **A tradução de Recinos omite os nomes dos pássaros citados no corpo do texto, mencionando apenas, metonimicamente, suas plumas: "Estavam ocultos sob penas verdes e azuis" [AR, p. 169]. Sigo aqui o texto quiché, *e muqutal pa q'uq', pa raxon*, cuja tradução literal, segundo Craveri, é "envoltos em penas verdes de quetzal e penas azuis de cotinga" [MC, p. 8]. A *Cotinga amabilis* – cujo nome náuatle, *xiuhtótotl*, vem de *xiuh*, "turquesa", e *tótotl*, "ave" – é um pássaro muito importante na ornamentação plumária cerimonial maia e asteca. Bernardino de Sahagún, em seu *Historia general de las cosas de la Nueva España* (Cidade do México: Conaculta, 2000), conhecido também como *Códice florentino*, conta que caçadores de cotingas-azuis costumavam utilizar feno para segurá-las sem tocar na cobiçada plumagem, pois, em contato com a mão, sua coloração esmaecia. [JVB]**

5 Como diz Recinos na nota 3 do Preâmbulo, Gucumatz é a versão quiché de Kukulkán, o nome maia do famoso Quetzalcóatl. [JVB]

6 *E nimac etamanel, e nimac ahnaoh, no original*. [AR]

7 Incluí o nome do deus em quiché, conforme aparece no original. [JVB]

8 Sam Colop anota [SC, p. 26] que na tradução de Recinos se lê "falaram entre si Tepeu e Gucumatz" [AR, p. 170], quando o texto quiché correspondente diz que, antes da confabulação, foi o Coração do Céu, sua palavra, quem primeiro lhes falou. [JVB]

9 *X chau ruq ri Tepeu*, *Gucumatz*. Aqui, *ruq* [com eles] serve de complemento recíproco do verbo. [AR]

10 *Ta x-calah puch vinac*. Com a concisão própria do idioma quiché, o autor conta como se revelou a necessidade de criar o homem, objeto último e supremo da criação, segundo as ideias finalistas dos Quiché. Brasseur interpreta essa frase da seguinte forma: "*Et au moment de l'aurore, l'homme se manifesta*". Essa interpretação é errônea; a ideia de criar o homem foi concebida nesse momento, mas, como se verá no decorrer da narração, não foi posta em prática senão muito tempo depois. [AR] **Esse trecho, como inúmeros outros, é vertido de formas variadas pelos tradutores consultados para esta tradução. Além da versão de Sam Colop [SC, p. 26], as mais sintéticas são a de Tedlock ("*Then it was clear, then they reached accord in light, and then humanity was clear*"**

[DT, p. 65]) e a de Craveri ("*entonces se aclaró/ entonces lo pensaron entre sí, bajo esta claridad/ entonces se aclaró lo que iba a ser el hombre*" [MC, p. 9]), e nelas, principalmente, baseei minha versão dessa passagem. Para uma melhor compreensão de suas variantes e opções, seguem a tradução da versão de Recinos – "Então se manifestou com clareza, enquanto meditavam, que quando amanhecesse o homem devia aparecer" [AR, p. 170] – e a tradução literal de Christenson, por nuançar a nota de Recinos acima: "*Then they gave birth,/ Then they heartened themselves./ Beneath light then,/ They gave birth to also people*" [AC2, p. 7]. [JVB]

11 No texto quiché, *Hu r Aqan* (ou *Huracán*), cuja tradução literal seria "Um Perna", "um sua perna, o de uma perna" [MC, p. 10]. Em complementação à nota de Recinos (ver abaixo), são interessantes as anotações de Christenson sobre o significado do nome, ao assinalar que, segundo os colaboradores quiché de Tedlock, aludiria à natureza única do deus como o poder essencial do céu. Assim, "essa interpretação é consistente com a natureza do deus entendida como 'o coração do céu', o olho do furacão formando o eixo divino em torno do qual o tempo e a criação giram em intermináveis ciclos repetitivos de nascimento e destruição" [AC, p. 60]. [JVB]

12 *Huracán*, Um Perna; *Caculhá Huracán*, raio de uma perna, ou seja, relâmpago; *Chipi-Caculhá*, raio pequeno. Essa é a interpretação de Ximénez. O terceiro, *Raxa-Caculhá*, é o raio verde, segundo o mesmo escritor, e relâmpago ou trovão, segundo Brasseur. O adjetivo *rax* tem, entre outros significados, o de repentino ou súbito. Em cakchiquel, *raxhaná-hih* é relâmpago. Entretanto, em quiché e em cakchiquel *racán* tem o significado de grande ou comprido. Segundo o padre Thomás Coto, em *Vocabulario de la lengua cakchiquel v[el] guatemalteca*, significa coisa comprida, barbante etc. E também gigante (*huracán*), "nome que se aplica a todo animal que é mais alto que os outros de sua espécie", prossegue dizendo o padre Coto. Essas ideias estão de acordo com a figura do raio e do relâmpago tal como se desenham no céu. Os Caribe das Antilhas adotaram a palavra *huracán* para designar outro fenômeno natural, igualmente destrutivo, e a palavra foi posteriormente incorporada às línguas modernas. Ver Daniel G. Brinton, *Essays of an Americanist*. Filadélfia: Porter and Coates, 1890. [AR]

13 *Hupachá ta ch'auax-oc, ta zaquiró puch*. Nesse e em outros lugares da obra, Ximénez e Brasseur confundiram a forma verbal quiché *auax*, *auaxic*, que correspondem ao verbo e ao substantivo amanhecer, com *auán*, semear, e *auix*, semeadura ou roça. Na língua maia existem as palavras *ahalcab*, que significa amanhecer, raiar do dia, e *ahan cab*, já amanheceu, de *ahal*, despertar. Em tempos mais antigos, os dois verbos, semear e amanhecer, também eram muito parecidos em maia. Segundo o *Diccionario de la lengua maya*, de Juan Pío Pérez, *oc çah* é semear grão ou semente, e *ah çab cab*, amanhecer, fazer que amanheça. É curioso observar que a paronímia maia se manteve no quiché antigo. E parece provável que uma raiz comum tenha dado origem a essas formas análogas do maia e do quiché. [AR] **Recinos diz que Ximénez se equivocou (e, por conseguinte, Brasseur) ao traduzir *auaxic* por "semear". No entanto, *ch'auax-oc* (grafada *chauaxoc* no manuscrito) é a forma imperativa do "verbo intransitivo *auexik* (de *-au*, 'semear a roça')", segundo Craveri [MC, p. 10]. No *Popol Vuh* a semeadura e o amanhecer formam**

um par constante, "são expressões paralelas associadas à semeadura da luz no céu e ao nascimento da vida na terra", como diz Sam Colop – reiterando a forma imperativa e sugerindo que os deuses, já tendo ideia de como criar o ser humano, aqui "só se perguntam pelo momento propício para fazê-lo" [SC, p. 27]. Essa metáfora da criação percorre todo o relato. Transcrevo aqui a versão de Recinos para *hupachá ta ch'auax-oc, ta zaquiró puch*: "*Que aclare, que amanezca en el cielo y en la tierra*!" [AR, p. 171]. [JVB]

14 Qu'yx nohin-tah. [AR]

15 A palavra quiché é *lac* e já aparece no preâmbulo, quando se menciona o "senhor do verde prato", "O-do-Prato--Verde", ou seja, a terra. [JVB]

16 Minha versão é fruto das sugestões dadas por Tedlock na nota referente a essa passagem [DT, p. 226], nas quais intuí a concretude de palavras que foram vertidas por outros tradutores como "glória" e "grandeza" [AR, p. 171], "instrumento de adoração" e "instrumento de aclaração" [MC, p. 11], "veneração" e "invocação" [SC, p. 26], "adoração" e "reverência" [AC2, p. 8]. Em sua versão – "*high days*" e "*bright praise*" –, Tedlock alude ao ato de guardar e reservar "dias específicos do calendário para propósitos rituais", criando intencionalmente a conexão entre "*high days*" e "*holidays*" (este último termo em seu sentido etimológico, de "dia sagrado", e não no sentido do secularizado "feriado") [DT, p. 65]. [JVB]

17 *X-ta pe pa ha ri huyub*, vieram ou saíram das águas as montanhas. A semelhança das palavras *x-ta pe* com *tap*, caranguejo, sugeriu a Ximénez a comparação das montanhas com o caranguejo. Brasseur o imitou nisso. Mas a frase não pode ser mais clara. [AR]

18 *Xaqui naual, xaqui puz x-banatah vi*. A expressão *puz naual* era empregada para indicar o poder mágico de criar ou transformar uma coisa em outra. *Puz naual haleb*, diz o padre Varela, era o sortilégio usado pelos índios para se transformarem em globos de fogo, águias e outros animais. [AR]

19 Recinos dá uma interpretação diferente a esse trecho, mencionando o estado primordial em que terra e céu estavam, e não sua transformação. Sigo a tradução literal de Christenson e a de Craveri [AC2, p. 10; MC, p. 12]. [JVB]

CAPÍTULO 2

1 *U vinaquil huyub*, literalmente, homenzinho da floresta. Os antigos índios acreditavam que os montes eram habitados por esses seres guardiães, espíritos dos montes, espécie de duendes semelhantes aos *alux* dos Maias. O *Memorial de Solalá* chama os *ruvinakil chee* (de *che*, árvore, que o padre Coto, em *Vocabulario de la lengua cakchiquel v[el] guatemalteca*, traduz por "o duende que anda nos montes") por outro nome, *Zakikoxol*. Os antigos Cakchiquel, segundo o *Memorial*, falavam com esses homenzinhos, que eram os espíritos do Vulcão de Fogo, *ru cux huyú chi Gag*, chamados *Zakikoxol*, Çakikoxol rubí. [AR]

2 A versão de Recinos traz "– Falem, gritem, *gorjeiem*, *clamem*, que cada um fale segundo sua espécie, segundo a variedade de cada um" [AR, p. 172; grifo meu], ao contrário das outras versões consultadas. [JVB]

3 **Aqui vai a relação dos nomes em quiché: Huracán, Chipi-Caculhá, Raxá-Caculhá, u Qux Cah, Alom, Qaholom. Somente na versão de Recinos aparece o Coração da Terra depois do Coração do Céu [AR, p. 172]. [JVB]**

4 *Ta x-r'ah cu qui tih chic qui quih, no original.* [AR]

5 *Mi x-yopih r'auaxic u zaquiric.* Já se aproxima o tempo das semeaduras é o sentido que Brasseur erroneamente dá a essa frase, adiantando-se aos acontecimentos, pois o homem ainda não fora criado, nem a agricultura fora inventada. [AR]
A observação de Recinos não procede, nem linguística nem semanticamente (ver nota da tradução, p. 7), pois no contexto os deuses – traçando o paralelo "semeadura/amanhecer", um difrasismo onipresente no *Popol Vuh* – apenas indiciam a proximidade do momento propício para a criação do ser humano. Essa metáfora da criação até hoje se reflete na cultura quiché, em cuja língua dar à luz é "amanhecer" ou "dar luz" (*-ya 'saq*), segundo Christenson, que menciona, além de mostrar outras correlações entre semear/amanhecer, um interessante comentário de Schultze-Jena, tradutor do *Popol Vuh* para o alemão: "Em Chichicastenango, as crianças são chamadas de *alaj q'ij* (solzinho) ou *alaj q'ij saj* (raio de sol) quando são referidas em contextos rituais" [AC, p. 51]. Nesta tradução, sigo sempre esse critério, corroborado também por Tedlock (DT, p. 225) e por outros tradutores. [JVB]

6 *Mavi mi x-utzinic ca quihiloxic, ca calaixic puch cumal*, no texto original. [AR]

7 *Xa cul u vach.* [AR]

8 *Ahtzac, Ahbit*, variantes de Tzacol e Bitol. [AR]

9 **Nas versões consultadas, esse trecho apresenta várias divergências tradutórias, que transcrevo aqui. Recinos omite parte do trecho; sua tradução é a seguinte: "E disseram o Criador e o Formador: – Bem se vê que não podia andar nem se multiplicar. Que se faça uma consulta acerca disso – disseram" [AR, p. 175]. Tedlock: "'Não vai durar', disseram o Criador e o Formador. 'Ele está encolhendo, então que encolha. Ele não vai conseguir andar e não vai conseguir se multiplicar, deixe que isso fique só na ideia', disseram" [DT, p. 69]. Sam Colop: "– Ainda não! – disseram entre si o Criador e o Formador. – Vamos consultá-lo. Que assim seja! Vê-se que não vai andar, que não vai se multiplicar. Que assim seja! É preciso pensá-lo novamente – disseram" [SC, p. 32]. Christenson: "Então disseram o Criador e o Formador: 'Cometemos um erro; então que isso seja somente um erro. Ele não vai poder andar nem se multiplicar. Então que seja. Que fique apenas como uma coisa sem importância'" [AC, p. 67]. Craveri: "'Não existe.' Disseram então o Criador e o Formador: 'É nosso agouro. Que assim seja. É somente um agouro: que não caminhe, que não se multiplique. Que assim seja. Que haja, então, uma decisão sobre isso'" [MC, p. 19]. Minha tradução se apoiou na versão literal de Christenson e nas notas filológicas de Craveri que comentam as obscuridades desse trecho. A palavra *lab'e*, por exemplo, para Christenson pode significar "erro, falha, defeito, criança malformada, ou monstro. Também é usada para indicar um mau presságio". Craveri menciona essas acepções de Christenson, acrescenta a *lab'e* a tradução de "agouro", "sonho", e também anota que Sam Colop, seguindo dicionários coloniais, interpreta toda a expressão quiché *qa-wach lab'eq* como "agourar"**

[MC, p. 19]. Uma versão alternativa que ensaiei, a partir das outras versões consultadas, seria "– Está minguando. Pois que míngue. Não ia mesmo andar nem se multiplicar. Que seja. Vamos pensar em outra coisa". [JVB]

10 Esse trecho é vertido por Recinos desta forma: "Tentem a sorte outra vez! Tentem fazer a criação!" [AR, p. 174], que Christenson, por sua vez, traduz por "*Try again a divination, a shaping*", explicando em nota: "*Q'ijixik*, que pode ser traduzido como 'diaificação', refere-se a uma cerimônia divinatória em que um punhado de feijões *tz'ite* ou de grãos de milho é lançado e depois interpretado por uma contagem sequencial dos dias do calendário ritual quiché. Assim, o resultado da criação deve ser ritualmente determinado através de uma divinatória 'contagem de dias'" [AC, p. 68]. [JVB]

11 *R'atit quih, r'atit zac.* A palavra *atit* deve ser entendida aqui no sentido coletivo, abarcando os dois avós, Ixpiyacoc e Ixmunané, depois chamados por seus nomes no texto. Lê-se a mesma expressão adiante. [AR]

12 Em Recinos, "E disseram Huracán, Tepeu e Gucumatz quando falaram com o agoureiro, o formador, que são os adivinhos [...]" [AR, p. 174]. Minha versão segue o critério de Christenson, que anota, em sua versão não literal: "*Aj q'ij* ainda é o título usado pelos adivinhos quiché para predizer o desejo de uma divindade por meio de uma contagem ritual dos dias no calendário sagrado. O título significa literalmente 'ele(a) dos dias' e 'senhor(a) dos dias', embora etnógrafos modernos frequentemente se refiram a eles como '*daykeepers*' (guardiães do dia). Pelo fato de Xmucane e Xpiyacoc terem participado da criação do Universo no início dos tempos, tendo, com isso, posto em movimento ciclos infinitos de dias e noites, nascimento e morte, semeadura e colheita, eles representam os intérpretes divinatórios ideais desses ciclos" [AC, p. 68]. [JVB]

13 *Vinac poy, vinac anom. Poy anom*, em cakchiquel, tem a acepção de "mortal". [AR] Recinos traduz por "homem mortal" o que optei por traduzir por "pessoas moldadas", a partir das anotações de Craveri ("*Anom*, literalmente, a forma, a condição" [MC, p. 21]) e de Tedlock ("'a forma humana': 'forma' é a tradução de *anom*; DB traz *anomal*, 'molde'" [DT, p. 231]). Ao consultar o *Vocabulario de lengua quiché* (1698), de Domingo de Basseta, organizado e anotado por René Acuña (Unam, 2005), encontrei uma curiosa anotação: "Os iucatecos chamavam de *anom* (afugentado) o primeiro homem, Adão, por este ter sido expulso do Paraíso" [DB, p. 462]. A mesma acepção aparece na entrada *anumahic* do *Vocabulario*, que traz, em seguida, a entrada *anum* ("molde", também), e uma das frases com que se exemplifica seu uso é: "Deus nos fez, nos criou, nos formou" [DB, p. 338]. [JVB]

14 *Camul Alom, camul Qaholom.* O autor chama Hunahpú-Gambá de duas vezes mãe, e Hunahpú-Coiote de duas vezes pai, definindo, assim, o sexo de cada um dos membros do par criador. [AR] **Alom, A-que-Concebe; Qaholom, O-que-Gera. Aqui sigo a concisão de Recinos. [JVB]**

15 Grande porco-do-mato, ou caititu. *Nim-Ac* é o pai, *Nimá-Tziís*, a mãe. [AR]

16 Grande quati-de-nariz-branco ou quati (*Nasua narica*). Também poderia ser interpretado como Grande anta ou tapir (*tix* em pocomchi; *tzimín* em jacalteca).

A anta era o animal sagrado dos índios tzendale de Chiapas, e o bispo Núñez de la Vega conta que, segundo a tradição, Votán levou a Huehuetlán o tapir (ou anta), que se multiplicou nas águas do rio que banha o território de Soconusco, no atual estado mexicano de Chiapas. [AR]

17 Nesse trecho, o texto parece enumerar os ofícios corriqueiros do homem daquela época. O autor invoca o *ahqual*, que é, evidentemente, o que talhava as esmeraldas ou pedras verdes; o *ahyamanic*, ou seja, o ourives ou prateiro; o *ahchut*, cinzelador ou escultor; o *ahtzalam*, entalhador ou carpinteiro; o *ahraxalac*, ou seja, o que fabricava os pratos verdes ou belos; o *ahraxazel*, que fazia os copos ou xícaras, verdes e belas, pois a palavra *raxá* tem os dois sentidos; o *ahgol*, que trabalhava a resina ou copal; e, por fim, o *ahtoltecat*, que sem dúvida era o prateiro, tolteca. De fato, os Tolteca foram grandes mestres na arte da ourivesaria em prata, que, segundo a lenda, foi-lhes ensinada pelo próprio Quetzalcóatl. [AR] **A própria palavra *ahtoltecat* indica o local de origem dos famosos artistas-artesãos tolteca, segundo Craveri, acrescentando que, para Sam Colop, Tedlock e Diego Guarchaj, entre outros, "esse vocábulo indica comumente a categoria dos artesãos" [MC, p. 21]. [JVB]**

18 *Tzite*, árvore-de-coral, *Erythrina corallodendron*; em língua asteca, *Tzompanquahuitl*. Era usada no campo para formar cercados. Seu fruto é uma vagem que encerra grãos vermelhos parecidos com o feijão, que até hoje os índios usam com os grãos de milho em seus sortilégios e feitiços. Sánchez de Aguilar diz, em seu *Informe contra Idolorum Cultores*, que os índios maias "liam a sorte com um grande punhado de milho". Como se vê, essa prática, que ainda se observa entre os Maias-Quiché, é de respeitável antiguidade. [AR]

19 *Chi banatahic xa pu ch' el apon-oc*, literalmente, faça-se e resultará. [AR]

20 *Quih!, Bit!* A primeira palavra é sol, e assim a traduz Brasseur, mas também significa sorte, e é esse, evidentemente, o sentido da invocação. [AR] **Recinos traduz *q'ij* (dia, sol, tempo) por "sorte". [JVB]**

21 *Ah tzité*, o que adivinha a sorte com os grãos de *tzité*; Basseta interpreta a palavra como feiticeiro, e esse é, nesse caso, Ixpiyacoc. [AR]

22 *Are curi atit ahquih, ahbit, Chiracán Ixmucané u bi.* O *ahquih* era o sacerdote e adivinho, e ainda hoje se denominam dessa forma esses indivíduos muito respeitados no Quiché. *Ahbit* é o criador e formador. *Chiracán Ixmucané* é o mesmo que a Grande Ixmucané. [AR] **Recinos diz que Chiracán Ixmucané é o mesmo que Grande Ixmucané, e mantém a palavra *chiracán* antes do nome de Ixmucané. Tedlock, com base em informações de Andrés Xiloj (sacerdote quiché que colaborou com ele em sua tradução), diz que *chiracán* (literalmente "em seu pé", "em sua perna") é alguém que presta assistência [DT, p. 234]; no caso, como refere Sam Colop, a sacerdotisa Ixmucané assiste Ixpyacoc na cerimônia de adivinhação [SC, p. 35]. Craveri, via Charles Wisdom, anota que *chiracán* "tem certamente um significado cerimonial. Entre os Ch'orti' da Guatemala, os feiticeiros, ao realizar curas, perguntam à sua perna esquerda o motivo da doença e qual é a forma de se realizar o conjuro, esperando que ela vibre" [MC, p. 22]. [JVB]**

23 *Katk'ix* foi traduzido de diversas formas: Ximénez – "*Tened verguenza*"; Recinos – "*Ven a sacrificar aquí*"; Tedlock – "*Have shame*"; Craveri – "*Que tengas respecto*"; Sam Colop – "*Ten*

verguenza"; Christenson – "*Bring it to a conclusion*". Literalmente, significa "ter vergonha", "ter respeito". No entanto, como esclarece Christenson, *k'ix* tem diferentes significados – "terminar", "encontrar uma solução" e "espinho", "picada de inseto" –, e aqui essa ambiguidade pode ter sido intencional: "Como verbo, é uma das palavras usadas para descrever o desenho do sangue nos rituais de autossacrifício. [...] Na teologia mesoamericana, os deuses da criação frequentemente oferecem sacrifícios de sangue, necessários para produzir vida nova" [AC, p. 71]. Recinos também registra o significado de "tirar sangue com espinhos" (ver nota abaixo). Tedlock registra em nota o comentário de Andrés Xiloj, seu colaborador quiché (ele mesmo um "sacerdote do sol", "*daykeeper*", guardião dos dias), de que ainda hoje os adivinhos pedem aos deuses que não enganem seus clientes adivinhos, que "não contem [a eles] uma mentira" [DT, p. 234]. No caso, o cliente é ninguém menos que o majestoso Serpente Emplumada (Gucumatz). Minha versão leva em conta todas essas acepções e suas sugestões, incorporando o sacrifício de sangue, o rubor sanguíneo da face do Coração do Céu, o nascimento do dia com suas cores rubras, o sangue que se oferece para produzir vida nova – como é o caso aqui. [JVB]

24 *C'at quix la uloc, at u Qux Cah, m'a cahizah u chi, u vach Tepeu, Gucumatz*. O verbo *quix* foi interpretado pelos tradutores, nesse trecho, como envergonhar. Brasseur observa que também pode significar furar ou tirar sangue com espinhos. Essa era uma forma comum de sacrifício entre os índios, e parece indicar o verdadeiro sentido da frase usada pelo autor. *Qahizanvach* é castigar, segundo o *Vocabulario de los padres franciscanos*. Toda a passagem é uma invocação para que Coração do Céu venha fazer parte do sortilégio e que não deixe os adivinhos fracassarem. [AR]

25 "Caminhavam sem rumo e engatinhavam", em Recinos [AR, p. 178]. Optei por traduzir a partir da tradução literal de Christenson: "Sem propósito eles andavam, eles rastejavam sobre suas mãos e joelhos" [AC2, p. 23]. [JVB]

26 *Comahil*, sangue, substância da pessoa. Padre Thomás Coto, *Vocabulario de la lengua cakchiquel v[el] guatemalteca*. [AR] **Sigo aqui a opção de Tedlock e de Craveri. Além da tradução de Ximénez ("suor" [FX, f. 4v]) e da acepção sugerida, nesta nota, por Recinos (que traduz *comahil* por "substância"), Christenson menciona, via Domingo de Basseta, a acepção de fluxo menstrual: "O texto lista duas palavras paralelas aqui, *kik'el* e *komajil*; ambas significam 'sangue'. Basseta menciona que *komaj* pode se referir especificamente a menstruação, ou a fluxo sanguíneo menstrual" [AC, p. 72]. Já Sam Colop anota que *kikomajil*, conforme aparece no manuscrito quiché, é sinônimo de "seu sangue", e o traduz por "cor" [SC, p. 37]. [JVB]**

27 *Alay quech, quxlaay quech*. [AR]

CAPÍTULO 3

1 O nome quiché *zibaque* é empregado correntemente na Guatemala para designar essa planta da família das tifáceas, muito usada na fabricação de esteiras, chamadas no país de *petates tules*. Miolo de um ratã com que se fazem *petates*, diz Basseta. [AR]

2 É difícil interpretar os nomes desses inimigos do homem. Ximénez diz que *Xecotcovach* era um pássaro, provavelmente uma águia (*cot*) ou gavião. O *Camalotz* que cortava a cabeça dos homens era evidentemente o grande morcego-vampiro (*nimá chicop*) *Camazots*, morcego da morte, que decapita o jovem herói Hunahpú na segunda parte da obra. *Cotzbalam* pode ser interpretado como o jaguar deitado que espreita sua presa. *Tucumbalam* é outro nome para anta ou tapir. Na opinião de Seler ("Der *Fledermausgott* der Maya-Stämme", *Zeitschrift für Ethnologie*, Berlim, v. XXVI, 1894), essas "feras demônios do *Popol Vuh*" são equivalentes às quatro figuras de monstros que se veem no fólio 44 do *Códice Bórgia*. Segundo Seler, nesse códice o *Tucumbalam* está representado por uma espécie de tubarão ou crocodilo. O morcego do leste arrancou a cabeça de seu vizinho da frente e o tubarão ou crocodilo do oeste lhe arrancou o pé. [AR]

3 Introduzo a tradução dos nomes a partir de consultas a todas as versões, que apresentam variações significativas. [JVB]

4 *X-cahixic, x-muchulixicqui baquil*, no original. [AR]

5 Nesse ponto do relato, Christenson faz uma interessante observação a respeito da entrada dos animais em cena: "O que se deduz é que os animais selvagens das montanhas entraram nas casas dos bonecos de madeira. Os Quiché acreditam que quando um animal selvagem entra em suas casas é para entregar uma mensagem do deus da terra, que é o mestre dos animais. Nesse caso, a mensagem é uma predição da destruição que está prestes a se abater sobre os bonecos de madeira" [AC, p. 75]. [JVB]

6 *Quebal*, que Ximénez traduz por "pedras de moer", é pote ou bilha nessa passagem. Brasseur traduz equivocadamente por *tout ce qui leur avait servi*. [AR]

7 *Comalli* em náuatle, *xot* em quiché, prato grande, semelhante a um disco de barro, que se usa para cozer as tortilhas de milho. [AR]

8 Todos os outros tradutores consultados incluíram "cães" (*tz'i*) em quinto lugar nessa enumeração de objetos atacantes. A única exceção é Sam Colop, que atribui a dificuldade dos tradutores à falta de clareza de Ximénez ao transcrever *tzi* (*nixtamales*) e *tz'i* ("cão") [SC, p. 38]. Consultando o manuscrito, vejo sobre a palavra *tzi* o que parece ser um acento agudo e, três linhas abaixo, o que parece ser um apóstrofo levemente deslocado para a direita sobre a palavra *tz'i*. Pelo contexto, que traz três duplas relacionadas à cozinha, realmente faz mais sentido ali o *nixtamale* (milho cozido em água de cal usado para fazer tortilhas), além do que os cães aparecem logo em seguida fazendo dupla animal com os perus-ocelados. [JVB]

9 No original, *qui caa*: pedra de moer; *metate*, no México. Brasseur leu equivocadamente *qui aq* e traduziu por "suas galinhas". [AR]

10 Em Recinos, "*Mucho mal nos hacíais*" [AR, p. 180]. [JVB]

11 Nesse trecho em que objetos e animais se voltam contra seus donos e começam a falar, há uma visível mudança no emprego do tempo verbal, por Recinos e por Craveri, que passam a adotar o pretérito imperfeito do indicativo na segunda pessoa do plural. Em minha versão, para não exacerbar o

estranhamento, em português, do uso constante do pretérito imperfeito na segunda pessoa do plural, por vezes uso a voz passiva, por vezes o pretérito perfeito, mantendo o emprego da segunda pessoa do plural. [JVB]

12 Os cães cujas carnes eram comidas pelos homens de madeira não eram os que existem hoje na América, mas uma variedade que os cronistas espanhóis chamavam de cães mudos, porque não latiam. Suas aves de criação eram o peru, o faisão e o inhambu. [AR] **Christenson esclarece que a palavra *ak'*, em quiché moderno, refere-se "às galinhas que foram introduzidas pelos espanhóis logo após a Conquista", mas que o *ak* pré-colombiano designava o peru domesticado (*Meleagris ocellata*) [AC, p. 75], ou seja, o peru-ocelado. [JVB]**

13 Essas palavras são apenas uma imitação do ruído da pedra ao pilar o milho. [AR] **No manuscrito quiché, "*holi, holi, huqui, huqui*" [FX, f. 5r]. O *h* aí tem som de *rr*. [JVB]**

14 *Yacal u bi*, encostado à parede ou deitado no chão, segundo o *Vocabulario de la lengua cakchiquel*. [AR]

15 Para compreender bem esse parágrafo, é necessário restabelecer a pontuação do original, alterada na transcrição de Brasseur, e lê-lo da seguinte forma: *Xere c'oh yv'u chaah vi; mavi c'oh chauic. Ma ta cu mi-x-oh camic chyve. Hupacha mavi mi-x-yx nauic, x-yx nau ta cut chyvih? Ta cut x-oh zach vi, vacamic cut x-ch'y tih ca bac qo pa ca chi; x- qu'yx ca tio, x-e cha ri tzi chique, ta x-cut qui vach.* [AR] **A versão de Recinos traz uma leitura diferente da minha (feita a partir das traduções de Craveri e de Christenson): "Assim era como nos tratáveis. Nós não podíamos falar. Talvez não vos matássemos agora; mas por que não refletíeis, por que não pensáveis em vós mesmos? Agora iremos destruí-los, agora ireis provar os dentes que estão em nossas bocas: sereis devorados [...] [AR, p. 180]. [JVB]**

16 Em Recinos, "Dor e sofrimento nos causáveis" [AR, p. 180]. [JVB]

17 Os *tenamastes*, traduz Ximénez, empregando essa palavra da linguagem vulgar da Guatemala, tomada do náuatle *tenamaxtle*. São as três pedras do braseiro dos índios sobre as quais descansam o disco de barro ou as panelas. [AR] **Recinos traduz o trechinho inicial por "as pedras do fogão, que estavam amontoadas" [AR, p. 181]. [JVB]**

18 A ideia de um antigo dilúvio, e a crença em outro que seria o fim do mundo e teria características similares ao que se descreve nesse trecho do *Popol Vuh*, ainda existia entre os índios da Guatemala nos anos subsequentes à conquista espanhola, segundo se lê na *Apologética historia*: "Havia entre eles notícia do dilúvio, e do fim do mundo, e o chamam de *Butic*, nome que significa dilúvio de muitas águas e quer dizer juízo, e então acreditam que outro *Butic* está por vir, que é outro dilúvio e juízo, não de água, mas de fogo, o qual dizem que será o fim do mundo, no qual todas as criaturas hão de brigar, especialmente as que servem ao homem, tal como as pedras onde moem seu milho ou seu trigo, as panelas, as bilhas, dando a entender que irão se voltar contra o homem". Frei Bartolomé de las Casas, *Apologética historia de las Indias*, ed. Manuel Serrano y Sanz, t. I. Madri: Bailly, Bailliere e Hijos, 1909, cap. CCXXXV, p. 620. [AR] **O bordão "dolorosas foram vossas ações contra nós" é falado primeiro pelos cães e pelos perus-ocelados, e depois pelos trens de cozinha, para**

seus cruéis donos de madeira, e aqui é ironicamente retomado pelo narrador e arremessado contra os bonecos de madeira: "Dolorosas foram suas ações contra eles". Em Recinos, lê-se: "Causando-lhes dor" [AR, p. 180]. [JVB]

19 *Xa chi yuch hul chi qui vach.* [AR]

20 Segundo os *Anales de Cuauhtitlán*, na quarta idade da terra "muitas pessoas se afogaram e outras foram mandadas para as montanhas e se transformaram em macacos". (Trad. de Galicia Chimalpopoca.) [AR]

CAPÍTULO 4

1 *Vucub-Caquix*, ou seja, Sete Arara. Ximénez acreditava que esse personagem era uma espécie de Lúcifer. Para Brasseur, era um príncipe, provavelmente o líder de um extenso território da América Central. É desnecessário advertir que todo esse episódio de Vucub-Caquix e seus filhos é completamente fabuloso e sem relação com nenhum fato histórico. Os Quiché usavam com frequência o número sete (*vucub*) nos nomes próprios, como se verá no decorrer deste livro. [AR]

2 Provavelmente uma alusão à inundação que destruiu os homens de madeira. Mais à frente o narrador observa que Vucub-Caquix existia na época da inundação. A ideia comum entre os índios era que nem todos os homens primitivos tinham perecido no dilúvio. No lugar recentemente citado, diz o padre Las Casas: "Creem que aquelas suas terras foram povoadas por certas pessoas que escaparam do dilúvio e que um deles era chamado de grande pai e grande mãe" (frei Bartolomé de las Casas, *Apologética historia de las Indias*, ed. Manuel Serrano y Sanz. Madri: Bailly, Bailliere e Hijos, 1909). [AR] **Minha versão aqui se aproxima da tradução literal e da de Tedlock [MC, p. 29; AC2, p. 30; DT, p. 73]. Em Recinos, lê-se: "E dizia (Vucub-Caquix: – Verdadeiramente, são uma mostra clara daqueles homens que se afogaram, e sua natureza é como a dos seres sobrenaturais" [AR, p. 182]. [JVB]**

3 A palavra *Ik'il* pode se referir a "lua" ou, mais frequentemente, a "mês". Tedlock opta por "mês", provavelmente para indicar a passagem do tempo de forma mais clara. Ximénez, Recinos, Christenson e Craveri traduzem-na por "lua". Sam Colop opta por uma tradução interpretativa, substituindo "lua" ou "mês" por "além do mais é para mim que eles olham" [SC, p. 42]. Para manter a síntese imagética do original, traduzo por "luas", que remete aos ciclos lunares. [JVB]

4 Todas as versões apresentam diferenças significativas. A de Recinos interpreta esse início de frase desta forma: "Por mim caminharão e vencerão os homens" [AR, p. 182]. A de Craveri traz: "Eu sou o instrumento do caminhar, eu sou o instrumento do rastejar para o homem" [MC, p. 30]. A tradução literal de Christenson é concisa: "*I walkway,/ I as well pathway for people* [AC2, p. 31]. Sigo a de Tedlock ("*I am the walkway and I am the foothold of the people*") porque, em nota, ele oferece uma explanação de seu colaborador quiché, Andrés Xiloj, que conjuga as traduções literais e a sua: "*B'inib'al* é iluminar o caminhar, ou sair num caminho ligeiramente iluminado; e *chakab'al* – hoje nós dizemos *chakanib'al* – é a mesma coisa. Essas palavras estão nas rezas que fazemos no *warab'alja* [santuário das linhagens], pedindo por qualquer um que saia de casa para se dirigir a outro lugar. Eles podem andar, eles podem

rastejar – *chakanib'al* é rastejar de quatro. Sete Arara está dizendo que ele é o pé da pessoa, já que tem luz [para mostrar à pessoa onde pisar], mas, de fato, a pessoa vê obscuramente, não está muito claro" [DT, p. 238]. Por isso optei por "sou guia para seus passos", para "mostrar à pessoa onde pisar". [JVB]

5 A palavra utilizada para descrever as pedras que brilham nos olhos de Vucub-Caquix é *k'uwal*, que pode indicar qualquer pedra preciosa, segundo Christenson, que também assinala: "Os dicionários do período colonial muitas vezes dão 'esmeralda' como a definição específica dessa palavra, e esmeralda parece ser a joia azul-verde descrita aqui" [AC, p. 79]. No entanto, com a indefinição, as opções dos tradutores também se irisam: "pedras verdes" [FX, f. 5v], "esmeraldas" [AR, p. 182], "verdes esmeraldas" [MC, p. 30] "gemas verdes" [SC, p. 42], "joias azuis-verdes" [AC, p. 79]. E Tedlock mantém nos olhos de Vucub-Caquix apenas o brilho do metal (exemplo, aliás, de pontuação que faz o sentido oscilar [DT, p. 73]). Quanto aos dentes, em Tedlock eles brilham "como joias, e também turquesas" [DT, p. 73]. Em Recinos, "Meus dentes brilham como pedras finas, semelhantes à face do céu", é fiel à generalidade das pedras, mas perde a sugestão cromática [AR, p. 182]. Por fim, Sam Colop anota que *rax kawakoj chi ab'aj* significa, literalmente, "de verde-azul estão adornados com pedras" e lembra "as incrustações de jade praticadas pela antiga odontologia maia" [SC, p. 43], o que, ao lado de pesquisa iconográfica e da descoberta da jadeíta azul da Guatemala, reforçou minha opção pelo genérico, mas colorido, "jade". [JVB]

6 *Quehecut in quih vi, pu ic rumal zaquil al zaquil qabol.* Essa passagem oferece muita dificuldade ao tradutor. O *Vocabulario de las lenguas quiché y kakchiquel* explica as palavras *zaquil al, zaquil qabol* afirmando que deve ser "a linhagem humana". O sentido geralmente aceito é o de vassalos e descendentes. [AR] **Aqui sigo a tradução de Sam Colop, como em ocorrência anterior [SC, p. 44]. [JVB]**

CAPÍTULO 5

1 O nome *Hunahpú* pode ser traduzido por Um Caçador, Um Mestre da Zarabatana, Um Zarabataneiro. Já o nome *Ixbalanqué* é de difícil interpretação. *Ix* indica o gênero feminino e o diminutivo. *B'alan* é considerada uma forma arcaica de *b'alam* (jaguar), segundo Christenson [AC, p. 81]. O sufixo *q'e* é de difícil interpretação. Muitos tradutores consideram interessante a de Tedlock, que lê o texto a partir da tradição q'eqchi, na qual *b'alam* significa tanto "jaguar" quanto "oculto", e o sufixo *q'e* teria uma qualidade "solar" – numa língua que não tem um vocábulo específico para designar o "sol". O *x* teria a função de pronome possessivo da terceira pessoa do singular. Com base nessas inferências, Tedlock lê o nome do personagem como *Xb'alanq'e*, traduzindo-o por "fase oculta do sol [*sun's hidden aspect*]" [DT, p. 239]. No entanto, todos concordam que Ixbalanqué está associado ao jaguar, pois em glifos e figuras o jovem está associado a um personagem com manchas de jaguar na pele. A partir disso, ensaio uma tradução em que tanto o jaguar como o sol estão ocultos, considerando a imagem solar central que o jaguar tem na mitologia mesoamericana e também o trânsito de Ixbalanqué pelo inframundo. Nesse sentido, Christenson faz um interessante comentário,

ao notar que os dois jovens dividem o protagonismo nas aventuras aqui relatadas, Hunahpú tendo destaque sobre o leito da terra e Ixbalanqué em Xibalbá. Minha tradução também sugere a figura de Ixbalanqué como a de uma onça-preta, com as manchas de sua pele como se escondidas pelo luar (fase oculta do sol). [JVB]

2 *Hunahpú*, Um Caçador; *Ixbalanqué*, jaguar pequeno ou jaguatirica (o prefixo *ix* indica feminino e diminutivo). Pode ser também bruxinho, porque *balam* tem os dois significados, jaguar e bruxo. *Xavi e qabauil*; estes também eram deuses, traduz Ximénez. Os missionários espanhóis encontraram entre os Quiché a palavra *qabauil*, ou *cabauil*, com que estes designavam seus deuses, e em geral a traduziram por ídolo ou demônio, procurando fazer com que os índios a esquecessem juntamente com toda a sua antiga religião e que usassem apenas a nova palavra espanhola, *Dios*, como designação da divindade cristã. O mesmo procedimento foi empregado pelos frades franciscanos em Yucatán em relação à palavra *ku*, deus, e *kauil*, um adjetivo maia que significa venerável e que quase sempre acompanha o nome de Itzamná, o sol, deus principal dos antigos Maias. Nos textos antigos, seu nome aparece como *Itzamná Kauil* (*Libro de Chumayel, Relación* de Landa etc.). O padre Avendaño diz, na *Relación* de suas duas entradas no Petén, em 1695 e 1696, que sabia que entre os ídolos dos Itzá estava o "*Itzamná Kauil*, que quer dizer cavalo do demônio". A semelhança entre o vocábulo maia *Kauil* e o quiché *qabauil* sugere uma relação de parentesco próximo entre eles. [AR]

3 *Chi ca coh vi u yab, ta quiz-oc u quinomal, u xit, u puvac, u cual, u yamanic ri cu gagabeh, no texto original.* [AR]

4 *Zipacná*, gigante que carregava as montanhas nas costas. Alimentava-se de peixe e caranguejo, e Raynaud o compara ao *Cipactli* do México, que era um crocodilo ou peixe-espada. *Cabracán*, gigante duplo; em quiché, terremoto. Nota-se a semelhança do nome da mulher de Vucub-Caquix, *Chimalmat*, com o da mãe de Quetzalcóatl, *Chimalmán*. Pode ser somente uma coincidência e também pode ser reflexo da lenda mexicana. [AR]

5 Em seu estudo "La serpiente emplumada y el amanecer de la historia" (*Códices, caciques y comunidades*, AHILA, 1997), Maarten Jansen traz a lume o significado desse nome segundo Sahagún: "Os nomes da mãe [de Quetzalcóatl] são referências à deusa da terra ou àquela outra que representa a mãe divina, a que morreu no leito de parto: Cihuacoatli Quilaztli. O nome Chimalman ou Chimalmat parece ter o mesmo simbolismo: seu significado pode ser 'Escudo Deitado', como metáfora da terra, ou 'Mão do Escudo', referente à mão da parturiente morta, dotada de força mágica e, por isso, posta pelos guerreiros em seus escudos [Sahagún, livro VI, cap. 29]. A informação de que a mãe de Quetzalcóatl morreu ao dá-lo à luz faz parte desse mesmo complexo conceitual [Garibay, 1979, p. 112]". O *Códice Chimalpopoca* traz outra versão interessante, em que Mixcóatl (Serpente de Nuvens), ao se deparar com Chimalman, tenta sem sucesso acertá-la por quatro vezes com uma flecha, e por fim se deita com ela, engendrando Quetzalcóatl: "Encontrando a mulher Chimalman, em seguida põe no chão seu escudo". [JVB]

6 Recinos traduz esse trecho da seguinte maneira: "Zipacná jogava bola com as grandes montanhas" [AR, p. 184]. Nenhuma das outras versões

corrobora essa interpretação, e o decisivo, em minha opção tradutória, é o fato de que a construção verbal *chi-r--echaj* significa, literalmente, "carregar nas costas" [MC, p. 32]. [JVB]

7 Boca de fogo, *Chi Gag* no manuscrito cakchiquel, o Vulcão de Fogo. [AR]

8 Vulcão de Água. O *Vocabulario* cakchiquel (n. 41 do Fondo Americano de la Biblioteca Nacional de Paris) traduz *Hunahpú* por flor cheirosa, *fleur odoriférante*, segundo Raynaud. Para o padre Vázquez, o cronista franciscano, significa ramalhete ou floresta. Essa interpretação é interessante porque Hunahpú é o vigésimo dia do calendário quiché e cakchiquel e corresponde ao vigésimo dia do calendário mexicano, *Xóchitl*, que também significa flor. [AR]

9 Vulcão de Acatenango. Os três vulcões conhecidos pelos nomes de Fogo, Água e Acatenango dominam a paisagem do centro da Guatemala e o vale onde existiu, por muitos anos, a capital da colônia espanhola. [AR]

10 Vulcão de Santa María, no oeste do país. *Gagxanul*, em cakchiquel. [AR]

11 Vulcão Cerro Quemado, em Quetzaltenango, segundo o dr. Herman Prowe; Vulcão de Zunil na mesma região, segundo Villacorta e Rodas. [AR]

CAPÍTULO 6

1 *Tapal*, em quiché; *nantzi*, em náuatle; *Byrsonima cotinifolia, B. crassifolia*, bela árvore tropical que produz um fruto muito aromático e parecido com a cereja branca. [AR] **O *nance* é o muricizeiro, que incluí no corpo do texto para melhor visualização da cena, muito plástica. Seus frutos são pequenos globos amarelos e a cor de sua florada vai do amarelo ao vermelho. [JVB]**

2 Aqui aparece Hun-Hunahpú em lugar de Hun-Ahpú, um erro evidente corrigido no curso da narração. [AR] **Ao verificar a transcrição de Ximénez no manuscrito da Newberry, observei que a forma "Hun-Hunahpú" aparece apenas no original quiché. Na coluna do lado, em que aparece a tradução de Ximénez para o castelhano, já se lê apenas "Hunahpú" [FX, f. 6v]. [JVB]**

3 *Zaqui-Nim-Ac*, o Grande Caititu Branco; *Zaqui-Nimá-Tziís*, o Grande Quati-de-nariz-branco. O velho e a velha representam o par criador que, sob diferentes nomes, aparece em toda a primeira parte destas histórias. [AR]

4 Segundo Tedlock, *ki* pode significar tanto "remédio" quanto "veneno" [DT, p. 243]. [JVB]

5 Nesse trecho, Recinos traz "pérolas" em lugar de "joias verde-azuis", e "pupilas" em vez de "olhos" [AR, p. 188]. Provavelmente aí as joias são incrustações de jade, tradicionalmente praticadas pela antiga odontologia maia. Oscar Cifuentes Aguirre, em *Odontología y mutilaciones dentarias mayas* [pp. 121–41], descreve as mandíbulas humanas pertencentes ao acervo do Museu Nacional de Arqueologia e Etnografia da Guatemala, datadas de mais ou menos 1800 anos, que "revelam mutilações e incrustações dentais feitas com muita precisão, com o emprego de jadeíta ou pirita. Segundo alguns manuscritos maias, as incrustações dentais eram praticadas como medida terapêutica em casos de cárie e também como adornos, símbolos

de prestígio, usados pelos sacerdotes e por pessoas com alta hierarquia social". [JVB]

CAPÍTULO 7

1 *Omuch qaholab*, quatrocentos jovens. O nome coletivo é empregado para indicar um grande número, uma grande quantidade. [AR]

2 Sigo aqui a versão de Tedlock, com a qual concordam Sam Colop e Christenson (em sua tradução literal) e da qual Recinos se afasta um pouco: "E, no entanto, seus gritos, suas palavras se repetem como um eco uma e duas vezes" [AR, p. 190]. [JVB]

3 A bebida dos índios da Guatemala, feita de milho fermentado. [AR] **Christenson menciona que *ki'y* pode designar tanto a *chicha* (opção de Recinos), quanto o *pulque*, feito de agave, e o *balché*, feito de mel e da casca da árvore homônima (*Lonchocarpus violaceus*), entre outras bebidas alcoólicas e beberagens [AC, p. 92]. Tedlock diz que *ki'* pode significar "doce", "veneno", "agave" e, de acordo com Pantaleón de Guzmán, "vinho ou *chicha*". Em quiché contemporâneo, prossegue Tedlock, "maguey" é *ki* e "doce" é *ki'*, apontando que Guzmán dá *ki'* para ambos [DT, p. 245]. Sam Colop aponta o jogo de palavras entre *ki* e *ki'* no texto quiché, mas conclui que a bebida em questão é o *pulque*, que adoto aqui [SC, p. 52]. [JVB]**

4 O aglomerado, as Sete-cabrinhas ou *Astillejos*, as Plêiades. Brasseur anota que *Omuch qaholab*, os quatrocentos jovens que pereceram numa festança, são os mesmos que adoravam no México, sob o nome de *Centzon-Totochtin*, os quatrocentos coelhos invocados como deuses protetores do pulque e dos bêbados. [AR]

5 A tradução literal desse trecho, a partir da versão de Recinos, é: "[...] e conta-se que entraram no grupo de estrelas por eles denominada *Motz*" [AR, p. 191]; e a tradução a partir da versão literal de Christenson: "Foi dito então que eles entraram para uma constelação, *Motz* [Plêiades] é seu nome" [AC2, p. 48]. Alguns tradutores do *Popol Vuh*, entre eles Edmonson, Sam Colop e Tedlock, discorreram, em notas e estudos, sobre as palavras com sons iguais ou similares a *motz*, mas com significados diferentes, que encerram os trocadilhos aqui implícitos (*motz*: monte, punhado; *mutz*, *much*: amontoar; *much' qajolab*: quatrocentos jovens etc.). Até onde pude pesquisar, apenas Tedlock tentou recuperar, no corpo do texto, o jogo de palavras, com a tradução de *Motz* por *Hundrath* [DT, pp. 245–46]. Em minha tradução, procurei resgatar um pouco do jogo paronomástico do original com o trio "quatrocentos/trocentos/Sete-Estrelo", e um pouco do jogo trocadilhesco com "trocentos astros de nome Sete-Estrelo" em vez de "uma constelação, Plêiades é seu nome". De quebra, assim o Sete Arara vê os quatrocentos reduzidos a sete... [JVB]

CAPÍTULO 8

1 *Ec*, "*pie de gallo*", uma bromeliácea de folhas grandes e brilhantes que cresce sobre os galhos das árvores. "Uma erva com que nas festas se cobrem os paus, com folhas grossas", diz Basseta. [AR]

2 Outras folhas menores, denominadas *pahac*, diz Ximénez. [AR]

3 A montanha de Meauán se eleva a oeste da cidade de Rabinal, na região do rio Chixoy. [AR]

4 De acordo com o método adotado para esta tradução, estabeleci o texto dessa passagem a partir de todas as versões consultadas, sempre atenta a diferenças na pontuação e na ordem dos termos, que costumam produzir grandes ou pequenas alterações de sentido nas diversas versões do *Popol Vuh*, que encontrei também na tradução literal. Isso é visível, por exemplo, nesse trecho da versão de Recinos, traduzido aqui literalmente: "[...] fizeram uma figura imitando um caranguejo muito grande, e lhe deram tal aparência com uma folha de *pie de gallo*, da que se encontra nos bosques./ Assim fizeram a parte inferior do caranguejo; de *pahac* fizeram suas patas e lhe puseram uma concha de pedra que cobriu as costas do caranguejo. Depois puseram essa [espécie de] tartaruga ao pé de um grande cerro chamado Meauán, onde iam vencê-lo [Zipacná]" [AR, p. 192]. O *pie de gallo* é a *Tillandsia guatemalensis*, cujas brácteas e folhinhas (ou bractéolas), de um vermelho muito vivo, têm grande semelhança com as patas e as pinças de um caranguejo. Resolvi incluir no texto sua sugestiva cor por não ter encontrado um nome popular em português para esse tipo de bromélia, que, como o próprio nome indica, é muito comum na Guatemala. [JVB]

5 *Wa'ij*, traduzido por "fome" por todos os tradutores consultados, significa, literalmente, "comilão", glutão" [MC, p. 45]. Tedlock anota que a palavra é uma metáfora quiché para o apetite sexual e tenta "deixar essa dimensão sexual mais óbvia utilizando pronomes femininos para o caranguejo (embora os pronomes quiché não tenham gênero) " [DT, p. 246]. [JVB]

6 Em Recinos, lê-se: "Por nada iríamos pegá-lo" [AR, p. 192]. [JVB]

7 *Jowol ula*, no original. Exceto em Christenson e em Craveri, nos outros tradutores o ruído, de alguma forma, está presente nesse trecho: "está soando" [FX, f. 10r], "está fazendo barulho" [AR, p. 193], "está chocalhando" [DT, p. 84]. Minha tradução levou em conta a nota em que Craveri esclarece que *jowol* é "estar vazio, oco, posicionado como concha", e que *ula* – de *ul*, chegar –, com a terminação *-a* "adquire o significado de hospedar-se, ter aposento" [MC, p. 46]. Reuni as duas acepções em "aconchegado", por motivos óbvios. A tradução de Craveri é "está como concha" [MC, p. 46], e a de Christenson, "está situada" [AC, p. 94]. [JVB]

8 *Qui cumatzih*, seu encantamento, segundo Brasseur; seu segredo, segundo Ximénez. Em maia, *mactzil* significa milagre, maravilha. [AR]

9 Literalmente, os joelhos. [AR]

CAPÍTULO 9

1 As versões apresentam variações: Craveri anota a palavra *yakalik*, via Domingo de Basseta e Thomás Coto, como um adjetivo posicional com o significado de "levantar, pôr um fundamento, pôr", e a traduz no corpo do texto por "fundamento" [MC, p. 48]. Já Recinos a traduz por "paz" [AR, p. 194], Sam Colop por "sua excelência" [SC, p. 57], Christenson, em sua tradução literal, por "levantado" [AC2, p. 54] e Tedlock por "eminência" [DT, p. 86]. Considerando todas as variáveis, optei pelo adjetivo "excelso". [JVB]

2 *Chi be quih, chi be zac*, literalmente, enquanto houver sol e claridade. [AR] **Segundo Sam Colop, "a expressão 'enquanto houver sol, enquanto houver claridade' equivale a 'eternidade'" [SC, p. 57]. Em Recinos, lê-se: "Aqui estou movendo as montanhas e as estarei derrubando para sempre" [AR, p. 194]. [JVB]**

3 *Xa qo qu'il caquiyc*. Brasseur e Raynaud traduzem essa frase por "onde está se veem grandes abismos". O verbo *cacquer*, *caquic* indica arrebol, quando o céu se acende com a luz vermelha do alvorecer. [AR] **Nesse trecho, em geral as traduções dizem que a montanha não para de crescer. As exceções são Recinos, "lá onde o céu se avermelha" [AR, p. 195], e Ximénez, com o inusitado "*es muy fragrante su dulzura*" [FX, f. 11r]. Segundo Craveri e Sam Colop, *qo qu'il* significa "a todo instante", e *caquiyc*, "crescer"[MC, p. 49]. Como se vê na nota abaixo, as traduções de Brasseur e de Raynaud – "onde está se veem grandes abismos" – acrescentam uma quarta leitura ao trecho. Nesse horizonte movediço, minha tradução tenta preservar a constante ascensão da montanha e a cor do arrebol matutino. [JVB]**

4 Do náuatle *tizatl*, gesso. O autor usa a palavra maia e quiché *zahcab*, que se aplica a uma espécie de cimento branco natural usado pelos antigos índios. [AR]

5 *Ve nima etamanel hun tzac, hun bit ta ch'auax oc, ta zaquir oc, x-e cha ri qaholab*. Essa frase, diz Brasseur, é bastante obscura e não parece ter muita relação (com a história). A frase é, sem dúvida, inadequada. Mas Brasseur tampouco a traduz bem. [AR] **Nesse trecho, todas as versões apontam para o mesmo significado: que haja a possibilidade da semeadura e do amanhecer para a humanidade. As divergências estão na interpretação do início da frase, em que alguns veem uma referência direta ao "Criador", outros ao "ser criado", ao "ser formado". Tedlock, por exemplo, traz: "Se o grande sabedor, esse a ser criado e formado, tiver semeadura e amanhecer" [DT, p. 87]. E a tradução literal de Christenson: "Se grande, sábio, uma criação, uma formação, então possa semear-se, então possa amanhecer" [AC2, p. 57]. A versão de Recinos: "Grande será a sabedoria de um ser criado, de um ser formado, quando amanhecer, quando clarear" [AR, p. 196]. Minha versão concorda com a de Sam Colop (corroborada pela tradução de Craveri), que não considera o trecho tão obscuro: "Com essa expressão os gêmeos também reiteram o desejo dos deuses pela criação humana" [SC, p. 59] [MC, p. 51]. Em minhas infindáveis tentativas de tradução, cheguei a uma versão inusitada, a partir de consulta ao manuscrito de Ximénez, que assim traduz o trecho: "[...] *sí* (*es grande sábio el criador*) *q fueren sacadas a luz las criaturas*" –; aí, o acento agudo no í não é conclusivo, pois Ximénez seguidamente emprega o mesmo sinal (bem marcado em sua grafia) em palavras em que a tônica sabidamente recai em outra vogal [FX, f. 11v]. Assim, lendo "*sí*" como advérbio e não como conjunção adversativa (ambos com grafia idêntica em quiché – *we* [sim], *we* [se], conforme glossário de Craveri, cheguei à seguinte versão alternativa: "Sim (é grande sábio o Criador), [para] quando vierem à luz as criaturas". [JVB]**

SEGUNDA PARTE

CAPÍTULO 1

1 **Com os verbos "comemorar" (no sentido de "trazer à lembrança", e também**

no de "festejar") e "memorar", minha versão procura manter as acepções encontradas nas diferentes traduções para esse trecho, que significa, literalmente, "nós devemos recontar sua morte". Como explicita exemplarmente Christenson, "essa é uma passagem problemática. Tedlock segue Edmonson, que acredita que o verbo usado no texto, *camuh*, é um erro do escriba e deveria ser *cumuh* (beber), indicando que os autores do texto estão propondo uma espécie de brinde ao relato da história dos pais de Hunahpú e Xbalanqué. Tedlock usou esse trecho como evidência de que os autores do *Popol Vuh* eram 'Mestres do Brinde' (D. Tedlock, 1985) ou 'Mestres de Cerimônias' (D. Tedlock, 1996). Eu prefiro ler o verbo como uma versão abreviada de *camuluh* (recontar, rever, repetir, repassar)" [AC, p. 101]. A versão de Recinos é a seguinte: "Deixaremos na sombra sua origem, e deixaremos na obscuridade o relato e a história do nascimento de Hunahpú e Ixbalanqué" [AR, p. 199]. [JVB]

2 Recinos, seguindo o manuscrito de Ximénez, não inclui nessa frase o nome de Vucub-Hunahpú ao lado de Hun-Hunahpú. No entanto, como sugerem Sam Colop e Tedlock, a omissão deve ter sido involuntária, considerando que no original o pronome está no plural. [JVB]

3 *Chi agabal*, isto é, antes que houvesse sol, ou lua, antes de o homem ser criado. [AR]

4 *Hun-Hunahpú*, Um *Hunahpú*; *Vucub-Hunahpú*, Sete *Hunahpú*, são dois dias do calendário quiché. Como se sabe, os antigos índios designavam os dias antepondo um número a cada um, formando séries de treze dias que se repetiam sem interrupção até formar o ciclo de 260 dias que os Maias denominavam *tzolkín*, os Quiché, *cholquih* e os Mexica, *tonalpohualli*. Era costume dar às pessoas o nome do dia em que nasciam. O calendário quiché se compõe de vinte dias. Cada dia é precedido de um número de uma série de treze, que se repete indefinidamente, de maneira que um nome de dia e o número que o acompanha não podem se repetir até que se tenham passado 260 dias, ou seja, 13 × 20. Esse período de 260 dias constitui o ano ritual, ou *cholquih*. Os nomes dos dias têm o seguinte significado:

1. *Imox*, nome de um peixe.
2. *Ic*, lua, vento, espírito.
3. *Acbal*, noite.
4. *Cat*, rede para levar o milho, ou lagarto.
5. *Can*, serpente.
6. *Camey*, morte.
7. *Queh*, veado.
8. *Canel*, riqueza, espiga de milho amarelo.
9. *Toh*, chuva, tempestade.
10. *Tzi*, cão.
11. *Batz*, macaco.
12. *E*, *ei*, dente, cerdas.
13. *Ah*, colmo, ou milho tenro.
14. *Balam*, jaguar.
15. *Tziquín*, pássaro.
16. *Ahmac*, coruja.
17. *Noh*, forte, resina.
18. *Tihax*, gume, obsidiana.
19. *Caoc*, relâmpago e trovão.
20. *Hunahpú*, caçador, chefe ou senhor.

Com esses vinte dias os Quiché formam os dezoito meses seguintes:

1. *Tequexepual*, tempo de semear as roças de milho.
2. *Tziba pop*, esteira ou *petate* pintado. **[JVB: Do náuatle petlatl: esteira de junco ou palma.]**
3. *Zac*, branco como certas flores.
4. *Ch'ab*, solo barrento.
5. *Nabey mam*, primeiro velho.
6. *Ucab mam*, segundo velho. Ambos são meses de mau agouro.

7. *Nabey liquín cá*, terra mole e escorregadia.

8. *Ucab liquín cá*, segundo mês, como o anterior.

9. *Nabey pach*, primeira incubação, época de chocar.

10. *Ucab pach*, segunda incubação.

11. *Tzizil lacam*, vêm os brotos.

12. *Tziquín kih*, estação dos pássaros.

13. *Cakam*, nuvens vermelhas.

14. *Botam*, esteiras enroladas.

15. *Nabey zih*, primeiro mês de flores brancas.

16. *Ucab zih*, segundo mês de flores brancas.

17. *Rox zih*, terceiro mês de flores brancas.

18. *Chee*, árvores. *Pariché*, no calendário cakchiquel.

Daniel G. Brinton (*The Native Calendar of Central America and Mexico: A Study in Linguistics and Symbolism*. Filadélfia: MacCalla & Company, 1893) tomou esses e outros dados de vários calendários indígenas que datam do século XVII e da *Geografía de la República de Guatemala* (Cidade da Guatemala: Imprenta de la Paz, 1868), de Francisco Gavarrete. [AR]

5 Brasseur traduz esse trecho equivocadamente, da seguinte forma: "*Or, ces Hunhún-Ahpú étaient deux; ils avaient engendré deux fils légitimes, et le nom du premier né (était) Hunbatz et Hunchouen le nom du second*". Como se lê adiante, Hunbatz e Hunchouén eram filhos unicamente de Hun-Hunahpú e de sua mulher, Ixbaquiyalo. Hun-Batz, Um Macaco, é o undécimo dia do calendário quiché; Hun-Chouén, Um Macaco também, Um Chuén, é o undécimo dia do calendário maia. Note-se que, além da indicação de que se dirá o nome dos pais de Hunahpú e Ixbalanqué, não se fala mais no assunto até que se conta seu nascimento no capítulo 5 da segunda parte. Ali se narra a outra metade da história, que no trecho acima o autor deixa intencionalmente obscuro. [AR]

6 *Ixbaquiyalo*, a dos ossos amarrados, segundo Ximénez. Poderia ser também a dos ossos desiguais. [AR] **Tedlock traduz *Ixbaquiyalo* por "*Egret Woman*" (Mulher Garça) [DT, p. 250]. [JVB]**

7 *Ah chuen*, em maia, significa artesão. *Diccionario de Motul*. [AR]

8 "Escrever/pintar" vem do sentido duplo da palavra: "Lembre-se de que antigamente *ajtz'ib* significava escrever ou pintar; por isso, aqui a referência pode ser a qualquer uma das duas artes", diz Sam Colop [SC, p. 61]. [JVB]

9 Ao lugar onde jogavam bola, *pa hom* no original, chegava para observá-los o *voc* ou *vac*, que é o gavião. Falando dos Maias de Yucatán, o bispo Landa diz que "jogavam bola e um jogo com umas favas como dados" (frei Diego de Landa, *Relación de las cosas de Yucatán*. Paris: Arthus Bertrand, 1864). [AR]

10 Chi-Xibalbá. Antigamente, diz o padre Coto, esse nome *Xibalbay* significava demônio, ou defuntos ou visões que apareciam para os índios. Em Yucatán tinha os mesmos significados. *Xibalbá* era o diabo e *xibil* é desaparecer como visão ou fantasma, segundo o *Diccionario de Motul*. Os Maias praticavam uma dança que chamavam de *Xibalbá ocot*, ou dança do demônio. Para os Quiché, Xibalbá era a região subterrânea habitada por inimigos do homem. [AR]

11 *Hun Camé*, Um Morte, e *Vucub Camé*, Sete Morte, são dias do calendário. A hierarquia quiché era frequentemente do primeiro ao sétimo. [AR]

12 *Xiquiripat*, *angarilla* voadora, segundo Ximénez. *Cuchumaquic*, sangue junto, segundo o mesmo tradutor. [AR]

13 ***Angarilla*, cuja tradução literal é "padiola", "maca", vem do náuatle *huacalli* (em espanhol, *huacal*, *guacal*), que pode designar tanto a cabaceira como a cuia feita com seu fruto, e também uma espécie de cesta ou armação de madeira utilizada para transportar frutas e outros víveres. Encontrei um glifo no *Códice Mendoza* que mostra um cesto *huacalli* de formato quadrado e com uma alça lateral que sugere que o cesto era carregado nas costas. No entanto, traduzi *Xiquiripat* seguindo o critério que Christenson adota com base na sugestão de Campbell de que "*pat*" pode ser um empréstimo da língua queqchi, com o sentido de "crosta": "Escamador de Crostas". E *Cuchumaquic* seria o "Recolhedor de Sangue, ainda hoje conhecido pelos contadores de histórias quiché como um cruel senhor do inframundo, que recolhe sangue derramado no chão resultante de lesão, doença ou violência", para servi-lo aos outros Senhores nos banquetes [AC, p. 103]. [JVB]**

14 *Ahalpuh*, o que fabrica o pus. Nome de doença entre os Cakchiquel. *Ahalganá*, o que causa a hidropisia, segundo Ximénez. [AR]

15 *Chi pe puh chiri r'acan.* [AR]

16 Literalmente, "em sua amareleza" [*amarillez*] (Ximénez). Espécie de icterícia. [AR]

17 *Chamiabac*, que porta um bastão feito de osso. *Chamiaholom*, que porta um bastão com uma caveira. Ambos são símbolos de definhamento e de morte. *Ahchamí*, o homem do bastão, símbolo de autoridade, ou do garrote, que o guardião da ordem pública carrega. [AR]

18 Esse trecho traz versões bem diversas entre os tradutores consultados. Recinos o traduz por "Sua ocupação era emagrecer os homens, até que se tornassem só ossos e caveiras, e morressem, e fossem levados com o ventre e os ossos estirados" [AR, p. 202]. Sigo a tradução literal de Christenson, que descreve nitidamente um quadro de desnutrição [AC2, p. 65]. [JVB]

19 *Ahalmez*, o que fazia lixo (Ximénez). O que trabalha as imundícies (Brasseur). *Ahaltocob*, o que causava miséria (Ximénez). O que trabalha ou produz a miséria (Brasseur). Poderia ser o que causa os ferimentos, o assassino. O verbo *toc* significa aguilhoar, apunhalar, ferir, degolar. *Tocopé* tem os mesmos significados. [AR]

20 *Xic*, gavião; *Patán*, banda de couro que os índios põem sobre a testa e da qual pende a carga que levam às costas, hoje conhecida pelo nome náuatle de *mecapal*. Vários desses nomes se encontram no *Vocabulario de las lenguas quiché y kakchiquel*, que os qualifica de "nomes de demônios", explicando que derivam de *Ahau*, Senhor: *Ahalpuh*, *Calel Ahau*, *Ahal Tocol*, *Ahal Xic*, *Ahal Canyá*; este último é, evidentemente, o *Ahalganá* do *Popol Vuh*. O padre Pantaleón de Guzmán diz que, entre outras divindades, os Cakchiquel adoravam *Ahal Puh*, *Ahal Tecob*, *Ahal Xic* e *Ahal Canyá*; todos nomeiam doenças; e havia também *Tatán bak* e *Tatánholom*, o pai dos ossos e o pai das caveiras, deuses da morte. Esses últimos nomes, como veremos, não são muito diferentes de *Chamiabac* e *Chamiaholom*. *Ahal pub* parece ser o mesmo deus da morte que os Maias de Yucatán conheciam pelo nome de *Ah Puh* ou *Hunhau* e que tinha seu reino no *Mitnal* ou inferno maia. [AR]

21 *Tzuun*, rodela de couro, interpreta Ximénez. Eram os couros que lhes cobriam as pernas e os protegiam dos golpes da bola. [AR]

22 *Baté*, anéis, argola para a garganta (*Vocabulario quiché-cakchiquel*). [AR] **Recinos traduz *baté* por "*anillos*", anéis, argolas. As opções tradutórias para esse objeto foram diversas: jugo, cinturão, anel, argola, pá etc. Sigo o critério de Christenson e de Tedlock (jugo), que se aproxima do adotado por Sam Colop (cinturão). Christenson menciona que era um objeto em forma de U, provavelmente de madeira, usado sobre os quadris para rebater a bola [AC, p. 105]. [JVB]**

23 *Pachgab*, luvas. [AR]

24 *Yachvach*, coroa ou adorno que levavam sobre a cabeça. [AR]

25 *Vachhzot*, cerco da cara; segundo Ximénez, máscara. Todos esses objetos eram necessários para o violento jogo de bola e para enfeite dos jogadores. [AR] **Segundo Sam Colop, um "lenço protetor" que amarravam na cabeça [SC, p. 65]. [JVB]**

26 Assim no original, por Hun-Chouén. [AR]

CAPÍTULO 2

1 Título de alguns dos Senhores e chefes quiché. [AR]

2 *Chabi-Tucur*, Coruja Flecha; *Huracán-Tucur*, Um Perna Coruja, ou Coruja gigante; *Caquix-Tucur*, Coruja Arara; *Holom-Tucur*, Cabeça de Coruja, ou Coruja que se distinguia pela cabeça [Coruja Crânio]. *Tucur* é o nome quiché da coruja. Também é o nome de uma cidade de Verapaz, San Miguel Tucurú. Essa ave noturna é conhecida indistintamente na Guatemala pelo nome de *tucurú* e *tecolote*, do náuatle *tecolotl*. O dr. Stoll, em *Die Maya-Sprachen der Pokom-Gruppe: Die Sprache der K'e'kchi-Indianer* (Viena/Leipzig: Alfred Hölder/K. F. Köhler's Antiquarium, 1896), sugere que o nome que os mexicanos deram a Verapaz era *Tecolotlán*, a terra dos *tucur*, e que os missionários espanhóis, por erro, escreveram Teçolotlán, que mais tarde se transformou em Tezulutlán, e em Verapaz depois de sua conquista pacífica pelos frades de São Domingos. De fato, Ixtlilxóchitl diz que os Tolteca emigraram para o sul, para *Guatimala* e *Tecolotlán*, e Sahagún, em *Historia general de las cosas de la Nueva España* (Cidade do México: Pedro Robredo, 1938, t. III, livro XI, cap. II), anota que o quetzal vive "na província que se chama Tecolotlán, que é em Honduras, ou ali perto". [AR]

3 A grande *Carchah*, importante centro populacional em Verapaz, região onde os Quiché parecem ter situado os feitos mitológicos do *Popol Vuh*. No manuscrito cakchiquel lê-se que estes e os Quiché foram povoar Subinal, no meio de Chacachil, no meio de Nimxor, no meio de Moinal, no meio de Carchah (*nicah Carchah*). Alguns desses lugares conservam seus nomes antigos e podem ser facilmente identificados na região de Verapaz. Segundo o documento cakchiquel, Nim Xor e Carchah eram dois lugares diferentes. [AR]

4 Ou seja: irão, mas voltarão. [AR] **Essa frase suscita interpretações divergentes. A versão de Recinos – "mas nossa ida será em vão" – concorda com a de Domingo de Basseta, que traduz *xaet* por "em vão, inutilmente" [AR, p. 205]. Já Tedlock, que vê na frase uma antítese, traduz *xaet* por "mesmo assim": "[Estamos indo, mãe.] Mesmo**

assim, acabamos de chegar" [DT, p. 94]. A versão de Craveri traz "Acabou de chegar", provavelmente referindo-se à mensagem (mas é a única que emprega o singular) [MC, p. 60]. Sigo aqui a tradução literal de Christenson, que só diverge da de Craveri no uso da pessoa verbal (plural): "Eles acabaram de chegar", traduz Christenson, referindo-se aos mensageiros, as quatro corujas de Xibalbá [AC2, p. 70]. [JVB]

5 *X-chi canah cu caná va ca quic*. Aqui há um jogo de palavras; *canah* é permanecer, e *caná*, prenda, refém ou cativo. [AR]

6 *Nu zivan cul*, meu desfiladeiro ou desfiladeiro estreito. *Zivan* é desfiladeiro, mas também designa as grutas subterrâneas em Verapaz e no Petén; são os *siguanes* da linguagem corrente. Os dados topográficos informados neste capítulo e as indicações encontradas em outros trechos desta segunda parte demonstram que os antigos quiché tinham ideias bastante precisas da localização do reino de Xibalbá, onde habitavam chefes sanguinários e despóticos que os subjugaram nos tempos mitológicos. Neste capítulo, assinala-se como ponto de partida do caminho de Xibalbá a grande povoação de Carchah, que ainda existe a poucos quilômetros de Cobán, capital do departamento de Alta Verapaz. Saindo de Carchah, o caminho descia "por umas escadas muito inclinadas" até chegar aos barrancos ou *siguanes*, entre os quais corria precipitadamente um rio; ou seja, desciam das montanhas do interior até as terras baixas do Petén, nos domínios dos Itzá. No final desta segunda parte menciona-se que os de Xibalbá eram os *Ah-Tza*, os *Ah-Tucur*, os maus, as corujas. Mas essas palavras também podem ser lidas como "os de *Itzá*" (Petén) e "os de *Tucur*", ou seja, *Tecolotlán*, a terra das corujas (Verapaz). São as duas regiões do norte da Guatemala, muito conhecidas no mundo antigo, até onde os Quiché não conseguiram estender suas conquistas. Esses nomes confirmam as indicações topográficas do texto. As tribos, que, em tempos relativamente recentes, chegaram a se estabelecer nas montanhas do interior da Guatemala, sem dúvida tinham a crença de que o norte do território estava povoado por seus velhos inimigos, os mesmos que em épocas anteriores dispunham das vidas de seus antepassados. Esses habitantes do norte eram os Maias do Velho Império, e um de seus ramos, o dos Itzá, foi o último a se render aos espanhóis nos anos finais do século XVII. Outros dados dispersos no *Popol Vuh* revelam que Xibalbá era um lugar profundo, subterrâneo, um abismo do qual era preciso subir para chegar à terra; mas o próprio documento quiché explica que os Senhores de Xibalbá não eram deuses, nem eram imortais, que eram falsos de coração, hipócritas, invejosos e tiranos. No decorrer da narrativa, demonstra-se que não eram invencíveis. [AR]

7 *Chupam halhal ha zimah*. A palavra quiché *zimah* corresponde à árvore e ao fruto que os índios mexicanos chamavam de *xicalli* e que na Guatemala se chama *jícaro* [cueira, cabaceira, *Crescentia-cujete*]. O fruto dessa árvore, de forma redonda e ovalada, tem uma casca dura com a qual os índios fazem recipientes que chamam de cuias e *guacales*. [AR]

8 A tradução dessas duas frases, com base na versão de Recinos, é a seguinte: "Então atravessaram o rio que corre entre árvores-de-cuia espinhentas. As árvores eram inumeráveis, mas eles passaram sem se machucar" [AR, p. 207; ver nota acima]. Tradutores como Edmonson, Christenson e Tedlock preferiram ler a palavra *zimah* como *sinaj* [ou *zinah*] e assim a traduziram por "escorpião". Já Craveri traduz *simaj*

por "estaca" [MC, p. 61], via Domingo de Basseta. Ao consultar o *Vocabulario quiché*, de Basseta, encontrei várias entradas em que aparece a palavra *zimah*, com as acepções de "estaca", "espinheiro", "seta", e também aparece lá a palavra *zinah* ("escorpião"). Mas como no manuscrito de Ximénez vê-se nitidamente o *m* na grafia do quiché *zimah* [FX, f. 14r], que aparece duas vezes (com a tradução na coluna do lado: "*palos puntiagudos*"), optei pela acepção consignada no *Vocabulario* de Basseta. [JVB]

9 Craveri e Recinos traduzem simplesmente por "rio de água". No entanto, como pondera Sam Colop, o mesmo rio aparece duas vezes no manuscrito quiché do *Popol Vuh*, porém na primeira ocorrência Ximénez grafa *puch* ("também") e, na segunda, *puh* ("pus"). Essa mínima diferença de grafia levou a divergências tradutórias, mas sem dúvida se trata, nos dois casos, de um "rio de pus". [JVB]

10 *Ch'y qaza u vach*, no original. No texto transcrito por Brasseur de Bourbourg se lê *ch'y qaza a vach*. Uma única vogal trocada tornava a frase incompreensível, que Schuller, em "Das *Popol Vuh* und das Ballspiel der K'icé Indianer von Guatemala, Mittelamerika" (*Internationales Archiv für Ethnographie*, Leiden, E. J. Brill, v. XXXIII, pp. 105-16, 1935), pensava ter sido mutilada pelo tradutor francês. [AR]

11 *Chah* em quiché, *ocotl* em náuatle, pinheiro resinoso que os índios utilizam para iluminação. [AR] ***Pinus teocote*. [JVB]**

12 *Ziq*, tabaco; *zikar*, fumar. [AR]

13 *Qequma-ha*. Brasseur compara essa Casa da Escuridão à casa lúgubre que Votán construiu em Huehuetlán, província de Soconusco, como conta o bispo Núñez de la Vega. [AR]

14 Aqui, Recinos traz uma versão diferente, dizendo que eles devem morrer "para que seus instrumentos de jogo sirvam para nós jogarmos" [AR, p. 208]. [JVB]

15 *Are curi qui chah xa coloquic cha zaquitoc u bi ri chah Xibalbá. Zaquitoc* significa, literalmente, faca branca. Brasseur a traduz por *blanc silex*. Seler opina que *zaquitoc* era a faca usada nos sacrifícios humanos para abrir o peito das vítimas. A descrição contida no texto identifica claramente a ponta do pedernal, dura e brilhante, empregada pelos antigos índios maias e quiché como arma cortante e ferina, facas, pontas de lança etc. O autor joga com as palavras *cha*, pedernal e obsidiana, e *chah*, pinheiro, *ocote* [*Pinus oocarpa*], lasca de pinheiro etc. O objetivo dessa confusão e a explicação de todo esse parágrafo é, evidentemente, lembrar que os hóspedes de Xibalbá eram ameaçados com a faca do sacrifício. [AR]

16 Segue a tradução da versão de Recinos: "Ora, seu ocote era uma ponta redonda de pedernal, desses que chamam de *Zaquitoc*; este é o pinheiro de Xibalbá, seu *ocote* era pontiagudo e afiado, e brilhante como osso; muito duro era o pinheiro de Xibalbá" [AR, pp. 208-09]. Procurei resgatar o jogo de palavras do original, mencionado por Recinos na nota acima, com a escolha de palavras que sugerissem tanto a faca de pedra do sacrifício como a lasca de pinheiro de que era feito o *ocote*, a tocha esférica (lasca/pedra de fogo/estilhaço). Importante mencionar, também, que a palavra *chah* – *ocote* – pode designar tanto uma tocha como uma bola e, para manter o jogo semân-

tico implícito no original, eu a traduzi ora por bola, ora por tocha (admissível ali pela escolha de "pedra de fogo" na frase anterior). [JVB]

17 *Chay*, obsidiana, substância vítrea, pedra vulcânica negra, a "*piedra de rayo*" dos camponeses, da qual os índios soltavam pequenas lâminas cortantes que usavam como facas ou navalhas e pontas de flecha. [AR]

18 *Quii nabec u tihobal Xibalbá*. Assim Ximénez lê essa frase, e esse é seu sentido lógico. [AR]

19 Sam Colop comenta que aí o verbo "quebrar" tem carga metafórica que "associa a pessoa ou a família ao tronco de uma árvore que é preciso quebrar para que desapareça" [...]. Bréton traduz essa metáfora como "fim de linhagem ancestral" [SC, p. 71]. Provavelmente por isso Recinos traduz "face" por "memória" na frase subsequente: "E aqui ficará oculta sua memória" [AR, p. 210]. [JVB]

20 *Ta x-e puz cut, x-e muc cut chi Pucbal-Chah u bi*. Ximénez, em *Historia de la provincia de San Vicente de Chiapa y Guatemala de la orden de predicadores* (Cidade da Guatemala: Tipografía Nacional, 1929, v. I), traduz esse nome por "monturo onde jogavam a cinza". Brasseur traduz por "cinzeiro". Parece-me evidente que há aqui um erro de transcrição e que o nome do lugar deve ser *Puzbal-Chah*, ou seja, o local de sacrifício do jogo de bola. *Puzbal* é local de sacrifício, segundo Basseta, e *chah* é jogo de bola. Raynaud também dá essa última interpretação. [AR]

21 *X-e muc vi*, frase do original que falta no texto publicado por Brasseur. [AR]

22 *Ma qo ma chupuvic ri u vach*. Brasseur não traduziu essa frase, embora ela apareça no original e no texto impresso por ele. [AR]

23 *Ma cu calah chiri u holom Hunhún-Ahpú*. [AR]

CAPÍTULO 3

1 *Cuchumaquic*, sangue reunido; *Ixquic*, sangue pequeno ou de mulher. [AR] **Christenson, que traduz Ixquic por "Lady Blood", diz que a visão da filha de um Senhor do inframundo como "meio pelo qual a caveira de Um Hunahpú é capaz de produzir vida nova a partir da morte" encontra eco na sociedade maia, para a qual "o sangue é a substância mais preciosa, por conter o espírito ou essência dos ancestrais e assim, consequentemente, das divindades fundadoras das quais eles descendem" [AC, p. 115]. [JVB]**

2 *Naol Ahuchán*, orador, título de um dos oficiais que serviam na corte e que se chamavam *Lolmay*, *Atzihuinac*, *Galel* e *Ahuchán*. Eram os feitores, contadores e tesoureiros, como se lê na *Petición de los principales de Santiago Atitlán al rey Felipe II*, inserida em Ternaux-Compans, *Recueil de pièces relatives à la conquête du Mexique*, Paris, 1838, p. 415. *Naoh ah uchán*, o que sabe, mestre do discurso, segundo o padre Pantaleón de Guzmán. [AR]

3 Era apenas a cabeça de Hun-Hunahpú. Como se pode notar, esse trecho lembra o mito mexicano do nascimento de Huitzilopochtli, que foi engendrado por uma bolinha de pena que desceu sobre sua mãe, Coatlicue, e que esta pôs em seu seio, "da qual dizem que engravidou", segundo conta Sahagún em *Historia general de las cosas de la Nueva España* (Cidade do México: Pedro Robredo, 1938, livro III, cap. I). [AR]

4 *Ta x-il ri r'al*, literalmente, quando viu o filho. [AR]

5 *Qo chi r'al*, literalmente, está com filho, como no inglês *with child*. [AR]

6 *Xa u hoxbal*, literalmente, não passa de uma prostituta. [AR] ***U-joxb'al*****: cometer adultério, fornicar. Além da opção de Recinos ("foi desonrada"), os tradutores se alternam entre "é produto de sua fornicação" (Sam Colop e Christenson), "é só um bastardo" (Tedlock), "teve uma relação sexual ilícita" (Craveri). Craveri lembra que Basseta registra, no *Vocabulario quiché, joxb'al* como "fornicação" [MC, p. 70]. [JVB]**

7 *Ch'a qoto u chi ri*, literalmente, esquadrinhar sua boca. [AR]

8 *Apa Ahchoc e ri aval ch'a pam, at nu meal?* [AR]

9 *Ma-habi achih v'etaam u vach*, não conheci a face de um homem. [AR]

10 *Zaquitoc*, a faca usada nos sacrifícios humanos. [AR]

11 *Ch'anim ch'y cama uloc pa zel.* [AR]

12 *Ma cu xa ch'y chih vinac chi camic.* [AR]

13 *Xa quic xa holomax rech ch'uxoc are chicut chuvach.* Ximénez traduz essa difícil passagem dizendo: "Só serão deles o sangue e as caveiras". A frase contém o pronome possessivo no singular, conforme o costume do escritor quiché de considerar como uma única pessoa um grupo de dois, nesse caso Hun-Camé e Vucub-Camé. A palavra *holomax* não se encontra nem no *Tesoro* de Ximénez nem nos demais vocabulários quiché e cakchiquel que consultamos; mas tem muita semelhança com a palavra maia *yolomal*, que é um composto de *o'om*, sangue, na língua antiga de Yucatán. *Yolomal uinic*, sangue de homem, anota o *Diccionario de Motul*. Consequentemente, é possível que *holomax* seja um derivado do maia *o'om*, *yolomal*, um sinônimo de sangue, e que por isso tenha sido usado aqui pelo autor, que tendia a acumular sinônimos, para dar ênfase à linguagem. [AR] **Considerando diversas leituras da palavra *holomax* nesse contexto (sangue, seiva, cróton, nódulo de seiva), optei por "coágulos de seiva", a fim de condensar na imagem a consistência da seiva endurecida e o vermelho do sangue. Como em quase todo o relato, minha tradução não obedece pontualmente a nenhuma das versões consultadas, sendo um amálgama das soluções encontradas por outros tradutores e de minhas sugestões, advindas de leituras entrecruzadas, pesquisas paralelas e condensações linguístico-poéticas, sempre respeitando o sentido do original. [JVB]**

14 Embora isso não tivesse sido mencionado anteriormente, Ixquic sabia muito bem que os Senhores queriam seu coração para queimá-lo. Esse era um antigo costume maia. O padre Landa conta que no mês Mac "atiravam para queimar no fogo os corações das aves e, se não houvesse animais grandes como jaguares, pumas ou lagartos, faziam corações com seu incenso (*pom* ou copal); e, se havia animais e os matavam, traziam seus corações para aquele fogo". Frei Diego de Landa, *Relación de las cosas de Yucatán*. Paris: Arthus Bertrand, 1864. [AR]

15 *Chuh Cakché*. É a árvore que os astecas chamavam de *ezquahuitl*, árvore de sangue, e os europeus também conhecem pelo nome de sangue, *sangre de dragón*, *Croton sanguifluus*, uma planta tropical cuja seiva tem a cor e a densidade do sangue. Vásquez de Espinosa, em *Compendio y descripción de las Indias Occidentales* (transcr. Charles Upson Clark, primeira parte, livro V, Washington, 1948), a descreve da seguinte forma: "Há outra árvore nesta província de Chiapa e na da Guatemala que se chama drago. São altas como amendoeiras, a folha é branca e os caules da mesma cor, e dando-lhe talhos em qualquer parte com uma faca ela chora sangue tão naturalmente como se fosse humana. Na *Relación* de sua expedição ao Petén, o padre Agustín Cano, citado por Ximénez em *Historia de la provincia de San Vicente de Chiapa y Guatemala de la orden de predicadores* (Cidade da Guatemala: Tipografía Nacional, 1931, t. III, p. 17), diz que ao norte de Cahabón, Verapaz, "há um gênero de paus grandes que ao serem furados manam sangue como o de Drago e são chamados na língua de Cahabón de *Pilix* e em chol de *Cancanté*". [AR] **Ximénez traduz *Chuh Cakché* por "*grana palo colorado*" [FX, f. 16v], "cochonilha pau vermelho"; Recinos, por "Árvore vermelha da cochonilha" [AR, p. 215]; Tedlock, por "cróton de cochonilha" [DT, p. 101]; Craveri, por "Árvore Vermelha" [MC, p. 73]; Christenson, por "Árvore Vermelha do Sacrifício" [AC, p. 121]. Sam Colop concorda com a tradução de Recinos e lembra que, em Basseta, *ch'u'j* significa "cochonilha" [SC, p. 76]. Ele menciona, ainda, a anotação de Estrada Monroy no final do texto de Ximénez: "O nopal onde se cria o inseto cochonilha" (o nopal é o cacto em que se fazia criação de cochonilhas para extração da tintura carmim). No entanto, ainda que a cochonilha-do-carmim compareça literalmente no original quiché, a referência ao inseto no relato denota tão somente sua cor, pois a descrição deixa claro que ali se retira a seiva vermelha diretamente do caule de uma *Croton sanguifluus*. Por isso minha tradução reforça a cor do corante em si, não o inseto que o produz. [JVB]**

16 *Rumal quic holomax ch'u chaxic*. Repetem-se aqui as palavras que examinamos em nota anterior, mas em sentido ligeiramente diferente. *Quic* é sangue, seiva e resina de árvore, especialmente a do caucho ou goma elástica que os antigos povos maias e quiché usavam às vezes como incenso para suas defumações. A bola com que jogavam também se chamava *quic*. O nome da heroína desse episódio também é *Ixquic*, a do sangue feminino, ou a da goma elástica. Brasseur de Bourbourg, em *Manuscrit Troano: Étude sur le système graphique et la langue des mayas* (Paris: Imprimerie Impériale, 1869), a denomina "*la vierge* Ixquic, *celle de la gomme élastique*". [AR]

CAPÍTULO 4

1 Era a avó desses jovens, que lhes servia de mãe. [AR]

2 Ao transcrever o texto quiché, Brasseur de Bourbourg suprimiu várias palavras desse trecho, provavelmente por considerá-las uma repetição inútil. O texto completo é o seguinte: *Arecut e qo ri u chuch Hunbatz, Hunchouen, ta x-ul ri ixoc Ixquic u bi. Ta x-ul cut ri ixoc Ixquic ri u chuch Hunbatz, Hunchouen*. [AR]

3 Em Recinos, essa frase é atribuída à avó [AR, p. 217]. Sigo a tradução literal. [JVB]

4 *Milpa*, roça de milho; também nomeia o pé de milho ou o milharal. [AR]

5 *Echa*, comida, alimento; por extensão, milho. [AR]

6 Guardiã das semeaduras [Chahal]. [AR]

7 "E depois começou a invocar a *Chahal* da comida para que viesse e a trouxesse" [AR, p. 218]. [JVB]

8 Brasseur interpreta esses nomes da seguinte forma: *Ixtoh*, a deusa da chuva; *Ixcanil*, a deusa das messes (de *ganel*, espiga de milho amarelo); e *Ixcacau*, a deusa do cacau. [AR]

9 Em Recinos, faltou *Tziya*, uma espécie de deusa do alimento de milho, que Tedlock traduz por "fubá". Craveri anota que esse nome deriva de *tziyaxik*: "tirar a casca do milho e cozinhá-lo" [MC, p. 77]. De acordo com Sam Colop, essas divindades cuidam das plantações de milho e seus nomes derivam do calendário: "Ixtoh significa 'deusa do dia de pagamento' (ou da oferenda); Ixcanil, 'madurez', em referência ao amarelo do milho quando está pronto para ser colhido; Ixcacau, 'deusa do cacau'; e Tziya, 'deusa do alimento de milho'" [SC, p. 79]. [JVB]

10 *U qolibal cat chuxe.* Nem Brasseur nem Ximénez traduzem *chuxe*, ao pé. [AR]

11 *E nauinac chic*, sábios, magos ou adivinhos, em quiché. [AR]

CAPÍTULO 5

1 *X-c'ah rumal qui chaquimal, qui gag vachibal puch cumal Hunbatz, Hunchouen.* [AR]

2 *Xere qu'etaam ri qui qoheic, queheri zac ca qu'ilo.* [AR]

3 *X-caminac cut qui naoh qui cabichal chirech qui chaquic Hunbatz, Hunchouen.* Essa passagem não foi compreendida por Brasseur. Dos tradutores do *Popol Vuh*, só Ximénez a interpretou corretamente: "E tendo os dois consultado um ao outro, sobre como vencer Hunbatz e Hunchouen". [AR]

4 *Ca tzih ta ch'uxoc*, literalmente, que nossa palavra ou ordem se cumpra. [AR]

5 *Chi qui qux*, literalmente, em seu coração. [AR]

6 No original quiché, a palavra é *ala*, que significa "rapaz", "garoto", mas também "súdito" ou "escravo", segundo Sam Colop, registrado por Basseta [SC, p. 82]. Recinos a traduz por *muchachos*. [JVB]

7 *Canté*, árvore amarela, *Gliricidia sepium*. Árvore de cujas raízes os Maias extraíam uma substância amarela, segundo o *Diccionario de Motul*. Em Yucatán é conhecida pelo nome de *Zac-yab*, e na América Central pelo nome de *Madre de cacao*. Paul Carpenter Standley, *Flora of Yucatán*. Chicago: Field Museum of Natural History, 1930. [AR]

8 *Ch'y quira y vex*. Desamarre suas calças, ou calções; provavelmente eram simples tapa-sexos semelhantes ao *maxtatl* dos índios mexicanos e ao *ex* dos Maias. [AR]

9 O macaco de Hunahpú [*Hunahpú-Qoy*]. [AR]

10 *X-e ul chic u nicahal u va ha*, literalmente, chegaram no meio da beirada da casa. [AR]

11 *U chi qui qux*, literalmente, a boca de seu estômago. [AR] **As versões desse trecho trazem variações. Recinos, por exemplo, o traduz por "Realmente eram muito divertidos quando chegaram, com suas caras de macaco. Seus grandes traseiros, seus rabos finos e o buraco de seu ventre" [AR, p. 223]. Oriento-me pelo critério de Tedlock, corroborado por Sam Colop. [JVB]**

12 Os pintores e talhadores de Yucatán invocavam *Hunchevén* e *Hunahau*, que eram os filhos caçulas de *Ixchel* e *Itzamná* (a deusa e o deus que o povo maia da península venerava), segundo conta o padre Las Casas. Aqueles filhos menores – diz o cronista – não eram deuses, mas homens divinos. Seus nomes são, evidentemente, os de dois dias do calendário maia, 1 *Chuén* e 1 *Ahau*. O leitor notará facilmente a semelhança que existe entre os jovens quiché e os semideuses maias. O padre Las Casas escreve o seguinte: "Todos os oficiais engenhosos, como pintores, *plumeros* [artífices de ornatos de plumas], entalhadores, prateiros e similares, veneravam e faziam sacrifícios para aqueles filhos menores chamados Hunchevén e Hunahau, para que lhes concedessem bom engenho e destreza para exercer seus ofícios polida e perfeitamente". Frei Bartolomé de las Casas, *Apologética historia de las Indias*, ed. Manuel Serrano y Sanz, t. I. Madri: Bailly, Bailliere e Hijos, 1909, cap. CCXXXV, "De los libros y de las tradiciones religiosas que había en Guatemala". [AR]

CAPÍTULO 6

1 Nesse trecho, Craveri consigna uma tradução direta de *chak'achoj* como "estar amontoados galhos sem folhas" [MC, p. 87], que me orienta aqui. Em Recinos, "Rapidamente as árvores caíam, cortadas de uma só machadada" [AR, p. 224]. [JVB]

2 A pomba [*tórtola*]; em maia, *mucuy*. [AR]

3 Optei pela "rolinha-roxa" (*chak mucuy*, em maia) por ser uma columbiforme encontrada na Mesoamérica (*Columbina talpacoti*). Há uma sugestiva menção, em *El libro de los libros de Chilam Balam*, às asas da pomba *mucuy*, que se avermelham quando o Senhor-da-Flauta-Vermelha começa a tocar. [JVB]

4 *Xalog*, no original; literalmente, embalde, como traduz Ximénez, ou gratuitamente, como escreve Brasseur. [AR]

5 *Yak*, que muitos tradutores, incluído Recinos via Ximénez, deram como "gato-do-mato", "lince" etc., é, segundo Sam Colop, a raposa-cinzenta: "No dicionário de Basseta, *yak* é 'raposa, que é a que come as galinhas'" [SC, p. 89]. Tedlock segue o mesmo critério. [JVB]

6 O campo que se forma derrubando as árvores e queimando-as em seguida se chama *roça*, e assim Ximénez traduz a palavra *catoh*. [AR]

7 Christenson traduz a frase em quiché *are' puch tik'il u k'u'x aq'ab' ta xepetik* por "Eles chegaram quando o coração da noite estava no zênite" [AC2, p. 110]. A tradução é correta, "E era meia-noite em ponto quando chegaram" [AR, p. 226], mas em minha versão preferi manter a imagem fabulosa do texto quiché. [JVB]

8 No original, lê-se: *Xa cuch u he x-qui chap vi*. Parece-nos que há um erro e que se deve ler *xa cu u he* etc., e assim traduzimos esse trecho. [AR] **Segundo as**

traduções mais literais do texto quiché, o veado e o coelho é que se aproximam, inadvertidamente, de Hunahpú e Ixbalanqué, que estavam de tocaia. Recinos traduz, literalmente: "Depois se aproximaram do veado e do coelho e só conseguiram pegar seus rabos, somente os arrancaram" [AR, p. 226]. [JVB]

9 Em sua transcrição do texto quiché, Brasseur omitiu as palavras *ri qu'etzabal x-e quel canoc*, que traduzimos como se lê acima. *Etzan* é jogar, e *etzabal*, o equipamento de jogo. [AR]

10 Como o que se guarda na despensa. [AR]

11 *Xa ch'y cutu ca ti*, literalmente, moam nossa comida. A comida dos índios quiché consistia principalmente em tortilhas e bolos de milho cozido e moído na pedra que se chamava *caam*, o *metatl* do México. [AR]

12 *Cutum-ic*, em quiché; *chilmulli*, em náuatle, molho de chili ou pimentão. [AR]

13 *Chupam cutum ic*, dentro do *chilmol* [molho de chili com tomate ou algum legume]. O molho líquido e vermelho às vezes servia de espelho e refletia os movimentos do rato no desvão, sem que os rapazes dessem mostra de estar a observá-lo. [AR]

14 *Oh hizabah chi ya*. [AR]

15 Para buscar água. [AR]

CAPÍTULO 7

1 Em Recinos, "Ela estava comendo quando os mensageiros de Xibalbá chegaram" [AR, p. 230]. Nas traduções de Craveri e de Christenson aparece que eles estavam "jogando bola" [MC, p. 95; AC2, p. 117], bem como nas versões de Sam Colop e de Tedlock. [JVB]

2 *Naqui x-chi v'u chah qui taquic ri viy?*, no original. [AR]

3 *Tamazul u bi, ri xpek*. O autor emprega a palavra náuatle *tamazul* para designar o sapo, deixando clara a influência tolteca na mentalidade dos índios da Guatemala. [AR]

4 Literalmente, tatu branco. Cobra de grande tamanho que faz muito barulho ao fugir. Frei Carmelo Sáenz de Santa María, *Diccionario cakchiquel-español*. Cidade da Guatemala: Tipografía Nacional, 1940. [AR]

5 Gavião que come cobras. *Vocabulario de la lengua kiché compuesto por el apostólico zelo de los M. R. p. franciscanos de esta provincia del dulcíssimo nombre de Jesús del Arzobispado de Guatemala*. Manuscrito no Peabody Museum de Massachusetts, Cambridge, 1787. [AR]

6 Em quiché, *vac-có* ou *wak ko*. Craveri anota que a voz do gavião é "uma onomatopeia, que poderia ser lida como *wak k'o* – 'aqui está o gavião'" [MC, p. 98]. [JVB]

7 Há um jogo de palavras no original: *qui cu tacal u bac uub chu bac u vach*, dirigiram o bodoque (*bac*) da zarabatana para o globo (*bac*) ocular. [AR]

8 *Lotz*, azedinha, vulgarmente na Guatemala, chicha forte; *lotzquic*, seiva ou sumo de azedinha. É uma erva tropical americana, que os mexicanos chamam de *xocoyoli* e que parece ser a *Oxalis* em nossa classificação de história natural, diz Brasseur. Ele acrescenta que os indígenas da América Central lhe garantiram que a usavam para tirar as cataratas dos olhos. Garcilaso de la Vega, o Inca, também fala de uma planta semelhante usada pelos índios do Peru. Segundo o *Vocabulario de los M. R. p. franciscanos* (op. cit.), *lotz* é também o *sapuyulo*, ou caroço do fruto do sapotizeiro, que às vezes se cobre de uma goma branca ou cor de âmbar. [AR] **Recinos mantém o original, "de *lotz*, 'bicar, sangrar, furar, aguilhoar', e *kik'*, 'sangue, resina, bola'", como anota Craveri, cuja leitura do trecho é: "Então pegaram um pouco da parte externa da bola/e a puseram no rosto do gavião. Bola que pica, chama--se por sua causa [MC, p. 98]. Tedlock propõe a tradução de *lotzquic* por "sangue de sacrifício" [DT, p. 115], no que é corroborado por Sam Colop: "*lotz* ou *lotzo* se refere a incisões para extrair sangue ou abrir um furúnculo maduro ou abcesso, como diz Basseta; *kik'* é sangue" [SC, p. 96]. Vi na Biblioteca Digital de la Medicina Tradicional Mexicana da Universidad Nacional Autónoma de México (Unam) que o *xocoyoli* mencionado por Recinos na nota acima está registrado como *pajte* ou *xocoyule* (*Begonia nelumbiifolia*), uma begônia de folhas redondas que rematam em bico. A propósito, o gavião-couã, ou acauã (*Herpetotheres cachinnans*), mostra ao redor dos olhos uma faixa negra que se estende até a nuca, lembrando uma venda ou um emplastro curativo. [JVB]**

9 *Xa quehe xa bic.* [AR]

10 Anota Sam Colop que o original quiché, *retal qatzij*, significa, literalmente, "sinal de nossa palavra", mas que "no contexto deve ser entendido como 'sinal da existência'" [SC, p. 98]. Em Recinos está "sinal de nossa sorte" [AR, p. 233]; Tedlock mantém o literal "*sign of our word*" [DT, p. 116]. [JVB]

CAPÍTULO 8

1 *Molay*, em língua maia e seus derivados, significa junta, bandada, rebanho (de *mol*, amontoar). O texto alude possivelmente às bandadas de pássaros que se encontram nas florestas e campos tropicais da Guatemala. [AR]

2 Mosquito, o mesmo aliado de Hunahpú e Ixbalanqué que fez um furo no jarro de Ixmucané. [AR]

3 Brasseur corrigiu o texto dessa passagem, que no manuscrito original está assim: – *Naqui Hun-Came naquila mi-x-i tiouic? Xah i na qu'i chila x-i tioic? x-cha chic u cah culel.* [AR]

4 O nome desse Senhor de Xibalbá não aparece no manuscrito da Newberry, mas foi acrescentado por alguns tradutores, como Sam Colop, por estar presente na lista de nomes pronunciados pelos jovens logo adiante [SC, p. 101]. [JVB]

5 Na relação dos Senhores de Xibalbá que se lê nesse trecho aparecem alguns nomes diferentes dos que figuram no capítulo 1 desta segunda parte e se omitem outros. É verdade que entre um e outro episódio se interpõe uma geração, e essas mudanças eram naturais. Ou se trata de outra versão dessas histórias? Os nomes novos são os seguintes: *Quicxic* (asa ensanguentada) e *Quicré* (dentes cobertos de sangue). Na composição de todos esses nomes entra, bem a propósito, a palavra *quic* (sangue). [AR]

6 *X qui cut u vach*, literalmente, manifestaram o rosto. [AR]

CAPÍTULO 9

1 *Varanel*, os guardiães noturnos. [AR]

2 *Caca chicop*, inseto de fogo, pirilampo. Como em inglês, *fire-fly*. [AR]

3 Para compreender melhor as passagens do *Popol Vuh* em que se fala do jogo de bola, convém ler a descrição de Sahagún, que é a seguinte: "Outras vezes [o Senhor], como passatempo, jogava bola, e para isso tinha suas bolas de *ulli* guardadas; essas bolas eram grandes como umas grandes bolas de jogar boliche; eram maciças, de certa resina ou goma que se chamava *ulli*, que é muito leve e salta como bola de encher. E também trazia consigo bons jogadores de bola que jogavam em sua presença, e por ele, contra outros principais, e ganhavam ouro e *chalchigüites* e pepitas de ouro e turquesas e pulseiras, e mantas preciosas e *maxtles* [tangas] preciosos, e milharais e casas etc. [plumas, cacau, vestes de plumas]. O jogo de bola era chamado de *tlaxtli* ou *tlachtli*, que eram dois paredões, com uns vinte ou trinta pés entre um e outro, e com um comprimento de até quarenta ou cinquenta pés; estavam muito caiados os paredões e o chão, e teriam de altura uns sete pés e meio, e no meio do jogo havia uma risca que servia ao propósito do jogo; e no meio dos paredões, na metade do trecho do campo de jogo, havia duas pedras como pedras de moinho com um furo no meio, uma de frente para a outra, e tinham furos tão largos que a bola podia passar por eles. E o que metia a bola por ali ganhava o jogo; não jogavam com as mãos, golpeavam a bola com as nádegas; para jogar usavam luvas nas mãos e uma faixa de couro nas nádegas, para golpear a bola". Frei Bernardino de Sahagún, *Historia general de las cosas de la Nueva España*, t. II. Cidade do México: Pedro Robredo, 1938, livro VIII, cap. X, p. 297. [AR] **Para conhecer mais sobre o jogo e seu equipamento, há um vídeo interessante feito pelo Instituto Nacional de Antropología e Historia (Inah), do México. Disponível em youtu.be/Ikg-WXYBD62Q. [JVB]**

4 Brasseur alterou intencionalmente a ordem dessa parte do diálogo. Restabeleceu-se a ordem de acordo com o original quiché, que Ximénez, como nós, respeitou, como se pode ver em sua primeira versão. Francisco Ximénez, *Las historias del origen de los indios de esta provincia de Guatemala, traducidas de lengua quiché al castellano para más comodidad de los ministros del S. Evangelio*, introd. e notas Karl von Scherzer. Viena/Londres: Carl Gerold's Sohn/Trübner and Co., 1857. [AR]

5 *Chil*, verme que queima, segundo Ximénez, *Tesoro*. Pode ser a centopeia, de acordo com o *Vocabulario maya-quiché-cakchiquel que se habla en la laguna de Atitlán*. Em língua mame, o grilo é chamado de *chil* [ver a nota seguinte e a nota da tradução subsequente]. [AR]

6 Essa passagem é muito obscura e Brasseur a qualifica de ininteligível. Há nela um jogo de palavras evidente. O original diz: – *He bala xa hu chil, x-e cha Xibalbá. – Ma bala, xa holom coh cha chic, x-e cha qaholab. Bala*, partícula indefinida que se emprega para dar ênfase ao discurso, às vezes é também advérbio de lugar. Parece, no entanto, que aqui se repete no texto por ser semelhante a *balam*, como se se quisesse dizer: Não manda a cabeça do jaguar (*balam*), mas a cabeça do leão (*coh*). Esses parecem ser termos do jogo de bola antigo. Sobre um dos lados do imponente campo de jogo de bola de Chichén Itzá, ergue-se o templo dos jaguares ou pumas, assim denominado em virtude das figuras des-

ses animais que estão gravadas em suas paredes. É indubitável que o jaguar tinha alguma ligação com o jogo de bola. [AR] **Nesse trecho as versões se diferenciam radicalmente. Segue minha tradução da versão de Recinos: "– Vá buscar um inseto *chil* – disseram os de Xibalbá./ – Isso não, quem vai falar é a cabeça do leão – disseram os jovens" [AR, p. 238]. Sam Colop, no entanto, contesta essa leitura, referindo que "o texto quiché diz *juch'il*, derivado de *juch'*, risca, ou decorações que certamente a bola tinha. Não é inseto [*gusano*], como traduzem Ximénez, Villacorta, Recinos etc." [SC, p. 104]. Minha versão segue o critério das versões de Sam Colop, Tedlock e Craveri. Christenson anota que "a raiz do verbo *juch'* significa 'desenhar linhas ou adornar figuras', de acordo com Coto. Assim, os de Xibalbá tentam convencer os gêmeos de que sua bola se parece com um crânio só pela figura da caveira desenhada nela" [AC, p. 154]. [JVB]**

7 *Catepuch ta x-qu il Xibalbá ri zaqui tog, ta x-el chupam ri quic.* Os de Xibalbá, sem perder tempo, queriam matar seus convidados com a faca do sacrifício, e só desistiram desse intento diante do justo apelo que se lê no parágrafo seguinte. [AR]

8 No texto quiché, *chicha*, traduzido por Recinos como "jogo de bola" [AR, p. 239]. Provavelmente, como existe um jogo de palavras implícito entre *cha* (faca de pedernal) e *chaj* (jogo de bola, bola, *ocote*), Recinos e também Craveri [MC, p. 107] preferiram ler "jogo de bola". Tedlock, Sam Colop e Christenson optaram por "faca". Por isso minha sugestão de "bola afiada", que conjuga os dois sentidos. [JVB]

9 *Are cu x-oc ri quic.* Jogando com sua própria bola, os rapazes não tiveram dificuldade em introduzi-la no aro dos adversários e ganharam o jogo. [AR] **Pelo contexto e pelo desenrolar do episódio, parece que o sentido aqui é um pouco diverso do proposto por Recinos na nota acima. Tudo indica que a bola dos jovens entra em campo quando estabelecem os prêmios e o jogo prossegue. Em sua versão, Recinos incluiu por conta própria esta frase (inexistente no manuscrito de Ximénez e nas versões literais consultadas): "E, ofendidos com sua derrota, disseram em seguida os de Xibalbá: [...]". E então os de Xibalbá perguntam: "– Como faremos para vencê-los?" [AR, p. 239; essa segunda frase, sim, traduz literalmente a que aparece no manuscrito de Ximénez]. Há nessa leitura um deslizamento sutil de sentido que se deve, provavelmente, à ambiguidade do verbo *ch'akik*, "vencer", ganhar", pois veja-se a tradução literal de Craveri desse mesmo trecho: "E então estabeleceram seus prêmios: Que ganharemos?, disseram os de Xibalbá" [MC, p. 107]. Com pequenas variantes, em Tedlock, Sam Colop e Christenson vemos essa segunda leitura. [JVB]**

10 *Xa cacha ca cah cah zel cotzih. Cah* é o numeral quatro e também advérbio de tempo (cedo). [AR]

11 *Caca-muchih. Muchih* ou *muchit* é o nome de certa planta chamada *chipilín*, diz Ximénez. É uma planta da família das leguminosas, *Crotalaria longirostrata*. A planta que no texto se denomina *Carinimac* não pôde ser identificada. [AR] **Em Recinos, lê-se: "– Um ramo de *chipilín* vermelho, um ramo de *chipilín* branco, um ramo de *chipilín* amarelo e um ramo de *Carinimac* [...]" [AR, pp. 239–40]. Em relação à opção de Recinos por *chipilín*, justificada por ele na nota acima, gostaria de observar que Sam**

Colop afirma ter havido aí um equívoco decorrente da leitura de *muchit* ("esmiuçar", "despedaçar") por *muchih* (a crotalária mencionada na referida nota). Tedlock, por sua vez, aponta que seu colaborador quiché Andrés Xiloj lê *muchit* como *muchik*, com o significado de desmanchar as flores para apanhar suas pétalas, sem nomear, portanto, uma planta específica [DT, p. 274]. Craveri anota que *much'* pode designar o *chipilín*, mas traduz o vocábulo sempre por "flores despedaçadas" [MC, p. 107]. Considerando os erros de cópia levantados por estudiosos e tradutores do *Popol Vuh*, a meu ver aqui todas as variantes são possíveis, principalmente se levarmos em conta que na própria transcrição do quiché, conforme pude verificar no manuscrito, Ximénez grafou *muchih/muchit/muchit*, e já na coluna do lado sua versão grafa *muchih/muchih/muchit* [FX, f. 25v]. Por fim, na sequência da enumeração floral (des) petalada, na versão de Recinos aparece "*Carinimac*" em vez de "pétalas grandes", como traduz Sam Colop. Outros tradutores consultados a traduziram por "uma das grandes". [JVB]

12 *Nabe mi x-e ca chaco.* [AR] **A versão de Recinos traz "Primeiro têm de cortá-las", ao passo que a tradução do original quiché correspondente, por Craveri, traz "Onde irão buscar as flores?". Essa última forma é a predominante nos tradutores consultados. [JVB]**

13 *Ca chacom puch.* Até agora havia escapado aos tradutores do *Popol Vuh* o significado do verbo *chacón*, de *chacá* e *chaqué*, cortar galhos ou flores, em cakchiquel e quiché. [AR] **As versões consultadas não trazem os verbos "cortar" ou "colher" nessa frase, optando, em geral, por "dar" ou "entregar", como em Sam Colop: "[...] amanhã cedo nos entregarão as flores que ganhamos" [SC, p. 104]. [JVB]**

14 *Quitzih ta agab ch'y ya ri ca cotzih. Agab agabá* tem aqui o significado de ao amanhecer, ou de madrugada, no final da noite, e só entendendo-o assim é possível relacionar essa parte da história com o que se lê adiante. [AR]

15 *Agabá*, o mesmo que no parágrafo anterior. [AR]

16 *Ta x-e cha chire cha.* Brasseur observa nesse trecho que os Quiché gostavam desses jogos de palavras. Em todo o capítulo, o autor utiliza a palavra *cha*, que significa falar, dizer, lança, navalha, vidro etc. O mesmo se pode dizer da palavra *cah*, usada, como se disse na nota anterior, como adjetivo, verbo e advérbio. [AR]

17 *Chai-zanic*, formiga-cortadeira. [AR]

18 *Chequen-zanic*, formigas ruivas ou negras que saem de noite e cortam as folhas tenras e as flores. São conhecidas popularmente na Guatemala pelo nome de *zompopos*, palavra de origem náuatle. [AR]

19 *Ana-vi xpe vi r'ilo ca chacon cumal?* Outra vez o verbo *chacon*, na acepção de cortar galhos ou flores. [AR]

20 *Purpuvec* e *puhuy* (pronunciam-se *purpugüec* e *pujuy* [o som do *j* em castelhano corresponde ao *rr* em português] são os nomes que os Quiché e os Cakchiquel ainda dão ao mocho ou coruja. São palavras que imitam o grito dessas aves. "*Puhuy*, *Pupuek*, pássaro noturno que sai na hora da lua, de noite", diz o *Vocabulario de los M. R. p. franciscanos de esta provincia del dulcíssimo nombre de Jesús del Arzobispado de Guatemala* (Manuscrito no Peabody Museum de

Massachusetts, Cambridge, 1787). As aves mencionadas no texto parecem ser, antes, o curiango, popularmente denominado *cuerpo-ruín*. As palavras indígenas imitam o grito cortado desses pássaros que se ouve ao longo da noite. *Puhuy* é o nome maia de uma dessas aves noturnas. O *Vocabulario de las lenguas quiché y kakchiquel* as define assim: *Xpurpugüek*, "*cuerpo-ruín*"; *Pujuyú*, curiango. [AR] **Minha versão se vale de variações onomatopaicas do nome dessa ave insetívora também conhecida como curiango ou bacurau. A tradução de Tedlock traz "*whip-poor-will*" e "*poor-willow*" [DT, p. 123]. [JVB]**

21 *Ri puhuyú u bi e caib chahal ticon, u ticon Hun-Camé, Vucub- Camé.* [AR]

22 Tiquitoh chicut ta x-zaquiric. [AR] **A versão de Recinos é: "Logo encheram as quatro cuias de flores, e estavam úmidas [de orvalho] quando amanheceu" [AR, p. 242]. Tedlock faz uma leitura diversa, assinalando a palavra *tikitoj* no original quiché, definida por Domingo de Basseta a partir de *tikita* – "dança audaciosamente diante dos outros" –, e arremata sua versão desta forma: "[...] então quatro cuias logo foram facilmente preenchidas, numa performance acrobática que durou até o amanhecer" [DT, p. 123]. Sigo aqui a tradução literal de Christenson [AC2, p. 137]. [JVB]**

23 Como em quase todo o texto, há variantes em todas as versões desse trecho. Para exemplificar essa recorrente oscilação de sentido que faz parte do próprio exercício de traduzir/decifrar o *Popol Vuh*, seguem algumas das versões. A de Recinos: "E levando as flores nas quatro cuias, eles partiram e, quando chegaram diante do Senhor e dos demais Senhores, dava gosto ver as flores que traziam" [AR, p. 242]. Craveri anota, via Domingo de Basseta, a acepção de "doce, saboroso", para *kus* [MC, p. 110], e inclui o adjetivo *fragrante* em sua versão: "Levavam recostadas as flores, quatro cuias, quando partiram, quando chegaram, pois, diante do senhor, dos senhores, as flores, era fragrante seu aspecto" [MC, p. 110]. Sam Colop perfuma as pétalas, terminando a frase com "levavam flores muito fragrantes" [SC, p. 106]. Já Christenson (em sua tradução literal direta do quiché) e Tedlock desanimam as faces com seus adjetivos: "*woeful their faces*" [*q'us u wach*], "*pained looks*" [AC2, p. 138; DT, p. 124]. Ximénez registra "e chegaram diante do Senhor e os Senhores pegaram as flores, muito inanes" [FX, f. 26r]. Para manter a oscilação entre as faces das pétalas e os rostos senhoriais, escolhi o sinônimo "murchas". Nesta minha versão, optei por esse procedimento de síntese semântica sempre que possível e pertinente. [JVB]

CAPÍTULO 10

1 "Logo o frio acabou porque os dois jovens o fizeram desaparecer com troncos velhos", em Recinos [AR, p. 243]. Tedlock sugere que os jovens taparam as correntes de ar que enregelavam o ambiente [DT, p. 124]. [JVB]

2 *Qo yvech ch'uxic*, literalmente, será seu o que está aqui. Ximénez traduz: "Há de ter sua comida!", lendo *yvecha*, em vez do pronome possessivo *yvech*, seu. [AR]

3 Morcego da morte. O deus vampiro dos códices maias aparece com a faca dos sacrifícios numa das mãos e sua vítima na outra. [AR]

4 *Chaqui tzam*, ponta seca; pode-se entender como vara tostada, endurecida ao fogo. [AR] **Aqui sigo a tradução literal do original quiché feita por Christenson, bem como a de Craveri, em que os focinhos dos morcegos são como lâminas, instrumentos de morte. A versão de Recinos traz: "Um grande animal, cujos instrumentos de matar eram como uma ponta seca" [AR, p. 244]. [JVB]**

5 *Huzu ch'utzinic ch'opon chi qui vach*, no original. *Chupam*, em Brasseur, por erro de cópia. [AR]

6 Nesse trecho, todas as versões consultadas apresentam obscuridades e variações significativas. A de Recinos é a seguinte: "No entanto, um deles teve que se render por causa de outro Camazotz [morcego] que veio do céu e pelo qual teve que fazer sua aparição. Estiveram apinhados e em conselho [...]" [AR, p. 244]. Minha solução estabelece um sentido que estava implícito na tradução literal, mas que ali não se manifesta talvez devido a oscilações de pontuação e da ordem dos termos. A versão de Craveri é a seguinte: "Assim, pois, se entregaram, um foi por meio de um morcego-morte, do céu havia vindo. Somente a manifestação de si mesmo então haviam feito porque haviam pedido seu conselho" [MC, p. 112]. E a literal de Christenson é: "Portanto, eles deram um de si mesmos por causa de um morcego da morte que desceria, e ele veio. Somente a manifestação de si mesmos quando eles fizeram isso. Porque arduamente pediram por sua sabedoria" [AC2, p. 141]. Em vez de "conselho" (*consejo*) e "sua sabedoria" (*their wisdom*), encontrei na palavra "clareza" a tradução justa, por preservar o sentido e, também, por antecipar a cena seguinte, em que um dos jovens sai da zarabatana a fim de espiar se o dia já havia clareado. [JVB]

CAPÍTULO 11

1 *Ri tiz coc*, literalmente, a tartaruga apertada ou comprimida (dentro de sua carapaça). [AR] **O bicho que Recinos chama de "tartaruga", seguindo Ximénez (*tortuga*), é *sis*, o "quati" (*pizote*, em espanhol). Também seguindo Ximénez, Recinos omite o *chilacayote* (abóbora--chila) e se refere apenas a "comida", genericamente. [JVB]**

2 Essa passagem é sumamente difícil de entender na transcrição de Brasseur. O texto deve ser lido desta forma: *Are cut ta chi r'ah zaquiric chi cactarin u xecah, – Ca xaquinu chic, ama!, x-u chax ri vuch.* Como já dissemos, a pontuação não é completa no manuscrito do *Popol Vuh*, e as emendas de Brasseur nem sempre são acertadas. É evidente, além do mais, que as últimas palavras do texto devem ler-se: *x-u chaxri vuch*, como adiante se lê *x-u chax umul*, foi dito ao coelho. Ao transcrever o texto primitivo, Ximénez escreveu *chux*, e não *chax*, mas em sua tradução literal se lê: "foi dito ao urubu". Parece-nos que também se equivocaram os que traduziram, nessa passagem, o verbo *xaquin* por "abrir as pernas". *Xaquin*, em quiché, significa escurecer, tisnar, manchar com fuligem ou carvão. Ximénez acertadamente traduz por escurecer. Note-se também que, seguindo Ximénez, traduzimos *vuch* por *zopilote* (condor), e não por *vulpeja* [raposa] ou *tacuazín* [gambá], como fizeram Brasseur e outros. Condor, em quiché, é *cuch* ou *kuch*, que os religiosos espanhóis às vezes grafavam *guch*, que tem o mesmo som de *vuch* ou *uuch*. O sentido desse trecho corresponde mais diretamente ao condor ou urubu, ave de plumagem negra, que ao pequeno mamífero chamado gambá ou à raposa. A imagem do condor abrindo as asas para obscurecer o céu e ocultar a secreta fabricação da cabeça artificial de Hunahpú pertence ao repertório mais legítimo da mitologia. [AR] **Recinos, seguindo Ximénez, traduz *vuch'* por zopilote ("urubu"). De acordo com Sam Colop, o vocábulo pode nomear tanto o *tacuazín* ("gambá") como o momento que precede o amanhecer, o crepúsculo da manhã, dado não desconhecido por Recinos (ver nota abaixo). Lembrando o Hunahpú--Vuch que aparece já no preâmbulo do *Popol Vuh*, na passagem acima o gambá mítico é traduzido por Sam Colop como a "divindade do amanhecer" [SC, p. 111]. Todos os outros tradutores verteram *vuch'* por "gambá", e Christenson e Tedlock, particularmente, fornecem informações interessantes sobre essa divindade do amanhecer "que anuncia a vinda de um novo ano solar, como as listras pretas anunciam a vinda de um novo dia" [DT, p. 277]. Por isso tudo, e pela presença importante de sua figura na mitologia mesoamericana, optei pelo gambá – com suas listras pretas como as das nuvens que se recortam com a primeira claridade ainda difusa no horizonte –, e que Christenson associa ao amanhecer no início da época de plantio [AC, p. 163]. [JVB]**

3 *Ve, x-cha ri mama*. Os Quiché chamam o urubu macho de *mama vuch*, ou seja, urubu velho. No entanto, a identidade do animal que aqui se menciona carece de importância. Os antigos índios se valiam de objetos e seres naturais para representar ideias e coisas imateriais, pela semelhança de seus nomes. No caso presente, tratavam, sem dúvida, de representar a ideia da obscuridade que precede imediatamente o amanhecer, a qual chamavam de *vuch*. O padre Thomás Coto, em *Vocabulario de la lengua cakchiquel v[el] guatemalteca*, explicando o significado da palavra *vuch*, diz o seguinte: "Significa também quando já quer amanhecer aquele escurecer do céu". Para representar essa ideia, os índios traçavam a figura do animal cujo nome soava como a palavra que tentavam sugerir. [AR]

4 O texto deve ser lido assim: *Mana qui c'at chaahic, xaquyi ch'a yecuh avib. Xa in hun qui qui banouic, x-cha Ixbalanqué chire.* [AR]

5 *Chupam pixc*. Ximénez traduz por "no tomatal", tomando *pixc* por *pix*. Brasseur escreve *entre les glands de la corniche*. Villacorta e Rodas, por "dentro do oco do telhado". *Pixc*, em quiché e cakchiquel, é a azinheira, e seu fruto, a bolota, *gland*, em francês. [AR] **Recinos traduz *pixc* por "*encinal*" ("azinheiral", bosque de azinheiras). Sigo aqui o critério de Christenson e de Craveri, que, como Sam Colop, validam a tradução de Ximénez por "tomatal": "A planta de tomate, como diz o texto quiché, está mais de acordo com o tamanho do coelho" [SC, p. 112]. Craveri também opta por "tomatal", "já que alude a plantas em que se pode esconder algo" [MC, p. 115], o que faz todo sentido se imaginarmos o coelho saindo de lá aos pulos (quicando, como se fosse a bola que acabou de cair entre os pés de tomate), a fim de iludir os de Xibalbá e dar tempo para os jovens recuperarem a bola-cabeça de Hunahpú. [JVB]**

6 Aqui a versão de Recinos traz uma inversão, ao dizer que os Senhores sugerem aos jovens que ponham a cabeça em jogo como se fosse uma bola, e também há trechos que não se encontram no original. Transcrevo a seguir minha tradução da versão de Recinos, com as respectivas notas (indicadas entre parênteses): "– Triunfamos! Vocês lavraram sua própria ruína; (6) se rendam! – diziam para eles. Dessa forma provocavam Hunahpú. – Bata na cabeça dele com a bola (7) – diziam-lhe. Mas não o incomodavam com isso, (8)

ele se fazia de desentendido". (9) Notas: "(6) *Mi-x-y bano qui yan*, no original. (7) *Ch'a caca ri holom chi quic*. Brasseur lê e interpreta essa frase a seu bel-prazer. *Cac* significa atirar com pedra, bater. (8) No original: *Ma cu chi qui ca caxou chic*. (9) *Chi yecoub quib*, literalmente, fingia ou dissimulava" [AR, p. 247]. Como essa passagem é particularmente obscura (também no manuscrito de Ximénez), decidi me orientar pelas traduções de Craveri e de Christenson, mas traduzindo "*yecoub*" não em sua primeira acepção, de "ameaça", e sim na de "fingimento" – a fim de ecoar o fingimento de Hunahpú parágrafos atrás, quando é orientado por Ixbalanqué a só "ameaçar" estar jogando – e de reforçar o prodigioso engodo preparado pelos jovens. [JVB]

7 Nessa passagem, Recinos tem a seguinte versão: "Em seguida Ixbalanqué lançou a tartaruga numa pedra. Esta veio ao chão e caiu no pátio do jogo de bola feita em mil pedaços como sementes, diante dos senhores" [AR, p. 248]. Sigo a tradução literal. [JVB]

CAPÍTULO 12

1 *Xulú*, espíritos tutelares que apareciam junto aos rios e curavam com eles, segundo frei Barela. *Ahxulú* é o mesmo que *ahquih*, adivinho. *Pacam*, distinto. [AR]

2 Segundo Christenson, em nota, "o dicionário do período colonial de Varea registra *Xulu* (*Descended*) como 'espíritos tutelares que aparecem ao longo dos rios'. Basseta registra *Ah Xulu* como 'adivinho', coerente com sua referência no *Popol Vuh* como um vidente visionário" [AC, p. 166]. Por outro lado, Tedlock propõe que Pacam poderia derivar de *pak'am*, em que *pak* seria "semear", e acrescenta um interessante comentário ponderando que Xulú e Pacam, vistos como "*midmost seers*", seriam provavelmente um "tipo particular de adivinhos que viam entre as águas". Nessa passagem, o renascimento dos gêmeos se faz como resultado da deposição de seus ossos na água, o que estabelece, segundo Tedlock, uma curiosa conexão com o fato de "numerosas culturas de povos pesqueiros da costa noroeste da América do Norte, por exemplo, possuírem rituais nos quais o peixe é reencarnado ao ter seus ossos devolvidos às águas". E no *Popol Vuh*, pondera Tedlock, isso está ligado ao fato de que os gêmeos também estabelecem "um ritual para a morte e o renascimento do milho", o que lembra os "complexos de irrigação das culturas das Terras Baixas do período Clássico maia, que colhiam peixes nos mesmos açudes que usavam para irrigar seus milharais, e bem podem ter desenvolvido um ritual de 'replantar peixes'" [DT, pp. 278–79]. Todo esse contexto sugere a Christenson a tradução literal de Xulú como *Descended* [O-que-Descende] e de Pacam como *Ascended* [O-que-Ascende] [AC2, p. 151]. [JVB]

3 No manuscrito aparece Xhunahpu, ou seja, Pequeno Hunahpú, talvez para diferenciá-lo de seu pai, Hun-Hunahpú (Um Hunahpú), que também morreu em Xibalbá, conforme anota Christenson [AC, p. 167]. Tedlock acrescenta que o prefixo diminutivo *X* também existe no nome de seu irmão (aqui grafado como *Ix*), mas que não foi traduzido por fazer parte inseparável de seu próprio nome [DT, p. 279]. Recinos prefere denominá-lo aqui apenas como Hunahpú, como faz no restante do texto. Sam Colop e Tedlock trazem diretamente "pequeno

Hunahpú", que também adotei em todas as ocorrências. [JVB]

4 Em Recinos,"Que venham! Vão buscar os rapazes, vão lá para que saibam que vamos queimá-los". [AR, p. 249]. [JVB]

5 Em Recinos, o protagonismo dos adivinhos é deslocado, e a advertência dos jovens é imantada pelo simulacro de vaticínio: "Depois chamaram Xulú e Pacam, a quem [os rapazes] tinham deixado avisados, e lhes perguntaram o que deviam fazer com seus ossos, tal como eles [os jovens] haviam prognosticado. Os de Xibalbá então moeram seus ossos, e foram jogá-los no rio [...]" [AR, p. 250]. [JVB]

6 Ou seja, as faces de Hunahpú e Ixbalanqué. [AR]

CAPÍTULO 13

1 *Vinac-car*, literalmente, homem-peixe. Sem dúvida o autor joga com essas palavras para dar a entender que os heróis da história eram filhos das águas. *Vinac-car*, na verdade, é o nome comum a uma espécie de peixe, "um peixe enorme", diz Barela, "que se pega com barbasco". No entanto, o *Vocabulario de las lenguas quiché y kakchiquel*, certamente se atendo ao sentido literal das palavras, interpreta-as como "peixe grande e ninfa". [AR]

2 "E era pouca coisa que faziam", na versão de Recinos [AR, p. 250]. Sigo a tradução literal. [JVB]

3 Na dança de *Ixtzul*, os dançarinos usam máscaras pequenas e caudas de arara na nuca, segundo Barela. Landa diz que nas festas de Ano-Novo, quando este caía no dia *Muluc*, os Maias de Yucatán executavam uma dança com pernas de pau muito altas. [AR] **No original, *Puhuy* (noitibó); *Cux* (doninha); *Iboy* (tatu); *Ixtzul* (centopeia); *Chitic* (perna de pau). [JVB]**

4 *Vinaquir chic*, literalmente, a criava novamente. [AR]

5 Em Recinos, "O primeiro a quem haviam matado se estendia como morto, e sem demora o outro o ressuscitava" [AR, p. 251]. [JVB]

6 Em Recinos, "órfãos" [AR, p. 251]. [JVB]

7 A frase exata no original é a seguinte: *Ma quehe la cu x-chi ca ban chique ri ahauab?* [AR]

8 Em Recinos, "[...] e os mensageiros tiveram que bater várias vezes em suas caras, quando se dirigiam à residência dos Senhores" [AR, p. 122]. Sigo a tradução literal. [JVB]

9 Há aqui uma repetição do mesmo conceito expresso numa série de verbos sinônimos: *que mocho chic, chi qui xule la qui vach, x-qui quemelah quib, chi qui luc quib, chi qui pach quib*. Essa última forma foi omitida por Brasseur. Todas essas frases têm sentido idêntico e sem dúvida são empregadas para enfatizar o respeito exagerado que os jovens heróis, tão habilmente disfarçados de vagamundos, queriam aparentar diante de seus inimigos, os Senhores de Xibalbá. [AR]

10 *Xhunahpu*, no original. [AR]

11 *Que gabar cu ri ronohel rahaual Xibalbá*, literalmente, todos os Senhores de Xibalbá estavam inebriados. [AR]

12 *Libah chicut*, omitido na transcrição de Brasseur. [AR]

13 Esses enganos, que lembram os atos de sugestão dos faquires da Índia, eram bem conhecidos dos índios maias do México. Sahagún, descrevendo os costumes dos Huasteca, tribo mexicana relacionada aos Maias de Yucatán, conta que, quando voltaram a Panutla, ou Pánuco, "levaram consigo os cantares que usavam quando dançavam e todos os adereços que usavam na dança ou *areyto*. Eram amigos de fazer charlatanices, com as quais enganavam as pessoas, dando-lhes a entender ser verdadeiro o que é falso, como, por exemplo, fazer acreditar que as casas estavam queimando, quando não estavam; que faziam aparecer uma fonte com peixes, e não havia nada, apenas a ilusão dos olhos: que matavam a si mesmos retalhando ou despedaçando suas carnes, e outras coisas que eram aparentes e não verdadeiras [...]". Como observa Brasseur, esse parágrafo parece ter sido retirado do *Popol Vuh*. Ver frei Bernardino de Sahagún, *Historia general de las cosas de la Nueva España*, t. II. Cidade do México: Pedro Robredo, 1938, livro X, cap. XXIX, parágrafo 12. [AR]

14 *Xhunahpu*, Xbalanque no original. [AR]

15 *Hunal tah coh i puzu x-e cha cut*, omitido por Brasseur. [AR]

16 No original quiché, *alk'ajol* é composto de "*al*, 'filho (de mulher) ', e *k'ajol*, 'filho (de homem)'", traduzidos diversamente nas versões consultadas. Tedlock, que vê nessa reunião dos dois vocábulos o sentido de "vassalos" [DT, p. 137] (como Ximénez [FX, f. 31r]), menciona que "a denominação se aplica aos membros de uma família (linhagens) comum prestando fidelidade a uma família de Senhores. A vassalagem era concebida, portanto, como parentesco por adoção, mas note-se que *alk'ajol* encobre e evita o assunto da linhagem pela inclusão do termo empregado para designar 'crianças de mulher'" [DT, p. 283]. Recinos traz "filhos e vassalos" [AR, p. 254]; Craveri, ainda que consignando em nota a acepção de "vassalos", mantém sua tradução literal – "filhos de mulher, filhos de homem" (*iw-al*, *i-k'ajol*) [MC, p. 125]. Christenson anota que "a organização política da cidadela é baseada em termos de parentesco, embora não seja necessário existir uma real relação familial. Aqui os termos são *al*, *k'ajol* (filho de mulher, filho de homem), que são metáforas para vassalos e servos", e assim aparece em sua versão [AC, p. 254]. Robert Sharer e Loa Traxler, em seu livro *The Ancient Maya*, no capítulo "The Basis of Political Power", também informam que os nobres eram denominados *ajaw*, e os vassalos eram denominados *al k'ajol* [p. 717]. Minha opção por "seus vassalos, seus filhos", portanto, tenta dar conta do termo no quadro dessa complexa organização política e social dos Quiché, mantendo a ambiguidade da filiação intrínseca ao termo, conforme o esclarecedor comentário de Tedlock acima referido. [JVB]

17 *Ma pa yx qo cam oh pu quicotirizay yve* etc. O verbo *cam* significa morrer e trazer. Brasseur traduz essa passagem assim: "*Est-ce que pour vous peut exister la mort?*", mas o sentido completo da frase justifica a interpretação que lhe dá Ximénez e que, no fundo, é idêntica à nossa. [AR] **Minha versão desse trecho foi feita a partir da tradução literal de Christenson e da de Craveri, que é semelhante às dos outros tradutores consultados. A versão de Recinos segue a interpretação de Ximénez para o verbo *cam* (ver nota acima), mas retira**

da frase, como aponta Sam Colop, "uma expressão carregada de ironia, considerando que os que vão ser sacrificados são os próprios Senhores da morte" [SC, p. 121]: "– Está bem; depois ressuscitarão. Por acaso não nos trouxeram para que divertíssemos vocês, os Senhores, e seus filhos e vassalos? – disseram aos Senhores" [AR, p. 254]. Em Ximénez, a frase traz, curiosamente, duas vezes o verbo "alegrar": "– Está bem, alegrem-se. Não nos trouxeram para que alegrássemos vocês, que são Senhores de seus vassalos – disseram eles aos Senhores" [FX, f. 31r]. [JVB]

18 Aqui se refere, evidentemente, à metamorfose de Hunahpú e de Ixbalanqué em dois rapazes pobres que enganaram tragicamente os Senhores de Xibalbá com suas artes mágicas. [AR]

CAPÍTULO 14

1 *Xhunahpu*, *Xbalanque*, no original. O *X* inicial denota o diminutivo em quiché. Nesse lugar serve para estabelecer a relação de pai e filho entre Hun-Hunahpú e Ixhunahpú. [AR] **Ver nota 3 do capítulo 12 da segunda parte, p. 314. [JVB]**

2 *Oh cu pacol re vae qui rail, qui caxcol ri ca cahau*, no original. [AR]

3 O trecho acima apresenta diferenças significativas entre as versões consultadas. Cotejando-as, examinando duas traduções literais e o contexto, cheguei a essa tradução. Reproduzo abaixo a primeira tradução que fiz do mesmo parágrafo, com base no original de Recinos, com suas respectivas notas indicadas entre parênteses: "– Posto que já não existe seu grande poder nem sua estirpe, e que vocês tampouco merecem misericórdia, a condição de seu sangue será rebaixada. (1) O jogo de bola não será para vocês. (2) Sua ocupação será apenas fazer vasilhas, bilhas, (3) e pedras de moer milho. Apenas os filhos das ervas daninhas e do deserto falarão com vocês. Os filhos esclarecidos, os vassalos civilizados não lhes pertencerão e se afastarão de sua presença. (4) Os pecadores, os maus, os tristes, os desventurados, os que se entregam ao vício, são esses que os acolherão. Vocês tampouco poderão se apoderar repentinamente dos homens, e tenham presente a humildade de seu sangue. – Foi isso que disseram a todos os de Xibalbá". A seguir vão as notas de Recinos assinaladas para esse trecho do texto: "(1) *X-zcaquin chic ch'y quic holomax*. Acreditamos dar uma interpretação aproximada dessa expressão. Em outro lugar, traduzimos *quic holomax* como Sangue dos Chefes. Há, aqui – diz Brasseur –, um jogo de palavras misteriosas que escapa à tradução. (2) *Mavi chahom quic yve*, no original. Lembramos que o jogo de bola era reservado às pessoas importantes. (3) Vasilhas grandes de barro de boca larga, chamadas de *apaste* na Guatemala. (4) *Xa noh chi tzaco rib ch'y vach*. Essa frase é muito difícil de entender e já foi interpretada de várias maneiras. O verbo *tzaca* tem, entre outros, o significado de fugir, afugentar, afastar". [JVB]

4 Em Recinos, "Dessa maneira começou sua destruição e começaram seus lamentos" [AR, p. 256]. [JVB]

5 *Ah-Tza*, os da guerra. *Ah-Tucur*, as corujas. Como indica Brasseur, pode haver relação entre esses nomes e os índios itzá, tribo maia que habita o norte da Guatemala, na região chamada Petén--Itzá, e os povoadores de Tucurú, cidade de Verapaz. É provável que os Quiché e os Cakchiquel tenham emigrado do norte, fugindo da tirania daqueles povos, com o propósito de viver em liberdade em novas terras. [AR] **"Provocavam inimizade, eram traidores", traduz Sam Colop, anotando que a tradução literal desse trecho é "os que são como as corujas" e lembrando que, para Ximénez e Basseta, essa era uma expressão para "traidores" [SC, p. 124]. A frase anterior, em Recinos, é: "Na verdade, eles não tinham, antigamente, a condição de deuses" [AR, p. 256]. [JVB]**

6 *E quecail, zaquiil*, com aspecto de pretos e de brancos, aparência dupla, símbolo de sua falsidade; de duas caras. [AR] **Recinos traduz por "pretos e brancos ao mesmo tempo" [AR, p. 256]. Craveri anota que os termos quiché *q'eqail* e *sakil* significam, respectivamente, "o preto" e "o branco" e são registrados por Ximénez também como "miserável" e "mentira" [MC, p. 128]. [JVB]**

7 *Axmoxvach*, *Ahlatzab*. Outros sinônimos que significam causadores de mal, perversos, malvados, opressores. [AR]

8 Essa última frase, presente nas traduções literais, não consta da versão de Recinos [AR, p. 257]. [JVB]

9 Entre as lendas que o frei Bartolomé de Las Casas compilou em Verapaz, encontra-se a de um deus nascido naquela província, ao qual chamavam de Exbalanquén. "Contam dele, entre outras fábulas", diz o cronista, "que foi guerrear no inferno e lutou com toda a gente de lá e os venceu e prendeu o rei do inferno e muitos de seu exército." De volta à terra, Exbalanquén trazia consigo o rei do inferno, mas, quando estavam a poucos degraus da superfície, ele pediu que não o levasse e, "rechaçando-o, disse: volte e será teu tudo o que é podre e desprezado e hediondo". Las Casas acrescenta que "em Verapaz não receberam Exbalanqué com as festas e cantos que ele queria, e que por isso foi para outro reino, onde o recebessem a seu agrado, e dizem desse vencedor do inferno que começou a sacrificar homens". Frei Bartolomé de Las Casas, *Apologética historia de las Indias*. Madri: Bailly, Bailliere e Hijos, 1909, cap. CXXIV, p. 330. É pena que o historiador não tenha transcrito em sua obra as "outras fábulas" que os habitantes de Verapaz contavam e que, possivelmente, coincidiam com as lendas do *Popol Vuh*, a julgar por essa versão das façanhas de Exbalanquén ou Ixbalanqué. [AR]

10 O trecho todo acima também foi traduzido com base no cotejo com as diversas traduções literais e demais versões consultadas, conforme o procedimento que adotei para este trabalho. Como exemplo pontual das variantes, transcrevo aqui minha primeira tradução da versão de Recinos: "Então eles foram adorados pela avó e ela os chamou de Centro da Casa, *Nicah* [o centro] se chamaram./ Pés de milho vivos na terra plana [*Cazam Ah Chatam Uleu*] foi seu nome. E foram chamados de Centro da Casa e de Centro, porque no meio da casa eles semearam os pés de milho. E se chamou Terra Aplanada, Pés de Milho Vivos na Terra Plana, aos pés de milho que semearam. E também os chamou de Pés de Milho Vivos porque brotaram. Esse nome foi dado por Ixmucané aos que Hunahpú e Ixbalanqué deixaram semeados para que fossem lembrados por sua avó" [AR, pp. 257–58]. [JVB]

11 *Pucbal-Chah*. [AR]

12 *Xa cu zcaquin chic x-cha tah vi xere*, no original. [AR]

13 *Hunahpuil*, no original, provavelmente por um *lapsus calami*. Brasseur acreditava que essa era uma forma de plural e que significava o conjunto dos Hunahpú, mas é evidente que o texto se refere a Vucub-Hunahpú, ou seja, o segundo dos Hunahpú. Poderá se observar que os jovens heróis somente encontraram a cabeça de Vucub-Hunahpú enterrada no campo do jogo de bola e que só falaram com ela. Deve-se lembrar que a cabeça de Hun-Hunahpú foi separada de seu corpo e cravada nos galhos da cabaceira, onde se confundiu com os frutos da árvore. [AR] **Nesse trecho, minha tradução também se afasta da versão de Recinos. A primeira observação é que a palavra mencionada por ele na nota acima (*Hunahpuil*) não parece constar do original quiché. A confusão provavelmente se deu pela semelhança do nome *Hunahpú* com algumas palavras desta frase: *U b'i' ri u junal puwi'l u* (grafada aqui segundo a transcrição de Christenson e com grifo meu [AC2, p. 166]. *Junal* (ou *hunal*) significa, segundo Craveri, "cada um", e aqui alude às partes do rosto de Hunahpú que seus filhos queriam reconstituir: "[...] o nome de cada coisa que havia sobre sua boca" [MC, p. 130]. Tedlock introduz outra camada de sentido possível ao mencionar a acepção de *pujil* dada por Basseta: "antiguidade" [DT, p. 286]. Na versão de Recinos, ao contrário das outras consultadas, Hunahpú não participa da ação: "Buscaram ali todo o seu ser, a boca, o nariz, os olhos. Encontraram seu corpo, mas muito pouco puderam fazer. Hunahpú não pronunciou seu nome. Nem sua boca pôde dizê-lo" [AR, p. 258]. [JVB]**

TERCEIRA PARTE

CAPÍTULO 1

1 *Paxil* significa separação, extensão das águas, inundação. *Cayalá*, derivado de *cay*, podre, pode se interpretar como podridão da água. Esses lugares lendários que brindaram à humanidade das Américas os frutos naturais, base de sua subsistência e de seu desenvolvimento econômico, ficavam, na opinião de Brasseur, na região de Tabasco, onde o rio Usumacinta inunda a comarca na época das cheias. Esse fenômeno é semelhante em suas causas e efeitos às inundações do Nilo, que espalham o limo fecundante que produz as ricas colheitas do Egito. Bancroft opinava que Paxil e Cayalá ficavam na região de Palenque e do Usumacinta. Ambas as opiniões teriam algum fundamento se fosse possível localizar esses lugares mitológicos, pois aquela foi, sem dúvida, a região que habitaram, por um tempo, as tribos guatemaltecas em sua peregrinação para as terras do sul. [AR]
Em seu livro *Relatos mayas de tierras altas sobre el origen del maíz: los caminos de Paxil* (Unam, 2002), Carlos Navarrete Cáceres lembra que Brasseur, no glossário a sua tradução do *Popol Vuh* para o francês, refere: "Pan-Paxil, Pan-Cayal-a, nome do lugar onde foi descoberto o milho" [p. 10], e afirma que Brasseur tomou a etimologia de um manuscrito inédito de Ramón Ordóñez y Aguilar, do século XVIII: "Ordóñez traduz essas palavras por 'lugar onde as águas se dividem ao cair'. Na língua quiché, tais palavras significam 'entre a divisão, entre a fetidez das águas'". E lembra que Raynaud menciona a possibilidade de Cayalá não passar de um epíteto, o que transforma Paxil num único local, o "Lugar da Fenda de Água Amarga", como optei por traduzir, e como se vê também em Tedlock ("*Split*

Place, Bitter Water Place is the name" [DT, p. 145]), que anota: "O lugar em questão é uma montanha alta, imediatamente ao sul da rodovia Panamericana, e perto da fronteira da Guatemala com o México, com uma caverna e uma grande nascente do seu lado norte. Hoje em dia, as pessoas da região que falam mame reconhecem esse lugar como o da origem do milho" [DT, p. 288]. No referido livro, Navarrete afirma que Paxil "existe como ponto geográfico e sua etimologia em mame é equivalente a 'água que corre debaixo'. Trata-se de um cerro encravado no município de La Libertad, departamento de Huehuetenango" [p. 20], Altos Cuchumatanes, Guatemala. Para os Mam atuais – informa Navarrete via León Valladares (*El hombre y el maíz: etnografía y etnopsicología de Colotenango*. D. F., B. Costa-Amic, 1957) –, Paxil é tanto o ponto geográfico como uma potência sagrada, relacionada à "Mãe do Milho", chamada, entre esse povo, de Paxal ou Paxil. [JVB]

2 *Echá*, comida, alimento. Quando se trata do homem, *echá* é o milho cozido e moído que era a comida usual do índio americano, e que os Quiché pensavam, logicamente, que tinha servido para formar os primeiros homens. [AR]

3 Na versão de Recinos, ele incluiu esta observação sobre o *Quel*: "um periquito vulgarmente chamado de *chocoyo*". [JVB]

4 "Que era o paraíso", acrescenta Ximénez por conta própria, em sua primeira versão. O Manuscrito Cakchiquel refere que, quando o Criador e o Formador fizeram o homem, não tinham com que alimentá-lo, até que encontraram o milho em Paxil, disputando-o com dois animais, o coiote e o corvo, que sabiam onde ele crescia. O coiote morreu no meio do milharal. Da massa de milho, misturada com o sangue da cobra, fez-se a carne do homem. A lenda mexicana narra a descoberta do milho de maneira semelhante. Segundo o *Códice Chimalpopoca*, a formiga Azcatl revelou a Quatzalcóatl a existência do milho em Tonacatepetl (montanha de nossa subsistência). Quetzalcóatl se transformou em seguida numa formiga negra e, acompanhado de Azcatl, entrou naquele lugar e levou o milho a Tamoanchán. [AR]

5 *Cacau* em maia e em quiché, a conhecida planta da América tropical. Uma variedade de cacau, *Theobroma bicolor*, chamada de *pec* em quiché, é popularmente conhecida pelo nome náuatle de *pataxte* [macambo]. [AR]

6 *Tulul*, sapoti; *mamey*, em Yucatán, *Lucuma mammosa*. A anona é bem conhecida por esse nome e por chirimoia; seu nome quiché é *cavex*. O *jocote* [ciruela], nome derivado do náuatle *xocotl*, *Spondias purpurea*, L., é o *quinim* dos Quiché e dos Cakchiquel. O *nance* [murici], do náuatle *nantze*, *Byrsonimacrassifolia*, é o *tapal* das línguas da Guatemala. O *matasano* [sapota-branca], *ahaché* nessas línguas, *Casimiroa edulis*, Llave & Lex., completa a lista dessas frutas copiosas nas terras quentes e temperadas da Guatemala. [AR]

7 *Echá*, por excelência. [AR]

8 Sam Colop traduz *echa'* [comida, alimento; milho cozido e moído] por "massa de milho" [SC, p. 129]. [JVB]

CAPÍTULO 2

1 Ximénez explica o significado desses nomes da seguinte forma: *Balam-Quitzé* quer dizer jaguar de riso doce, ou muito risonho, ou de risada mortal, como veneno. *Balam-Acab*, jaguar da noite. *Mahucutah*, não escovado. *Iqui-Balam*, jaguar de lua ou de chile; jaguar negro, em maia. O ídolo de um povo de Yucatán era adorado pelo nome de "Ekbalam ou Equebalem, jaguar negro" (*Relaciones de Yucatán*, t. II, p. 53). É muito difícil, senão impossível, averiguar a verdadeira origem desses nomes. A explicação de Ximénez foi aceita, em geral, embora não seja inteiramente satisfatória. Note-se, ainda, que *balam* tem também a acepção de bruxo e que os antigos Quiché, que acreditavam em sortilégios e encantamentos, provavelmente viram em seus primeiros pais outros tantos bruxos e feiticeiros. [AR]

2 Ou seja, os antepassados, os progenitores. No capítulo seguinte, o autor volta a chamá-los de mães, no mesmo sentido genérico. [AR]

3 *Xa utuquel achih*. Não tinham nome de família. Não tinham ascendentes. Eram o princípio da estirpe humana. Ou seja, que não têm patronímico ou nome da família. [AR]

4 *Rumal ri Ahtzac, Ahbit, ri Alom, Qaholom.* [AR]

5 *Rumal ri Tzacol, Bitol, Alom, Qaholom.* [AR]

6 Em Recinos, "Foram dotados de inteligência" [AR, p. 264]. Sigo as traduções literais [MC, p. 135; AC, p. 173]. [JVB]

7 *Chi camul camo, oxmul camo*. Como nas línguas modernas se diz mil e uma vezes. [AR]

8 *Que quiritahic*, se multiplicam; *qui iaric*, assim no original, literalmente, dão-se muitos, propagam-se, são sinônimos, derivados do advérbio de quantidade *qui*, muitos. Como no latim *multos*, *multiplicare*. [AR]

9 Esse parágrafo todo traz divergências de construção tanto nas versões consultadas como na tradução literal. Minha leitura aqui se deu principalmente a partir das notas filológicas de Craveri [MC, p. 138] e da versão de Sam Colop [SC, p. 132]. Segue minha tradução da versão de Recinos: "Que faremos agora com eles? Que sua vista alcance o que está próximo, que só vejam um pouco da face da terra! Não é bom o que dizem. Acaso não são por natureza simples criaturas e obras [nossas]? Deverão ser deuses eles também? E se não procriarem e se multiplicarem quando amanhecer, quando sair o sol? E se não se propagarem?" [AR, p. 265]. [JVB]

10 Nesse parágrafo, oriento-me pela tradução literal [AC2, p. 177]. Em Recinos, "Refreemos um pouco seus desejos, pois não é bom o que vemos. Porventura eles hão de igualar-se a nós, seus autores, que podemos abarcar grandes distâncias, que tudo sabemos e tudo vemos?" [AR, p. 265]. [JVB]

11 No original, *u Qux Cah, Huracán, Caculhá Huracán, Chipi-Caculhá, Raxa-Caculhá, Tepeu, Gucumatz, Alom, Qaholom, Tzacol, Bitol*. [JVB]

12 *U xe u ticaribal.* [AR] **Em Recinos, "[...] origem e princípio [da raça quiché]" [AR, p. 266]. [JVB]**

CAPÍTULO 3

1 *Xavi Cabahuil x-naohin chic. Naohin* significa fazer alguma coisa com cuidado. [AR] **"Deus mesmo as fez cuidadosamente", em Recinos [AR, p. 266]. Sigo a tradução literal [MC, p. 139; AC, p. 178]. [JVB]**

2 Para essa tradução, inspiro-me no rumo de Sam Colop, que concorda com Ximénez na interpretação desses quatro nomes como associados a *ja'* (água), e não a *ja* (casa), como fizeram outros tradutores [SC, p. 134]. Diferentes leituras são possíveis e sugestivas, como o lindo nome "Tartaruga do Mar Rubro", que Tedlock, em sua antológica versão, deu a Cahá-Paluna (lendo *paluma* a partir de Pantaleón de Guzmán e de Thomás Coto, que traduzem *palama* como "galápago"), e "Casa do Colibri", como Christenson traduziu Tzununihá, interpretada por Villacorta e Rodas como "água do céu caindo no mar" (a partir da leitura de Ximénez, "água parada que cai do alto") (ver nota abaixo). [JVB]

3 Ximénez interpreta esses nomes da seguinte forma: *Cahá-Paluna*, água parada (vertical) que cai do alto; *Chomihá*, água bonita e escolhida; *Tzununihá*, água de *gorriones* [beija-flor-de-bigodes] – nome vulgar do colibri na Guatemala; *Caquixahá*, água de arara (Francisco Ximénez, *Historia de la provincia de San Vicente de Chiapa y Guatemala de la orden de predicadores*. Cidade da Guatemala: Tipografía Nacional, 1929, t. I, p. 35). O *Título de los señores de Totonicapán* registra os nomes das esposas daqueles heróis quiché com algumas variantes: "A mulher de Balam-Quitzé se chamou Zaka-Paluma, a de Balam-Agab Tzununi-há; a de Mahucutah Cakixa-há; Iqi-Balam veio solteiro". [AR]

4 Em Recinos, "Progenitores" [AR, p. 266], em vez de "autossacrificadores e sacrificadores". [JVB]

5 *Ri qui chuch oh quiche vinac*, literalmente, as mães de nós, os Quiché. *Chuch*, mães, aqui tem sentido genérico, como em castelhano a palavra pais, e ambas compreendem os dois progenitores. [AR] **Recinos traduz os termos *aj k'ixb', aj k'ajb'* por "sacerdotes e sacrificadores". No entanto, preferi traduzi-los sempre pelo par "autossacrificadores e sacrificadores", como Craveri, para evitar o eco cristão contido em "sacerdotes" e principalmente porque, como esclarece Christenson, *aj k'ixb'* significa, literalmente,"o dos espinhos", e aqui se refere ao ritual de autossacrifício, feito com "um espinho afiado, como a ponta de uma folha de agave ou o ferrão de uma arraia", que era praticado pelos antigos Maias como oferenda aos deuses. Ele anota ainda que *aj k'ajb'* significa sacrifício e *k'ajb'*, especificamente, sacrifício de sangue, e se refere "ao tipo de sacrifício humano realizado pelos Maias antes da conquista espanhola, mas também pode ser um sacrifício do próprio sangue", conforme o *Vocabulario de la lengua cakchiquel*, de Thomás Coto [AC, p. 190]. Alguns tradutores optaram pelo par "penitentes e sacrificadores", que também reproduz o eco cristão. [JVB]**

6 É possível reconhecer entre esses nomes o de *Tepeu*, que, em outras passagens deste livro, se aplica aos Yaqui, *Yaqui-Tepeu*, uma das tribos de origem tolteca que emigraram com os Quiché. Também é possível identificar os de *Olomán*, que são os Olmeca, Olmeca-Xicalanca, que viviam ao sul de Veracruz, com quem os Quiché eram intimamente ligados. [AR]

7 Craveri esclarece que as formas plurais de *tam* e *iloc* são *tamub* e *ilocab* [MC, p. 140]. [JVB]

8 Chefes da tribo dos Tamub eram *Copichoch*, *Cochochlam*, *Mahquinalon* e *Ahcanabil*, cujos nomes se leem no *Título de los señores de Totonicapán* e na *Historia quiché de D. Juan de Torres*, manuscrito inédito que descreve também a sucessão daqueles caudilhos. Brasseur de Bourbourg em *Popol Vuh: Le livre sacré et les mythes de l'antiquité américaine, avec les livres héroïques et historiques des Quichés* (Paris: Arthus Bertrand, 1861, p. CCLXI) dá a conhecer os nomes dos chefes da tribo de Ilocab, que tomou de outro manuscrito que teve em seu poder, o *Título de los señores de Sacapulas*. Tais nomes, que também figuram no *Título de los señores de Totonicapán*, são os seguintes: *Chi-Ya-Toh*, *Chi-Ya-Tziquín*, *Xol-Chi-Tum*, *Xol-Chi-Ramag* e *Chi-Pel--Camuhel.* [AR]

9 No original, *nim ha* ou (*nim ja*), literalmente "casa grande", assim traduzido por Recinos e pelos demais tradutores consultados. Em que pese a deslocada ressonância que o termo "casa-grande" pode ter para o leitor brasileiro nesse contexto, não encontrei nenhuma outra forma mais adequada para designar em português "o grande edifício ou palácio, bem como a linhagem à qual foi dedicado", que o termo encerra [AC, p. 248]. [JVB]

10 Os treze povos de Tecpán, que o *Título de los señores de Totonicapán* chama de *Vukamag Tecpam*, são as tribos Pocomame e Pocomchi, segundo Brasseur. A tribo Rabinal se estabeleceu no centro da atual república da Guatemala, e seus descendentes ainda formam um núcleo importante da população quiché. Os Cakchiquel constituíram um reino forte e numeroso, rival do reino quiché, e tiveram por capital *Iximché* (nome indígena da árvore atualmente chamada *ramón* [noz-dos-maias]). Os mexicanos chamavam Iximché de Tecpán-Quauhtlemallan, de onde vem o nome moderno Guatemala. A tribo de *Tziquinahá* teve por capital a cidade lacustre de Atitlán e ocupou a parte ocidental do território que circunda o lago de mesmo nome. *Zacahá* é a atual Salcajá, perto de Quetzaltenango. *Lamac*, *Cumatz*, *Tuhalhá* e *Uhabahá* existiam nos arredores de Sacapulas, segundo Brasseur. Não foi possível identificar as tribos restantes. A de *Balamihá* pode ser a que se estabeleceu no lugar hoje chamado Balamyá, do departamento de Chimaltenango. [AR]

11 No original, esse parágrafo se lê da seguinte forma: *Ta x-qohe pa qui chiri queca vinac, zaqui vinac, qui vachibal vinac, qui u chabal vinac, cay u xiquin*. Brasseur mudou o sentido de *qui*, muitos, para *quiy*, doce, e diz em sua tradução que era "doce o aspecto daquelas pessoas, doce a linguagem daqueles povos". *Qui vachibal vinac* significa, literalmente, homens de muitas formas, aspectos ou aparências. *Qui u chabal vinac*, muitas eram as línguas dos homens. Evidentemente, o autor quis dar a ideia da multidão de pessoas diferentes e estranhas entre si, negras e brancas, ou seja, de pele clara e de pele escura, e da variedade de línguas que existiam no Oriente. Os Quiché, no entanto, mantinham sua unidade étnica e sua língua comum em meio àquela Babilônia, como se lerá adiante. Ximénez traduz o final do parágrafo dizendo "houve muitas línguas e de duas orelhas", o que não faz sentido. Em sua segunda versão, ele tenta explicar a frase dizendo que "ouvem um e entendem outro pela diversidade de línguas" (Francisco Ximénez, *Historia de la provincia de San Vicente de Chiapa y Guatemala de la orden de predicadores*, t. I. Cidade da Guatemala: Tipografía Nacional, 1929, p. 36). *Cay*, *cab* ou *caíb* é o numeral dois, mas a primeira forma, que é a usada no texto, também significa ver ou ouvir com admiração e, provavelmente, é essa a ideia que se trata de expressar. [AR] **Neste trecho, todas**

as versões apresentam divergências. Em Recinos, o que traduzi acima por "homens de muitas línguas, de todos os cantos, admirando o céu" aparece como "homens de muitas línguas, que causava admiração ouvi-las" [AR, p. 268; ver nota acima]. A ênfase, que aqui Recinos dá à existência de muitas línguas, em todas as outras traduções consultadas é dada aos povos, às gentes ali reunidas, vindas de todos os cantos. Como todas as versões abonam fartamente a duplicidade de sentido no termo quiché *xikin*, que pode significar tanto "ouvir", "orelha", como "esquina", "canto", decidi manter a ambiguidade inerente ao relato original. Assim, minha solução procura resgatar essa ambiguidade, podendo ser lida como "línguas de todos os cantos" e como "gente de todos os cantos", e também sugere a múltipla localização das gentes, "de todos os cantos admirando a raiz do céu", à espera do nascimento do Sol. [JVB]

12 Ou seja, os ídolos. [AR]

13 E só esperavam o sol nascer, interpreta Ximénez. [AR]

14 Criador e Formador. [AR]

15 Em Recinos, "Dai-nos nossa descendência, nossa sucessão" [AR, p. 269]. Christenson, via Coto, diz que "*etal* (sinal) e *tzijel* (palavra, e também o ato de acender uma vela ou uma tocha), quando emparelhados, referem-se à descendência de filhos e netos" [AC, p. 195]. [JVB]

16 *Utzilahg qazlem, vinaquirem ta puch coh a ya vi.* [AR] **Em Recinos, lê-se: "Dai-nos nossa descendência, nossa sucessão, enquanto o sol caminhar e houver claridade! Que amanheça, que chegue a aurora! Dai-nos muitos bons caminhos, caminhos planos! Que os povos tenham paz, muita paz, e sejam felizes; e dai-nos boa vida e útil existência!" [AR, p. 269]. [JVB]**

17 O panteão quiché aparece completo nesse parágrafo, com o acréscimo de dois nomes novos, *Voc*, o grande, e o pequeno *Nanauac*. O primeiro, *Voc* ou *Vac*, gavião, era o mensageiro de Huracán que chegava para assistir ao jogo de bola de Hun-Hunahpú e Vucub-Hunahpú, conforme se conta num capítulo anterior do livro quiché. *Nanauac*, o Onisciente, segundo Brasseur, é o mesmo personagem que, com o nome de *Nanahuatl* (o pustulento [sifilítico]), aparece no *Códice Chimalpopoca*. [AR]

18 A menção ao jejum, existente nas outras versões consultadas (com exceção da de Craveri), foi omitida por Recinos [AR, p. 269]. [JVB]

CAPÍTULO 4

1 Ou seja, ídolos. [AR]

2 *Yaqui-Vinac*, *ahqixb*, *ahcahb*, os mexicanos, os antigos Tolteca, o povo náuatle, que, se unindo aos Maias do sul, foram a origem das nações indígenas da Guatemala. O autor chama os Yaqui de autossacrificadores e sacrificadores e em vários lugares dá esses mesmos nomes aos chefes quiché Balam-Quitzé e companheiros. Ao descrever a morte desses chefes, o texto os designa desta forma: "os chefes e sacrificadores, assim chamados". Ver na quarta parte deste livro o capítulo 5. [AR]

3 Em Recinos, lê-se: "Vamos, vamos procurar e ver se estão guardados nossos símbolos!" [AR, p. 270]. [JVB]

4 *Chi ca ric ri coh tzihón ta chuvah*, evidentemente buscavam o incenso para queimar diante dos deuses. [AR]

5 Essa passagem do *Popol Vuh* é muito interessante como prova da comunidade de origem dos Quiché e dos demais povos da Guatemala e das tribos que se estabeleceram nos tempos antigos em diversas partes do México e de Yucatán. *Tulán-Zuivá*, a Caverna de Tulán, *Vucub--Pec*, Sete Cavernas, e *Vucub-Ziván*, Sete Desfiladeiros, são os nomes quiché do local a que a tradição asteca dá o nome de *Chicomoztoc*, que em língua náuatle também significa Sete Cavernas. No manuscrito de Sahagún da Academia de la Historia, leem-se estas palavras: "Tinham notícia nossos pais que de Chicomoztoc vieram, como eles mesmos diziam, as sete tribos de lá procedentes, lá nascidas". (Ver Seler, *Los cantares de los dioses*, em frei Bernardino de Sahagún, *Historia general de las cosas de la Nueva España*, t. V. Cidade do México: Pedro Robredo, 1938, p. 84). Na tradição maia, o nome do berço da raça é semelhante ao que lhe davam os Quiché, *Holtún Çuuyva*, a Caverna de Zuivá, como se lê nos *Libros de Chilam Balam*. Embora não tenha sido possível localizar com exatidão o local onde existiu a antiga Tulán das cavernas ou dos desfiladeiros, a tradição comum conservada no México e na Guatemala atribui aos povos de todo esse vasto território uma origem que, mesmo sendo puramente lendária, marca o princípio de sua evolução histórica. As crônicas indígenas da Guatemala são notáveis, nesse sentido, pela clareza com que assinalam a marcha das tribos da Guatemala desde seu lugar de reunião até as paragens onde finalmente se estabeleceram e alcançaram o estado de civilização em que as encontraram os espanhóis no século XVI. [AR]

6 Em Recinos, "Deu-se então a saída de seus deuses" [AR, p. 271]. [JVB]

7 *U coc*, nesse caso, é a arca ou gaiola de madeira que os índios levam nas costas para conduzir seus produtos ou cargas de um lugar para outro. O nome corrente na Guatemala é *cacaxte*, tomado, como tantos outros, da língua náuatle [*cacaxtli*]. [AR]

8 *Tohil* ou *Tojil* deriva seu nome de *toh*, chuva, segundo Ximénez. Os de Rabinal o chamavam de *Huntoh*, 1 Toh, que é um dia do calendário. Adiante o autor escreve que Tohil e Quetzalcóatl eram a mesma entidade. O *Memorial de Sololá* chama o deus principal dos quiché de *Tohohil*. De *Avilix* e *Hacavitz* não existe uma etimologia satisfatória. *Nicahtacah*, literalmente "em meio da planura", não aparece novamente na narração, provavelmente porque Iqui-Balam teve uma atuação muito secundária e não deixou descendentes. Explicando a origem do nome Tohohil, o *Memorial* diz que, quando as tribos se encontravam nas marismas, antes de se internarem nas montanhas da Guatemala, os Quiché disseram: "*Xaqui tohoh quihilil xibe chi cah*, ou seja, assim como trovejou e ressoou no céu", e acrescenta, "nossa salvação está verdadeiramente no céu. Assim disseram e, em consequência disso, foram chamados de os de Tohohil". De fato, o nome de Tohil está associado à ideia de chuva e de trovão, como se diz no início desta nota. [AR]

9 *Xahun u bi u cabauil*, no original. [AR]

10 Em Recinos, "Já não podiam entender-se claramente entre si depois de ter chegado a Tulán" [AR, p. 272]. Concordo com a tradução literal e as versões de Tedlock e de Sam Colop. [JVB]

11 Para Yucatán. [AR]

12 **Em Recinos, "quando chegaram a Tulán" [AR, p. 272]. [JVB]**

CAPÍTULO 5

1 **Essa frase, em Recinos, está no final do capítulo anterior: "Haviam andado muito para chegar a Tulán" [AR, p. 272]. [JVB]**

2 *X-u bac uloc chupam x xuhab*. Damos a versão de Ximénez. A expressão alude, indubitavelmente, à maneira primitiva de fazer fogo com um graveto que se gira rapidamente dentro de outro. Segundo o *Título de los señores de Totonicapán*, Balam-Quitzé e seus companheiros, "começando a friccionar madeira e pedras, foram os primeiros que fizeram fogo". Os povos de Vuc-Amag conseguiram que os Quiché lhes dessem "um pouco" de seu fogo com a oferta de lhes dar suas filhas. [AR] **A versão de Recinos, "E rapidamente fez fogo, dando voltas dentro de seu sapato" [AR, p. 273], é colada na de Ximénez, "*Y luego sacó el fuego, dando vueltas en su zapato*" [FX, f. 36r]. Optei por "sandália" com base na nota em que se esclarece que *u-xajab'* é "o calçado feito de tiras de couro" [MC, p. 149]. [JVB]**

3 **Recinos acrescenta: "[de Vucamag]" [AR, p. 274]. Sobre os Vuc-Amag (Sete Nações/Tribos, segundo o *Título de Totonicapán*), diz Christenson: "Nesse ponto o texto se refere aos Amaq' (Nações) como uma entidade distinta das linhagens Nima Quiché, consistindo numa aliança de grupos que se tornaram inimigos dos Quiché" [AC, p. 201]. [JVB]**

4 *Ma cu habi x-e culaxic*. [AR]

5 **Exatamente depois da palavra *vinac* (homem), o manuscrito da Newberry traz uma interpolação de Ximénez em latim, entre parênteses: "*Demonium loquens eis*", com a tradução para o castelhano na coluna do lado, "*Demonio q les hablaba*" ([FX, f. 36v]; ver nota 8 a seguir). Impossível saber se no manuscrito quiché em que Ximénez se baseou para sua transcrição havia alguma menção ao emissário de Xibalbá como "demônio" ou algo parecido, e que teria dado origem a essa anotação. No *site* da Biblioteca Newberry, onde se encontra o original dessa transcrição, lemos que o registro de Ximénez do *Popol Vuh* (feito entre 1700 e 1715) deriva de uma versão anterior – "provavelmente preparada no século XVI por um falante nativo que aprendera caracteres latinos" –, e que pode ter sido feita com base na leitura oral desse manuscrito quiché original: "É possível que o texto tenha sido recitado, provavelmente por até três pessoas, o que explicaria algumas das repetições e rasuras" [Disponível em newberry.org/popol-vuh. [JVB]**

6 *M'yv ahauah chi qui ya ch'yve*. [AR]

7 *Qo uxic queheri uxic zotz*. Seguimos Ximénez na interpretação dessa frase, que ele lê como *Qo u xicqueheri u xic zotz*. Brasseur a traduz dizendo que o ser do mensageiro era como o de um morcego. Mas o texto informa claramente que foi um homem que se apresentou perante Balam-Quitzé e seus companheiros: um homem que tinha asas como as de um morcego-vampiro. [AR]

8 É curiosa a aparição desse "homem de Xibalbá", *demonium loquens eis*, o demônio que lhes falava, como comenta Ximénez no manuscrito original. Evidentemente, e num sentido geral, para os

Quiché Xibalbá era o mundo das sombras e dos fantasmas. No presente episódio, o mensageiro que chega para aconselhar os sacerdotes se apresenta como um enviado do Criador, do Formador, mas há motivo para suspeitar de sua identidade. [AR]

9 *Mavi x-mainic ta x-e ul chicut ri amag que utzin rumal teu*. Assim no original. [AR]

10 Essa frase foi suprimida por Recinos [AR, p. 275]. [JVB]

11 *E elegom*, no original. *Elegom* é um substantivo derivado do verbo roubar, mas pode haver erro na cópia do texto primitivo. Brasseur interpreta a palavra dizendo *à la dérobée*; outros tradutores escrevem "em segredo", "desoladas". Ximénez traduz diretamente por "os ladrões". Do verbo quiché *elahic*, rogar, suplicar, humilhar-se, forma-se o substantivo *elahom*, que dá a ideia que aceitamos nesse trecho e que parece mais conforme com o sentido da passagem de que se trata. [AR]

12 As traduções literais trazem "joias de metal" [MC, p. 152] e "metais preciosos" [AC, p. 195], ao passo que, em Recinos, aparece "dinheiro" [AR, p. 275]. [JVB]

13 *Ma chi c'ah qui tunic xe qui toloc, xe pu qui mezquel?* Ou seja, entregar as vítimas para que as sacrifiquem, no estilo asteca, abrindo-lhes o peito com a faca de pedernal e ofertando seus corações à divindade. A mesma ideia se repete adiante, em termos inequívocos. [AR]

CAPÍTULO 6

1 *Xa x-relecah ubic gag pa zib*, no original. [AR]

2 *Zotzilá-ha*, a casa dos *zotziles* ou morcegos. Assim se chamava a casa real dos Cakchiquel, e o rei ostentava o título de *Ahpopzotzil*, o rei ou senhor morcego. [AR]

3 Os atuais Cakchiquel chamam de *chamalcán* uma serpente de grande tamanho; literalmente, serpente bonita. O mesmo significado tem a palavra maia *kanalcán*, que designa uma serpente do norte. [AR]

4 *Maha chi tihou oc u banic ta x-nicvachixic rumal Tohil u camic puch gagal tepeual cumal ri Balam-Quitzé* etc. Ao interpretar essa frase, os tradutores do *Popol Vuh* deram à palavra *camic* a acepção corrente de morte, sugestionados, sem dúvida, pela ideia dos sacrifícios humanos mencionados no parágrafo anterior. Brasseur traduz todo esse parágrafo da seguinte forma: *On n'avait pas tenté cette pratique, quand fut énigmatiquement proposée par Tohil leur mort dans l'épouvante et la majesté.* No entanto, a frase em quiché é muito simples e fica clara lendo-se *camic* como um derivado de *cam*, tomar, receber. A frase inicial do terceiro parágrafo seguinte confirma essa interpretação. O verbo *nicvachin* significa ver à distância. O profeta, agoureiro, bruxo ou vidente se denomina, em quiché, *nicvachinel*. As palavras *gagal*, *tepeual* significam a soberania, a majestade divina ou real, segundo o *Vocabulario de las lenguas quiché y kakchiquel*. *Tepeual* é palavra de origem náuatle. [AR]

5 *Icoquih*, Vênus, a precursora do Sol, literalmente a que leva o Sol às costas. "A estrela da aurora", diz o *Vocabulario de los M. R. p. franciscanos de esta provincia del dulcíssimo nombre de Jesús del Arzobispado de Guatemala* (Manuscrito no Peabody Museum de Massachusetts, Cambridge, 1787), e o manuscrito Yzquín citado por Fuentes y Guzmán a denomina

Nimá Chumil, a grande estrela, que equivale ao maia *Noh Ek*. [AR]

6 **Em Recinos, "[...] as tribos grandes e as tribos pequenas, quando as sacrificaram diante de Tohil e lhe ofereceram o sangue, a substância, o peito e o flanco de todos os homens" [AR, p. 279]. [JVB]**

7 *X-oc cut chupam qui bix*. Nessa passagem, o verbo *oc* tem o significado de chorar. [AR]

8 De acordo com Las Casas, os índios, depois do Sol, que consideravam Senhor principal, honravam e adoravam a estrela da manhã "mais do que qualquer outra criatura celestial ou terrena, porque acreditavam que seu deus Quetzalcóatl, quando morreu, se transformou naquela estrela". E acrescenta que todos os dias esperavam que ela saísse para reverenciá-la, oferecer-lhe incenso e derramar o próprio sangue em sua honra (Frei Bartolomé de Las Casas, *Apologética historia de las Indias*. Madri: Bailly, Bailliere e Hijos, 1909, cap. CLXXIV). [AR] **Seguindo o procedimento que adotei para esta tradução, minha versão final desse parágrafo se baseia na leitura das traduções de Craveri e de Christenson e das versões dos outros tradutores consultados. Aqui, segue minha primeira tradução, com base na versão de Recinos: "Mas deixaram algumas pessoas no caminho por onde iam para que velassem. Cada uma das tribos se levantava continuamente para ver a estrela precursora do sol. Traziam esse sinal da aurora em seu coração quando vieram lá do Oriente, e com a mesma esperança partiram de lá, daquela grande distância, segundo dizem em seus cantos hoje em dia" [AR, p. 278]. *Nim Xol*, tal como aparece no original quiché e que incluí em minha versão, significa, segundo Craveri, "grande espaço; *xol* pode ser também preposição com o significado de 'entre'. Possivelmente indica um espaço aberto entre as montanhas" [MC, p. 156]. [JVB]**

CAPÍTULO 7

1 "O mandato ou conselho". Provavelmente é o mesmo lugar que o *Título de los señores de Totonicapán* chama de *Chi-Quiché*. De acordo com esse documento, as tribos saíram de *Tulán Pa Civán* (entre barrancos), cruzaram o mar, chegaram à margem de uma lagoa onde fizeram ranchos (casas de teto de palha), mas, descontentes com o lugar, continuaram até a paragem chamada *Chicpach*, onde residiram, e deixando por monumento uma pedra seguiram sua peregrinação, sustentando-se com raízes. Chegaram a outra paragem que denominaram *Chi-Quiché* e, por fim, a um cerro que chamaram de *Hacavitz-Chipal*, "onde se assentaram". [AR]

2 *Xa hunan ca tzih. Tzih* tem várias acepções: palavra, opinião, história, sorte ou destino. [AR]

3 Os da árvore vermelha ou de fogo. [AR]

4 A cidade de Rabinal conserva seu antigo nome. Tziquinahá é a atual cidade de Atitlán. [AR]

5 O *Memorial de Sololá* descreve em termos semelhantes a necessidade e a fome das tribos: "Não havia nada para comer [...], faltava tudo, nos alimentávamos apenas da casca das árvores, apenas cheirávamos a ponta de nossos bastões e com isso nos sentíamos satisfeitos"; no idioma cakchiquel, *xa ca ti ca zec ru xe ca chamey ti cuquer vi ca cux ruma*. [AR]

6 **Em Recinos, "[...] como se não houvesse mar passaram para este lado; [...]" [AR, p. 280]. [JVB]**

7 *Cholochic-Abah, Bocotahinac-Zanaieb.* [AR]

8 **Em Recinos, "[...] nomes que eles lhes deram quando passaram entre o mar, tendo-se dividido as águas quando passaram" [AR, p. 280]. Como assinala Sam Colop, não se deve ler literalmente esse "passar o mar", que é "uma figura para explicar a passagem entre determinados lugares que ficam inundados na época das chuvas, ou, como diz Dennis Tedlock [1996, p. 301], 'De fato, os nomes descrevem uma calçada como as que cruzam áreas ou lagos temporariamente inundados, para conectar vários locais maias das Terras Baixas'" [SC, p. 150]. Minha versão segue esse critério, corroborada, ainda, por Basseta, que no *Vocabulario de lengua quiché*, editado por René Acuña, dá "*palou*" como "o mar e a laguna grande" [DB, p. 466]. [JVB]**

9 *Hu uq chi qui cumeh ri, xa huna ixim*, no original. [AR] **Em Recinos, "Só um tanto de água que bebiam e um punhado de milho" [AR, p. 280]. [JVB]**

CAPÍTULO 8

1 **Craveri informa que *chi-tz'aq* vem da raiz *tz'aq*, que significa "construir muros" [MC, p. 159]. Recinos também leva em conta esse sentido, e traduz por: "Não seria uma desgraça para vocês que fôssemos aprisionados pelos inimigos *nesses muros* onde vocês nos têm, sacerdotes e sacrificadores?" [AR, p. 281; grifo meu]. [JVB]**

2 *Huhun ta cut y ya vi.* O verbo *ya*, *yac*, é empregado aqui em sua acepção de guardar, custodiar, assegurar, *Diccionario cakchiquel*. [AR] ***Ewal*: em Ximénez, "parte escondida" [FX, f. 38v]; em Recinos, "lugar seguro" [AR, p. 281]; em Sam Colop, "lugar escondido" [SC, p. 152]. [JVB]**

3 Em Avilix. [AR]

4 *Hun nima caq ha*, um grande adoratório, pintado de vermelho, pirâmide artificial como as que os índios construíam como base de seus templos. Em algumas delas ainda se conserva a pintura vermelha do revestimento. Em Hacavitz-Chipal viveram muitos anos, diz o *Título de los señores de Totonicapán*. Segundo Brasseur, a montanha Hacavitz é uma das que se levantam ao norte de Rabinal, a três léguas do rio Chixoy. Existe na Sierra de los Cuchumatanes, a oeste do rio Chixoy e a 1 800 metros de altura, o sítio arqueológico de Chipal, que poderia ser a antiga Hacavitz-Chipal. [AR] **Em Recinos lemos "grande pirâmide vermelha" [AR, p. 281], em Sam Colop "grande pirâmide" [SC, p. 152] e em Ximénez "*río grande llamado água colorada*" [FX, f. 39r]. *Kak-ja* (ou *caq ha*) significa "casa vermelha", segundo Craveri [MC, p. 160], interpretada por Tedlock como "pirâmide": "Não é de surpreender que o termo para pirâmide seja, literalmente, 'casa vermelha', considerando que as pirâmides maias (e os templos em seu topo) eram pintadas de vermelho, pelo menos até o período clássico" [DT, p. 158]. Christenson considera plausível a leitura de Tedlock, mas diz não estar convencido de que não se trata de "uma montanha verdadeira, ou, nesse caso, de um vulcão, [...] identificado como as montanhas dos outros dois deuses, Tohil e Avilix", e assim traduz *hun nima caq ha* por "*great fire house*",**

grande casa de fogo [AC, p. 210]. Essa hipótese me pareceu ainda mais interessante ao descobrir no *Memorial de Sololá*, traduzido para o espanhol pelo próprio Recinos, o deus *Gagavitz* (outra grafia para *Hacavitz*:"montanha de fogo") entrar num grande vulcão para apagar o fogo e salvar as tribos ao redor, entre outros feitos comuns ao *Popol Vuh* [*Literatura maya.* Caracas, Biblioteca Ayacucho, 1992, p. 131]. Foi esse, em síntese, o percurso que me levou a optar por "montanha de fogo", onde cabem também a forma da silhueta da pirâmide e o rio vermelho de lava. [JVB]

5 Lugar de Tohil. [JVB]

6 Essa referência – "Remédio de Tohil" – não aparece em Recinos [AR, p. 281], mas está presente na tradução literal. [JVB]

7 *Canti*, espécie de serpente venenosa, *Trigonocephalus specialis*. Esses animais eram considerados pelos antigos índios como deuses menores de sua mitologia. [AR]

8 Cidade de Tan, Amagtán no *Título de los señores de Totonicapán*. [AR]

9 O nome *Uquincat* poderia significar rede de cuieiras, de *uqui*, árvore que produz um fruto parecido com a cabaça, e *cat*, rede. O *Título de los señores de Totonicapán* menciona esse lugar com o nome de *Uquín* e acrescenta que, com as tribos dos Tamub e dos Ilocab, estavam os treze povos chamados *Vuc-Amag-Tecpam*. [AR]

10 *Xa pa ec, xa pa atziac e qo vi. Ec* é o "*pie de gallo*", *Tillandsia Species pluribus*, uma bromeliácea que vive sobre as árvores, como já dissemos. *Atziac* é outra bromeliácea que também cresce sobre as árvores e lança até o chão seus grossos filamentos, semelhantes a uma cabeleira cinza. Seu nome corrente na Guatemala é *paxte*, derivado do náuatle *paxtle*. É uma epífita *Dendropogon usneoides*, impropriamente chamada no sul dos Estados Unidos de musgo-da-flórida e de musgo-espanhol. [AR]

11 *Zaquiribal* significa "lugar do amanhecer" [MC, p. 162] e foi mantido por Recinos em sua versão [AR, p. 283]. [JVB]

12 O amanhecer nas montanhas de Tohil, Avilix e Hacavitz. O *Título de los señores de Totonicapán* diz que, quando os chefes da nação quiché desapareceram, seus filhos se encontraram, por milagre, nas florestas onde os deuses estavam, e que desde então aquelas montanhas são chamadas de *Zaquiribal-Tohil*, *Zaquiribal-Avilix* e *Zaquiribal-Hacavitz*. [AR]

CAPÍTULO 9

1 Os índios maias e quiché chamam de *pom* o incenso ou resina branca e aromática que brota de uma árvore e que usavam em suas cerimônias religiosas. Essa resina é comumente conhecida pelo nome de copal, do náuatle *copalli* (*Protium copal*). [AR]

2 Esses nomes têm um acentuado sabor náuatle e parecem proceder da língua asteca. *Mixtán-Pom* poderia ser o copal ou incenso que queimavam para *Mictán Ahau*, e *Caviztán-Pom*, o que ofereciam a *Cavestán Ahau*. O padre Guzmán, em *Compendio de nombres en lengua cakchiquel* (1704, manuscrito da Coleção E. G. Squier), menciona como deuses dessa tribo, entre outras deidades menores, *Mictán Ahau* e *Cavestán Ahau*. A voz asteca *Mictlán* serve para designar o inferno. *Cabauil-Pom* é claramente o incenso da divindade quiché em geral, que se expressa com a palavra *Cabauil*, provavelmente derivada do maia *Kauil*, deus. A variedade do incenso das oferendas parece se explicar pelo fato de que os Quiché gostavam de oferecer a seus deuses "incenso de diverso olor". [AR]

3 Em Recinos, "Os três tinham seu incenso e o queimaram quando começaram a dançar em direção ao Oriente./ Choravam de alegria quando estavam dançando e queimavam seu incenso, seu precioso incenso" [AR, p. 284]. Minha tradução segue a de Sam Colop e a de Tedlock, também registrada na tradução de Craveri. [JVB]

4 Ave trepadora da família dos louros; *quel* em quiché é um papagaio conhecido pelo nome de *chocoyo*. [AR]

5 *Zaccuch*, literalmente abutre ou urubu-branco, "urubu de peito branco", diz o padre Coto. O chamado *Gypargus papa*, maior que o abutre comum. Distingue-se também pela combinação de suas penas pretas e brancas. [AR]

6 *Ma cu x-chihtahic u gatanal*. Todos os tradutores seguiram a interpretação de Ximénez, que traduziu essas palavras assim: "Não era forte seu calor". *Chihtahic*, no entanto, significa suportar, sofrer; e a frase negativa deve ser entendida no sentido de que o calor do Sol era insuportável ou intolerável. Se o calor do Sol não tivesse tido força, a superfície úmida e lamacenta da terra não teria secado. [AR]

7 Em Recinos, "[o sol] só se manifestou quando nasceu e ficou fixo como um espelho. Não era certamente o mesmo sol que nós vemos, dizem suas histórias" [AR, p. 285]. [JVB]

8 *U cabauilal coh, balam* etc. [AR]

9 *Ma ta oh yacamarinac*. Talvez não estivéssemos de pé. A transformação dos animais em pedra, segundo Chavero, é símbolo da mudança de religião, do abandono do velho culto dos animais pela adoração dos astros. [AR]

10 *Saqi Koxol* é considerado um espírito protetor da floresta e também, conforme anota Craveri com base em Barbara Tedlock, "uma divindade calendárica e um herói cultural [...]" [MC, p. 165]. Ximénez o considera um fantasma, um duende, e assim Recinos o traduz [AR, p. 285]. No *Memorial de Sololá*, o próprio Recinos traduziu *Saqi Koxol* como "O que faz fogo com o pedernal" e, no mesmo documento, esse "dono das montanhas" e "guardião dos animais", como anota Sam Colop, é referido como "o coração da montanha" [SC, p. 157]. Guilhem Olivier, em *Cacería, sacrifício y poder en Mesoamérica*, lembra que, nos *Anales de los Cakchiqueles*, *Saqi Koxol* é apresentado como "o espírito do Vulcão de Fogo". Aqui vai a minha tradução da versão de Recinos, em cujo entendimento, diverso do meu, *Saqi Koxol* (que ele chama de "duende") também foi petrificado junto com os outros animais: "Imediatamente depois se transformaram em pedra Tohil, Avilix e Hacavitz, junto com os seres deificados, o leão, o tigre, a cobra, a víbora e o duende. Seus braços agarraram as árvores quando apareceram o sol, a lua e as estrelas. Todos se transformaram igualmente em pedras. Talvez hoje não estivéssemos vivos por causa dos animais vorazes, o leão, o tigre, a cobra, a víbora e o *duende*; talvez hoje não existisse nossa glória se os primeiros animais não tivessem se tornado pedra por obra do sol" [AR, p. 285; grifo meu]. Tedlock, em extensas notas, entre

outras observações esclarecedoras registra o comentário de seu colaborador quiché Andrés Xiloj, de que *Saqi Koxol* é quem "deve tomar conta dos animais, e não permite que os animais saiam porque eles são prejudiciais. Ele os guarda, ele os mantém dentro de um cercado", cercado que poderia ser o interior da árvore mencionada no relato [DT, p. 305]. [JVB]

11 *Mana e ta quiá vinac chi qui qoheic, xa e chutin ta x-e qohe chiri chuvi huyub Hacavitz*. Ximénez dá uma interpretação diferente dessa frase, da seguinte forma: "E não eram grandes os homens então, eram pequenos quando estiveram sobre os cerros de Hacavitz". [AR]

12 Em Recinos, "[...] ali queimaram seu incenso e dançaram, dirigindo o olhar para o Oriente, de onde tinham vindo" [AR, p. 286]. [JVB]

13 Nós vemos, ou nossa pomba, *mucuy*, em maia. [AR] **Segundo Sam Colop, *Qamuqu* se compõe de *qa*, "nosso", e *muku*, "olhar" ou "enterrar", que equivale a "até onde a vista pode chegar", e alude a procedência ou origem: "Lembre-se de que a visão dos primeiros pais podia atravessar árvores, pedras etc." [SC, p. 158]. Tedlock sugere que *k'amaku* [*camaku*] seja "uma versão quiché do título de uma canção chola ou iucateca", que poderia ser lido como "*k'ay mak u*, significando algo como *Song of What-is-it*" [DT, p. 305]. Já Christenson o traduz por "Nosso enterro" e anota que "*muq* é ser enterrado, coberto ou escondido pela terra, neblina, nuvem etc." [AC, p. 216]. O enigma segue encoberto. [JVB]**

14 O grande civilizador era adorado como uma divindade pelos antigos mexicanos, que lhe davam diferentes nomes. Chamavam-no de *Ehécatl*, ou deus do vento; *Yolcuat*, ou seja, cascavel; *Quetzalcóatl*, ou serpente coberta de penas verdes. Esse último significado corresponde também ao nome maia *Kukulkán* e ao nome quiché *Gukumatz*. Nessa passagem do texto se revela que os Quiché também identificavam Quetzalcóatl com seu deus Tohil. Ambos eram, de fato, deuses da chuva. [AR]

15 *Pa quechelah Amac Dan ubi*. No capítulo 8 desta terceira parte, esse local já havia sido nomeado como residência da tribo dos Tamub. [AR]

16 *Tzotzihá*, a casa dos *zotziles* ou morcegos, ou seja, dos Cakchiquel, que tinham como símbolo o morcego, da mesma forma que os *zotziles* de Chiapas. *Chimalcán* ou *Chamalcán*, como se explicou no capítulo 6 desta terceira parte, era o nome de uma serpente, animal sagrado entre os povos da Mesoamérica. *Ahpozotzil* e *Ahpoxahil* eram os nomes do rei dos Cakchiquel e de seu adjunto e herdeiro. Os espanhóis deram ao primeiro, que governava em 1524, o nome de *Sinacán*, do náuatle *Tzinacán*, que também significa morcego. *Xahil*, que se pode traduzir por dançarino, de *xah*, dançar, era o nome da segunda casa reinante, e um de seus descendentes, Francisco Hernández Arana, escreveu o *Memorial de Sololá*, que contém a história do povo cakchiquel. [AR]

17 *Chirih abah*. O sentido dessas palavras é enigmático. No entanto, encontramos alguma luz para esclarecê-las lembrando a associação constante da antiga divindade americana com a pedra. O *Libro de Chilam Balam de Chumayel*, descrevendo a criação do mundo, diz que Deus estava escondido na pedra quando não havia céu nem terra, e que depois saiu da pedra e caiu numa segunda pedra, e então manifestou sua divindade (*Kuil*). Os documentos quiché falam da pedra que Nacxit deu àquelas tribos quando saíram de Tulán e que "usavam para seus encantamentos". E acrescentam que em Qotuhá ou Tzutuhá encontraram também uma pedra semelhante à que lhes foi dada por Nacxit, à qual renderam adoração os reis e os povos. O manuscrito dos Cakchiquel, por sua vez, fala da pedra de obsidiana, o *Chay Abah* à qual aquela nação rendeu culto. [AR]

18 Em Recinos, "E estando juntas todas as tribos, amanheceu e brilhou a aurora para todas as tribos, estando reunidos os nomes dos deuses de cada uma das tribos" [AR, p. 288]. [JVB]

CAPÍTULO 10

1 Balam-Quitzé, Balam-Acab, Mahucutah e Iqui-Balam. [JVB]

2 *E cu vonovoh*, no denso e espesso. [AR] **A versão de Recinos, que a nota acima explicita, traz "Eles estavam na espessura" [AR, p. 289]. Traduzo por "Estavam prosternados" com base na tradução literal de *vonovoh*, via Domingo de Basseta: "encolher-se e juntar os joelhos com a barba" [MC, p. 169]. [JVB]**

3 Em Recinos, "E só por arte de magia falaram quando chegaram os sacerdotes e sacrificadores diante de Tohil" [AR, p. 288]. [JVB]

4 *Xa col xa r'achac noh ruq yia*. Em vez do incenso do Oriente, os Quiché queimavam nos altares de seus deuses uma variedade de substâncias aromáticas: terebintina, ou seja, resina de pinho, que eles chamavam de *col*; *pom*, ou seja, o *copalli* do México; a borracha que denominavam *noh*, que é outra resina, segundo Ximénez, e a erva *pericón* ou *hipericón*, *Tagetes lucida*, da família das compostas. Os povos astecas usavam, segundo Sahagún, a erva que denominavam *yauhtli*, seca e moída, que ardia como incenso e que parece ser a mesma erva que os Quiché denominavam *yiá*. A goma *noh* que o texto menciona pode ser a mesma que os Maias de Yucatán chamam de *xnoh*, "resina que o pinho ressuda", segundo Roys, ou seja, terebintina. [AR]

5 Para traduzir os nomes das oferendas queimadas, consultei a Biblioteca Digital de la Medicina Tradicional Mexicana da Unam. [JVB]

6 Em Recinos, "E então Tohil falou; só por um prodígio deu seus conselhos aos sacerdotes e sacrificadores" [AR, p. 288]. [JVB]

7 Em Recinos, "Não nos mostrem diante das tribos quando estivermos irritados com as palavras de suas bocas e seu comportamento. Tampouco deixem que caiamos no laço" [AR, p. 289]. Sigo a tradução literal. [JVB]

8 Como já mencionado em outra parte, sob a palavra *queh*, veado, compreendem-se todos os quadrúpedes. [AR]

9 *Ch'y canah cut r'izmal ri queh*. O texto alude provavelmente à pele coberta de pelo do veado, que os sacerdotes deviam mostrar ao povo em vez dos verdadeiros deuses dos Quiché, obedecendo às ordens de Tohil. [AR]

10 *Ch'y chahih e ri u mucuvach chi mich canoc*, no original. [AR] **Em Recinos, "Fiquem com a pele dos veados e guardem-nos daqueles cujos olhares nos enganaram" [AR, p. 289]. Sigo a tradução literal. [JVB]**

11 Deve-se notar que os três deuses falavam juntos para as tribos. [AR]

12 "Que é uma planta", diz Ximénez; literalmente, cabeça de cogumelo. [AR] **Na versão de Recinos aparece o original quiché, holom-ocox (que, no manuscrito de Ximénez, está sem o hífen – *holomocox*, ou *holom ocox*, tanto na transcrição quiché como na tradução para o castelhano). M. de la Garza, em *Sueño y alucinación en el mundo náhuatl y maya* (Universidad Nacional Autónoma de México, 1990), sugere que *holom-ocox* seja o fungo *Amanita muscaria*, o "amanita-mata-moscas", que prolifera ao pé de pinheiros nas Terras Altas da Guatemala. Há referências específicas a oferendas de cogumelos, por exemplo, nos *Anales de los Cakchiqueles e no Título de Totonicapán*, e alguns códices, como o de Madri, mostram claramente cogumelos sendo ofertados. Em uma dessas lâminas, penso reconhecer um recipiente em que se queimavam o incenso e demais oferendas, uma espécie de vaso baixo de boca larga, que teve um raro exemplar descoberto e exposto recentemente na mostra *Golden Kingdoms: Luxury and Legacy in the Ancient Americas* (Metropolitan Museum of Art, Nova York, abr. 2018). Obras escultóricas que representam antropomorficamente os cogumelos como parte importante dos rituais sagrados dos Maias também são abundantes. Sam Colop segue o critério de Tedlock e de Christenson, que traduzem *holom-ocox* por "estévia". "*Holom ocox* não é um cogumelo", diz Christenson, "mas uma erva chamada estévia (*pericón blanco*), cujas pequenas flores brancas lembram a cabeça de um cogumelo" [AC, p. 221], com o que Tedlock concorda, mencionando a probabilidade de *holom-ocox* ser uma variante branca do *pericón* amarelo [DT, p. 308] – escolha que o comentário de Ximénez no manuscrito reforçaria ("*que es una hierba*" – que talvez Recinos tenha traduzido por "planta" [ver nota acima] justamente para não fechar a questão). De qualquer forma, prefiro deixar a tradução literal no corpo do texto, para manter as sugestões em aberto. [JVB]**

QUARTA PARTE

CAPÍTULO 1

1 *X-qui hic u coc pu chi abah. U coc* é a cuia ou cabaça, a *xicalli* em que os mexicanos recebiam o sangue das vítimas. *Pu chi abah*, junto da pedra ou na boca da pedra, ou seja, das estátuas de pedra dos deuses. [AR]

2 Apesar de suas incoerências e de seu sentido muito obscuro, este capítulo parece ser o prólogo da destruição das tribos de Vuc-Amag, inimigos dos Quiché, que os sacerdotes se propunham sacrificar da forma que haviam aprendido no norte, como veremos nos capítulos seguintes. [AR] **Cheguei à versão acima desse trecho final do capítulo 1 a partir da tradução literal e do cotejo com os outros tradutores consultados. Segue aqui minha primeira tradução da versão de Recinos (mais um exemplo de como as versões podem se distanciar): "Depois furaram as orelhas e os braços diante da divindade, recolhiam seu sangue e o punham num copo, junto da pedra. Mas na verdade não eram de pedra, pois cada um se apresentava sob a figura de um rapaz./ Alegravam-se com o sangue dos sacerdotes e sacrificadores quando chegavam com essa mostra de seu trabalho: – Sigam suas pegadas [as dos animais que sacrificavam], lá está sua salvação!/**

– De lá veio, de Tulán, quando nos trouxeram – disseram-lhes –, quando lhes deram a pele chamada *Pazilizib*, untada de sangue: que se derrame seu sangue e que essa seja a oferenda de Tohil, Avilix e Hacavitz" [AR, p. 292]. [JVB]

CAPÍTULO 2

1 Em Recinos, "Não estavam claras as primeiras pegadas, pois estavam invertidas, feitas como para que se perdessem" [AR, p. 293]. [JVB]

2 *Chi r'Atinibal Tohil.* Brasseur localiza o rio assim denominado num lugar cinco ou seis léguas a sudoeste de Cubulco, no caminho de Joyabaj, no cume da montanha que separa os dois municípios. [AR]

3 Há divergências tradutórias nesse trecho no que concerne à descrição da cena. Recinos (bem como Craveri) se vale do discurso direto: "– Que todos se levantem, que todos sejam chamados, que não haja um grupo nem dois grupos entre nós que fique para trás dos demais" [AR, p. 294]. Já Sam Colop, seguindo Ximénez, adota o discurso indireto, argumentando que a fala direta começa abaixo, como "uma aposição ao que os narradores estão contando" [SC, p. 167]. Craveri, ao usar a terceira pessoa do plural em discurso direto, faz com que a fala dos autossacrificadores e sacrificadores se transforme, perante seu povo, numa exortação aos povos das tribos pela união para enfrentar os Cavec: "[*Ustedes*] *Se juntarán unos con otros, se convocarán unos con otros, todos*" [MC, p. 177]. [JVB]

4 A família de Cavec era a mais importante e numerosa do reino quiché. [AR]

5 Em Recinos, "Se devemos perecer por meio desses raptos, que assim seja" [AR, p. 294]. Sigo a versão de Sam Colop [SC, p. 167], em que as tribos não se conformam com seu desaparecimento. [JVB]

6 Os chefes das tribos de Vuc-Amag, inimigas dos Quiché, e pais das donzelas, chamavam-se *Rotzhaib*, *Uxab*, *Qibahá* e *Quebatzunuhá*, segundo o *Título de los señores de Totonicapán*. [AR]

7 Nesse trecho, a versão de Recinos traz: "Depois lhes dirão: 'Venha uma prenda de vocês'. E se depois que eles lhes tiverem dado alguma coisa, quiserem beijar seu rosto, entreguem-se verdadeiramente a eles" [AR, p. 295]. [JVB]

8 Nesse trecho, alguns tradutores invertem o sentido ao trocar os pronomes. Em Craveri, "Se não o entregarem [o sinal], pois, nós os mataremos" [MC, p. 179] e, em Recinos, "E se não entregarem, nós os mataremos" [AR, p. 295]. Sigo aqui a tradução literal de Christenson [AC2, p. 231], que está de acordo com as versões de Tedlock e de Sam Colop [DT, p. 167; SC, p. 168]. [JVB]

9 *Are qui bi va Xtah u bi hun gapoh, Xpuch chicut u bi hunchic,* no original. *Ixtán* é moça, em cakchiquel. *Ichpoch* também significa moça, em náuatle, segundo Brasseur. O *Título de los señores de Totonicapán* acrescenta uma terceira jovem a quem chama de *Quibatzunah* (a bem-arrumada ou adornada). É mais lógico acreditar que a missão despachada pelas tribos fosse composta de três ninfas, posto que os deuses que se tratava de seduzir também eram três. Outra variante da lenda no *Título de los señores de Totonicapán* consiste em supor que os varões que se tentava provocar eram Balam-Quitzé, Balam-Acab e Mahucutah, e não os deuses dos Cavec. [AR]

10 Nessa passagem, *Tohil* volta a ser nome coletivo. [AR]

11 Conforme as crenças dos Quiché, aqueles jovens que apareceram no Banho de Tohil eram a encarnação dos deuses em figura humana e sua representação corporal, seu *alter ego*. O *nagual* [feiticeiro] era a pessoa ou o animal em que os índios se transformavam à vontade. [AR]

12 O nome de Iqui-Balam aparece aqui com o dos demais chefes quiché, mas depois se diz que foram apenas os outros três que pintaram os mantos. [AR]

13 Os três mantos, depois de pintados, foram *dobrados* para serem levados aos Senhores. Como Craveri informa, a palavra *b'usaj* é registrada em Brasseur e Ximénez com o significado de "dobrar", "torcer", e em Coto como "caderno", referindo-se, provavelmente, "à pele dobrada como um fardo" [MC, p. 181]. [JVB]

14 *Ta x-e be cut x-cu caah u bi ri tziban cul*, no original. [AR]

CAPÍTULO 3

1 Nesse parágrafo, minha versão se baseia na tradução literal, diferindo da de Recinos: "Assim foi, pois, a reunião de todos os povos, todos armados de seus arcos e escudos. Não era possível contar a riqueza de suas armas; era muito belo o aspecto de todos os chefes e varões e certamente todos cumpriam suas ordens. Positivamente serão destruídos [...]" [AR, p. 298]. [JVB]

2 Em Recinos, "E todos certamente cumpririam sua palavra" [AR, p. 299]. [JVB]

3 *Ta x-e naohin cut Balam-Quitzé, Balam-Acab, Mahucutah, Iqui-Balam,* no original. [AR]

4 Essa última oração foi omitida por Recinos [AR, p. 299]. [JVB]

CAPÍTULO 4

1 *Mavi xa ca chuy, ox chuy ri amac. Chuy, chuguy,* literalmente, a bolsa, saco ou costal em que se guardava o cacau e que continha 8 mil amêndoas. Equivale ao *xiquipil* do México. A mesma palavra também era empregada para contar as tropas. O texto dá a entender que o exército das tribos continha mais de 24 mil homens. No *Memorial de Sololá* encontramos a mesma forma de enumeração: *Maqui xa hu chuvy, ca chuvy x-pe, x-ul ca chi amag*; não chegaram 8 mil nem 16 mil, chegou todo o povo. [AR] **Traduzo literalmente. A de Recinos traz o cálculo já feito: "Não se compunham de dezesseis mil nem de vinte e quatro mil homens". [JVB]**

2 Essa última oração está assim em Recinos: "Só pensavam nos esforços e vociferações das tribos [...]" [AR, p. 301]. [JVB]

3 *Tacatoh chu bac qui vach*, no original. [AR]

4 Traduzi esse trecho a partir da tradução literal. A de Recinos apresenta algumas variações: "– E onde estão – diziam –, os que foram pegar, os que foram soltar todos esse zangões e vespas que aqui estão? Iam direto picar as pupilas de seus olhos, zumbiam em bandos os bichinhos, sobre cada um dos homens; e, aturdidos pelos zangões e pelas vespas, já não puderam empunhar

seus arcos nem escudos, que estavam dobrados no chão" [AR, p. 301]. [JVB]

5 A expressão quiché é muito gráfica: *chi be quih, chi be zac*, "enquanto o sol andar, enquanto a luz andar". [AR]

CAPÍTULO 5

1 O texto chama esses dois ramos da família quiché de *Caviquib* e *Nihaibab*, que são os plurais de Cavec e Nihaib. A terceira família, a dos *Ahau-Quiché*, descendia de Mahucutah. [AR]

2 Recinos omite os "autossacrificadores" e diz apenas: "Eles eram realmente os sacrificadores" [AR, p. 303]. [JVB]

3 Em Recinos, "Assim, então, despediram-se deles" [AR, p. 303]. Minha opção concorda com todas as versões consultadas. Além disso, Craveri informa em nota que *x-ki-pixab'aj* é uma forma verbal derivada de *pixab'axik*, que significa "aconselhar", "avisar", "exortar" [MC, p. 194]. [JVB]

4 *C'Ahaual Queh*. Entre os Maias, bem como entre os Quiché, o senhor ou dono dos Veados é um símbolo de desaparecimento e de despedida. Em Yucatán, chamam-no de *Yumilceh*, Senhor Veado. Era o gênio tutelar dos Maias quando chegaram a *Xocné-Ceh*, segundo o *Libro de Chilam Balam de Chumayel*. [AR]

5 Minha tradução concorda com a de Craveri [MC, p. 195]. Em Recinos, lê-se: "Eu me despeço cheio de tristeza – acrescentou" [AR, p. 303]. [JVB]

6 O envoltório, símbolo de poder e de majestade, o pacote misterioso que os servidores do templo guardavam como símbolo de autoridade e soberania. O *Título de los señores de Totonicapán* fornece alguns dados acerca dessa *Majestade Envolta* [Envoltório do Esplendor]. Nesse documento, lê-se que, quando os Quiché saíram de Tulán-Civán, sob o comando de Balam-Quitzé, "o grande pai Nacxit lhes deu um presente chamado *Giron-Gagal*". *Girón*, ou *quirón*, deriva de *quira*, desatar, desenrolar, conservar uma coisa. O mesmo documento diz adiante que foi em Hacavitz-Chipal "onde desenrolaram pela primeira vez o presente que o ancião Nacxit lhes deu quando saíram do Oriente", e que "esse presente era o que fazia com que fossem temidos e respeitados". O presente era uma pedra, "a pedra de Nacxit, que usavam para seus encantamentos". Possivelmente era a mesma pedra de ardósia ou obsidiana que denominavam Chay-Abah e que também é mencionada no *Memorial de Sololá*, como símbolo da divindade, que desde os tempos antigos era adorada pelos Cakchiquel. Torquemada, por sua vez, conta que os índios mexicanos usavam um envoltório, chamado *Haquimilolli*, feito dos mantos dos deuses mortos, nos quais envolviam pedaços de pau com pedras verdes e peles de cobra e de jaguar, e que esse envoltório era reverenciado como ídolo principal. Frei Juan de Torquemada, *Monarquía indiana*. Cidade do México: Salvador Chávez Hayhoe, 1943, livro VI, cap. XLII. O *Título de los señores de Totonicapán* refere que, ao se despedir de seus filhos, Balam-Quitzé pronunciou estas palavras: "Conservem o dom precioso que nos foi dado por nosso pai Nacxit, ainda há de nos valer, porque ainda não encontramos o lugar onde iremos nos estabelecer. Engendrem filhos dignos das dignidades de Ahpop, Ahpop-Camhá, Galel, Ahtzivinak; façam filhos cheios do fogo e majestade [*gagal, tepeual?*] com que nos dotou nosso pai Nacxit". [AR]

7 Sobre os *bultos* ou envoltórios sagrados, há um interessante estudo de Manuel A. Hermann Lejarazu, *Origen y creación de los bultos sagrados*, do qual traduzo aqui um breve trecho: "Segundo assinalam diversas fontes, códices e relatos recopilados por não poucos missioneiros espanhóis, o envoltório sagrado foi uma das manifestações religiosas mais importantes dos antigos indígenas mesoamericanos. Numerosos povos de língua náuatle, maia, quiché, mixteca, zapoteca e purhépecha mantinham, durante as primeiras décadas de domínio colonial, um culto bastante extenso aos envoltórios sagrados, que continham objetos, relíquias, instrumentos ou símbolos relacionados aos deuses. De acordo com frei Gerónimo de Mendieta, o envoltório era o principal 'ídolo' ao qual os indígenas prestavam reverência, mais importante até que as figuras de pedra ou de madeira" (*Arqueología Mexicana*, n. 145, pp. 84–85). [JVB]

8 Essa frase, na versão de Recinos, "As tribos já não tinham nenhum poder, e viviam todas dedicadas a servir diariamente./ Lembravam-se de seus pais" [AR, p. 305]. [JVB]

9 Em Recinos, "chefes e sacrificadores" [AR, p. 305]. [JVB]

CAPÍTULO 6

1 *X qui hiah*, literalmente, tiveram sogros, cunhados. [AR]

2 Essa foi a segunda viagem ao Oriente descrita por Diego Reynoso, autor do capítulo IV do *Título de los señores de Totonicapán*. Segundo o escritor indígena, quatro príncipes participaram da expedição: os dois irmãos Qocaib e Qocavib, Qoacul e Acutec, e depois se acrescentou um quinto, que tinha o título de *Nim Choch Cavec* e, mais tarde, obteve o de *Chocohil-Tem*. [AR]

3 Muitos tradutores, como Ximénez, Recinos e Craveri, traduziram *ch'aqa palo* por "do outro lado do mar". Já Sam Colop, em sua versão do *Popol Vuh*, corrobora com dados históricos e linguísticos [SC, p. 23] a tradução de Munro S. Edmonson: "do lado do mar". Dennis Tedlock corrigiu sua primeira versão do *Popol Vuh* com base nesse "argumento linguístico conclusivo" [DT, p. 219] de Sam Colop, e minha tradução segue o mesmo critério. [JVB]

4 Em Recinos, "Certamente passaram sobre o mar" [AR, p. 306] (ver nota acima). [JVB]

5 *Nacxit* é o nome abreviado que as tribos quiché e cakchiquel davam, em suas histórias, ao Rei do Oriente, que não era outro senão *Topiltzin Acxitl Quetzalcóatl*, o célebre rei tolteca que, obrigado a abandonar seus domínios no norte, emigrou, no final do século X, para terras de Yucatán (o Oriente das crônicas antigas), fundou a cidade de Mayapán e repovoou a de Chichén Itzá, civilizou a península e, finda sua missão, voltou por onde viera. A fabulosa Tlapallan para onde se conta que o grande monarca emigrou era o país que se estende de Xicalanco até o oriente, ou seja, a região costeira dos modernos estados mexicanos de Tabasco, Campeche e Yucatán. Nas *Crônicas ou Livros de Chilam Balam* de Yucatán fala-se da profecia do retorno de Kukulcán-Quetzalcóatl, chamado nesse documento de *Nacxit-Xuchit*. [AR]

6 *Ahpop* é palavra maia que passou sem variação para as línguas do interior da Guatemala; significa, literalmente, o da esteira. A esteira, *pop*, era o símbolo da realeza, e o chefe ou senhor é representado sentado nela desde os monumentos mais antigos do Velho Império Maia, que teve sua origem no Petén, Guatemala. O *Ahpop* era o rei quiché e chefe da casa de Cavec; o *Ahpop Camhá*, também da casa de Cavec, era o segundo príncipe reinante; o *Ahau Galel* era o chefe ou rei da casa de Nihaib, e o *Ahtzic Vinac Ahau* o chefe da casa de Ahau-Quiché. Outro grupo de nobres quiché levava também os títulos dos dois primeiros, e nessa passagem o texto se refere a eles chamando-os de *ahpopol*, *ahpop-camhail*, que são formas do plural. [AR]

7 É extremamente difícil interpretar os nomes dos dons de Nacxit porque pertencem à linguagem quiché e maia arcaicas. Acreditamos, no entanto, ter feito algum progresso na identificação daqueles objetos antigos reduzindo o máximo possível o número de incógnitas que o venerável primeiro tradutor do *Popol Vuh* deixou em suspenso.

Dossel corresponde ao quiché *muh*, que é também sombra do pálio real.

Trono, *galibal*, lugar alto onde se sentava o rei ou senhor principal.

Flautas de osso é tradução literal de *zubac*.

Cham-cham, outra flauta, diz Ximénez; tambores, segundo Brasseur, Seler e Raynaud, e nesse caso lembraria o tam-tam africano.

Contas amarelas, *titil canabah*. O *Diccionario cakchiquel* interpreta *canabah* como pigmento amarelo com que os índios pintam o corpo. Segundo Ximénez, a expressão do texto equivale a *chalchihuites*, ou seja, contas de pedra, geralmente de serpentina, verdes ou amarelas. Em maia denominam-se *tetil kan* as contas escolhidas, joias ou pedras que se usam na adivinhação e como adorno, “seixos ou pedras que eram usados pelas índias como moedas e como ornato para o pescoço”, diz o *Diccionario de Motul*.

Garras de puma, garras de jaguar, *tzicvuil coh, tzicvuil balam*, por analogia com o texto do *Título de los señores de Totonicapán*, que menciona entre os dons de Nacxit “unhas de jaguar e de águias, peles de outros animais, e também pedras, paus etc.”. Seler dá a mesma interpretação.

Cabeças e patas de veado, *holom, pich queh*, tradução literal.

Pálios, *macutax*. Em cakchiquel, *macamic* é tenda ou pavilhão; *macom*, esteira em forma de dossel; *macubal*, dossel. (*Diccionario cakchiquel*). O *Título de los señores de Totonicapán* enumera os pálios ou pavilhões concedidos aos Senhores. O *Ahpop* devia levar quatro pálios e um arco; o *Ahpop Camhá*, três, e assim por diante. As dignidades novamente criadas, segundo o mesmo documento, eram as de *Galel-Tem, Atzivinaquil-Tem, Nim-Chocohil-Tem, Gale-Yamhail-Tem, Nima-Yamolah-Tem*, quatro *Ah-Tohil*, três *Chocohib*, três *Utzam-Pop*, três *Yacolhá* e *Pop-Camhá*.

Conchas de caracol, *tot*, conchas marinhas.

Tabaco, *quz*; poronguinhos, *buz*, por analogia com as palavras maias de Yucatán, país onde *Nacxit* residia. Em maia, tabaco é *cuz* e *kutz*. *Buz* pode ser o *bux* maia, poronguinhos para guardar tabaco moído, segundo o *Diccionario de Motul*. O povo maia usava o tabaco em seus encantamentos e feitiços. *Kutz*, em maia, é também o soberbo peru-ocelado, que poderia muito bem ser outro presente digno de príncipes.

É interessante lembrar aqui que, segundo a *Crónica mexicana*, de Fernando Alvarado Tezozómoc, quando os astecas concederam a investidura imperial a Moctezuma, deram-lhe um *tecomatillo* [cabaça pequena] para guardar o *piciete* [tabaco], “que é força para os caminhos”.

Penas de papagaio, *chiyom*. Essa palavra se encontra no *Vocabulario cakchiquel*, de frei Francisco Barela. O louro é o papagaio comum da península de Yucatán, e de suas penas verdes se faziam adornos para a indumentária de príncipes e guerreiros; mas aqui se trata, sem dúvida, das vistosas penas vermelhas e azuis da arara, que se usavam também com o mesmo objetivo.

Garça-real, *aztapulul*. Trata-se, evidentemente, do vocábulo asteca *aztapololli*, um derivado de *aztatl*, grandes garças-brancas, muito brancas, como a neve, diz Sahagún, e acrescenta que os plumistas fabricavam "estandartes feitos de pena de garça-real".

As palavras *tatam* e *caxcóm* não puderam ser interpretadas. [AR] **Minha tradução das insígnias se fez com base na tradução literal, nas anotações dos tradutores consultados e em pesquisas paralelas, e é diversa da de Recinos, cuja tradução segue aqui: "[...] o dossel, o trono, as flautas de osso, o *cham-cham*, contas amarelas, garras de leão, garras de tigre, cabeças e patas de veado, pálios, conchas de caracol, tabaco, cabaças, penas de papagaio, estandartes de pena de garça-real, *tatam* e *caxcón*" [AR, pp. 306–07; ver nota acima]. [JVB]**

8 *U tzibal Tulán*. As pinturas que os Tolteca tinham trazido da longínqua Tula e nas quais conservavam as histórias do tempo antigo. Embora as pinturas dos Quiché não tenham sido conservadas, há um testemunho respeitável de sua existência, o do ouvidor Zorita, várias vezes mencionado, que diz que em Utatlán averiguou "pelas pinturas que tinham de suas antiguidades de mais de oitocentos anos, e com velhos muito antigos, que costumava haver entre eles, na época de sua gentilidade, três Senhores, e que o principal tinha três dosséis ou mantos de penas muito bonitos em seu assento, o segundo, dois, e o terceiro, uma". Aquelas pinturas "de mais de oitocentos anos" em 1550 poderiam perfeitamente ser as pinturas de Tulán. [AR]

9 O *Título de los señores de Totonicapán* fala de duas viagens que os príncipes quiché fizeram ao Oriente. No capítulo III de tal documento, lê-se que o próprio Balam-Quitzé disse a seus companheiros: "Já é hora de enviar embaixadores até nosso pai e senhor Nacxit: que ele conheça o estado de nossos negócios, que nos forneça meios para que, daqui para a frente, nossos inimigos jamais nos vençam, para que nunca rebaixem a nobreza de nosso nascimento: que designe honras para nós e para todos os nossos descendentes e que, por fim, atribua ofícios a todos os que merecerem". Por esse motivo, os chefes escolheram Qocaib e Qocavib, ambos filhos de Balam-Quitzé, que receberam instruções e se puseram a caminho. "Qocaib tomou o rumo do oriente, e Qocavib o do ocidente", diz o documento, o que se deve interpretar no sentido de que o primeiro se encaminhou pela costa leste da Guatemala e de Yucatán para se dirigir a Chichén Itzá, a metrópole do nordeste da península, que era a corte de Quetzalcóatl, Acxitl ou Kukulcán; e de que o segundo provavelmente seguiu o curso do rio Chixoy, que corria perto de Hacavitz, e o do rio Usumacinta, que o levou à costa oeste de Yucatán. Após uma longa viagem que durou pelo menos um ano, Qocaib chegou à presença do imperador e cumpriu sua missão; mas Qocavib, "encontrando alguns obstáculos nas margens da laguna do México [sem dúvida a lagoa de Términos], regressou sem fazer coisa nenhuma". Porém, de volta aos seus e "estando sua alma fraca, conheceu ilicitamente sua cunhada, mulher de Qocaib". Um tempo depois, Qocaib regressou e prestou conta de sua missão. "Trazia os títulos de Ahpop, Ahtzalam, Tzanchinimital e muitos outros; expôs os signos que deviam distinguir as dignidades, e eram unhas de jaguares e de águias, peles de outros animais, e também pedras, paus etc." Vendo sua mulher com uma criança recém-nascida nos braços, perguntou de onde ela tinha vindo. "É de teu sangue", respondeu a mulher, "de tua carne e de teus próprios ossos." Qocaib aceitou a explicação e, pegando o berço da criança, disse: "De hoje em diante e para sempre esta criança se chamará Balam-Conaché. E este deu início ao tronco da casa de Conaché e Iztayul". Com relação à segunda viagem dos príncipes quiché, o *Título* diz que voltaram satisfeitos a Hacavitz-Chipal e exibiram os signos e os sinais que traziam. [AR]

10 *Naht chicut x-qui ban*; "ali viveram muitos anos", diz, empregando, ao que parece, as mesmas palavras, o *Título de los señores de Totonicapán*, cujo original não se conhece. [AR]

11 "Nos espinhos." O *Título de los señores de Totonicapán*, que tão eficazmente ajuda a completar a informação do *Popol Vuh*, menciona o local de *Chi-Quiché* onde as tribos estiveram antes de se estabelecer em Hacavitz, mas não fala de *Chi-Quix*, embora enumere uma vintena de paragens onde os Quiché se detiveram depois de sair de Hacavitz. No entanto, pelo texto que traduzimos, parece que *Chi-Quix* era somente um bairro ou monte que fazia parte do grupo comum de *Chi-Quix, Chicac, Humetahá, Culbá* e *Cavinal*, e estes três últimos nomes aparecem no *Título de los señores de Totonicapán* como Chi-*Humet* e *Culba-Cavinal*, "onde levantaram casas e formaram ranchos", antes de seguir para Izmachí. [AR]

12 Os Quiché casavam suas filhas – diz o *Título de los señores de Totonicapán* – com certas cerimônias e algumas bilhas de batido branco (bebida feita de milho, à qual por vezes se acrescentava cacau) e tinham uma cesta de aguacates, um pernil de caititu e *tamales* [espécie de pamonha] envoltos e amarrados com cipós. Esses eram os presentes, e com isso era acertado o casamento. [AR]

CAPÍTULO 7

1 "Nas barbas". Essa cidade se situava ao sul de Utatlán, a última capital dos Quiché. [AR]

2 *X-cah qui chun qui zahcab*, literalmente, moeram sua cal e seu gesso, ou greda. Ximénez e Brasseur interpretam a frase dizendo que construíram suas casas com cal e gesso, ou *cal y canto*. [AR]

3 Balam-Conaché foi o terceiro rei do Quiché, como se lê no capítulo final da obra, e, segundo o texto, governou com Beleheb-Queb, rei da quarta geração da Casa de Nihaib e Ahau-Galel, ou seja, o primeiro Senhor da Casa de Nihaib. Balam-Conaché era filho de Qocavib, gestado na mulher de seu irmão Qocaib quando este se encontrava ausente na primeira viagem ao Oriente, segundo consta no *Título de los señores de Totonicapán*. Qocaib reconheceu o filho de seu irmão e de sua mulher como de seu próprio sangue, e esse foi o princípio, segundo aquele documento, da casa dos Conaché e Iztayul, e ali tiveram origem a dignidade e o ofício de Ahpop-Camhail, segundo título da Casa de Iztayul. [AR]

4 Iztayul era filho de Balam-Conaché. [AR]

5 *Xaqui caib chi nim ha ri ca chob chi chinamit*. Ao transcrever essa frase, Brasseur substituiu as palavras *nim ha* por *cumatyzil*, que traduz por "serpentes". Na margem do manuscrito do *Popol Vuh* lê-se *cumatzil pro nim ha*, mas Ximénez a traduz por "casa grande". [AR]

6 No original quiché, *pokob'*, "escudo, instrumento de defesa" [MC, p. 204]. [JVB]

7 Nesse trecho, a versão de Recinos apresenta variantes significativas em relação às versões consultadas, em que Tedlock, Sam Colop e Craveri estão concordes, e que sigo aqui [DT, p. 181; MC, p. 204; SC, p. 190]. Na versão de Recinos, lê-se: "Vendo isso os de Ilocab, começou a guerra por parte dos Ilocab, que quiseram matar o rei de Cotuhá, desejando ter somente um chefe seu. E, quanto ao Senhor Iztayul, queriam castigá-lo, que fosse castigado pelos de Ilocab e que o matassem. Mas sua inveja não deu resultado contra o rei de Cotuhá, que caiu sobre eles antes que os Ilocab pudessem matar o rei" [AR, pp. 311–12]. [JVB]

8 *Chirih ahau, chirih civan-tinamit.* "Contra os Senhores, contra a cidadela das escarpas". Era um antigo costume denominar assim as cidades índias, pelo fato de estarem edificadas em locais rodeados de escarpas para protegê-las de ataques inimigos. [AR]

9 Em Recinos, "Lá cresceu o temor a seu deus" [AR, p. 312]. [JVB]

10 *Ta x-qui ziih uloc*, literalmente, quando levavam sua lenha. É uma evidente alusão ao costume indígena que obriga o pretendente a levar uma carga de lenha à casa da noiva quando vai pedir sua mão. [AR] **Optei por traduzir esse trecho com base na consulta à versão de Tedlock, em que ele identifica a raiz do verbo *si'j* como uma forma que significa "flor", e com isso traduz *x-ki-si'j* por "florescimento" [DT, p. 183]. Em nota, Craveri registra a tradução dessa forma verbal por "flor", "florescer", com base em Ximénez [MC, 207]. Em Recinos, lê-se: "E ali começaram também os festins e orgias, quando suas filhas eram pedidas em casamento" [AR, p. 313]. [JVB]**

11 Em Recinos, lê-se: "E ali bebiam suas bebidas, ali comiam também sua comida, que era o preço de suas irmãs, o preço de suas filhas" [AR, p. 313]. [JVB]

12 *X-e ocha*, bebiam nas cuias pintadas, como as que atualmente se fabricam em Rabinal e se chamam *och*. [AR]

13 Preferi uma versão mais literal desse trecho, em que se fala dos filhos e filhas prometidos em casamento, e no contexto da continuidade da prole. Em Recinos, lê-se: "– Estes são nossos agradecimentos e assim abrimos o caminho para nossa posteridade e nossa descendência, esta é a demonstração de nosso consentimento para que sejam esposas e maridos – diziam" [AR, p. 313]. [JVB]

14 *Chila x-cob vi uloc*, ali se aclararam ou se esclareceram ou se distinguiram, ou seja, se identificaram. [AR]

15 *Qui chinamit quib, vuc amag quib, qui ticpan quib*. Esses são os nomes dos grupos em que se dividia a população quiché. *Chinamit* é a família ou parcialidade. *Vuc-Amag*, literalmente, as sete tribos principais de que fala a cada passo o *Título de los señores de Totonicapán*. A palavra *ticpán* procede do náuatle *tecpán* e significa bairro ou cantão de uma cidade grande. [AR]

CAPÍTULO 8

1 A palavra *Gumarcaah* significa cabanas apodrecidas, segundo Ximénez; traduzindo para seu idioma, os náuatles chamaram a cidade de Utatlán, lugar de canaviais. Na época da chegada dos espanhóis, era a cidade mais importante da América Central. Em sua primeira carta a Cortés, o conquistador Pedro de Alvarado a descreve com algumas palavras, dizendo: "Esta cidade é bem construída e admiravelmente forte". O padre Las Casas, que chegou à Guatemala poucos anos depois da Conquista, diz na *Apologética historia de las Indias* (Madri: Bailly, Bailliere e Hijos, 1909) que viu "cidades cercadas de vala muito funda [fossos] como era a que se chamava Guatimala [Iximché, capital do reino cakchiquel] e outra que era em si a cabeça do reino, chamada Utatlán, com maravilhosos edifícios de cal e gesso dos quais eu vi muitos". Outra testemunha daquela época, o dr. Alonso de Zorita, contemporâneo de Las Casas, escreve em sua *Historia de la Nueva España* (Madri: Librería General de Victoriano Suárez, 1909): "Utatlán, que fica na província de Guatimala, era também para os naturais daquela terra um grande santuário, e havia nela e ao seu redor muitos e mui grandes templos que eles chamam de *cues*, de admirável edificação, e eu vi alguns deles visitando aquela terra, sendo lá Ouvidor na Audiência Real sediada na Guatimala, embora estivessem bem arruinados". Uma breve mas gráfica descrição nos deu o arquiteto francês César Daly, que visitou Utatlán em 1857 e disse que ela "é uma das curiosidades arquitetônicas do mundo: três montes que saem de uma espécie de abismo ou barranco e que estão coroados por mesetas que sustentam cidades". Daly permaneceu cerca de seis semanas na cidade central e fez plantas e desenhos dessa metrópole e de Iximché, a capital dos Cakchiquel. Ver *Notes pouvant servir à l'exploration des anciens monuments du Mexique*, t. I (Paris: Archives de la Commission Scientifique du Mexique, 1865), pp. 146-61. O arqueólogo inglês Alfred Percival Maudslay visitou Utatlán e Iximché em janeiro de 1887 e fez plantas das duas cidades.

Os historiadores coloniais também deixaram descrições mais ou menos exatas da capital dos Quiché e do templo de Tohil. A mais clara é a de Ximénez, em *Las historias del origen de los indios de esta provincia de Guatemala, traducidas de lengua quiché al castellano para más comodidad de los ministros del S. Evangelio* (Viena/Londres: Carl Gerold's Sohn/Trübner and Co., 1857, pp. 165-67). Em síntese, é a seguinte: o templo ou adoratório e os demais edifícios de Gumarcaah foram construídos sobre um cerro circunvalado de um grande despenhadeiro. Na meseta que o cerro forma no alto estavam as 24 casas grandes dos Senhores, fabricadas em contorno e como que fazendo pracinhas, cada uma como um aposento grande elevado cerca de duas varas do chão, com um corredor e coberto de palha. Nessas pracinhas, faziam-se as grandes danças que havia em suas festas. No meio de uma dessas pracinhas, levantava-se um torreão maciço que vai subindo numa espécie de forma piramidal, de base quadrada, tendo escadas em cada uma de suas frentes e nos cantos um bastião que vai subindo também em diminuição. Os degraus são muito pequenos e estreitos, de modo que causa horror subir por eles; cada escada deve ter uns trinta ou quarenta e tudo é feito de pedra.

Junto ao templo ou torreão havia, de um lado, um paredão de um metro e meio de altura por dois de largura, coroado por outro de cerca de três metros de altura e os mesmos dois de largura, cheio de buracos por onde passavam as cordas com que amarravam as vítimas que sacrificavam de forma que ficassem defronte ao deus. Esse torreão domina todas as praças onde o povo se reunia e todos podiam ver o ídolo de Tohil.

Do outro lado do templo estava o campo de jogo de bola, que Ximénez descreve como um tanque grande com grandes bordas de pedra, com os coroamentos ou pirâmides que rodeiam tudo; são bastante largas e muita gente podia caber nelas para presenciar os jogos de bola que eram o entretenimento dos reis e dos demais Senhores. Todo esse edifício, do lado oposto às casas, era fechado por uma muralha de pedra que se chamava *tzalam-coxtum*, ou seja, fortaleza de tábua, nome que davam a esses edifícios, porque, além de servir para as cerimônias, eram castelos e fortalezas para defender-se dos inimigos e, por esse motivo, eram construídos nos topos dos cerros.

Fuentes y Guzmán descreve os palácios de Utatlán com riqueza de detalhes e sobeja imaginação, mas não dá uma ideia mais clara do templo ou adoratório, com exceção do dado relativo à existência, no "quarto degrau", de uma pedra lisa de duas varas e três palmos (2,5 metros) e cinco pés de largura (mais ou menos 1,5 metro), em cujo plano funesto e infeliz sacrificavam os homens e "com uma faca larga de pedra de *chay* [obsidiana] abriam o peito [da vítima] e tiravam seu coração pulsando para oferecê-lo ao ídolo". Francisco Antonio Fuentes y Guzmán, *Historia de Guatemala, o Recordación Florida*. Madri: Luis Navarro, 1882, livro VII, cap. X. [AR]

2 Em Recinos, lê-se: "Haviam entrado, então, na quinta geração de homens desde o princípio da civilização e povoação, do princípio da existência da nação" [AR, p. 314]. As "cinco mudanças" não aparecem na versão de Recinos. [JVB]

3 *E qui chic e pu tzatz*. [AR]

4 *Rumal xa mavi chi tzacon c'uquiya chi qui vach*, no original. Já não se reuniam para comer e beber como faziam em Izmachí, quando acertavam os casamentos de filhas e filhos. [AR]

5 O primeiro bispo da Guatemala, Don Francisco Marroquín, que chegou ao país em 1530 e governou a diocese até sua morte, ocorrida em 1563. O historiador Ximénez fixa a época da bênção da nova cidade espanhola que substituiu a capital antiga, dizendo que o bispo lhe deu o nome de Santa Cruz do Quiché "quando no ano de 1539 esteve naquela Corte e, benzendo a paragem, pôs e levantou o estandarte da fé" (Francisco Ximénez, *Historia de la provincia de San Vicente de Chiapa y Guatemala de la orden de predicadores*, t. I. Cidade da Guatemala: Tipografía Nacional, 1929, p. 115). O local de Utatlán foi abandonado quando a cidade foi transferida para as planícies imediatas onde hoje existe e serve de capital ao departamento do Quiché. [AR]

6 Ver nota 16, capítulo 13 da segunda parte, p. 316. [JVB]

7 *Tzatz, tzatz*. [AR]

8 O rei. [AR]

9 O adjunto do monarca, destinado a sucedê-lo. [AR]

10 O sacerdote de Tohil. [AR]

11 O sacerdote de Gucumatz. [AR]

12 O Grande eleito de Cavec. "Eram três os Grandes eleitos como os pais de todos os Senhores do Quiché", diz Ximénez em *Las historias del origen de los indios de esta provincia de Guatemala, traducidas* *de lengua quiché al castellano para más comodidad de los ministros del S. Evangelio* (Viena / Londres: Carl Gerold's Sohn / Trübner and Co., 1857, final). Havia um Grande eleito para cada uma das parcialidades principais. [AR]

13 Os *Nim-Chocoh* também são Mestres da Palavra. [JVB]

14 O Conselheiro Chituy, Ministro tesoureiro. [AR]

15 O Feitor ou Contador e coletor de impostos. [AR]

16 O Conselheiro do jogo de bola longo. [AR]

17 O Administrador [*mayordomo*], segundo Brasseur. [AR]

18 "*Zaclatol* é uma combinação do náuatle *zacatl*, que significa colmo, com *tollin* [taboa], que é a planta cujas folhas são utilizadas na confecção das esteiras denominadas *pop* em língua maia" [DT, p. 323]. [JVB]

19 Nessa enumeração, que está de acordo com o manuscrito original, aparecem dez nomes de Senhores da Casa de Nihaib. Brasseur reduz o número a nove, unindo em um só os nomes de Yacolatam-Utzampop-Zaclatol. [AR]

20 Esses eram os dois grandes ramos de Zaquic-Cotuhá, segundo o *Título de los señores de Totonicapán*. As honras e as funções da Corte se dividiam entre os Senhores de cada família, segundo sua categoria. Primeiro era o *Ahpop*, ou rei, em meados do século XVI, dizia Las Casas (op. cit., cap. CCXXXIV, p. 616): "Aquele rei supremo tinha certos varões principais do conselho, os quais eram encarregados da justiça e ditavam o que se devia fazer em todos os negócios. Dizem hoje os índios que o viram que era como os ouvidores que há na Guatemala na Audiência real. Estes viam os tributos que do reino se recolhiam e repartiam ou se enviavam ao rei, que, para sustentação de sua pessoa e Estado, lhe era destinado e lhe pertencia". [AR]

CAPÍTULO 9

1 *Zivan-tinamit*. Gumarcaah também estava rodeada de escarpas. [AR]

2 *Tztaz naipuch c'atz qui chac x-uxic*, literalmente, e eram muitos seus irmãos mais velhos e mais novos. [AR]

3 *Nimatalic xouatal puch u quih r'alaxic ahauab*. Aqui todos os tradutores se perderam por não terem lido ou entendido em seu sentido direto as palavras *u quih r'alaxic*, o dia do nascimento de uma pessoa. [AR]

4 *Ah zivan, ah tinamit*. [AR]

5 *Xa u qutbal rib rumal xere hu qui zic u holom amac*, no original. [AR]

6 *R'oo le ahau x-uxic*, no original. [AR]

CAPÍTULO 10

1 "Nas urtigas", nome que os mexicanos traduziram por Chichicastenango, com significado idêntico, que é o nome que hoje subsiste. [AR]

2 A cidade de Rabinal. [AR]

3 Hoje, Zacualpa, junto às montanhas de Joyabaj. [AR]

4 A nação *Caoqué*, provavelmente representada pelas atuais cidades de Santa María e Santiago Cauqué. [AR]

5 Hoje, San Andrés Saccabajá. [AR]

6 "Terra branca", fortaleza dos Mame, junto à antiga povoção de *Chinabjul*, hoje Huehuetenango. [AR]

7 "Sobre a água quente", hoje Totonicapán, nome náuatle de mesmo significado, como Atotonilco, no estado de Jalisco (México). [AR]

8 *Xelahuh-Quieh*, "sob os dez veados ou chefes", a antiga Culahá dos Mame, hoje Quetzaltenango. [AR]

9 "Defronte à fortaleza", hoje Momostenango. [AR]

10 "O sabugueiro", hoje Santa María Chiquimula, a pouca distância de Santa Cruz del Quiché. [AR]

11 *Chi hixtahic chi uleu*, literalmente, destroçadas ao rés do chão. [AR]

12 De acordo com Craveri, *Colché* é uma árvore de resina (*col*, "resina"; *che*, "árvore"), usada como oferenda em fumigações rituais [MC, p. 217]. [JVB]

13 Nesse trecho, a versão de Recinos traz "vulcão de pedras", em vez de "montanha de pedras". Minha versão final, seguindo o mesmo método de cotejo com outras versões, é bastante diversa da tradução de Recinos: "Fizeram-nos escravos, foram feridos e flechados contra as árvores e não tiveram mais glória, nem tiveram poder. Foi assim a destruição das cidades que foram rapidamente arrasadas até as bases. Semelhante ao raio que fere e destroça a rocha, assim encheu de terror num momento os povos vencidos./ Diante da Colché, como sinal de uma cidade [destruída] por ele, agora um vulcão de pedras, que quase foram cortadas com o gume de um machado" [AR, p. 320]. [JVB]

14 A costa de *Petatayub* é evidentemente o litoral do Pacífico onde hoje existe a cidade guatemalteca de Ayutla, na fronteira com o México. Os *Títulos da Casa de Ixcuín-Nihaib* mencionam entre as conquistas dos Quiché nessa região as terras que banham os rios Samalá, Uquz (Ocós), Nil e Xab, que ainda são conhecidas por esses nomes. *Ayutl*, em náuatle, é a tartaruga. O nome pré-colombiano dessa costa era *Ayotlán* e assim aparece nos *Anales de Cuauhtitlán. Anáhuac Ayotlán* era o nome de toda a região de Tehuantepec, banhada pelo oceano Pacífico, que Sahagún chama de costa das tartarugas e que mais tarde se chamou Soconusco. É curioso observar que a palavra asteca *ayotl* tem o duplo significado de tartaruga e abóbora, igual à palavra *coc* das línguas da Guatemala. [AR]

15 O *Ahau-Galel* era o chefe da Casa de Nihaib, e o *Ahtzic-Vinac* o chefe da Casa de Ahau-Quiché. [AR]

16 Sigo aqui a versão de Craveri: "Fizeram a guerra os da ponta das flechas, os da ponta da corda" [MC, p. 221]. "E então eles puseram o entalhe da flecha no centro da corda do arco" é a versão não literal de Christenson, esclarecida em nota: "Literalmente, pôr a boca (entalhe) da flecha na boca (o ponto central) da corda do arco" [AC, p. 264]. A expressão se refere a "estar pronto para a batalha". Em Recinos, "Então partiram os flecheiros e os fundeiros" [AR, p. 321]. [JVB]

17 *Chuvilá*, ou Chichicastenango. Tanto no manuscrito das *Historias del origen* *de los indios* como nos *Títulos de la Casa Ixcuín-Nihaib*, os habitantes dessa cidade são chamados de *Ah-Uvilá*. [AR]

18 Atualmente, Cabricán, cidade do departamento de Quetzaltenango. [AR]

19 *Pamacá*, hoje Zacualpa, cidade do departamento do Quiché. [AR]

20 A atual Joyabaj. [AR]

21 Hoje, San Andrés Saccabajá. [AR]

22 *Ziyahá* ou *Zihá*, antigo nome da cidade hoje conhecida pelo nome de Santa Catarina Ixtlahuacán. [AR]

23 Totonicapán. [AR]

24 Quetzaltenango. [AR]

25 Em Recinos, esses últimos guardiães "dos vales, das montanhas" são traduzidos por "os da costa" [AR, p. 322]. Sigo a tradução literal. [JVB]

26 *X-be na cu nabe*, no original. [AR]

27 Brasseur confessa que a tradução dessa passagem é muito difícil e observa que Ximénez a ignorou. A passagem fica mais compreensível ao se restabelecer a pontuação de acordo com o original, que Brasseur alterou em sua transcrição. O original deve ser lido da seguinte forma: *In Ahpop, in Ahpop-Camhá, Ahpop chire caleh vech oc; chicu ave, at Ahau-Galel, Gagel ri calem x-ch'uxic x-e cha cut ronohel ahuauab* etc. [AR]

28 Christenson, em nota, explica o sentido hierárquico dessa passagem: "Isso provavelmente se refere à ordem que esses mandatários seguem quando caminham em procissão ou saem para a guerra. Procissões são corriqueiras em comunidades tradicionais maias, e a ordem sequencial de quem caminha atrás de quem é bem rígida" [AC, p. 268]. [JVB]

CAPÍTULO 11

1 Recinos utiliza o singular, "Deus", aqui e em todas as ocorrências seguintes [AR, p. 324]. [JVB]

2 As casas ou os templos dos deuses do Quiché foram destruídos depois que a cidade foi abandonada. A pedra e outros materiais extraídos das ruínas de Utatlán serviram para construir os edifícios de Santa Cruz, a cidade vizinha fundada pelos espanhóis. Restam apenas, entre as ruínas da antiga capital quiché, os restos do sacrificatório ou templo de Tohil. [AR]

3 *Tzutuhá*, água ou fonte florida. *Cahbahá*, casa de sacrifícios ou sacrificatório. O nome desse lugar tem grande semelhança com o da cidade hoje conhecida por San Andrés Saccabajá, situada a pouca distância de Santa Cruz del Quiché. O *Título de los señores de Totonicapán* refere que as tribos quiché ficaram um tempo em Tzutuhá e diz que "lá encontraram também uma pedra semelhante à que Nacxit lhes dera". [AR]

4 Em Recinos, "Faziam primeiro seus sacrifícios" [AR, p. 324]. [JVB]

5 *Xax qu'etaam vi qo cut ilbal re, qo vuh Popol Vuh u bi cumal.* Brasseur se equivocou e escreveu *qo qutibal re.* Nossa tradução está de acordo com a de Ximénez, que diz: "e havia onde todos viam e um livro de todos que eles chamavam de *Libro del común*". [AR]

6 *Are locbal tzac, locbal ahauarem cumal.* O jejum dos Quiché era absoluto, segundo o texto. Entre os mexicanos essa era uma prática geral, mas menos rigorosa, pois faziam uma refeição leve de dia e outra de noite. [AR] **Em Recinos, "E isso era feito para dar graças por sua criação e dar graças por seu reino" [AR, p. 325]. [JVB]**

7 Concordando com Ximénez, Recinos traduz *winac* por "homem", aqui e em todas as ocorrências seguintes. Segundo Edmonson, aí o sentido de *winac* deve ser "vinte", e sigo esse critério em minha versão desse trecho, que assim se distancia da de Recinos. Há uma esclarecedora nota de Tedlock sobre isso: "Por nove vezes vinte dias eles jejuavam: 'nove vezes vinte' é *belej winac* [*uinac*]; Edmonson está certo ao ler isso como 9 × 20 em vez de 'nove pessoas' (Edmonson, 1971:243). Como ele observou, 180 é metade de um *tun*, o ciclo de 360 dias usado pelos Maias das terras baixas em seus cálculos cronológicos" [DT, pp. 329–30]. Todos os outros tradutores consultados seguem esse critério. Diz Christenson: "Como um número, isso é 9 × 20, ou 180. É evidente no contexto dessa passagem que os autores estão se referindo a períodos de tempo, embora não especifiquem que período é esse. Para deixar claro esse significado, optei por 'dias', que é o provável sentido implícito aqui" [AC, p. 271]. Em *El libro de los libros de Chilam Balam*, lemos: "Este é o calendário de nossos antepassados: cada vinte dias fazem um mês, segundo diziam. Dezoito meses era o que contavam como um ano; cada mês era chamado de 'um *uinal*', que quer dizer mês; de vinte dias era o período de um mês; 'mês *uinal*', diziam. Quando se completava dezoito vezes a passagem desse período era um ano" [p. 163]. [JVB]

8 *Ganal raxal*, abundância de riquezas. *Diccionario cakchiquel.* [AR]

9 Em Recinos, "Oh tu, formosura do dia! Tu, Huracán, tu, Coração do Céu e da Terra! Tu, doador da riqueza e doador das filhas e dos filhos! Volta para cá tua glória e tua riqueza [...]" [AR, p. 325]. [JVB]

10 Em Recinos, "Os quatro pontos cardeais" [AR, p. 326]. [JVB]

11 *Xa ta zac, xa ta amac.* "Só haja paz em tua presença", Ximénez. [AR]

12 O padre Las Casas também coligiu em sua *Apologética historia* uma oração que, diz-se, os índios da Guatemala pronunciavam durante os sacrifícios humanos, e cuja essência é idêntica à da oração que aqui se lê. Diz o seguinte: "Senhor Deus, lembra de nós que somos teus; dá-nos saúde, dá-nos filhos e prosperidade para que teu povo cresça e te sirva; dá-nos água e bons temporais para nos manter e para que vivamos; ouve nossas súplicas, recebe nossas preces; ajuda-nos contra nossos inimigos; dá-nos folgança e descanso" (Frei Bartolomé de Las Casas, *Apologética historia de las Indias*. Madri: Bailly, Bailliere e Hijos, 1909, cap. CLXXVIII, p. 468). [AR]

13 Em Recinos, "Esse era o preço da vida feliz, o preço do poder" [AR, p. 326]. Sigo a tradução literal. [JVB]

14 Em Recinos, lê-se: "Mas não foi só assim que reinaram. Não esbanjavam os presentes daqueles que os alimentavam e sustentavam, e sim os comiam e bebiam. Tampouco os compravam: tinham ganhado e arrebatado seu império, seu poder e seu senhorio" [AR, p. 327]. [JVB]

15 *Xu-ul puch raxón cubul chactic.* O *raxón* (*Cotinga*) compartilhava com o quetzal, *guc*, a honra de adornar com suas penas os deuses e os reis; as belas penas azul-celeste do *raxón* eram amarradas e então eram chamadas de *pixoh raxón*, penas costuradas, expressão que Zúñiga (*Dicc. pokonchí-castellano*) explica dizendo que "as penas são entretecidas e com nós de um fio muito fino com grande sutileza e são umas grinaldas dessas penas azuis que eles usam em suas danças e que cingem suas têmporas e a fronte". *Cubul chactic* são as grinaldas de penas trabalhadas, sejam costuradas, como diz Zúñiga, ou coladas a armações de madeira leve. [AR] **Além das penas da cotinga (azuis) e do quetzal (verdes) mencionadas por Recinos na nota acima, outros pássaros tinham suas plumas dadas como pagamento de tributos aos Quiché, como o oriole de penas predominantemente amarelas (o papa-figo, *Oriolus oriolus*) mencionado por Christenson [AC, p. 274]. [JVB]**

16 Minha tradução deste trecho se baseou nas versões de Craveri e de Christenson, que estão conformes com outras versões consultadas. Transcrevo aqui a tradução da versão de Recinos, incluindo o segmento final do parágrafo anterior, por haver muitas diferenças pontuais, com acréscimos e subtrações, em relação a minha versão final: "E foi assim que conquistaram os campos e cidades; os povos pequenos e os povos grandes pagaram vultosos resgates; trouxeram pedras preciosas e metais, trouxeram mel de abelhas, pulseiras, pulseiras de esmeraldas e de outras pedras e trouxeram guirlandas feitas de plumas azuis, o tributo de todos os povos" [AR, p. 327]. [JVB]

17 Nos *Títulos de la Casa Ixcuín-Nihaib* lê-se um interessante relato das conquistas dos reis quiché e do tributo que pagavam às nações conquistadas. [AR]

CAPÍTULO 12

1 Em Recinos não aparece a menção aos "pares" [AR, p. 328]. [JVB]

2 Literalmente, o rosto, *u vach*. [AR]

3 O texto não menciona nessa passagem, como sucessor imediato de Balam-Quitzé, seu filho Qocaib. No entanto, no capítulo 6 desta parte menciona-se o retorno, do Oriente, de Qocaib, Qoacutec e Qoahau e sua chegada a Hacavitz e diz-se literalmente que os três príncipes, que pertenciam a cada uma das três grandes divisões da nação quiché, "assumiram novamente ali o governo das tribos". É possível que haja aqui um erro de cópia e que o nome que se lia no manuscrito quiché primitivo tenha sido o de Qocaib, e não o de Qocavib. [AR]

4 *Balam-Conaché*, filho de Qocavib e da mulher de seu irmão Qocaib, legitimado por este, reinou em união com *Beleheb-Queh*, Nove Veado, conforme se lê no capítulo 7 da quarta parte. [AR]

5 *Cotuhá*, um homem que o *Título de los señores de Totonicapán* diz ter sido encontrado pelos Quiché no campo caçando codornas e que, convidado a se unir a eles, ocupou o lugar de Iqui-Balam, que tinha morrido. Cotuhá governou na companhia de Iztayul, nome náuatle que significa coração de pedernal. Este era filho de Balam-Conaché. [AR]

6 *U xe naual ahau*. A raiz ou princípio dos reis bruxos, maravilhosos, ou seja, portentosos, como os chama Ximénez. Esse Cotuhá foi o segundo rei com esse nome e foi o pai de Quicab, segundo o *Título de los señores de Totonicapán*. Na época desses reis, a capital foi transferida para Gumarcaah e se organizaram as 24 famílias ou casas grandes da nobreza. O *Título* declara expressamente que os nove ramos da casa de Cavec "saíram da casa do príncipe Qocaib". Gucumatz e Cotuhá foram conquistar as cidades da costa do Pacífico e, segundo o *Título de Ixcuín-Nihaib*, "tal cacique [Gucumatz], por estar contente e ter a gratidão de seus soldados, tornou-se água e se meteu dentro do mar fazendo demonstração de sua conquista". O capítulo 9 desta parte também fala das metamorfoses desse rei. [AR]

7 *Tepetl pul*, palavras da língua náuatle que significam cerro de pedras. [AR]

8 *Gag-Quicab*, de muitos braços, interpreta Ximénez. Pode ser o das mãos de fogo. *Cavizimah*, que se adorna com pontas como lanças ou setas (*itz*, em náuatle), segundo Ximénez. Quicab e Cavizimah foram os grandes conquistadores que subjugaram todos os povos do interior da Guatemala, como se refere extensamente no capítulo 10 desta parte. [AR]

9 A menção ao ápice do prodígio desses Senhores é omitida por Recinos [AR, p. 329]. [JVB]

10 Na época desses reis, Ximénez diz que os Cakchiquel (submetidos anteriormente por Quicab) se sublevaram. De acordo como *Memorial de los Cakchiqueles*, os Quiché foram vencidos por eles em Iximché e seus reis foram feitos prisioneiros e obrigados a entregar seus deuses. [AR]

11 Oito Cipó [*Ocho Bejucos*]. Como observa Brasseur, é a tradução do nome náuatle *Chicuey malinalli*, duodécimo dia do calendário asteca. Durante o reinado desses príncipes, ocorreu, segundo Ximénez, o episódio do índio cakchiquel que os Quiché recordavam em sua dança chamada *Quiché Vinac*. Esse índio, que provavelmente era filho do rei cakchiquel, durante as noites chegava a insultar o rei quiché aos gritos, e, quando finalmente o capturaram e estavam prestes a sacrificá-lo, anunciou a chegada dos espanhóis com estas palavras: "Saibam que há de vir um tempo em que ficarão desesperados pelas calamidades que lhes hão de sobrevir, e aquele *mama caixon* [velho amargo, alcunha dirigida ao rei] também há de morrer; e saibam que uns homens vestidos e não nus como nós, dos pés à cabeça e armados, destruirão estes edifícios e eles ficarão feito morada de corujas e de jaguatiricas e cessará toda a grandeza dessa corte". [AR] **O *Códice de la Cruz-Badiano* traz um belo desenho da *malinnali* (*Muhlenbergia macroura*) mencionada nesta nota. Trata-se de uma gramínea popularmente chamada de pasto ou *zacate* (do náuatle *zacatl*: relva, pasto, forragem). [JVB]**

12 *Vucub-Noh*, Sete Noh, dia do calendário. *Cauatepech*, adornado de argolas, diz Ximénez, porque esse rei costumava usar esses adornos. [AR]

13 *Oxib-Queh*, Três Veado; *Beleheb-Tzi*, Nove Cão: são dias do calendário. O rei Beleheb-Tzi era chamado pelos mexicanos de *Chiconavi-Ocelotl*, ou seja, Nove Jaguar, e daí veio o nome de *Chignavizelut* com que os espanhóis o designaram. *Donadiú*, ou Tonatiuh, o sol, em náuatle, era o nome que os mexicanos davam ao conquistador espanhol Pedro de Alvarado, que destruiu o reino quiché e queimou seus reis. [AR] **Segundo Christenson, "o 'enforcamento' mencionado nessa passagem do *Popol Vuh* provavelmente não se refere à execução dos senhores, que foram queimados, mas sim à tortura**

para a obtenção de confissões" [AC, p. 297], conforme registrado nos *Anales de los Cakchiqueles*, também citado por Tedlock ao observar que, "na jurisprudência espanhola da época, o método padrão para a obtenção de confissões era pendurar o prisioneiro pelos pulsos e, se necessário, infligir-lhe vários tipos de tortura" [DT, p. 334]. [JVB]

14 *Tecum*, amontoado. Não se deve confundir esse rei com o general em chefe do exército quiché que pereceu lutando à frente de suas tropas contra os espanhóis. Não se sabe qual foi a sorte do rei Tecum, mas Tepepul é o rei Sequechul de que falam o *Libro de cabildo* e os cronistas da Conquista, que reinou de 1524 a 1526. Depois da insurreição dos índios em 1526, ele foi encarcerado até 1540, e nesse último ano Alvarado o enforcou com o rei cakchiquel Belch-Qat, que os espanhóis chamavam de Sinacán. [AR]

15 *Are u binaam vi beleheb chinamit chi Caviquib beleheb*. Faltam as últimas quatro palavras na transcrição de Brasseur. [AR]

16 *Beleheb Quih*, no original, por um erro evidente. No capítulo 7 desta parte aparece o nome correto, *Beleheb Queh*, ou seja, Nove Queh, dia do calendário. [AR]

17 No original, aparece duas vezes o nome de *Nimá-Camhá*, e não se incluem os de Utzampop-Zaclatol e Nimá Lolmet-Ycoltux, que figuram no capítulo 8 desta quarta parte. [AR]

18 *Queheri e cahauixel rumal ronohel ahauab Quiche*. Os Nim-Chocoh (Grandes escolhidos ou Grandes conselheiros) eram os dignatários encarregados de promulgar e executar as disposições do governo. Na continuação, o texto os chama de *E alanel*, os que dão à luz. [AR]

19 *E alanel, e u chuch tzih e u cahau tzih*, literalmente, os que davam à luz a palavra das mães, a palavra dos pais. [AR] **Em Recinos, lê-se: "Reuniam-se os três Chocoh para dar a conhecer as disposições das mães, as disposições dos pais" [AR, p. 334]. [JVB]**

20 Ximénez acrescenta em sua tradução essa linha do original omitida, certamente por um equívoco, na transcrição do texto quiché. [AR]

21 Sam Colop anota que "os transcritores do manuscrito [do *Popol Vuh*] foram três Nim-Chocoh que, além de serem destros na linguagem oral, o eram na linguagem escrita" [SC, p. 195]. Chamados também de Mestres de Cerimônias ou Mestres do Cerimonial. [JVB]

22 No original, a frase desse trecho é a seguinte: *rumal ma-habi chi ilbal re qo nabe oher cumal ahauab*, e está evidentemente mutilada. Mas é possível completá-la com facilidade cotejando-a com outras duas frases do texto, a do preâmbulo, que diz: *rumal ma-habi chic ilbal re Popo Vuh*, e a do capítulo 11 da quarta parte, que diz: *Xax qu'etaam vi qo cut ilbal re, qo vuh, Popol Vuh u bi cumal*. O autor termina sua obra explicando novamente que teve de escrevê-la porque já não existe o livro antigo em que os reis liam o passado e o futuro de seu povo. [AR]

23 Como já se disse em outro lugar, o bispo Marroquín batizou com o nome de Santa Cruz a cidade espanhola que substituiu a antiga capital quiché. [AR] **Em sua versão, Recinos acrescenta, entre colchetes, a menção ao livro *Popol Vuh*: "E esta foi a existência dos Quiché, porque já não se pode ver o [livro *Popol Vuh*] que os reis tinham antigamente, pois desapareceu" [AR, p. 334]. Outras versões consultadas também o mencio-**

nam no corpo do texto, como Tedlock: "Há o livro original e a escrita antiga pertencente aos Senhores" [DT, p. 198] e Sam Colop: "Antes havia [um livro]/ antigamente [escrito] pelos Senhores,/ mas já desaparecido" [SC, p. 218]. Optei por seguir as traduções mais literais, nas quais não há nenhuma menção direta ao livro perdido, pois, a meu ver, a ausência desse "instrumento de claridade", desse "instrumento de visão" que foi o *Popol Vuh* paira, aqui, como um signo lúcido e trágico de sua destruição nas fogueiras obscuras dos "conquistadores". [JVB]

BIBLIOGRAFIA

ACUÑA, René. “La theología indorum y el *Popol Vuh*”, in I Congreso del *Popol Vuh*, 1979, Santa Cruz de Quiché.

___. *Temas del* Popol Vuh. México: Unam, 1998. (Coleção Ediciones Especiales).

AKKEREN, Ruud van. “Authors of the *Popol Wuj*”, in *Ancient Mesoamerica*, Cambridge, vol. 14, 2003, pp. 237–56.

ALCALÁ, frei Jerónimo de. *Relación de Michoacán*. Ed. fac-símile de Armando Mauricio Escobar Olmedo *et al.* (orgs.). Madrid / Morelia: Compañía Editorial, 2001.

ALVARADO, Don Pedro de. “Títulos de Ixcuín-Nihaib. Títulos de los antiguos nuestros antepasados, los que ganaron estas tierras de Otzoyá antes que viniera la fe de Jesucristo entre ellos, en el año de mil y trescientos”, in *La Sociedad Económica de Guatemala*, vol. 4, n. 24–36. Guatemala: Imprenta de la Paz, 1876.

ANDERSON, A. *Crónicas indígenas de Guatemala*, trad. Adrián Recinos. Guatemala: Editorial Universitaria, 1957.

AVENDAÑO Y LOYOLA, frei Andrés de. *History of the Spanish Conquest of Yucatan and of the Itzas*, vol. 7, trad. Philip Ainsworth Means. Cambridge: Cambridge University Press, 1917.

AYUNTAMIENTO DE GUATEMALA. “Isagoge histórica apologética de las Indías Occidentales y especial de la provincia de San Vicente de Chiapas y Guatemala”, in *Biblioteca “Goathemala” de la Sociedad de Geografía e Historia*, Guatemala, vol. 13, 1700–1711.

BALDWIN, John Denison. *Ancient America: In Notes of American Archaeology*. New York: Arper & Brothers, 1872.

BANCROFT, Hubert Howe. “History of Central America”, in *The Works of Hubert Howe Bancroft*, vols. 6–8. San Francisco: A. L. Bancroft & Company, 1882–1887.

___. “The Native Races”, in *The Works of Hubert Howe Bancroft*, vol. 5. San Francisco: A. L. Bancroft & Company, 1883.

BANDELIER, Adolph F. *Notes on the Bibliography of Yucatan and Central America: Comprising Yucatan, Chiapas, Guatemala (the Ruins of Palenque, Ocosingo, and Copan), and Oaxaca (Ruins of Mitla).* Worcester: Press of Chas. Hamilton, 1881.

BARELA, frei Francisco. *Vocabulario kaqchikel*. Manuscrito do Museu Nacional de Antropologia do México, c. 1650.

BARNOYA, José. “El ave símbolo”. *Albedrío*, Guatemala, 2009. Disponível em albedrio.org/htm/articulos/j/jbarnoya-149.htm.

BARRETT, Maca. *El caballo rojo.* Guatemala: Piedra Santa, 1972.

BASSETA, frei Domingo de. *Vocabulario quiche*. Manuscrito da Biblioteca Nacional de Paris, 1698.

BATRES JÁUREGUI, Antonio. *Los Indios, su historia y su civilización*. Guatemala: Establecimiento Tipográfico La Unión, 1892.

___. *La América Central ante la historia*, vol. 1, Guatemala: Imprenta de Marroquín Hermanos, 1915.

BATRES MONTÚFAR, J. *Poesías*. Madrid: Imprenta Helénica, 1924.

BENAVENTE MOTOLINÍA, frei Toribio de. *Memoriales*. México: El Colegio de México, 1996.

BERISTAIN Y SOUZA, José Mariano. *Biblioteca hispano americana setentrional*, 2ª ed., vol. 2. Amecameca: Tipografia del Colegio Católico, 1883.

BERNAL, Ignacio. *Bibliografía de arqueología y etnografía: Mesoamérica y norte de México (1514-1960)*. México: Inah, 1962.

BEUCHAT, Henri. *Manuel d'archéologie américaine. Amérique préhistorique. Civilisations disparues*. Paris: A. Picard, 1912.

__. *Manual de arqueología americana*, trad. Domingo Vaca e Daniel Jorro. Madrid: Jorro Editor, 1918.

BOOT, Erik. *Continuity and change in text and image at Chichén Itzá, Yucatán, Mexico. A study of the inscriptions, iconography, and architecture at a Late Classic to Early Postclassic Maya* site. Leiden: CNWS Publications, 2005.

BRASSEUR DE BOURBOURG, Charles Étienne. *Cartas para servir de introducción a la historia primitiva de las naciones civilizadas de la América Septentrional. México:* Imprenta de M. Murguía y Comp., 1851.

__. *Histoire des nations civilisées du Mexique et de l'Amérique-Centrale, durant les siecles antérieurs a Christophe Colomb*, vol. 2. Paris: Arthus-Bertrand, 1857.

__ (org.). *Vocabulario de las Lenguas Quiché y Kakchiquel*. Manuscrito da Biblioteca Nacional de Paris, n. 65, 1860. (Colección de América).

__ (org.). *Grammaire de la langue Quichée*. Paris: Auguste Durand, 1862.

__ (org.). *Recherches sur les Ruines de Palenque et sur les origins de la civilisation du Mexique*. Paris: Arthus-Bertrand, 1866.

__. *Quatre lettres sur le Mexique*. Paris: Maisonneuve et Cie, 1868.

__ (org.). *Manuscrit troano. Études sur le système graphique et la langue des Mayas*, vol. 1. Paris: Imprimerie Impériale, 1869.

__ (org.). *Bibliotheque Mexico-Guatémalienne*. Paris: Maissoneuve et Cie, 1871.

__ (org.). "Chronologie historique des Mexicains", in *Actes de la Société d'Ethnographie*, vol. 3. Paris: Challamel Aimé, 1873.

BRINTON, Daniel Garrison (org.). *The Maya Chronicles*, vol. 1. Filadélfia: D. G. Brinton, 1882. (Coleção Library of Aboriginal American Literature).

__ (org.). *Aboriginal American Authors and their Productions, Especially Those in the Native Languages. A Chapter in the History of Literature.* Filadélfia: D. G. Brinton, 1883.

__ (org. e trad.). *The Annals of the Cakchiquels*, vol. 6. Filadélfia: D. G. Brinton, 1885. (Coleção Library of Aboriginal American Literature).

__. *Essays of an Americanist*. Filadélfia: Porter and Coates, 1890.

__. *The Native Calendar of Central America and Mexico. A Study in Linguistics and Symbolism.* Filadélfia: MacCalla & Company, 1893.

__. *The Myths of the New World. A Treatise on the Symbolism and Mythology of the Red Race of America*, 3ª ed. Filadélfia: David McKay, 1896.

CABAL, Juan Rodríguez. *Apuntes para la vida del M. R. padre presentado y predicador general fray Francisco Ximénez*. Guatemala: Unión Tipográfica, 1935.

CABRERA, Paul Félix, "Teatro Crítico Americano", in A. del Río. *Description of the Ruins of an Ancient City*. London: Henry Berthoud, 1822.

CAPDEVILA, Arturo. *El* Popol Vuh *para todos*. Managua: Secretaria de Educación, 1938.

CARDOZA Y ARAGÓN, Luis (org.). *Teatro indígena prehispánico (Rabinal Achí)*. México: Unam, 1955. (Coleção Biblioteca del Estudiante Universitario).

CARMACK, Robert M. *The Quiché Mayas of Utatlán. The Evolution of a Highland Guatemala Kingdom*. Norman: University of Oklahoma Press, 1981.

__ & MORALES SANTOS, Francisco (orgs.). *Nuevas perspectivas sobre el* Popol Vuh, trad. Irenne Piedras Santana. Guatemala: Piedra Santa, 1983.

CARMACK, Robert M. & MONDLOCH, James L. (orgs.). *Título de Totonicapán*. Ed. fac-símile. México: IIF-Unam, 1983. (Coleção Fuentes para el estudio de la cultura maya, 3).

CASAS, frei Bartolomé de las. *Apologética historia de las Indias*. Madrid: Bailly-Baillière, 1909. (Coleção Nueva Biblioteca de Autores Españoles).

CHARENCEY, Hyacinthe de. *Le Mythe de Votan, étude sur les origines asiatiques de la civilisation américaine*. Alençon: E. de Broise, 1871.

__. "Xibalba", in *Bulletin de la société de linguistique de París,* Paris, vol. 29, 1890.

CHARNAY, Désiré. *Cités et ruines américaines: Mitla, Palenqué, Izamal, Chichen-Itza, Uxmal*. Paris: Gide Éditeur, 1863.

CHAVERO, Alfredo (org.). *Obras históricas de Fernando de Alva Ixtlilxóchitl,* vol. 1. México: Oficina Tipográfica de la Secretaría de Fomento, 1891.

__. *México a través de los siglos: historia general y completa del desenvolvimiento social, político, religioso, militar, artístico, científico y literario de México desde la antigüedad más remota hasta la actual,* vol. 1. Barcelona / México: Espasa / Ballesca, 1895.

__. *The Book of Chilam Balam de Chumayel,* trad. Ralph L. Roys. Washington: Carnegie Institution, 1933.

__ (org.). *Libro de Chilam Balam de Chumayel,* 2ª ed., trad. Antonio Médiz Eolio. México: Unam, 1941.

CHINCHILLA AGUILAR, Ernesto. *Breviario quiché-español del* Popol Vuh, *para uso en la enseñanza de la lengua quiche*. Guatemala: Editorial Jose Pineda Ibarra, 1967. (Coleção Cuadernos del Seminario de Integración Social Guatemalteca).

CHONAY, Dionisia José & CHARENCY , H. de (orgs. e trads.). "Título de los Señores de Totonicapán", in *Actes de la Société Philologique*, Alençon, E. Renaut-de Broise vol. 14, pp. 101–69, 1885.

CIUDAD REAL, frei Antonio de. *Diccionario de motul: maya-español*. Mérida: Talleres de la Compañía Tipográfica Yucateca, 1929.

CLAASSEN, Oswald. *Die Ahnen des Mondes: Eine indianische Edda.* Krefeld: Gustav Hohns Verlag, 1933.

COE, Michael D. *The Maya Scribe and his World*. New York: The Grolier Club, 1973.

__. *Breaking the Maya Code*. London: Thames and Hudson, 1992.

__ & KERR, Justin. *The Art of the Maya Scribe*. New York: Harry n. Abrams, 1998.

__ & VAN STONE, Mark. *Reading the Maya Glyphs*. London: Thames & Hudson, 2001.

COGOLLUDO, frei Diego López de. *Historia de Yucatán,* 3ª ed. Mérida: Tipografía Manuel Aldana Rivas, 1867.

COTO, Thomás. *Vocabulario de la lengua cakchiquel v[el] guatemalteca.* Manuscrito da biblioteca da American Philosopical Society, México, Unam, 1983.

CRAVERI, Michela E. *El* Popol Vuh *y su función poética: análisis literario y estudio crítico del texto k'iche'*. Tese (Doutorado) – Facultad de Filosofía y Letras. Universidad Nacional Autónoma de México, México, 2007.

__. *El lenguaje del mito: voces, formas y estructura del* Popol Vuh. México: Unam, 2012.

ESCOBEDO, Juan Carlos. "Años de primavera en el país de la eterna dictadura". *Literatura Guatemalteca,* 1994. Disponível em literaturaguatemalteca.org/aragon14.htm.

FINGER, Charles J. *Tales from Silver Lands*. New York: Doubleday, 1924.

FLORESCANO, Enrique. *Memoria Mexicana,* 2ª ed. México: FCE, 1994.

___. *El mito de Quetzalcóatl,* 2ª ed. México: FCE, 1995. (Coleção Cuadernos de La Gaceta).

___. *Memoria indígena*. México: Taurus, 1999.

___. *Historia de las historias de la nación Mexicana*. México: Taurus, 2002.

___. *Quetzalcóatl y los mitos fundadores de Mesoamérica*. México: Taurus, 2004.

___. "Chichén Itzá, Teotihuacan y los orígenes del *Popol Vuh*". *La Jornada Semanal,* n. 536, 2005.

___. *Los orígenes del poder en Mesoamérica*. México: FCE, 2009.

FUENTES Y GUZMÁN, Francisco Antonio de. *Historia de Guatemala: ó recordación florida,* vol. 2. Madrid: Luis Navarro, 1882.

___. *Historia de Guatemala: ó recordación florida,* vol. 3. Guatemala: Ediciones de la Sociedad de Geografía e Historia, 1933.

GARCÍA DE PALACIO, Diego. "Relación hecha por el Licenciado Palacio al Rey D. Felipe II en la que describe la provincia de Guatemala, las costumbres de los indios y otras cosas notables (8 marzo de 1576)", in L. T. de Mendoza (org.). *Colección de documentos inéditos de Indias,* vol. 6. Madrid: Frías y Compañía, 1866.

GAVARRETE, Francisco. *Geografía de la República de Guatemala,* 2ª ed. Guatemala: Imprenta de la Paz, 1868.

GENET, Jean. *Esquisse d'une civilisation oubliée. Le Yucatan à travers les âges*. Paris: Éditions Genet, 1927.

___. *Histoire des peuples Shoshones-Azteques. Amérique du Nord et Amérique Centrale*. Paris: Éditions Genet, 1929.

___ & CHELBATZ, Pierre. *Histoire des peuples Mayas-Quichés. Mexique, Guatémala,* Honduras. Paris: Éditions Genet, 1929.

___. "Les glyphes symboliques dans l'écriture maya-quichée. Le glyphe symbolique de la guerre". *Revue des Études Mayas-Quiches*, Paris, vol. 1, 1934.

___. "L'écriture maya-quichée et les glyphes phonétiques". *Revue des Études Mayas-Quiches*, Paris, vol. 1, 1934.

___. "Les livres de Chilam Balam et l'origine du mot *Chilam Balam*". *Revue des Études Mayas-Quiches*, Paris, vol. 1, 1934.

___. "Sur le sens de la phrase *lai tzolci pop*". *Revue des Études Mayas-Quiches*, Paris, vol. 1, 1934.

___. "Notes sur l'écriture maya-quichée". *Revue des Études Mayas-Quiches*, Paris, vol. 1, 1934.

___. "Les débuts de l'histoire yucatèque d'après les documents en langue maya". *Revue des Études Mayas-Quiches*, Paris, vol. 1, 1934.

GLASS, John B. "Annotated references", in Howard F. Cline, Charles Gibson e H. B. Nicholson (orgs.). *Handbook of Middle American Indians,* vol. 15. Austin: University of Texas Press, 1975.

GLEIJESES, Piero. *Shattered Hope: The Guatemalan Revolution and the United States, 1944–1954*. New Jersey: Princeton University Press, 1991.

GOETZ, Delia. *Letters from Guatemala*. Boston: Heath and Company, 1941.

___. *The Aztec People*. Washington: Pan American Union, 1944.

GONZÁLEZ DE MENDOZA, José María. *Ensayos selectos*. México: FCE, 1970.

GRUBE, Nicolai; LACADENA, Alfonso & MARTÍN, Simon. "Chichen Itza and Ek Balam: Terminal Classic Inscriptions from the Yucatan", in *The Notebook for the XXVII Maya Hieroglyphic Forum at*

Texas, Austin. Texas: The University of Texas at Austin, 2003.

GUERRA-BORGES, Alfredo. *Guatemala, 60 años de historia económica*. Guatemala: Armar, 2007.

GUILLÉN, Fedro. *Una revolución: añoranzas, fantasmas, realidades*. México: Unam, 1993.

GUZMÁN, frei Pantaleón de. *Compendio de nombres en lengua cakchiquel*. Ed. fac-símile de René Acuña (org.). México: Unam, 1984.

HARTMAN, Carl Vilhelm. "The story of the calabash-tree in the *Popol Vuh*". *Journal American Folklore*, Boston, vol. 20, n. 77, 1907, pp. 148–50.

HERRERA Y TORDESILLAS, Antonio de. *Historia general de los hechos de los castellanos en las islas y tierra firme del mar Océano*, 4 v. Madrid: Imprenta Real de Nicolás Rodríguez Franco, pp. 1601–15.

HILLS, Louis Edward. *A Short Work on the* Popol Vuh *and the Traditional History of the Ancient Americans, by Ixt-lil-*xochitl. Kansas City: Franklin Hudson Publishing Co., 1918.

HILTON, Ronald (org.). *Who's who in Latin America. A biographical dictionary of notable living men and women of Latin Amenca*, 3ª ed. Stanford: Stanford University Press, 1971.

HYMES, Dell H. *"In Vain I Tried to Tell You": Essays in Native American Ethnopoetics*. Filadélfia: University of Pennsylvania Press, 1981.

IMBELLONI, José. "El 'génesis' de los pueblos proto-históricos de América. Primera sección. La narración guatemalteca". *Boletín de la Academia Argentina de Letras*, Buenos Aires, vol. 8, n. 32, 1940, pp. 539–628.

KERR, Barbara & KERR, Justin (orgs.). *The Maya Vase Book*. New York: Kerr Associates, 1989–1997.

KRICKEBERG, Walter. *Marchen der Azteken und Inkaperuaner, Maya und Muisca*. Jena: Unveränd Neuaufl, 1928.

LANDA, frei Diego de. *Relation des choses de Yucatán*, trad. Charles Étienne Brasseur de Bourbourg. Paris: Arthus-Bertrand, 1864.

___. "Landa's Relación de las cosas de Yucatán", trad. Alfred Marston Tozzer, in *Papers of the Peabody Museum of American Archaeology and Ethnology, Harvard University*, vol. 18. Cambridge: The Museum, 1941.

LARDÉ Y LARÍN, Jorge. "Acotaciones a la versión, cronología y notas marginales hechas al manuscrito cakchiquel por el doctor Adrián Recinos". *Anales del Museo Nacional "David J. Guzmán"*, San Salvador, vol. 2, n. 7, 1951, pp. 49–64.

LE PLONGEON, Augustus. *Sacred Mysteries among the Mayas and the Quiches*, 3ª ed. New York: Theosophical Publishing Company, 1909.

LEHMANN, Walter. *Methods and Results in Mexican Research*, trad. Seymour de Ricci. Paris: H. Clarke, 1909.

___. "Der Kalender der Quiché-Indianer Guatemalas". *Anthropos*, Viena, Mechitaristen-Buchdruckerei, vol. 6, 1911, pp. 403–10.

LEÓN-PORTILLA, Miguel. *Tiempo y realidad en el pensamiento maya*. México: Unam, 1968.

LÓPEZ AUSTIN, Alfredo. "Nota sobre la fusión y la fisión de los dioses en el panteón mexica". *Anales de Antropología*, n. 20, 1983, pp. 75–87.

MACLEOD, Murdo J. *Spanish Central America. A Socioeconomic History, 1520–1720*. Berkeley: University of California Press, 1973.

MARTÍNEZ, Francisco Mauricio, "Entrevista al Dr. Jorge Mario García Laguardia". *Clío y Mnemósine*, Guatemala, 2009. Disponível em josecal.wordpress.com/2009/05/23/entrevista-al-dr-jorge-mario-garcia-laguardia.

MARTÍNEZ, José Luis (org.). *América antigua: Nahuas, Mayas, Quechuas, otras culturas*, vol. 6. *México: Secretaria de*

Educacion Publica, 1976. (Coleção El Mundo Antiguo: Panorama Cultural).

MIMENZA CASTILLO, Ricardo. "*Popol Vuh*, su importancia y trascendencia". *Tierra*, Yucatán, Partido Socialista del Sureste, n. 9, 11 e 13, 1923.

MOLESTINA ESCUDERO, Carlos Julio. *IJCA: 60 Años de historia institucional*. San José: Instituto Interamericano de Cooperación para la Agricultura, 2002.

MORLEY, Sylvanus Griswold. "An introduction to the study of the Maya hieroglyphs". *Bureau of American Ethnology, Smithsonian Institution. Bulletin 57*. Washington: Government Printing Office, 1915.

___. "Guide Book to the Ruins of Quirigua". *Supplementary Publication*, vol. 16, Washington, Carnegie Institution, 1936.

___. *The Inscriptions of Peten*, 2 v. Washington: Carnegie Institution, 1939.

___. *La civilización maya*, trad. Adrián Recinos. México: FCE, 1947. (Coleção Sección de Obras de Antropología).

ORDÓÑEZ Y AGUIAR, Ramón de. *Historia de la creación del cielo y de la tierra, conforme al sistema de la gentilidad amencana*, México, s. n., 1907.

OROZCO Y BERRA, Manuel. *Historia antigua y de la conquista, de México*, 4 v. México: Tipografía de Gonzalo A. Esteva, 1880.

PÉREZ-ROCHA, Emma. *Privilegios en lucha. La información de doña Isabel Moctezuma*. México: Inah, 1999. (Coleção Etnohistoria).

POHORILLES, Noah Elieser. "Der Bedeutung mythisher Namen m den alten und neuen Welt". *Anthropos*, Salzburgo, Anthropos Institute, vol. 7, 1912, pp. 995–1013.

PROWE, Herman. "Vestigios de ciencias en los documentos antiguos de los indios de Guatemala", in *Anales de la Sociedad de Geografía e Historia de Guatemala*, vol. 5. Guatemala: Tipografía Nacional, 1929, pp. 419–31.

RAYNAUD, Georges. "Les manuscrits précolombiens", in *Archives du Comité d'Archéologie Américaine*, vol. 1, n. 3. Paris: Ernest Leroux, 1893.

___. "El varón de Rabinal", trad. Luis Cardoza y Aragón, in *Anales de la Sociedad de Geografía e Historia*, vol. 6, n. 1-3. Guatemala: Tipografía Nacional, 1929-1930.

RECINOS, Adrián. *Monografía del Departamento de Huehuetenango*. Guatemala: Sánchez & De Guise, 1913.

___. "Observaciones sobre el folklore de Guatemala". *The Journal of American Folklore*, vol. 29, New York, The American Folklore Society, 1916, pp. 559-66.

___. "Estudios de antropología y etnografía. Razas y lenguas indígenas de Guatemala". *Centro-América*, vol. 8, Guatemala, 1916, pp. 607-18.

___. "Lenguas indígenas de Guatemala", in *Proceedings of the Second Pan American Scientific Congress*, vol. 1. Washington: Government Printing Office, 1917, pp. 209-19.

___. "Conveniencia de una legislación uniforme en los países panamericanos para la protección de las antigüedades y el desarrollo sistemático de las investigaciones antropológicas", in *Proceedings of the Second Pan American Scientific Congress*, vol. 1. Washington: Government Printing Office, 1917, pp. 443–47.

___. "Adivinanzas recogidas en Guatemala", *The Journal of American Folklore*, vol. 31, New York, The American Folklore Society, 1918, pp. 544–49.

___. "Cuentos populares de Guatemala". *The Journal of American Folklore*, vol. 21, New York, The American Folklore Society, 1918, pp. 482–83.

___. *La ciudad de Guatemala (descripción histórica desde su fundación hasta los terremotos de 1917-1918)*, s. n., Guatemala, 1922.

___. "Lenguas indígenas de Guatemala". *Revista de Etnología, Arqueología y*

Lingüística, vol. 1, San Salvador, 1926, pp. 265-79.

___. "Algo sobre la influencia tolteca en la cultura centroamericana", *Honduras Maya*, vol. 2, 1940, pp. 2-3.

___. "Doña Leonor de Alvarado, hija del primer Gobernador y Capitán General de Guatemala", in *Anales de la Sociedad de Geografía e Historia de Guatemala*, vol. 19, n. 5. Guatemala: Tipografía Nacional, 1944, pp. 327-44.

___. "El Doctor Sylvanus G. Morley", in *Anales de la Sociedad de Geografía e Historia de Guatemala*, vol. 23. Guatemala: Tipografía Nacional, 1948, pp. 3-4.

___. "La ciudad de Tikal". *Tikal*, vol. 1, n. 2, Guatemala, 1951, pp. 7-8.

___. *Pedro de Alvarado. Conquistador de México y Guatemala*. México: FCE, 1952.

___; LARDÉ Y LARÍN, Jorge & VILLACORTA, José Antonio. "Polémica sobre la obra y su autor". *Anales del Museo Nacional "David J. Guzmán"*, San Salvador, vol. 3, n. 10, 1952, pp. 5-33.

___; Delia GOETZ & Dionisio José CHONAY (orgs. e trads.). *The Annals of the Cakchiquels. Title of the Lords of Totonicapán.* Norman: University of Oklahoma Press, 1953. (Coleção The Civilization of the American Indian Series).

___. "Cien años de la llegada del abate Brasseur de Bourbourg a Guatemala", in *Anales de la Sociedad de Geografía e Historia de Guatemala*, vol. 29. Guatemala: Tipografía Nacional, 1956, pp. 12-17.

___. "El doctor Schultze-Jena", in *Anales de la Sociedad de Geografía e Historia de Guatemala*, vol 29. Guatemala: Tipografía Nacional, 1956, p. 142.

___. "El Centenario del *Popol Vuh* del padre Ximénez", in *Anales de la Sociedad de Geografía e Historia de Guatemala*, vol. 30. Guatemala: Tipografía Nacional, 1957, pp. 96- 99.

___. "Reseña de Karl Ruppert, J.; Eric Thompson & Tatiana Proskouriakoff, *Bonampak, Chiapas, Mexico* (Washington: Carnegie Institution, 1955)", in *Anales de la Sociedad de Geografía e Historia de Guatemala*, vol. 30. Guatemala: Tipografía Nacional, 1957, p. 202.

___. *Doña Leonor de Alvarado y otros estudios*. Guatemala: Editorial Universitaria, 1958.

___. "Algunas ideas sobre el origen de las razas indígenas de Guatemala", *Mitteilungen der Museum fur Volkerkunde und Vorgeschichte*, Hamburgo, vol. 25, 1959, pp. 114- 17.

___. "Literatura maya quiché", in Jorge R. Acosta (org.). *Esplendor del México antiguo*, vol. 1, México, Editorial del Valle de México, 1959, pp. 179-90.

___ & VILLACORTA, José Antonio. "Algo sobre literatura indígena", in *Nicaragua Indígena*, n. 28-29. Manágua: Instituto Indigenista Nacional, 1959-1960.

___. *Muerte de Pedro de Alvarado*. México: FCE, 1998. (Coleção Fondo 2000).

___. "Los instrumentos de los indios de Guatemala". In *Anuario Musical*, vol. 9. Guatemala: Universidad Rafael Landívar, 2002, pp. 107-19.

REMESAL, frei Antonio de. *Historia de la Provincia de San Vicente de Chiapa y Guatemala*. Madrid: Francisco de Angula, 1619.

___. *Historia general de las Indias Occidentales y particular de la gobernación de Chiapa y Guatemala*. Madrid: Francisco de Angula, 1619.

RÍO, Antonio del. *Description of the Ruins of an Ancient City, Discovered near Palenque, in the Kingdom of Guatemala, in Spanish America*, trad. Paul Felix Cabrera. London: Henry Berthoud, 1822.

RIVERA DORADO, Miguel. *Los mayas, una sociedad oriental*. Madrid: Editorial de la Universidad Complutense, 1982.

ROBERTSON, Merle Greene & FIELDS, Virginia M. (orgs.). *Fifth Palenque Round Table*. San Francisco: Pre-Columbian Art Research Institute, 1985.

RODAS, Flavio N. & CORZO, Ovidio Rodas. *Simbolismos (maya-quichés) de Guatemala*. Guatemala: Tipografía Nacional, 1938.

___. *Chichicastenango. The Kiche Indians. Their History and Culture, Sacred Symbols of their Dress and Textiles*, trad. Laurence F. Hawkins. Guatemala: Unión Tipográfica, 1940.

RODRÍGUEZ, Patricia Ochoa *et al.* (orgs.). *Compendio Xcaret de la escritura jeroglífica maya descifrada por Yuri V. Knórosov*, 3 v. Chetumal: Universidad de Quintana Roo, 1999.

ROLDÁN, Ingrid Martínez. "A la vista de Adrián Recinos". *Revista D Cultura*, Guatemala, n. 66, 2005.

ROMÁN Y ZAMORA, frei Jerónimo. *Repúblicas de Indias, idolatría y gobierno en México y Perú antes de la Conquista, ordenadas por fr. Jerónimo Román y Zamora, Cronista de la Orden de San Agustín*, 2 v. Madrid: Victoriano Suárez, 1897. (Coleção Libros Raros o Curiosos que Tratan de América, vol. 14–15).

ROYS, Ralph Loveland. *The Ethnobotany of the Maya*. New Orleans: Tulane University, 1931.

SAHAGÚN, frei Bernardino de. *Historia general de las cosas de la Nueva España*, 3 v. México: Alejandro Valdés, 1829–1830.

___. *Historia general de las cosas de la Nueva España*, 5 v. México: Pedro Robredo, 1938.

SALAZAR, Ramón A. *Historia del desenvolvimiento intelectual de Guatemala. La Colonia*. Guatemala: Tipografía Nacional, 1897.

SAM COLOP, Luis Enrique. *Maya Poetics*. Tese (Doutorado) – State University of New York and Buffalo, New York, 1994.

SANTA MARÍA, frei Carmelo Sáenz. *Diccionario Cakchiquel–Español*. Guatemala: Tipografía Nacional, 1940.

SAPPER, Karl. "Beitrage zur Ethnographie der Republik Guatemala", in *Petermanns Geographische Mitteilungen*, vol. 39. Gotha: Justus Pertes, 1893.

___. "Die Gebrauche und religiosen Anschauungen der Kekchi-Indianer", in *Internationales Archiv für Ethnographie*, vol. 8. Leiden: E. J. Brill, 1895, pp. 195–207.

SATURNO, William & TAUBE, Karl. "Hallazgo: las excepcionales pinturas de San Bartolo, Guatemala". *Arqueología Mexicana*, n. 66, 2004, pp. 34–35.

SATURNO, William; TAUBE, Karl & STUART, David. "La identificación de las figuras del muro oeste de Pinturas Sub-1, San Bartolo, Petén", in J. P. Laporte *et al.* (orgs.). *XVII Simposio de Investigaciones Arqueológicas en Guatemala 2003*. Guatemala: Museo Nacional de Arqueología y Etnología, 2004, pp. 647–55.

___. "Identificación mitológica de los personajes en el muro norte de la pirámide de las Pinturas Sub-1, San Bartolo, Petén", in J. P. Laporte *et al.* (orgs.). *XVII Simposio de Investigaciones Arqueológicas en Guatemala 2003*. Guatemala: Museo Nacional de Arqueología y Etnología, 2004, pp. 871–80.

SCHERZER, Karl. "Die Indianer von Santa Catarina Istlávacan (Frauenfuss). Ein Beitrag zur Kultur-Geschichte der Urbewohner Central-Amerikas". *Sitzungsberichte der Kaiserlichen Akademie der Wissenschaften, Philosophisch-Historische Classe*, Viena, vol. 18, n. 2, 1855, pp. 227–41.

___. "Ueber die vorcolumbische Geschichte von Guatemala", *Das Ausland*, n. 27, Berlim, 1855.

___. "Mitteilungen über die Handschriftlichen Werke des Padre Francisco Ximénez in der Universitats-Bibliothek zu Guatemala", *Sitzungsberichte der philosophisch-historischen Classe der kaiserlichen Akademie der Wissenschaften*, vol. 19, 1856, pp. 166–86.

___. *Aus dem Natur und Volkerleben in tropischen Amerika, Skizzenbuch van*

Dr. Karl v. Scherzer. Leipzig: Georg Wigand, 1864.

SCHNEIDER, Luis Mario. *Dos poetas rusos en México: Balmont Y Maiakowsky*. México: SEP, 1973.

SCHOLES, France V. & ROYS, Ralph L.. *The Maya Chontal Indians of Acalan-T-txchel*. Washington: Carnegie Institution, 1948.

SCHULLER, Rudolf. "Zur sprachlichen Verwandschaft der Maya-Quitsé, mit den Carib-Arauac". *Anthropos*, Viena, Mechitaristen-Buchdruckerei, vols. 14-15, 1919-1920, pp. 465-91.

___. *Las lenguas indígenas de Centroamérica, con especial referencia a los idiomas aborígenes de Costa Rica*. San José: Imprenta Nacional, 1928.

___. "El Huracán, dios de la tormenta, y el *Popol Vuh". Archivos del folklore cubano,* vol. 4, n. 2, La Habana, 1929, pp. 113-18.

___. "Der Verfasser des *Popol Vuh". Anthropos,* Viena, Mechitaristen--Buchdruckerei, vol. 26, n. 5-6, 1931, pp. 929-35.

___. "Das *Popol Vuh* und das Ballspiel der K'icé Indianer von Guatemala, Mittelamerika", in *Intemationales Archiv für Ethnographie,* vol. 33. Leiden: E. J. Brill, 1935, pp. 105-16.

SCHULTZ, Wolfgang. *Einleitung in das* Popol Wuh. Leipzig: J. C. Hinrichs'sche Buchhanddung, 1913.

SCHULTZE-JENA, Leonhard. *Leben, Glaube und Sprache der Quiché van Guatemala*. Jena: G. Fischer, 1933.

SELER, Eduard. "Ueber die Herkunft einiger Gestalten der Quiché und Cakchiquel Mythen", in *Archiv für Religionswissenschaft,* vol. 1. Leipzig: B. G. Teubner, 1898, pp. 95-97.

___. *Gesammelte Abhandlungen zur amerikanischen Sprach und Altertumskunde,* 5 v. Berlim: Asher / Behrend, 1902-1923.

___. "The bat god of the Maya race". *Bureau of American Ethnology,* Washington, Government Printing Office, n. 28, 1904, pp. 231-42.

___. "Der Bedeutungswandel in den Mythen des *Popol Vuh.* Eine Kritik". *Anthropos,* Viena, Mechitaristen-Buchdruckerei, vol. 8, 1913, pp. 382-88.

___. "Totemismus in Mittel Amerika", in *Gesammelte Abhandlungen zur Amerikanischen Sprach-und Alterthumskunde,* vol. 4. Berlim: A. Asher, 1923, pp. 384-88.

SILVA LEAL, Felipe. *Tecún Umán. Escenas preliminares de la conquista del imperio de Utatlán en el año de 1524*. Guatemala: Imprenta de Silva, 1887.

SPENCE, Lewis. *An Introduction to Mythology*. New York: Moffad Yard and Company, 1921.

___. *The Magic and Mysteries of Mexico*. London: Rider and Co., 1928.

___. "The *Popol Vuh:* America's oldest book", in *The Open Court,* vol. 42. Chicago: The Open Court Publishing Co., 1928, pp. 641-58.

___. *The Popol Vuh. The Mythic and Heroic Sagas of the Kichés of Central America*. London: David Nutt, 1928.

STANDLEY, Paul Carpenter. *Flora of Yucatan*, vol. 3. Chicago: Field Museum of Natural History, 1930. (Coleção Botanical).

___. *Flora of Costa Rica*, partes 1-4, vol. 18. Chicago: Field Museum of Natural History, 1937. (Coleção Botanical).

STOLL, Otto. *Zur Ethnographie der Republik Guatemala*. Zurique: Orell Füssli & Co., 1884.

___. *Die Maya-Sprachen der Pokom--Gruppe: Die Sprache der Pokonchi-Indianer*. Viena: Alfred Holder, 1888.

___. "Die Ethnologie der Indianerstamme von Guatemala", in *Intemationales Archiv für Ethnographie*, vol. 1. Leiden: E. J. Brill, 1889, pp. 1-112.

___. *Die Maya-Sprachen der Pokom--Gruppe: Die Sprache der K'e 'kchi-In-*

dianer. Leipzig: K. F. Kohler's Antiquarium, 1896.

STUART, David S. *The Inscriptions from Temple XIX at Palenque*. San Francisco: Pre-Columbian Art Research Institute, 2005.

TEDLOCK, Dennis. *Breath on the Mirror: Mythic Voices and Visions of the Living Maya*. San Francisco: Harper San Francisco, 1993.

TELETOR, Celso Narciso. "Toponimia guatemalteca, etimología de las aldeas, caseríos, cerros, ríos y demás lugares de Rabinal", in *Anales de la Sociedad de Geografía e Historia de Guatemala*, vol. 19. Guatemala: Tipografía Nacional, 1943, pp. 116–24.

TENA, Rafael (org.). "Leyenda de los soles", in *Mitos e historias de los antiguos mexicanos*. México: Conaculta, 2002.

TIRADO, Fermin Joseph. *Vocabulario de lengua kiché compuesto por el apostólico zelo de los m. r. p. Franciscanos de esta Santa Provincia del Dulcíssimo Nombre de Jesús del Arzobispado de Guatemala*. Manuscrito do Peabody Museum de Massachusetts, Cambridge, 1787.

TORQUEMADA, frei Juan de. *Monarquía Indiana*. México: Salvador Chávez Hayhoe, 1943.

TRÜBNER, Nicolaus. "The new discoveries in Guatemala". *The London Athenaeum*, London, n. 1472, 1856, pp. 42–43.

VAREA, frei Francisco de. *Calepino en lengua cakchiquel*. Manuscrito da Biblioteca de la American Philosophical Society, Filadélfia, 1699.

VÁZQUEZ, frei Francisco. *Chronica de la provincia del santissimo nombre de Jesús de Guatemala*, 2 v. Guatemala: Imprenta de San Francisco, 1714–1716.

___. "Crónica de la provincia del santissimo nombre de Jesús de Guatemala", in *Biblioteca "Goathemala" de la Sociedad de Geografía e Historia*, vol. 14–18. Guatemala: Tipografía Nacional, 1937–1944.

VELA CASTAÑEDA, Manolo E. "Guatemala, 1954: Las ideas de la contrarrevolución". *Foro Internacional*, vol. 45, n. 1, México, El Colegio de México, 2005, pp. 89–114.

VILLACORTA, José Antonio (org.). "Central American Archaeology". *The London Athenaeum*, London, n. 1492, 1856, pp. 683–85.

___ (org.). "Memorial de Tecpan-Atitlán". In *Anales de los Cakchiqueles*, trad. Francisco Hernández Arana Xajliá e Francisco Díaz Gebutá Quej. Guatemala: Tipografía Nacional, 1936.

___. *Prehistoria e historia antigua de Guatemala*. Guatemala: Tipografía Nacional, 1938.

___. "Bibliografía patria. La obra monumental del Dr. Sylvanus G. Morley, *Inscripciones del Petén*, editada por la Institución Carnegie de Washington", in *Anales de la Sociedad de Geografía e Historia de Guatemala*, vol. 16, n. 1. Guatemala: Tipografía Nacional, 1939, pp. 8–21.

VILLAGUTIERRE Y SOTOMAYOR, Juan de. *Historia de la conquista de la provincia del Itzá*. Madrid: Imprenta de Lucas Antonio de Bedmar y Narváez, 1701.

___. "Historia de la conquista de la provincia del Itzá", in *Biblioteca "Goathemala" de la Sociedad de Geografía e Historia*, vol. 9. Guatemala: Tipografía Nacional, 1933.

VIGIL, Ralph H. *Alonso de Zorita. Royal Judge and Christian Humanist, 1512–1585*. Norman: University Press, 1987.

VOSY-BOURBON, H. "Nouvelle traduction du *Popol-Buj*". *Journal de la Société des Américanistes de París*, vol. 19, 1927, p. 397.

XAHILÁ, Francisco Hernández Arana & QUEH, Francisco Díaz Xebutá. "Memorial de Tecpán Atitlán", *La Sociedad*

Económica de Guatemala, Guatemala, Imprenta de la Paz, vol. 3, 1873-1874, pp. 29-43.

XIMÉNEZ, frei Francisco. *Arte de las tres lenguas Cacchiquel, Quiché y Tzutuhil*. Manuscrito da Newberry Library, Chicago, 1700-1703.

___. *Las historias del origen de los indios de esta provincia de Guatemala, traducidas de lengua quiché al castellano para más comodidad de los ministros del S. Evangelio.* Viena / London: Carlos Gerold e Hijo / Trübner and Co., 1857.

___. *Las historias del origen de los indios de esta provincia de Guatemala, traducidas de lengua quiché al castellano para más comodidad de los ministros del S. Evangelio.* San Salvador: Imprenta Nacional / Ediciones de la Biblioteca Nacional, 1926.

___. "Historia de la Provincia de San Vicente de Chiapa y Guatemala de la orden de predicadores", in *Biblioteca "Goathemala" de la Sociedad de Geografía e Historia*, 3 v. Guatemala: Tipografía Nacional, 1929-1931.

___. *Historia natural del reino de Guatemala.* Guatemala: José de Pineda Ibarra / Academia de Geografia e História de Guatemala, 1967.

___. *Primera parte de el Tesoro de las lenguas Cakchiquel, Quiché y Tzutuhil en que las dichas lenguas se traducen en la nuestra, española*. Edição crítica de Carmelo Sáenz de Santa María. Guatemala: Academia de Geografia e História de Guatemala, 1985.

ZORITA, Alonso de. "Breve y Sumaria Relación de los señores de la Nueva España", in Joaquín García Icazbalceta (org.). *Nueva colección de documentos para la historia de México*, vol. 3. México: Imprenta de Francisco Díaz de León, 1891.

___. "Historia de la Nueva España", in *Colección de libros y documentos referentes a la historia de América*, vol. 9. Madrid: Librería General de Victoriano Suárez, 1909.

EDIÇÕES DO *POPOL VUH*

Popol vuh. Le livre sacré et le mythes de l'antiquité americaine, avec les livres héroïques et historiques des Quichés, trad. Charles Étienne Brasseur de Bourbourg. Paris: Arthus-Bertrand, 1861.

"Popol Vuh". *El Educacionista*, vols. 1-2, trad. Juan Gavarrete, Guatemala, Tipografía Nacional, 1894-1896.

Popol Vuh, o libro sagrado de los antiguos votánides: documento de capital importancia para el estudio de la historia precolombina de estos países, org. Santiago I. Barberena, trad. Juan Gavarrete, 3 v. San Salvador: Dutriz Hermanos, 1905.

"*Popol Vuh*, o libro sagrado de los antiguos votánides". *Revista del Archivo y Biblioteca Nacional de Honduras.* Tegucigalpa: Tipografía Nacional, 1906-1907.

"The Popol Vuh", trad. Kenneth Sylvan Guthrie. *The Word*, Nova York, Theosophical Publishing Company, vols. 1-4, 1906-1907.

Zmeinye tsvety, trad. Konstantin D. Balmont. Moscou: Skorpion, 1910.

Das Popol Wuh. Die mythishe Geschichte des Kice-Volkes von Guatemala, org. e trad. Noah Elieser Pohorilles. Leipzig: J. C. Hindirchs, 1913.

Popol Vuh, o libro sagrado de los antiguos votánides, org. Santiago I. Barberena, trad. Juan Gavarrete. Yucatán: Talleres Pluma y Lápiz, 1923.

Popol Vuh: Les dieux, les héros et les hommes de l'ancien Guatémala d'apres le Livre du Conseil, trad. Georges Raynaud. Paris: E. Leroux, 1925. (Coleção Bibliotheque de l'École des Hautes Études: Sciences Religeuses, n. 41).

Popol Vuh, Libro Sagrado del Quiché. San Salvador: Ediciones de la Biblioteca Nacional, 1926.

Manuscrito de Chichicastenango. El Popol Buj, estudio sobre las antiguas tradiciones del pueblo quiché, org. e trad. José Antonio Villacorta & Flavio Rodas N. Guatemala: Sánchez & de Guise, 1927.

Los dioses, los héroes y los hombres de Guatemala antigua, o El Libro del Consejo, org. Georges Raynaud, trad. Miguel Angel Asturias & J. M. González de Mendoza. Paris*:* Editorial París--América, 1927.

Popol Vuh de los indios quichés, trad. Miguel Ángel Asturias & J. M. González de Mendoza. Paris: Editorial París-América, 1927.

Empiezan las historias del origen de los indios de esta provincia de Guatemala. Manuscrito da Newberry Library, Chicago, 1929. (Coleção Edward E. Ayer).

El Popol Vuh o la biblia de los Mayas, org. Arturo Capdevila. Buenos Aires: Emecé Editores, 1938.

El Libro del Consejo, trad. Georges Raynaud; J. M. González de Mendoza & Miguel Ángel Asturias. México: Unam, 1939. (Coleção Biblioteca del Estudiante Universitario, n. 1).

Estampas del Popol-Vuh. 10 litografías a color. 10 color lithographs, trad. Charles Étienne Brasseur de Bourbourg; Justo Gavarrete & Leah Brenner. México: Graphic Art Publications, 1943.

Popol Vuh, o El Libro del Consejo, trad. Luis Miguel Baudizzone. Buenos Aires: Nova, 1944. (Coleção Mar Dulce).

Popol Vuh, o Libro del Consejo, org. Luis M. Baudizzone. Buenos Aires: Nova, 1944.

Popol Vuh. Das Heilige Buch der Quiché--Indianer van Guatemala, org. e trad. Leonhard Schultze-Jena. Stuttgart / Berlín: W. Kohlhammer, 1944.

El Popol Vuh, trad. J. Antonio Villacorta; Flavio Rodas; Georges Raynaud; Miguel Ángel Asturias & J. M. González de Mendoza. México: SEP, 1944. (Coleção Biblioteca Enciclopédica Popular, n. 34).

Popol Vuh. Las antiguas historias del Quiché, org. e trad. Adrián Recinos. México: FCE, 1947.

Popol Wuj, trad. Dora M. de Burgess & Patricio Xec. Guatemala: Talleres Tipográficos, El Noticiero Evangélico, 1955.

Popol' Vukh. Rodoslovsnaia Vladyk Totonikapana, org. e trad. R. V Kinzhalov. Moscou: Akademii Nauk SSSR, 1959.

Popol Vuh. Las antiguas historias del Quiché, org. e trad. Adrián Recinos. México: FCE, 1960. (Coleção Popular, n. 11).

Popol Vuh: le antiche storie del Quiche, trad. Lore Terracini. Roma: Giulio Einaudi Editare, 1960.

Popol Vuh de Diego Reynoso. Popol Vinac, hijo de Lahuh-Noh, trad. Antonio Villacorta. Guatemala: Ministerio de Educación Pública, 1962.

Das Buch des Rates der Maja: Popol Vuh, org. e trad. Wolfgang Cardan. Düsseldorf: Diederichs, 1962.

Popol Vuh, org. Ermilo Abreu Gómez. México: Oasis, 1965.

Popol Vuh (Popol Wuj): antiguas historias de los indios quichés de Guatemala. México: Porrúa, 1965.

The Book of the Counsel. The Popol Vuh of the Quiche Maya of Guatemala, trad. Munro S. Edmonson. Nova Orleans: Middle American Research Institute, 1971.

Popol Vuh. Empiezan las historias del origen de los indios de esta provincia de Guatemala, org. Agustín Estrada Monroy, trad. Francisco Ximénez. Ed. fac-símile. Guatemala: José de Pineda Ibarra, 1973.

Popol Wuj, trad. Adrián I. Chávez. México: Ediciones de La Casa Chata, 1979.

Popol Vuh. Ancient Stories of the Quiche Indians of Guatemala, 2ª ed., org. Albertina Saravia E. Guatemala: Piedra Santa, 1980.

Popol Vuh. Las antiguas historias del Quiché, org. e trad. Adrián Recinos. México: FCE, 1984. (Coleção Lecturas Mexicanas, n. 25).

Popol Vuh. A Mayan Book of Myth and History, trad. Dennis Tedlock. Nova York: Simon and Schuster, 1985.

Popol Vuh: The Definitive Edition of The Mayan Book of The Dawn of Life and The Glories of Gods and Kings, trad. Dennis Tedlock. Nova York: Simon and Schuster, 1985.

"Popol Vuh", org. e trad. Carmelo Sáenz de Santa María, in *Historia 16*, Madrid, 1989. (Coleção Crónicas de América, n. 47).

Popol Vuh. The Sacred Book of the Ancient Quiché Maya of Guatemala, trad. Delia Goetz & Sylvanus Griswold Morley. Norman: University of Oklahoma Press, 1991.

Popol Vuj. Libro sagrado de los mayas, org. Margarita de Orellana, trad. Víctor Montejo. México: Artes de México, 1999.

Popol Wuj. Versión poética K'iche', trad. Luis Enrique Sam Colop. Quetzaltenango: Cholsamaj, 1999.

Leyendas Quichés. El Popol Vuh. México: Época, 2002.

Popol Vuh: antiguas leyendas del Quiché, org. Ermilo Abreu Gómez. México: FCE, 2003. (Coleção Popular, n. 629).

Popol Vuh. Literal Poetic Version, trad. Allen J. Christenson. Nova York: O Books, 2004.

Popol Vuh. Sacred Book of the Ancient Maya, org. Allen Christenson. Provo: Brigham Young University, 2007. 1 CD-ROM. (Coleção Electronic Library).

Popol Vuh, org. Miguel Rivera Dorado. Madrid: Trotta, 2008.

Popol Wuj, trad. Adrián I. Chávez. México: CIESAs / Conaculta / Conacyt / Inah, 2008.

Popol Wuj, 2ª ed., org. e trad. Luis Enrique Sam Colop. Guatemala: F&G Editores, 2011.

Popol Vuh, org. e trad. Allen J. Christenson. México: Conaculta / FCE, 2012. (Coleção Cien del Mundo).

Popol Vuh, trad. e org. Sérgio Medeiros e Gordon Brotherston. São Paulo: Iluminuras, 2018.

ÍNDICE DE MATÉRIAS

ÍNDICE DE AUTORES E DOCUMENTOS

SOBRE A TRADUTORA

Josely Vianna Baptista nasceu em Curitiba, em 1957. Graduou-se em Língua e Literatura Espanhola e Literatura Hispano-Americana na Universidade Federal do Paraná em 1980. Na mesma universidade, fez especialização em Semiótica, em 1981, e um curso de Língua e Cultura Guarani, em 1985.

Entre suas principais traduções estão *Paradiso*, de Lezama Lima, *Os rios profundos*, de Arguedas, *A vida breve*, de Onetti, e *Os passos perdidos*, de Carpentier. Integrou o corpo de tradutores das *Obras completas* de J. L. Borges (Prêmio Jabuti de Tradução, 1999).

Estreou em poesia com *Ar* (Iluminuras, 1991) e *Corpografia* (arte visual de Francisco Faria; Iluminuras, 1992). Lançou em 1996 *Cadernos da Ameríndia* (criação da coleção, org. e trad.; Tipografia do Fundo de Ouro Preto e Mirabilia), dedicado à mitopoética mbyá-guarani e nivacle. *Outro*, com Maria Angela Biscaia e Arnaldo Antunes, foi lançado em 2001 pela Mirabilia. Seu *On the Shining Screen of the eyelids* foi premiado pelo Creative Works Fund (Manifest, 2003). Em 2004, publicou *Musa paradisiaca: antologia da página de cultura 1995/2000* (Mirabilia). Em 2005, lançou *Terra sem Mal: com rolanças e mergulhos pelos divinos roteiros secretos dos índios Guarani* (ilust. Gui Zamoner; Mirabilia). *Os poros flóridos*, com arte de Francisco Faria, foi publicado no Brasil em 2007, na coletânea de sua poesia, *Sol sobre nuvens* (Perspectiva). Publicou ainda *Roça barroca* (Cosac Naify, 2011) e dois livros para crianças: *A concha das mil coisas maravilhosas do velho caramujo* (ilust. Zamoner; Mirabilia, 2001; VI Prémio Internacional del Libro Ilustrado Infantil y Juvenil do Gov. do México) e *Os sete bichos da Primeira Terra e suas sombras* (ilust. Sandra Jávera; Publifolhinha, 2014). *Fábula* foi publicado em seu site, *Na tela rútila das pálpebras* (2017). Integra *The Oxford Book of Latin American Poetry* (Oxford University Press, 2009).

Dados Internacionais de Catalogação na Publicação (CIP)
(Câmara Brasileira do Livro, SP, Brasil)

Popol Vuh – O esplendor da palavra antiga dos Maias-Quiché de Quauhtlemallan: aurora sangrenta, história e mito – tradução crítica e notas Josely Vianna Baptista. Introdução e notas Adrián Recinos Ávila. Texto Daniel Grecco Pacheco. Ilustrações Francisco França. São Paulo: Ubu Editora, 2019.

384 pp., 55 ils.

Inclui bibliografia e índice.

ISBN 978 85 92886 98 1

1. Mitologia. 2. Maias. I. Baptista, Josely Vianna. II. Recinos, Adrián. III. Grecco Pacheco, Daniel. IV. Título.
CDD 299.7 CDU 299.77

Índice para catálogo sistemático:
1. Mitologia: Maia 299.7
2. Mitologia: Maia 299.77

APOIO

FONDO DE CULTURA ECONÓMICA

SRE
EMBAJADA DE MÉXICO EN BRASIL

ESTADOS UNIDOS MEXICANOS

© Ubu Editora, 2019
© Fondo de Cultura Económica, 2019
© Embajada de México en Brasil, 2019
© Josely Vianna Baptista, 2019

PREPARAÇÃO Cacilda Guerra
REVISÃO Rita de Cássia Sam e Cláudia Cantarin

DIREÇÃO EDITORIAL Florencia Ferrari
DIREÇÃO DE ARTE Elaine Ramos; Julia Paccola e Ana Lancman [assistentes]
COORDENAÇÃO Isabela Sanches
COORDENAÇÃO DE PRODUÇÃO Livia Campos
EDITORIAL Gabriela Ripper Naigeborin e Maria Fernanda Galdini Chaves
COMERCIAL Luciana Mazolini e Anna Fournier
COMUNICAÇÃO / CIRCUITO UBU Maria Chiaretti, Walmir Lacerda e Seham Furlan
DESIGN DE COMUNICAÇÃO Marco Christini
GESTÃO CIRCUITO UBU / SITE Cinthya Moreira, Vic Freitas e Vivian T.

3ª reimpressão, 2025.

UBU EDITORA
Largo do Arouche 161 sobreloja 2
01219 011 São Paulo SP
ubueditora.com.br [11] 3331 2275
atendimento ao professor
professor@ubueditora.com.br
/ubueditora

FONTES America e Tiempos
PAPEL Avena 70 g/m²
IMPRESSÃO Ipsis